别无选择

NO SECOND CHANCE

[美] 哈兰·科本 著
HARLAN COBEN

侯雁慧 译

哈尔滨出版社
HARBIN PUBLISHING HOUSE

一

当第一颗子弹击中我胸膛时，我想到了我的女儿。

至少，我愿意这样想。我瞬间失去了意识。严格从技术角度来说，我甚至不记得自己被击中。我记得自己流了很多血。尽管那时我可能已经昏倒了，但是我依然记得第二颗子弹飞过头顶。我感觉自己心跳停止了，但我仍然愿意这样想，当我要死的时候，我想起了塔拉。

供参考：我看不见光亮或隧道。即使我看到了，我也不记得了。

我的女儿塔拉才六个月大。她正躺在婴儿床里。我不知道枪声是否吓到了她，一定是吓到了。或许她被吓哭了。我不知道她那熟悉却又刺耳的哭声是否能唤醒我，从某种程度上我也不知道是否真地听到了她的哭声。这些我都记不得了。

但我清晰地记得塔拉出生的时候。我记得她母亲莫妮卡用尽全力终于生下了她。我记得她来到这个世界，第一个见到的人是我。我们都知道，人生的道路上到处都是岔路口。我们都知道，当你打开一扇门的同时，另一扇门也就关闭了，生命轮回，季节更替。但孩子出生的那一瞬间非同凡响，就如同步入了星际之门，一个成熟的现实转换器。所有的一切都变了。你也变了，就如同一种简单的元素在催化剂的强烈作用下，变成更为复杂的另一种元素。你的世界已经消失了，至少在此时，你的心里只有这个6斤多的小家伙。

父亲的角色让我很迷茫。是的，我只经历了六个月，我还不算成手。我最好的朋友伦尼有四个孩子：一个女孩和三个男孩。大女儿玛丽安娜已经十岁了，最小的刚满周岁。伦尼脸上的笑容总是那么无奈，车上也总是被速冻食品弄脏。他提醒我，我现在还一无所知，我认同他的观点。当我对养育孩子充满迷茫或恐惧时，当我看着婴儿床里的她无助地向上看着我时，我总是在想是否该做些什么去保护她。我想我会毫不犹豫地放弃自己的生命。说实话，要是真到了那一刻，我也会放弃你的生命。因此，我喜欢这样想，当两颗子弹穿过我的身体时，当我手里拿着吃了一半的格兰诺拉麦片条倒在厨房的地板上时，当我一动不动地躺在血泊里时，甚至当我的心跳停止时，我仍然试图保护我的女儿。

我从昏迷中醒来。

起初我不知道自己身在何处，接着我听到了右面传来的嘟嘟声。我熟悉的声音。我无法动弹，只能听着那个声音。我的脑子好像浸在了蜜糖里。第一个本能的冲动就是想喝水。我从未想过一个人的喉咙竟能如此干燥。我试图喊出声来，舌头却粘到了底部。

有人进来了。我试图坐起来，一股剧痛袭来，犹如掐断了我的脖颈。我的头沉了下去，我又昏了过去。

再次醒来时，已经是白天了。一道道刺眼的阳光穿透百叶窗。我眯着眼睛，试图抬手遮挡光线，终因没有力气而放弃。我的喉咙仍然异常干渴。

我听到了挪动声，有人突然站在我的身旁。我抬眼望去，是个护士——与过去的经历完全不同，这种情况竟然会发生在我身上。一切都面目全非。我本该是站着向下看，而不是躺着。几乎呈三角形的白色小帽像鸟巢一样搭在护士的头上。我的一大半时间都是在各式各样的医院里度过的，但我确定除了在电视或者电影里，我没见过这样的护士帽。这位护士身材矮胖，皮肤黝黑。

“塞德曼医生？”

她的声音很柔和，像槭树汁一样甜美。我努力着轻微地点了下头。

这位护士肯定能读懂人的心思，她的手里已经拿着一杯水。她把吸管插进我嘴里，我贪婪地吮吸着。

“慢点。”她温柔地说。

我很想问问我在哪里，但答案不问自明。我正要开口弄清楚发生了什么事，她却又抢先了一步。

“我去叫医生，”她一边说着，一边朝门口走去，“你现在要做的只有放松。”

我声音沙哑地问：“我的家人……”

“我马上回来，别担心。”

我打量着房间。药物治疗后，我视线模糊得如同隔着浴室的遮帘一样朦胧。但仍有些明显特征让我确定我的确身处病房中。这一点毋庸置疑。我的左边有吊瓶和静脉注射泵，输液管蜿蜒地连在我的手臂上。荧光灯嗡嗡的响声似乎感觉不到，却又很清晰。右上方的角落里悬挂着一台小型电视机。

病床另一端不远的地方，矗立着一扇硕大的玻璃窗。我斜眼望去，却什么也看不到。看来，我很可能被监护着，这意味着我在重症监护室，意味着我肯定发生了严重的事情。

我头皮发痒，我能感觉到有东西扯着我的头发。我确定那是绷带。我试图弄清楚这一切，但大脑好像不听使唤。剧烈的疼痛悄然漫布全身，我甚至弄不清楚疼痛来自哪里。我感觉四肢乏力，胸部沉闷。

“塞德曼医生？”

我轻轻睁开眼朝门口望去。一位刚消完毒的身穿手术服，头戴隔离帽的纤瘦女人走进房间。她的口罩上面没有系住，口罩在脖颈间来回晃动。我 34 岁，她看起来和我年龄相仿。

“我是海勒医生，”她走过来说出了自己的名字，“露丝·海勒。”

毫无疑问，这纯属职业礼貌。她试探性地盯着我，我努力集中精神，但大脑仍然反应迟钝，我能感觉到它正逐渐恢复正常。“这是伊丽莎白医院。”她的语气低沉而缓慢。

这时，她身后的门开了，一个男人走了进来。尽管视线朦胧，无法看清，但我确信我们素不相识。他两手交叉放在胸前，漫不经心地倚在墙上。我猜，他不是医生。如果你和医生共事很长时间，就能分辨出来。

海勒医生扫了他一眼,注意力又全部集中在我身上。

“发生了什么事?”我问。

“你被击中了,”她说,接着又补充道,“两次。”

她稍微停顿了一下。我瞥向靠墙的那个男人,他一直没动。我张口想要说点什么,但露丝·海勒继续说道:“一颗子弹从你头顶擦过,掀掉了头皮,你应该知道,头顶上血管丰富,血液充盈。”

是的,我知道。严重的头皮创伤流血就像被砍头流的血一样多。确实,我想这就是我头顶发麻的原因。露丝·海勒停顿时,我忙催促她,“第二颗呢?”

她呼了一口气,“另一枪有点麻烦。”

我等待着。

“子弹穿过你的胸腔,正好击中了你的心包,造成大量血液流进了心脏和心包之间的空隙。急救人员难以确定你的生命迹象,我们只能打开你的胸腔……”

“医生,”那位靠墙的男人打断了我们的谈话。我觉得他在和我说话。海勒停下来,明显很生气。那个男人站直了身体。“你可以稍后在说明细节吗? 现在时间就是关键。”

她瞪了他一眼。“我要留在这里观察,”她说,“看看有没有问题。”

海勒医生后退了几步,那个男人朝我靠近了一些。他的头看起来太大了,与肩膀很不协调,让人担心脖子会因为头的重量而垮掉。他留着平头,前面一束刘海悬在眼睛上面。他低头笑着看着我,可是给人的感觉却是冷冷的。“我是科赛尔顿警局的鲍勃·里根侦探,”他说,“我知道你现在很困惑。”

“我的家人……”我开口问道。

“我会谈到这个的，”他打断了我的提问，“但是现在，在弄清楚到底发生了什么事情前，我需要问你几个问题，可以吗？”

他等着我的回答。我努力理清头绪，“好的。”

“你记住的最后一件事是什么？”

我回忆着发生的一切。我记得那天早上我起床，穿好衣服，向屋内看了一眼塔拉。我还记得我打开了她黑白色玩具的开关——那个玩具是一个同事送的礼物，说是可以帮助开发婴儿大脑什么的。玩具没有动，也没有发出嗡嗡的声响。电池没电了，我提醒自己记得装新的电池，然后朝楼下走去。

“我正在吃格兰诺拉麦片条。”我说。

里根点点头，似乎已经预料到了这点。“你当时在厨房？”

“是的，在水槽边。”

“之后呢？”

我努力回忆着，却什么也想不起来。我摇摇头，“之前我醒过一次。晚上。我觉得我醒时在这里。”

“还有呢？”

我努力回想着，却什么也记不起来，“没有，什么也没有了。”

里根用手指轻轻地弹了一下记事本。“医生说得没错，你被射中了两次。难道你一点也想不起来自己是否看见了枪，听到枪声，或者其他什么？”

“想不起来。”

“我可以理解。马克，你的状况很糟糕。急救人员说你几乎没有了生命迹象。”

我的喉咙又一阵干,“塔拉和莫妮卡在哪儿?”

“听我说,马克,”里根低头盯着记事本,没有看我。一股恐惧感向我袭来,“你听到玻璃破碎的声音了吗?”

我头晕目眩,试图分辨输液袋上的标签,弄清楚他们给我用的什么药。可是无济于事。至少是止疼药吧。注射泵中的药物很可能是吗啡。我试图摆脱它的影响。“没有。”我说。

“你确定吗?我们在你房后发现有扇窗户碎了。凶手可能就是从那里闯进来的。”

“我不记得窗户碎了,”我说,“你知道谁……”

里根打断我的话,“不知道,还不知道。所以我才来这儿问这些问题,好弄清楚到底是谁干的。”他抬起头,视线离开了记事本,“你有仇人吗?”

他真的只是在问我这个吗?我试图坐起来,想换个角度面对他,却怎么也做不到。我不喜欢当个躺在病床上的病人,真的是搞错了位置。人们常说医生是最糟糕的病人。突如其来的角色转换正是原因所在。

“我想知道我的妻子和女儿怎么样了。”

“这个我理解,”里根说,他的语气让我心里一凉,“但你不能分心,马克。现在还不是时候。你想要帮忙,对吧?那你就得和我待在这儿。”他又盯着记事本,“现在谈谈你的仇人?”

我知道继续争论下去毫无意义,甚至有害无益。因此,我不情愿地服从了,“会向我开枪的人吗?”

“没错。”

“没有,一个也没有。”

“那你妻子呢?”他紧盯着我。莫妮卡的美好画面——我们在雷蒙德尔瀑布第一次见面时，她神采奕奕，展开双臂搂住我，任水流在四周飞溅——在我的脑海里浮现出来，“她有仇人吗？”

我看着他，“莫妮卡吗？”

露丝·海勒向前走了几步，“到此为止吧。”

“莫妮卡怎么了？”我问。

海勒医生和里根侦探并肩站着，不经意间互换了一下眼色。两个人一起看着我。海勒又开始抗议，但被我阻止了。

“别跟我讲那些所谓保护病人的废话，”我叫喊着。虽然还是迷迷糊糊的，但是恐惧和愤怒已席卷了全身。

“告诉我，我妻子出了什么事？”

“她死了。”里根侦探说。就这样，死了，我的妻子，莫妮卡。我接受不了这个事实，就好像从没听到他说的话。

“警察闯入你家时，你们俩都中弹了。他们把你抢救了过来，要抢救你妻子为时已晚。对不起。”

我的脑海中又闪现出莫妮卡的画面：玛撒的葡萄园里，海滩上，她穿着黄褐色的泳装，黑色的头发拂过面颊，诡异地朝我微笑。我转念不去想它。

“那塔拉呢？”

“你女儿，”里根迅速地清了清嗓子。他又看了看记事本，但我不觉得他准备在上面写什么。“她那天早上在家，是吧？我是说，案发时。”

“当然在家。她现在在哪儿？”

里根啪的一声合上了记事本。“我们赶到时，她不在现场。”

我一下停止了呼吸,“我不明白。”

“我们原以为她可能在亲戚或朋友的看护下,抑或是保姆在照看,但是……”

“你是说你们不知道塔拉在哪儿?”

这次,他丝毫没有迟疑。“是的,是这样。”

似乎有只巨大的手按着我的胸膛。我闭上眼,向后仰去。“多长时间了?”我问,“她失踪了吗?”

“是的。”

海勒医生赶紧开口,“你得明白,你现在伤势很重。我们都没想到你能活下来。你用过人工呼吸机,一个肺叶塌陷,还有败血症状。你是医生,用不着我向你解释病情的严重性。我们千方百计才减轻了病情,让你苏醒过来……”

“多长时间了?”我又问道。

她和里根对视了一眼。海勒的话再次让我窒息。“你已经昏迷了12天。”

二

“我们已经尽力了。”里根的话好像经过反复排练，感觉在我昏迷期间，他一直寸步不离地守在我床边，准备着他的演说。“我说过，我们刚开始不确定有小孩失踪了。我们失去了宝贵的时间，但眼下已经采取了补救措施。塔拉的照片已经发给方圆百里的警察局、机场、收费站、汽车站和火车站。我们也翻阅了类似绑架性质的案宗，看看能否找到线索或者嫌疑犯。”

“12 天了，”我重复道。

“我们追踪了你所有的电话，家里的、办公室的，还有手机。”

“为什么？”

“万一有人打电话要赎金，”他说。

“有人打电话吗？”

“没有，还没有。”

我的脑袋沉沉地躺在了枕头上。12 天了。我在这儿躺了 12 天了，而我的女儿却……我不敢往下想。

里根挠了挠胡子，“你还记得那天早上塔拉穿什么衣服吗?”

我记得。我已经养成了一种早上的作息习惯——早早起床,蹑手蹑脚地走到塔拉的婴儿床边,俯视她。婴儿带来的不都是快乐,这一点我清楚。我知道她时不时会令人头脑麻木,烦躁不已,也知道有些晚上她的哭声折磨着我的神经末梢。我不想赞美有孩子的生活,但我确实喜欢这种新的晨起模式。俯视塔拉小小的身体使我精力倍增。还不止这些,我想,我已经着迷了。就像有些人沉醉于教堂,而我——尽管听起来老套——沉醉于那张婴儿床。

“粉色的连体衣,带黑色企鹅图案,”我说,“莫妮卡在 Baby Gap① 买的。”

他匆匆记下,“那莫妮卡呢?”

“莫妮卡什么?”

他又埋头看着记事本。“她当时的穿着呢?”

“牛仔裤,”我想起莫妮卡套上裤子的情景,“一件红色上衣。”

里根又快速记了几笔。

我说:“有……我是说你们有线索吗?”

“我们正在全力调查。”

“我不是问这个。”

里根看着我,流露出凝重的神情。

我的女儿,在外面,孤零零的一个人,12 天了。我想起了她

---

① Gap 是美国时尚品牌,创立于 1969 年,至今已在全球近 30 个国家拥有超过 3000 家专卖店。

的眼睛,体会着只有为人父母才会感受到的温暖。我说了句蠢话:“她还活着。”

里根歪着头,像只听到动静的小狗。

“不要放弃,”我说。

“我们不会放弃的,”里根还是那种好奇的神情。

“只是……你有孩子吗,里根侦探?”

“两个女儿,”他说。

“我这么问挺蠢,不过我知道了。”这种感觉就如同塔拉出生时我知道生活将从此改变的那种感觉。“我知道,”我又说了一遍。

他没有回答。我意识到:这话,尤其是从不相信超感官知觉或超自然的人嘴里说出时,是多么荒诞可笑。我知道这种“感觉”是来自于需求。如果你特别相信,大脑就会对眼前的所见重新排列。无论对错,对我来说,它就像根救命稻草。

“我们需要从你这里了解更多的信息,”里根说,“关于你,你妻子、朋友,财产状况……”

“以后再说吧。”又是海勒医生。她走上前,好像要把我挡在他的视线外。语气很坚定,“他需要休息。”

“不,就现在,”我把床上的刻度盘抬高一挡,对她说,“我们得找到我的女儿。”

莫妮卡被埋葬在她父亲庄园的波特曼家族墓地里。当然,我没有赶上参加她的葬礼。我不知道自已对此有何感受,不过话又说回来,在坦然面对自己时,我一直都搞不清对妻子的真实感觉。莫妮卡拥有那种高贵的美丽:无懈可击的颧骨,柔滑笔直的黑发,欲说还休的模样既令人烦恼,又让人兴奋。我们的婚姻是被迫的。好吧,这样说未免夸大其词了。莫妮卡怀孕了,而我犹豫不决。是即将到来的小生命把我赶进了婚姻的殿堂。

我从卡森·波特曼那里了解了葬礼的细节。卡森是莫妮卡的叔叔,也是她家族里唯一与我们保持联系的人。莫妮卡非常爱他。卡森坐在我的床边,双手合拢放在大腿上。他的模样很像最受欢迎的大学教授:戴着厚厚的眼镜,穿着宽松的呢大衣,一头蓬松茂密的阿尔伯特·爱因斯坦加唐·金式长发。他用悲伤低沉的声音告诉我,莫妮卡的父亲埃德加确信我妻子的葬礼是一件“小巧精致的事”,说这话时他那棕色的眼睛忽闪忽闪的。

这点我一点都不怀疑。起码是小巧型的。

接下来的几天,不少人来医院探望我。我母亲——人们都叫她霍尼——每天上午都风风火火地闯进我的房间,好像有燃料推动一样。她穿着雪白的锐步运动鞋,镶着金边的蓝色运动服,俨然一副圣路易斯公羊队教练的模样。尽管戴着头巾,也能看出她的头发因染色过度,发质受损。她身上总是散发出刚抽过烟的气味。母亲的这身打扮无法掩饰她失去唯一孙女的痛苦。她精力无限,日复一日地守在我床边,时不时就会歇斯底里情绪失控。这一点好极了,她这样似乎有一部分原因是为了我,因而她的这种感情迸发却以一种奇怪的方式使我平静了下来。

尽管房间里热得几乎跟超新星[①]一样，尽管我不断抗议，母亲还是要在我睡觉时再给我盖一条毯子。有一次，我醒来时浑身都湿透了。这很自然，因为听到母亲在向那个戴护士帽的黑人护士讲述我7岁时在圣伊莉莎白医院住院的情形。

"他感染了沙门氏菌，"霍尼好像低声密谋似的说，嗓音却比扩音器高了一截，"你可从来没闻过那样的腹泻，几乎是喷射而出，连壁纸里都渗进了臭气。"

"他现在也不香啊，"护士回答说。

两个女人一起哈哈大笑起来。

我苏醒后第二天，睡醒时母亲站在我床边。

"还记得这个吗?"她问。

她手里拿着个奥斯卡[②]，那是以前我感染沙门氏菌时有人送给我的，绿色已经褪成了浅薄荷色。她看着护士解释道："这是马克的奥斯卡。"

"妈，"我说。

她将注意力转向我。今天她的睫毛膏涂得浓了些，皱纹里也是一道道的脂粉。"那时奥斯卡一直陪着你，还记得吗？是

---

① 超新星是某些恒星在演化接近末期时经历的一种剧烈爆炸。这种爆炸都极其明亮，爆炸过程中所突发的电磁辐射经常能够照亮其所在的整个星系，并可持续几周至几个月才会逐渐衰减变为不可见。在这段期间内一颗超新星所辐射的能量可以与太阳在其一生中辐射能量的总和相媲美。

② 奥斯卡是《芝麻街》里的主要人物。《芝麻街》迄今为止，获得艾美奖奖项71项，是获得该奖项最多的一个儿童节目。这个节目综合运用了木偶、动画和真人表演等各种表现手法向儿童教授基础阅读、算术、颜色的名称、字母和数字等基本知识，有时还教一些基本的生活常识。有点古灵精怪的奥斯卡，在芝麻街上是个脾气较坏的居民，喜欢藏入一个可以容纳几头大象的垃圾筒里孤独地生活，但为人善良。

它帮你康复起来的。”

我翻了个身，闭上眼，往事一幕幕浮现在眼前。我是因为吃生鸡蛋而感染沙门氏菌的。为了增加蛋白质，父亲以前总是喜欢把生鸡蛋加进奶昔里。我还记得刚得知要整夜待在医院里时，我吓得要死。此前不久，父亲打网球时崴了脚，不时忍忍作痛。但他看我吓成那个样子，就豁出了自己——父亲总是如此。他白天在工厂工作，晚上就在我病床边的椅子上陪我。我在圣伊莉莎白医院待了十天，父亲就在那把椅子上睡了十天。

母亲突然转过身去，我知道她也想到了此事。护士赶紧找个借口离开了。我把一只手放到母亲的背上。她没动，但我能感到她在颤抖。她俯视着手里褪色的奥斯卡，我慢慢地拿了过来。

“谢谢，”我说。

母亲拭去泪水。我知道父亲这回不会到医院来了，我也相信母亲已经把发生的事全都告诉了他，至于他是否明白，就无从知晓了。父亲 41 岁那年——也就是在医院陪我度过那些夜晚之后的第二年——第一次中风，我当时八岁。

我还有个妹妹，叫斯泰西，是“滥用药物者”——政治立场上这样说更合适，也就是“吸毒者”——这样说更精确。我有时看看父亲中风前拍的那些老照片，照片上四口之家年轻又有活力，还有毛茸茸的狗、修剪齐整的草坪、篮球框和堆满煤块的野餐烤肉架。妹妹微笑着，门牙都掉了。我试图从中寻找未来的线索，她那阴暗的自我，自暴自弃的感觉，但我看不出来。那栋房子依然矗立在那里，却像沉闷的电影道具一样。父亲依然活着，可自从他倒下，一切都像汉普蒂·邓普蒂一样散了架。特别是斯泰西。

斯泰西没来探望我，甚至连个电话也没打，不过无论她现在做什么，都不足为奇。

母亲最后还是转身面对着我。我紧紧地握住那个褪色的奥斯卡，一个新念头闪现了出来：又只有我们俩啦。爸爸几乎成了植物人，斯泰西如同行尸走肉，无可挽救。我探身握住母亲的手，感受着温暖和那日渐变厚的肌肤。我们就这样待着。忽然门开了，那个护士倾着身子走了进来。

母亲挺直身子说："马克也喜欢玩具娃娃。"

"是活动人偶，"我马上纠正她的话，"它们是活动人偶，不是玩具娃娃。"

我最好的朋友伦尼和妻子谢丽尔每天都来医院看我。伦尼·马库斯是位一流的出庭辩护律师，但他也经常处理我那些鸡毛蒜皮的小事，比如我的超速行驶罚单和我们的房产交割等琐事。他毕业后从县检查官做起，因为在法庭上表现得咄咄逼人，所以很快朋友和对手就送他一个"斗牛犬"的绰号。圈里有人认为这个绰号对伦尼来说太温和了，因此他们现在都叫他"疯狗"。我与伦尼上小学时就相识，我是他儿子凯文的教父，他是塔拉的教父。

夜里我没怎么睡。我躺在床上，盯着天花板，数着嘟嘟声，听着夜幕下的医院里的各种声响，努力克制着不去想我的女儿及随之而来的无数可能性。但不能总是如愿。我觉得思维确实是一个阴沉昏暗、群蛇出没的洞穴。

里根侦探后来来探望我，想找到些可能的线索。

"谈谈你的妹妹。"他开门见山地说。

“为什么?”我马上问道。在他解释前,我伸手阻止了他。我明白了:妹妹吸毒,有毒品的地方就意味着存在犯罪的可能性。

“我们被抢劫了?”我问。

“我们没这么想。好像什么也没丢,但现场被翻过。”

“被翻过?”

“有人把那儿搞得一团糟,知道为什么吗?”

“不知道。”

“那说说你妹妹吧。”

“你们有斯泰西的证据吗?”我问。

“有。”

“我不知道该说点什么。”

“你俩很疏远,对吧?”

疏远。疏远适用于我和斯泰西吗?

“我爱她,”我慢吞吞地说。

“你最后一次见她是什么时候?”

“六个月前。”

“塔拉出生时?”

“是。”

“在哪儿?”

“我在哪儿见到她的?”

“对。”

“斯泰西来医院了,”我说。

“来看她侄女?”

“是。”

“那次探望时发生了什么事?”

“斯泰西犯了毒瘾。她想抱孩子。”

“你拒绝了?”

“对。”

“她生气没?”

“她没什么反应。我妹妹冷静时很平静。”

“但你把她赶出去了?”

“我告诉她,只有彻底戒毒,她才能介入塔拉的生活。”

“我明白了,”他说,“你当时想以此来迫使她再做康复治疗?”

我很可能轻声笑了一下。“不是,不完全是。”

“我不太明白。”

我不知该如何向他解释。我想起了那张全家福,想起了那个没有门牙微笑着的女孩。

“我们用更严厉的话吓唬过斯泰西,”我说,“问题是我妹妹不想戒毒,没有毒品她活不下去。”

“那你们对她的康复不抱任何希望了?”

我实在无法说出这样的话。“把女儿交给她我不放心,”我说,“这个话题到此为止吧。”

里根走到窗边,向外望去。“你们什么时候搬进现在的住所的?”

“我和莫妮卡四个月前买的这栋房子。”

“离你们长大的地方不远,是吧?”

“是的。”

“你们相识的时间长吗?”

接踵而来的问题令我很困惑。“不长。”

“你们不是在同一个小镇上长大的吗？”

“我们的生活圈子不同。”

“我明白了，”他说，“既然如此，打开天窗说亮话吧，四个月前你买了这栋房子，而你六个月没见过你妹妹了，对吧？”

“对。”

“你妹妹从没来过你现在的住所？”

“没错。”

里根转向我：“我们在你家里发现了斯泰西的指纹。”

我无言以对。

“你好像不太吃惊，马克。”

“斯泰西吸毒。虽然我觉得她不会向我开枪，绑架我的女儿，但以前我低估了她堕落的程度。你们搜查过她的住处吗？”

“从枪击案发生至今没人见过她，”他说。

我闭上眼睛。

“我们觉得，单凭你妹妹自己是干不成这种事的，”他接着说道，“她可能有个同伙——男朋友、毒品贩子，或者某个知道你妻子娘家非常富有的人。你有什么看法？”

“没有，”我说，“既然这样，你们有什么证据证明这只是起绑架案？”

里根摸了摸下巴上的一小撮胡子，微微耸了耸肩。

“他们要杀了我们俩，”我接着说道，“从死去的父母身上怎么能索取赎金呢？”

“他们可能吸毒过量，出了差错，”他说，“也可能是他们想从塔拉的外祖父那里敲诈钱财。”

“那他们怎么还没有敲诈?”

里根没有接话,但我知道答案。亢奋状态,特别是在开枪后,对吸毒者来说是难以控制的。吸毒者不会处理矛盾,这也是他们最初吸毒的原因之一——逃避、消失、遁世,于是一头扎进毒品世界里。此案发生后,媒体会铺天盖地地报道,警察会就此展开调查。在这种压力下,吸毒者们的行为会变得诡异,甚至他们还会销毁所有的证据。

两天后,有人索取赎金。

我恢复了知觉,枪伤的康复也出乎意料地顺利。这可能是因为我集中精力康复身体,也可能是因为我卧床昏迷的 12 天给了伤口愈合的时间,抑或是因为我所遭受的痛苦远非身体所能承受。每次想到塔拉,一股莫名的恐惧便会令我感到窒息;想到莫妮卡,想到她死在地上,就好像无数钢爪将我从内到外撕成碎片。

我想出院。

尽管身体疼痛,但我竭力要求海勒医生让我出院。应了那句谚语,“医生是最差劲的病人”,她勉强同意让我回家。我们达成了一致意见:理疗师将每天上门探视我,为安全起见,护士会定期来家里检查。

我离开圣伊莉莎白医院的那天上午,母亲就待在我家——以前的案发现场——给我“收拾一下”,大概就是这个意思吧。不可思议的是,我并不害怕回到那里,那座砖块和灰泥建造的房子。我觉得看到它并不足以令我动情,当然,这可能是我思维中断的缘故。

伦尼帮我打点行囊，穿好衣服。他是个高个子，消瘦而结实，脸上长着荷马·辛普森式的浓密胡须，刮完脸后不一会儿就会向外冒。小时候，伦尼戴着可乐瓶底那么厚的眼镜，穿着厚得过分的灯芯绒裤子，即使是夏天也不例外。以前，他总是任一头鬈发随意生长，像条流浪狗一样；现在，他则总是把头发不折不扣地剪得很齐整。两年前，他的眼睛做了激光手术，也不用戴眼镜了。穿着打扮倒倾向于高档了。

"你真不想和我们待在一起？"伦尼问。

"你已经有四个孩子了，"我提醒他。

"噢，那倒是。"他顿了顿，"我能和你待在一起吗？"

我勉强笑了笑。

"说真的，"伦尼说，"你不应该一个人待在那栋房子里。"

"我没事。"

"谢丽尔给你做了些好吃的，放在冰箱里了。"

"她真好。"

"她的厨艺还是世界上最糟糕的呢，"伦尼说。

"我也没说我会吃啊。"

伦尼看着别处，忙活着那个打好的背包，我凝视着他。我们从上罗伯特夫人学校一年级时就相识，已经是老交情了。因此，当我问他"你想告诉我发生了什么事吗"时，也许他并不惊讶。

他一直在等着这个开场白，因此马上接过话头，"你看，我是你的律师，对吧？"

"对。"

"因此我想给你些法律建议。"

"我听着呢。"

“我本该早点跟你说,但我知道你听不进去。现在,对,我觉得现在情况不一样了。”

“伦尼?”

“嗯?”

“你什么意思?”

尽管伦尼已长大成人,但我却一直都把他当成孩子,因此很难认真考虑他的建议。别误会,我知道他很聪明。我们一起庆祝他考上了普林斯顿大学,后来又考上了哥伦比亚大学法学院。初中时我们一起 SAT①,一起上大学预修化学课。但我眼中的伦尼一直都是那个在闷热的周末晚上与我一起厮混的伦尼。我们开着他爸爸那辆木质面板的旅行车冲向各个派对。尽管进门时从没被人阻拦过,但我们却并不受欢迎。我管那所中学的大多数人叫“大瞎子”。我们站在角落里,手里拎着瓶啤酒,脑袋随着音乐摇摆,想方设法引人注意,却从未真正被人注意过。大多数夜晚,我们最后就是去赫里蒂奇餐厅吃一块烤奶酪,情况好点的话,就是躺在本杰明·富兰克林中学后面的足球场上,吃着烤奶酪,数着天上的星星。看星星的时候,人们可以无拘无束地聊聊天,更何况是和最好的朋友在一起呢。

“好吧,”伦尼说。他一向动作夸张,这次也不例外。“是这样的,我不在场时,我希望你不要与警察对话。”

我皱了皱眉,“那么严重?”

“也许没什么事,不过我见过不少这样的案子。也许跟这不

---

① SAT,全称 Scholastic Assessment Test,中文名称为学术能力评估测试。由美国大学委员会 College Board 主办,SAT 成绩是世界各国高中生申请美国名校学习及奖学金的重要参考。

一样，但是你明白我的意思。家庭成员往往是头号嫌疑对象。”

“你是说我妹妹？”

“不是，我是说关系近的家人。或者确切地说，是关系更近的家人。”

“你是说警察会怀疑我？”

“不知道，我也不知道。”他稍微停顿了一下，“好了，哎，也许吧。”

“是我挨了枪，你忘了？是我的孩子不见了。”

“没错，这是把双刃剑。”

“何以见得？”

“随着时间的推移，他们会越来越怀疑你。”

“为什么？”我问。

“不知道。事情往往如此。你看，联邦调查局负责处理绑架案。这些你知道，是吧？一旦孩子失踪超过24小时，他们就会认为这是州际案件，归他们管。”

“那又怎样？”

“首先，有十来天吧，他们派了一大堆侦探来这儿。监听你的电话，等着索要赎金的电话等等。前几天，他们突然收敛了。当然这很正常。他们不可能无休止地等下去，因此只留下了一两个人。他们的想法也变了。绑架塔拉来索取赎金的可能性小了，更可能是单纯的绑架案。我估计他们仍在窃听电话。我没问他们，但我会问的。他们可能会说窃听器放在那儿是以防有人提出赎金要求，但他们也希望听到你自己谈到涉案的话。”

“所以？”

“所以小心点，”伦尼说，“记住你的电话——住宅电话、呼机和手机——可能被窃听了。”

“我还是要问:所以呢?我什么也没干。”

“没干?”伦尼舞动着双手,好像要准备飞翔一样。“看吧,还是小心为上。说起来可能难以置信,但是——这么说,你别紧张——人们都知道警察总是歪曲证据。”

“你可把我弄糊涂了。你是说就因为我是父亲、是丈夫,就成了嫌疑人?”

“是,”伦尼说,“也不是。”

“好吧,就这样,谢谢,我明白了。”

我床边的电话响了,而我在房间的另一边。“你介意我接下电话吗?”我问。

伦尼拿起电话。“塞德曼医生的房间。”他听着电话,脸色阴沉起来,随后吐出两个字“等等”,就迅速把电话递给了我,好像电话上有病菌似的。我不解地看了他一眼,说了声:“喂?”

“喂,马克,我是埃德加·波特曼。”

是莫妮卡的父亲,所以伦尼才有那种反应。埃德加的语气和往常一样,一本正经的。有些人说话注意词藻;极少数人,像我岳父这样的,每句话说出口前都要字斟句酌。

我一时很吃惊。“喂,埃德加。”我说了句蠢话,“你还好吗?”

“我很好,谢谢。当然,我本该早点给你打电话,很抱歉。我从卡森那里得知你一直忙着养伤。我觉得让你安心养伤再好不过了。”

“真是周到,”我没有一点讽刺的语气。

“噢,是这样的,我知道你今天要出院了。”

"是的。"

埃德加清了清嗓子,这似乎不是他的风格。"我想知道你能否到房子这儿停一下?"

他说的房子,是指他家。

"今天?"

"对,尽快。你一个人来。"

一阵沉默。伦尼疑惑地看了我一下。

"出事了吗,埃德加?"我问。

"我已经安排车在楼下等着了,马克。你来了我们再详谈。"

我还没来得及说话,他就挂断了。

确实有辆黑色的林肯城市车在外面等着。

伦尼用轮椅把我送到外面。我对这个地方了如指掌。我长大的地方离圣伊莉莎白医院不过几公里远。我5岁那年,父亲带我冲进了急诊室(缝了12针);7岁时,对了,对我在这里治疗沙门氏菌这事你已经了解了。后来我上了医学院,在位于纽约的哥伦比亚长老会医院(以前人们这样称呼)实习,但为了获得一笔眼科修复学资金,我又回到了圣伊莉莎白医院。

没错,我是一名整形外科医生,但可不是你们想象的那种。偶尔我也做做鼻子整形手术,但你们肯定看不到我和硅酮之类的东西打交道。我不是在评判什么,真是因为我做的不是那些事。

我与齐亚·勒鲁一起从事儿童外科整形工作。齐亚来自纽约的布朗克斯区,是我医学院的同学,工作起来劲头十足。我们为一个名为“互助世界”的组织工作。事实上,这个团体是我和齐亚组建起来的。我们照看那些因先天因素、贫穷或暴力冲突而导致身体畸形的孩子,他们多数来自海外。我们到过许多地方。我曾在塞拉利昂从事过面部修复工作,在外蒙古进行过腭裂修复手术,在柬埔寨治疗过颅面发育不全之病。干我们这行的大多数人都接受过广泛的培训,我也一样。我研究过耳、鼻、喉,用了一年时间研究修复、整形、口腔学还有前面提过的眼科学。齐亚的培训经历与我相似,但她在颌面学方面更拿手。

你可能把我俩当成慈善家了,那你就大错特错了。我可是有选择的。我可以去做隆胸手术或者帮助那些原本就很美丽的人除皱,也可以向那些受伤的、贫穷的孩子伸出援助之手。我选择了后者,主要原因可不是要帮助那些弱势群体,而是另有玄机。整形外科医生从本质上来说是酷爱这些难题的。真是不可思议,我们对修复先天性畸形和切除巨大肿瘤这类马戏团似的即兴表演很是兴奋。你知道那些里面有恐怖的面部畸形,你得壮起胆子才敢看一眼的医学教科书吧?我和齐亚偏偏喜欢的就是这类东西。我们甚至因为修复这些面部畸形——凑零为整——而兴奋不已。

清新的空气滋润着我的胸膛。太阳如同新生,照耀、抚慰着我忧郁的心。我侧着脸对着太阳,让阳光来安抚我。莫妮卡以前就喜欢这样。她常说这样能让她“放松”。光线如同变成了温柔的按摩师,能让脸上的皱纹消失。我闭着眼,伦尼默默地等着,没有打扰我。

我总觉得自己过于敏感,看无声电影时动不动就泪流满面,情感很容易被操控。不过和父亲在一起时,我却从没掉过眼泪。

而现在,面对这一飞来横祸,我感到已无法用泪水来表达。我估计这是一种典型的防卫机制吧。我只能努力向前。这跟我干的这一行差不多:出现裂口时,我就把它们缝上,以免全部裂开。

伦尼对刚才那个电话仍是余怒未消。"知道那个老家伙要干什么吗?"

"什么也不知道。"

他平静了一会儿。我知道他在想什么。伦尼把父亲的死归罪于埃德加。他父亲曾是埃德加控股的普罗奈斯食品公司的一名中层管理者,在那家公司辛辛苦苦地效劳了26年。在他刚满52岁那年,埃德加精心策划了一次大的兼并活动。伦尼的父亲失业了。我记得看到马克斯先生坐在厨房的餐桌旁,没精打采地耸着肩膀,小心翼翼地把简历塞进信封。他一直没有找到工作,两年后死于心脏病。伦尼坚信这两件事有着必然的联系。

他说:"你真的不需要我过去吗?"

"嗯,我没事。"

"带手机了吗?"

我拿出手机让他看了看。

"有事给我打电话。"

我向他道了谢,让他走了。司机打开车门,我龇牙咧嘴地上了车。路程不远,新泽西州卡塞尔顿,我的故乡。这里的建筑经历了20世纪60年代的错层式房屋、70年代的大牧场庄园、80年代的铝制墙板、90年代的豪宅别墅,树木长得郁郁葱葱,房屋远远地坐落在公路两侧,掩映在枝叶繁茂的葱茏中。我们此刻正在靠近这片古老的富人区,这片散发着秋天和薰木气息的专属领地。

内战刚一结束,波特曼家族就抢先定居在了这片灌木丛中。这里和泽西岛的大部分郊区一样,当时还是农场。波特曼高祖父逐渐把土地卖掉,积聚了一笔财富。他们手里还剩大约100亩土地,是当地拥有地产最多的家族之一。我们驶进车道时,我不由得朝左边看去,那里是家族墓地。

我看到了隆起的一堆新土。

"停车,"我说。

"对不起,塞德曼医生,"司机回答道,"他让我把你直接带到主屋去。"

我本打算抗议,转念想想也就算了。等汽车停在房门口,我钻出车,沿着车道径直往回走。我听到司机喊"塞德曼医生",但我没有停下来。他又叫了我一声,我没有理他。尽管缺少雨水,草坪却绿油油的,如同热带雨林一般;玫瑰园里百花争艳,五彩缤纷。

我想加快脚步,但皮肤却如同撕裂一般疼痛。我放慢脚步。这才是我第三次造访波特曼庄园——虽然小时候我曾在外面看过它无数次——但我从没来过墓地。其实,和大多数神志清晰的人一样,我也尽量避免经过这个地方。把家族里的人像宠物一样埋在后院里……只有有钱人才会这么做,我们这些平头老百姓永远也搞不明白,也不想搞明白。

墓地周围有一圈篱笆,大约两尺高,白得刺眼。我估计是不久前因为莫妮卡的死重新粉刷的。我跨过多余的门廊,穿过庄严的墓碑,目不转睛地盯着那个隆起的土堆。当我来到墓前时,不禁不寒而栗。我向下看去。

没错,新挖的坟墓,还没有立碑。墓碑上的字体与婚礼请帖字体一样,简洁明了地写着:我们的莫妮卡。

我站在那儿,眨了眨眼。莫妮卡,我那怒目而视的美人。我们的关系以前很混乱——很典型,起初激情澎湃,最后却几近消弭。我没搞明白为什么会是那样。毫无疑问,莫妮卡非常与众不同。起初,她热情火辣,但好景不长。后来,她情绪变化无常,很是令我厌倦,我也没耐心去刨根问底。

我俯视着这堆泥土,想起痛苦的往事。事发前的两个晚上,我走进卧室,发现莫妮卡一直在哭泣。这也不是第一次了,甚至经常如此。在我看来,这就是我们的生活。我嘴上问着她怎么了,心里却根本没在意。每次我关心地询问莫妮卡,她都不回答。我要抱住她,她也毫无回应。时间久了,这种没有回应的交流就会令人心生厌恶,就像老是喊"狼来了"一样,总会让你心灰意冷的。这就是跟抑郁病患者在一起生活的写照。你不可能总是小心谨慎的,有时候还会生厌的。

至少我是这么告诫自己的。

但是这次有点不同:莫妮卡竟回答了我。言语不多,其实只有一句话。"你不爱我,"她说。就是这么说的,声音里没有一点遗憾。"你不爱我。"我本要争辩,又一想也许她说得没错。

我闭上眼,任思绪涌来。尽管情况一直很糟糕,但不管怎样,在过去的六个月里,我们都得到了解脱,女儿就是平静而温暖的港湾。我扫视着天空,眨了眨眼,再次俯视那堆隆起的新土——那里埋葬着我那情绪变化无常的妻子。"莫妮卡,"我朗声说道,然后向妻子立下了最后的誓言。

我在她墓前发誓我会找到塔拉的。

一个仆人领我穿过走廊,来到书房。尽管波特曼家族非常富有,但屋内的装饰却很朴素:精致的黑色地板上铺着简洁的东方地毯,古老的美式家具结实耐用,却不显华丽。尽管埃德加有金钱万贯、良田万顷,但他并不摆阔。“暴发户”这个词对他来说是一种亵渎,我也说不好该怎么形容他。

埃德加穿着蓝色羊绒外套,从宽大的橡木书桌后站了起来。桌上放着一支硕大的羽毛笔——他曾祖父的,如果我没记错的话——还有两座半身铜像,一座是华盛顿,另一座是杰弗逊。看到卡森叔叔也坐在那儿,我很吃惊。他到医院探望我时,我身体太虚,无法和他拥抱。现在卡森要补上,他把我拉过去,我静静地抱住他。他身上也散发着秋天和薰木的气息。

房间里没有照片——没有全家度假的快照,没有入学照,也没有埃德加和夫人参加慈善活动的照片。事实上,我好像从没有在这个家里的任何地方见到过照片。

卡森问道:“感觉怎么样了,马克?”

我告诉他我很好,转身面向我的岳父。埃德加没有绕过桌子,我们也没有拥抱。实际上,我们都没有握手。他指了指桌子前的那张椅子。

我并不了解埃德加。我们只见过三次面。我不知道他有多少钱,但是即使出了这一地区,不管在城市街道还是汽车站,上到耄耋老人下到襁褓中的婴儿都知道波特曼家族富可敌国。莫妮卡也有这种气质——根深蒂固世代相传而非后天习得的气质。莫妮卡选择住在我们这种平常的居所也许是某种形式的叛逆。

她恨她父亲。

我也不喜欢他，很可能是因为以前我也与这种人打过交道。埃德加自诩白手起家，其实也是通过老方法赚的钱：继承遗产。我不认识几个超级富豪，但我注意到，越是继承大笔遗产的人，越是瞧不上那些靠福利和政府救济生存的人们。真是不可思议。埃德加就属于这类人：自欺欺人，觉得自己是靠勤奋工作赢得现在的地位的。当然，每个人都有自己的判断，不过我觉得你要是从来没有自己谋生，从来不曾努力却生活奢华，那么你应该感到惶恐不安才是，而不是装腔作势、自命不凡。

我坐下了，埃德加也随之坐了下来，卡森仍然站着。我凝视着埃德加，丰盛的饮食把他养得胖乎乎的，脸上满是松软的褶皱。虽说并不瘦削，但脸颊上那种正常的红润气色却踪影皆无。他十指交叉放在将军肚上。我有点惊奇地发现，他看上去面容憔悴，一副索然无味的样子。

之所以说"惊奇"，是因为埃德加给我的印象一直是"自我"。他自己的痛苦与快乐才是最重要的，别人的事一概与他无关；他认为生活在他周围的那些人不过是窗外的风景，仅供他娱乐而已。埃德加已经失去了两个孩子。儿子埃迪排行老四，十年前死于超速驾驶。据莫妮卡说，埃迪在双黄线调头，故意撞进了一栋半独立式房子。不知为什么，她认为父亲是罪魁祸首。她把很多事都归罪于他。

还有莫妮卡的母亲，我只见过她两次。她总是在"休息"或者"延长度假"。换句话，她总是出入于各种社会公共机构。我们见面的那两次，我的岳母都在参加社交活动。她衣着华丽，脸上涂脂擦粉的，有几分可爱，却面色苍白、眼神空洞、话语含糊，举止优柔寡断。

除了卡森叔叔,莫妮卡与家人的关系很是疏远。不难想象,我并不介意。

“你想见我?”我问。

“是的,马克。是的,我是想见你。”

我等着下文。

埃德加把手放在桌上,“你爱我女儿吗?”

我被问了个措手不及,但还是毫不犹豫地回答:“非常爱。”

他似乎看穿了这个谎言。我努力保持着目光镇定。“她一直不开心,你是知道的。”

“我想你不会为这事责怪我的,”我说。

他慢慢点点头,“说得没错。”

然而我自己却无法认同这种推卸责任的自我防卫。埃德加的话又是一记重拳,负罪感再次向我袭来。

“你知道她正在接受精神病治疗吗?”埃德加问。

我看了看卡森,又转向埃德加。“不知道。”

“她不想让任何人知道。”

“你怎么知道?”

埃德加没有回答。他盯着双手,接着说道,“我想给你看点东西。”

我瞄了卡森叔叔一眼——卡森叔叔的下巴动了动,是在颤抖——我又转向埃德加。“好的。”

埃德加打开抽屉,把手伸进去,掏出一个塑料袋。他用食指和拇指捏住塑料袋的一角,举起来让我看。他举了一会儿,但是当我意识到自己看的是什么东西时,我瞪大了双眼。

埃德加看到了我的反应。“看来你认出来了?”

起初我无法说出话来。我扫了一眼卡森，他的眼睛红红的。我又回过来看着埃德加，木然地点了点头。塑料袋里是一小块布，大概八厘米见方。两周前，我中枪前见过这个样式。

粉色，带黑色企鹅图案。

我几乎说不出话来，“你从哪儿弄到的？”

埃德加递给我一个棕色的大信封，就是里面有泡沫衬垫的那种。信封外面也包着塑料保护膜。我翻过信封，白色签条上印着埃德加的名字和地址，没有回信地址。邮戳上标的是纽约市。

“今天收到的，”埃德加说。他指了指那小块布，问道，“是塔拉的吗？”

我估计自己回答是了。

“还有，”埃德加的手又伸进抽屉。“我自作主张把所有东西都放进了塑料袋，以防当局检查。”

他又递给我一个密封袋，不过这次袋子小了点。里面是头发，一小绺头发。我意识到了这是什么，恐惧至极，呼吸停止了。

婴儿的头发。

我隐隐听到埃德加在问，“是她的吗？”

我闭上眼睛，想着躺在婴儿床上的塔拉的模样。我恐惧地意识到，女儿的形象已经在我的脑海里淡化。怎么会这样？我分不清楚自己是在回忆，还是在努力用什么东西来取代自己已经遗忘的东西。真见鬼。泪水在我的眼眶里打转。我试图感觉女儿柔软的头皮，重温手指抚过她头顶的方式。

“马克？”

“可能是，”我说着，睁开双眼。“我不确定。”

“还有，”埃德加又递给我一个塑料袋。我小心翼翼地把装着头发的那个袋子放在了桌上，拿起了那个袋子。袋子里有张白纸，是用激光打印机打印出来的便条。

“如果你们与当局联系，我们就会消失。你们将永远不会知道她出了什么事。我们会密切注视一切。我们有内线，会知道的。你们的电话被监听了。在电话里别讨论此事。我们知道你，外祖父，很有钱。我们要200万美元。我们要你，父亲，去交赎金。你，外祖父，把钱准备好。信封里有个手机，是无法追查的。只要你们拨打电话，我们就会知道，我们就会消失，你们将再也看不到这孩子了。把钱准备好，交给父亲。父亲，拿好钱，随身携带手机，回家等着。我们会给你打电话，告诉你该怎么做。不按我们说的做，你就再也见不到你女儿了。别无选择。”

语法有些古怪。我读了三遍后，抬头看着埃德加和卡森，一种奇特的平静感传来。是的，这很恐怖，但是收到便条……也是一种解脱。事情还是发生了，我们现在可以采取行动了。我们能把塔拉弄回来，希望还是有的。

埃德加站起来，朝墙角走去，打开一扇壁橱门，拽出一个有耐克标志的运动包，开门见山地说道：“全在这里。”

他把运动包放到我的大腿上，我低头盯着它。“200万美元？”

“这些钞票不连号，但是我们记下了所有编号，以防万一。”

我看了看卡森,又看了看埃德加。“你们不觉得我们应该联系联邦调查局吗?”

“不,不觉得。”埃德加坐在桌角上,两臂交叉放在胸前。他身上散发着理发店里的月桂油味,但我却能感觉到里面透出的更原始、更腐败的气息。在近处能看到他因疲劳产生的黑眼圈。“由你来做决定,马克,你是孩子的父亲。不论你怎么做,我们都会尊重你。但是你知道,我与联邦当局打过几次交道。也许是我感觉他们无所作为而戴着有色眼镜看他们,抑或是因为我耳闻目睹他们总是干私事而对他们持有偏见,反正如果她是我女儿,我宁肯相信自己的判断,也不会信他们的。”

我不知道说什么,也不知道该做什么。埃德加已经打点好了。他轻轻地击了击掌,然后朝房门指了指。

“便条上说你应该回家等着。我想最好这么做。”

三

刚才的司机还等在那里。我钻进车,坐在后座上,抱着耐克包,绝望的恐惧感和奇妙的兴奋感交织在了一起。我也许能把女儿弄回来,也许会把事情搞砸。

但当务之急是:我应该报警吗?

我想平静下来,置身度外、冷静地看待此事,好好权衡一下利弊得失。当然这是不可能的。我是名医生,做过生死抉择,知道最好应该去掉包袱,卸掉重担,综合考虑。但现在我的女儿性命攸关,这可是我自己的女儿,引用我前面说过的话:女儿是我的全部。

我和莫妮卡买的房子实际上离我父母现在的住所不远,我就是在那里长大的。对于这件事我很矛盾。我打心眼儿不愿意住的离父母这么近,但是更不喜欢那种抛弃他们的罪恶感。我折中了一下:住在附近,经常走动走动。

伦尼和谢丽尔住的是谢丽尔父母的老房子,在卡塞尔顿购物中心附近,离这里四个街区。谢丽尔父母六年前搬到佛罗里达去了,但他们在临近的罗斯兰德留了一套公寓。这样他们就可以偶尔回来探望一下外孙女，免受“阳光之州”佛罗里达的炎炎酷暑了。

我不怎么喜欢住在卡塞尔顿，这座小城30年来基本没什么变化。小时候，我们嘲笑父母，觉得他们注重物质，认为那是没有目标的价值观。现在我们和父母一样，不过是他们的翻版而已。我们把父母弄到某个地方养老，而我们的孩子又成了我们的翻版。但是莫里小吃店依然伫立在卡塞尔顿大街上，消防队的大部分成员还是志愿者，少年棒球联合会还是在诺斯兰运动场上集训。高压线依旧紧挨着我那所古老的小学，洛克蒙特街布伦纳家后面的树林还是孩子们厮混和抽烟的地方，那所中学每年仍能在全国性比赛中获得五到八枚奖章，不过我那时候大部分获奖者是犹太人，而现在亚裔居多。

我们在门罗大街向右拐，驶过我小时候住过的那栋错层式房子。房子是白色的，百叶窗是黑色的，里面是厨房、起居室，左面向上走三个台阶是餐厅，右面向下迈两个台阶是杂物间和车库入口。我家的房子虽然比大多数房子都要破旧，但与街里那些千篇一律的房子却截然不同。其实原因只有一个，就是它有一个供轮椅上下的斜坡。这是我12岁那年，父亲第三次中风后我们修的。我和朋友们喜欢像踩滑板一样从上面滑下去。我们还在斜坡底端用胶合板和空心煤渣砖设了个障碍。

护工的汽车停在车道上，她白天过来。我们没有雇全职住家保姆。父亲坐轮椅已有二十多年了，不能说话，嘴巴像个倒挂的钓钩，向左倾斜着，半边身子已经完全瘫痪，另一边也好不到哪里去。

司机在达比大街转弯，我看到了我的房子——我们的房子——看起来和几周前没什么两样。我不知道会看到什么,也许是犯罪现场的黄色警戒线,也许是一大摊血迹吧。但实际上没有任何迹象能看出两周前发生的事。

我买这栋房子的时候,它的赎回权已经被取消。列文斯基一家在那里住了36年,却没人真正了解他们。列文斯基太太看上去令人很舒服,面部总是习惯性地抽搐。列文斯基先生却很残暴,总是在外面的草坪上朝她大呼小叫。我们都害怕他。有一次我们看到列文斯基太太穿着睡衣跑了出来,列文斯基先生拎着铁锹在后面追。孩子们都喜欢抄近路,但都避开他家。我大学刚毕业时,有关他的流言四起,说他强奸了自己的女儿黛娜——一个眼神凄楚、头发凌乱的弃儿。我和黛娜从小学一年级起就一直在一起上学,回头想想一定同班了十几年。在我的印象中,她说话总是低声细语的,只有在被好心的老师强迫时,她才会稍微大点声。我从没和她联系过。我不知道我做过什么,但我还是希望自己曾经尝试过。

我大学毕业那年,在黛娜被父亲强奸的谣言四处传播的时候,列文斯基一家突然搬走了。没人知道他们的下落,银行收回了房子,开始向外出租。塔拉出生前几星期,我和莫妮卡把这栋房子买下来。

几个月后,我们刚住进去时,我经常彻夜不眠地去倾听,倾听我也说不清的某种声响,倾听这栋房子过去的迹象,倾听屋里的痛苦忧伤。我想搞清楚哪个房间是黛娜的,想弄明白那时她房间的样子,但是一点线索也没有。我说过,房子就是泥灰和砖头砌成的,仅此而已。

房子前面停着两辆奇怪的汽车,我母亲正站在房门边上。

我下车时，她像新闻中刑满释放的战犯一样，向我飞奔而来。母亲紧紧地抱着我，浓烈的香水味扑面而来。我拎着装钱的耐克包，很难对此做出回应。

顺着母亲的肩膀向后望去，我看到鲍勃·里根侦探从房子里走了出来，旁边站着个大块头黑人，光头，戴着名牌墨镜。母亲小声告诉我："他们一直在等你。"

我点点头，朝他们走过去。里根把一只手遮在眼前挡住阳光，其实只是摆摆样子而已，阳光根本没那么强烈。那个黑人还是面无表情。

"你到哪儿去了？"里根问。我还没来得及回答，他就补充道，"你一个多小时前就离开了医院。"

我想到了口袋里的手机，想到了手里的这包钱。事到如今，只好半真半假了。"我去看看妻子的坟墓。"我说。

"我们得谈谈，马克。"

"进去吧。"我说。

他们都进了屋。我在门廊里停了下来。莫妮卡的尸体就是在离我不到三米的地方被发现的。我站在门廊里，环顾四壁，寻找着暴力的痕迹。只有一个地方，我很快就找到了。楼梯井附近的霍华德[①]·贝朗思版画上方有一个弹孔——是唯一那颗既没射中莫妮卡也没射中我的子弹留下的——已经用填泥料抹平了。墙上的这个地方白得明显，需要粉刷一下。

我一直盯着它，直到有人清了清嗓子，才回过神来。母亲拍了拍我的后背，然后朝厨房走去。我把里根和那伙计领到客厅，

---

① 霍华德·贝朗思是美国著名通俗绘画艺术家。

他们坐在椅子上，我坐在沙发上。我和莫妮卡还没真正装修过这栋房子，椅子是我在大学宿舍里用过的，沙发是从莫妮卡以前住的公寓搬过来的，是件不折不扣的遗物，看起来就像凡尔赛宫的藏品。

“这是劳埃德·蒂克纳特工，”里根指了指黑人，开口说道。“联邦调查局的。”

蒂克纳点点头，我也点头回敬。

里根向我笑了一下，“看到你好多了，我很高兴。”他说道。

“我不好，”我回答。

他看起来一脸困惑。

“找回我女儿之前，我好不了的。”

“没错，的确如此。关于这件事，如果你不介意的话，我想再问几个问题。”

我告诉他们其实我很介意。

里根手握拳头放在嘴边咳嗽了一下，“有些事你得明白，我们必须问这些问题。我并不喜欢问，我相信你也不喜欢，但又不得不问，你理解吗？”

我的确不喜欢，但现在不是争辩的时候。“问吧，”我说。

“能谈谈你的婚姻吗？”

警示的信号在我脑海里闪现。“和我的婚姻有什么关系？”

里根耸耸肩，蒂克纳还是很安静。“我们只是在了解情况。”

“我的婚姻和这事扯不上一点关系。”

“我相信你说得没错，不过你看，马克，目前找不到新的线索。每过去一天，我们都会痛苦不已。我们得想尽一切办法。”

“我感兴趣的只有找到我女儿的方法。”

“这个我们理解,那也是我们调查的重点。弄清楚你女儿,还有你,出了什么事。别忘了有人想杀你,对吗?”

“也许是这样。”

“但是,你看,我们也不能忽略其他问题。”

“其他什么问题?”

“比如说,你的婚姻。”

“我的婚姻怎么了?”

“你们结婚时,莫妮卡已经怀孕了,对不对?”

“那又……”我闭上嘴。真想反唇相讥,但伦尼的话又回响在我耳边:他不在场时不要跟警察对话。我知道应该给伦尼打个电话,但他们那语气和态度……如果我现在停下来,说我想打电话给我的律师,就好像我有罪一样。我没什么可隐瞒的,为什么要加重他们的疑心呢?这只会分散他们的精力。当然,我也知道这是他们的工作方法,知道警察是如何开展工作的。但我是个医生,糟糕的是还是个外科医生。我们经常犯下这样的错误:认为自己比谁都聪明。

我如实回答,“是的,她怀孕了,那又怎样?”

“你是个整形外科医生,是吧?”他话锋一转。

“是的。”

“你和同事到国外修复腭裂、严重毁容、烧伤等,是不是?”

“差不多,没错。”

“那么说你经常出差?”

“挺多的。”我说。

“事实上,”里根说,“在你结婚前的两年时间里,能不能这么说,你在国外待的时间可能比在国内的时间长?"

"可能吧,"我扭动了一下身体,靠在没有弹性的靠垫上。"你能不能告诉我,这和本案有什么关系?"

里根向我亲切地笑了笑。"我们就是想全面了解情况。"

"什么情况?"

"你同事,"他翻翻记事本,"齐亚·勒鲁女士。"

"勒鲁医生。"我纠正道。

"勒鲁医生,是的,谢谢。她现在在哪儿?"

"柬埔寨。"

"她在给那里的畸形儿童做手术?"

"是的。"

里根斜着脑袋,一副困惑的模样。"起初不是你准备去的吗?"

"很久以前的事了。"

"多久以前?"

"我记不清了。"

"多久前你取消了计划?"

"我不知道,"我说,"大概八九个月前吧。"

"所以勒鲁医生代你去了,是吧?"

"是的,没错。你的意思是?"

他没有正面回答。"你喜欢你的工作,是吗,马克?"

"是的。"

"你喜欢去国外,从事这种令人赞许的工作?"

"当然。"

里根夸张地挠挠脑袋,显然是在装出一副迷惑不解的样子。

“那么你要是喜欢旅行，为什么要取消这次行程，反而让勒鲁医生代你去呢？”

现在我明白他的意图了。“我是半路返回的，”我说。

“你的意思是在途中。”

“是的。”

“为什么？”

“因为我有别的责任。”

“这些责任就是妻子和女儿，我说得对吗？”

我坐直身体，直视着他。“什么意思？”我说，“你这是什么意思？”

里根坐了下来，蒂克纳一言不发，也坐了下来。“就是想全面了解情况。”

“这话你已经说过了。”

“噢，等等，再给我点儿时间。”里根翻了翻他的记事本，“牛仔裤和红色外套。”

“什么？”

“你妻子。”他指着记事本。“你说那天早上她穿着牛仔裤和红色外套。”

莫妮卡的形象向我涌来，我尽力不去想她。“那又怎样？”

“我们发现她的尸体时，”里根说，“她一丝不挂。”

我的心不由得颤抖起来，这种感觉传过胳膊，刺痛着我的十指。

“你不知道？”

我强忍着。“难道她？”我哽咽着说不下去了。

“没有，”里根说，“除了弹孔外，她身上没有任何伤痕。”他又歪着头,好像在试着帮我理解。“我们就是在这个房间发现她死了。她经常在这里裸体展示吗?”

“我说过了。”我掂量着他的话,试图跟上他的思路,“她当时穿着牛仔裤和红色外套。”

“那么说她已经穿上衣服了?”

我想起了淋浴的声音,想起她走出来,将头发甩到脑后,躺在床上,套上牛仔裤。“是的。”

“确定吗?”

“确定。”

“我们搜查了整个房子,也没找到红色外套,当然也没找到牛仔裤。她有好多衣服,就是没有红色外套。你不觉得奇怪吗?”

“等等,”我说,“她的衣服不在身边吗?”

“不在。”

这讲不通。“那么,我先看看她的衣柜。”我说。

“我们已经看过了,不过当然,你可以去看看。但我还想知道她穿的衣服在衣柜里是怎么摆放的,你能告诉我吗?”

我无法做出回答。

“你有枪吗,塞德曼医生?”

又转到了另一个话题。我试着跟上他的思路,但是脑袋却昏昏沉沉的。“有。”

“哪种?”

“史密斯·威森38式手枪,是我父亲的。”

“你放在哪儿了?”

“卧室壁橱里有个隔间,枪放在顶层一个有锁的箱子里。”

里根向后伸手拽出那个有锁的金属箱。“这个吗?”

“是的。”

“打开。”

他把箱子扔给我,我接住了。灰蓝色的金属冰凉凉的,但重要的是,箱子却轻飘飘的。我把密码锁转到右边的密码上,把它打开,拨开那些法律文件——汽车契据、房契和资产评估证书——心里却越发紧张起来。我马上意识到,那把枪不见了。

“你和你妻子都是被38式手枪击中的,”里根说,“但是找不到击中你的那把枪。”

我盯着箱子,就好像期望那把枪突然出现在里面一样,百思不得其解。

“知道枪的下落吗?”

我摇摇头。

“还有件事很奇怪。”里根说。

我抬头看着他。

“你和莫妮卡是被两只不同的38式手枪击中的。”

“请再说一遍?”

他点点头。“哦,我也觉得难以置信。我检查了两遍,你和你妻子是被两把不同的手枪击中的,都是38式——击中你的那把好像不见了。”里根夸张地耸耸肩,“帮我搞清楚,马克。”

我看看他们的脸,那种表情令我生厌。伦尼的警告再次在耳边回响,这次我坚定了些。“我想给我的律师打个电话,”我说。

“你确定要打电话吗?”

“没错。”

“打吧。”

妈妈一直站在厨房门口,两手紧紧地握在一起。她听到了多少? 从她的脸色可以看出听到的太多了。妈妈满怀期待地看着我。我向她点点头,她就去给伦尼打电话了。我双臂交叉着,感觉很不舒服,踮着脚。蒂克纳摘下墨镜,盯着我,开口说话了。

“包里是什么东西?”他问我。

我只是看着他。

“你一直拎着的那个运动包。”尽管长相彪悍,蒂克纳说起话来却抑扬顿挫,近乎哀叹,令人生厌。“里面是什么东西?”

真是个错误。我真应该听从伦尼的意见,马上给他打电话。现在我也不知道该怎么回答。我听到母亲正在催促伦尼快点过来。我正斟酌着如何用半真半假的托词搪塞他——都说假话他是不会信的——一个声音响了起来,一下打断了我的思路。

手机,那部绑匪送给我岳父的手机响了起来。

四

蒂克纳和里根等着我的回答。

我说了声抱歉，站了起来，趁他们没有反应过来，拿着手机匆匆来到了外面。阳光洒落在我脸上，我眨了眨眼，低头看着键盘。这部手机的应答键位置与我手机的应答键位置截然不同。街道对面，两个头戴艳丽头盔的女孩正在骑自行车，自行车上霓虹灯闪烁，其中一辆车的把手上还飘动着粉红色的丝带。

我小时候，我家周围与我年纪相仿的孩子有十多个。放学后我们常常聚在一起，我不记得我们都玩过些什么了——我们从来就没好好组织在一起进行过棒球类的比赛——但是我们在一起捉迷藏，假装打仗。都说郊区孩子的童年时光天真无邪，但有多少天，不止一个孩子噙着泪水回家？那些诸如争吵、变换阵营、宣布友谊和战争等短暂记忆的事，第二天便被抛诸脑后。每天下午都是新的开始，会形成新的阵营，又会有孩子哭着鼻子跑回家。

我的拇指最终接触到了右键。我摁下按键，麻利地把手机放到耳边，心里怦怦乱跳。我清了清嗓子，感觉像个白痴一样，说了句,“喂?”

“回答是或不是。”电话里传来一种机械的声音,就像告诉你需要服务请按1、核对指令请按2那种客服电话的声音一样,“准备好钱了吗?”

“准备好了。”

“你知道花园购物中心吗?”

“在帕拉默斯。”我说。

“从现在起,两个小时内,必须把车停在北边的停车场。靠近诺德斯特龙[1],在第九区,有人会靠近你的车。”

“但是……”

“如果不是你一个人去,我们会消失。如果有人跟着你,我们会消失。如果我察觉到警察的踪迹,我们会消失。你别无选择,明白吗?”

“明白,但什么时候——”

咔嗒一声,电话挂了。

我把手放了下来,麻木感随之传来,我全然没有理会。道对面的那两个小女孩正在争吵,听不见她们在吵什么,但是“我们”这个词一遍遍传过来,这个简单的音节说得很重,拖得很长。一辆运动型多功能车飞驰过街角,我看着它,仿佛它从天而降。刹车发出刺耳的声音,汽车还没停稳,驾驶座一侧的车门就打开了。

是伦尼。他扫了我一眼,加快了脚步。“马克?”

---

① 诺德斯特龙(Nordstrom)是美国高档连锁百货店,经营的产品包括服装、饰品、包包、珠宝、化妆品、香水、家居用品等。

“你说得没错。”我朝那栋房子点点头。里根正站在门口。“他们认为我牵扯其中。”

伦尼黑着脸、眯着眼，瞳孔聚焦于一点。在体育运动中，可以称之为摆出一副“运动脸”。伦尼正在变成疯狗，他盯着里根，好像在决定该咬掉他哪条胳膊哪条腿似的。“你和他们谈过了？”

“谈了点。”

伦尼的目光猛地投向我。“你没告诉他们你需要辩护人吗？”

“开始时没有。”

“该死，马克，我告诉过你——”

“有人向我索取赎金。”

伦尼突然停了下来。我看了下手表，开车去帕拉默斯需要40分钟。加上堵车，可能得需要一个小时。我有时间，但是不多。我开始告诉他详细的信息。伦尼又看了里根一眼，把我领到房子远处，在路肩石边上停了下来。那些熟悉的灰云色石头排成一道界限，就像一排牙齿。我们像两个孩子，蹲下来一屁股坐在了石头上，下巴抵在膝盖上。我能看到伦尼多色菱形花纹的袜子和小脚裤裤脚之间的皮肤。这样蹲着实在不舒服，太阳光晃着眼睛。我们没有注视彼此，而是看向别的地方，仿佛又回到了童年。这样更容易倾诉。

我飞快地说着。正在讲述重点时，里根向我们走来。伦尼转向他，大声喊道：“快滚！”

里根停下脚步。“你说什么？”

“你要逮捕我的当事人吗？”

“没有。”

伦尼指着里根的裤裆。“如果你再敢过来一步,我就把你那玩意儿晒干,挂在我的后视镜上。”

里根挺直腰板。“我们有些问题要问问你的当事人。”

“恶棍,去侵犯那些烂律师的当事人吧。”

伦尼做了个轻蔑的手势,点头示意我继续。里根很不情愿,但还是向后退了两步。我又看了看表,从要赎金的电话打过来算起,才过了五分钟。我讲完了,在此期间伦尼一直狠狠地瞪着里根。

“想听听我的意见吗?”他说。

“嗯。”

他仍然瞪着里根。“我想你应该告诉他们。”

“你确定?”

“该死,不确定。”

“你会吗?”我说,“我的意思是,如果是你的孩子的话?”

伦尼思考片刻。“如果你是这个意思的话,我真做不到设身处地。但是呢,我想我会的。我会赌一把的。如果报警的话,情况会好一些。我不是说每次都能成功,但他们是这方面的行家,我们不是。”伦尼的手肘抵在膝盖上,双手托着下巴——这是年轻时的习惯。“这是伦尼朋友的想法,”他接着说道,“伦尼朋友鼓励你报警。”

“那伦尼律师呢?”我问。

“他会更坚决,他会强烈要求你报警的。”

“为什么?”

“你要是拿着这200万走了,钱要是没了——就算你把塔拉弄回来——客气点说,他们也会怀疑你的。”

“我不在乎,我只想把塔拉弄回来。”

“我明白。或者我是不是该说,伦尼朋友理解了。”

现在轮到伦尼看表了。我的内心空荡荡的,就像被掏空的独木舟。我几乎能听到手表的嘀嗒声,这真让我抓狂。我又试着理智些来权衡利弊,但嘀嗒声不绝于耳。

伦尼说过要赌一把,但我不赌博,也不是冒险家。街对面的一个女孩大喊着,“我去告状!”旋风般地跑了。另一个女孩嘲笑着她,又骑上自行车。我感觉泪水涌了出来。我多么希望莫妮卡在这儿啊,这个决定不应该是我独自作出,她也应该参与其中。

我回头看看房门,此时,里根和蒂克纳都在外面。里根双臂交叉,抱在胸前,不停地踮着脚尖。蒂克纳则一动不动,脸色一如既往平静。我能否信任这些人,把女儿的生命托付给他们?他们会着重考虑塔拉吗?还是如埃德加所说,他们会按某些不为人知的程序做呢?

手表的嘀嗒声愈发明显,一阵紧过一阵。

有人谋杀了我的妻子,劫走了我的孩子。过去的这些天,我一直在问自己为什么——为什么是我们?我一遍遍强迫自己保持冷静,不允许自己继续悲天悯人。但是没有答案。我看不出任何动机,或许这才是最可怕的。也许没有原因,也许纯粹是倒了霉。

伦尼盯着前方,耐心地等待着。嘀嗒,嘀嗒,嘀嗒。

“告诉他们吧。”我说。

他们竟然惊慌失措,这一反应令我大吃一惊。

当然,里根和蒂克纳很想掩饰,但他们的肢体语言却露出了马脚——眼神忐忑,嘴角紧绷,语调如同电台里没有调好的轻柔摇滚乐的音色。时间所剩无几。蒂克纳迅速拨通了联邦调查局绑架谈判专家的电话来寻求帮助。打电话时,他把手拢在嘴边,并压低了声音。里根也联系上了帕拉默斯的警察。

蒂克纳挂上电话,对我说:“我们会派人包围购物中心,当然,会不露声色的;会派人开车守在购物中心的每个出口和17号公路的来往方向;还会派人进入购物中心守住每个进口。但我希望你仔细听清楚我的话,塞德曼医生。专家说我们应设法拖住他,也许可以让绑匪推迟……”

“不行。”我说。

“他们不会一走了之的,”蒂克纳说,“他们要的是钱。”

“我女儿在他们手里快三个星期了,”我说,“不能再拖了。”

尽管不喜欢我的话,他还是点点头,努力保持着平静。“那我想派个人和你一起开车去。”

“不行。”

“他可以蜷在后座上。”

“不行。”我又说了一遍。

蒂克纳想到了另一个方法。“或者这样能好点——我们以前这样干过——跟绑匪说你不能开车。见鬼,你不是刚出院吗。让我们的人替你开车,就说是你表哥。”

我皱着眉头看了看里根。“你不是说过你们认为我妹妹可能参与了吗?”

“有可能,是的。”

“你觉得她能不知道这家伙是不是我表哥吗？”

蒂克纳和里根都犹豫一下，然后不约而同地点了点头。“说得好。”里根说。

我和伦尼对视了一眼。把塔拉的性命托付给这些专业人士，真让我不安。我朝门口走去。

蒂克纳一只手搭在我肩上。“你去哪儿？”

“你他妈的觉得我会去哪儿？”

“坐下，塞德曼医生。”

“没时间了，”我反驳道，“我得出发了，可能堵车。”

“我们能不让它堵车。”

“嗯，那样可是不会欲盖弥彰的。”我说。

“我非常怀疑对方从这里就会跟踪你。”

我反唇相讥。“这么说你愿意拿自己孩子的性命冒险呗。”

他半天也没回过神来。

“你不懂，”当着他的面，我继续说道，“我不在乎钱，也不在乎他们逃不逃跑，我只想让女儿回到我身边。”

“这个我们理解，”蒂克纳说，“但你忘了件事。”

“什么事？”

“请，”他说，“坐下。”

“喂，行行好，行不？我站着就行了。我是医生，比谁都清楚怎么宣布不好的消息，别要我了。”

蒂克纳摊开双手，“太好了。”他长长地舒了口气。这是拖延战术，我可不吃他这套。

“说吧，什么事？”我说。

“不管是谁干的，”他开始说道，“他都向你开了枪，杀了你妻子。”

“这我知道。”

“不,我觉得你不知道。你仔细想想,我们不能让你一个人去,不管是谁干的,他都想要了你的命。他们向你开了两枪,以为你死了。”

“马克,”里根向我靠近些,说道,“我们以前对你的推测很轻率。但问题在于,这件事的实质就是推测。我们搞不清这些家伙到底想干什么。也许这只是起纯粹的绑架案,如果是这样,又跟我们以往所见的绑架案截然不同。”他脸上审讯的神色已经不复存在,取而代之的是眉毛上挑、开诚布公的平静神色。“我们能够确定的是,他们想杀你。要是想要赎金,就不该杀了孩子父母。”

“也许他们想从我岳父那儿弄钱。”

“那为什么等这么长时间?”

我无法做出回答。

“也许,”蒂克纳继续说道,“这根本不是绑架案,至少刚开始时不是,不过后来成了顺手牵羊。说不定你和你妻子才是目标。现在他们想做个了结。”

“你觉得这是个圈套?”

“嗯,极有可能。”

“那你有什么建议?”

蒂克纳接过话。“别一个人去,给我们争取点时间来周密部署一下。等着他们再打电话过来。”

我看着伦尼,他会意地点了点头。“那不可能。”伦尼说。

蒂克纳猛地转向他。“恕我直言,你的当事人目前处境非常危险。”

“我女儿也是，”我说。简单利索。要是想简单，事情自然就不会曲折。我转身朝车子走去，“让你们的人离我远点。”

五

路上没有堵车，我赶到购物中心时，还有很多时间。我熄灭发动机，靠在座椅上，环顾四周，琢磨着联邦调查局和警方可能在盯着我，但我却没有发现他们。我想这倒是件好事。

现在干点儿什么呢？

不知道。我又等了一会儿，胡乱摆弄着收音机，却什么也听不进去。我打开 CD 播放机，里面响起了斯蒂利·丹乐队的唐纳德·费根的《黑牛》，不禁感到一丝悸动。估计从大学时代起，我就没有听过这盘特殊的磁带了。莫妮卡怎么会有这盘磁带？又一阵极度的痛苦袭来，我意识到最后一次开这辆车的人是莫妮卡，这可能是她听过的最后一首歌。

我注视着那些准备进入购物中心的人。我把注意力集中在了年轻的母亲身上，看到她们打开小货车的后门，如同魔术师般在半空中打开折叠式婴儿小推车，费力地把孩子从安全座椅上解下来，不禁想起了巴泽·奥尔德林的《阿波罗 11 号》；她们绕到前面，高昂着头，干脆利落地按下遥控器关上了小货车的门。

每个母亲都神情漠然。她们的孩子就在身边，拥有五星级的防侧撞装置和美国国家航空航天局般豪华的车座，他们的安全是有保证的。而我却夹着一袋赎金坐在这儿，想着把女儿赎回来。希望渺茫。我真想摇下车窗，高声警告她们。

离交换时间越来越近了。太阳暴晒着挡风玻璃，我伸手去拿墨镜，但转念一想又改变了主意。我说不清原因。戴墨镜会使绑匪感到不安？不，我想不会。或者会吧。最好还是摘下来，别冒险。

我耸着肩，四处张望着——出于某种奇怪的原因——尽量做到不引人注意。一有人把车停在附近，或在汽车附近走动，我就收腹屏吸，琢磨着：塔拉在附近吗？

到了两个小时的期限了。我想早点结束。下面的几分钟将决定一切，这我知道。冷静，我需要保持冷静。蒂克纳的警告一直在我的大脑里回响着。会不会有人走过来，打烂我的脑袋呢？

我意识到这种情况极有可能。

手机响了，我不由得身体向前倾去。我把手机放到耳边，飞快地喊了声“喂”。

那个机械的声音说：“从西面的出口出来。”

我被搞糊涂了。“哪个是西面？”

“沿着4号公路的标志，上立交桥。我们在盯着你，要是有人跟着，我们会消失。把手机放到耳边。”

我乖乖地照做了。我右手攥住电话，紧紧贴着耳朵，压得血液无法流通；左手牢牢地握住方向盘，好像要把它掀掉一样。

“上4号公路，一直向西开。”

我拐向右面，上了公路，看着后视镜，想知道后面有没有人跟着。这个可说不准。

那个机械的声音说："你会看到一个零售店。"

"那么多零售店呢。"我说。

"在右边，旁边是一家卖婴儿床的商店。就在帕拉默斯公路出口处的前面。"

我看到了。"好吧。"

"开到那里，左边有个车道。开到头，熄灭发动机，把钱准备好。"

我马上明白了绑匪为什么会挑上这个地方。这里只有一个入口。除了那家婴儿床店外，其他店铺都是租借的，而且婴儿床店还在最右侧。也就是说，这个地方自成一体，远离公路，只要有人倒车或放慢车速，都会被注意到。

我希望联邦调查局的人明白这一点。

我到了那栋建筑后面，看到有个男人正站在一辆面包车旁。他穿着红黑相间的法兰绒衬衫，黑色牛仔裤，戴着黑色墨镜和扬基帽。我很想找出他的明显特征，但脑海里冒出的词却是"中等"：中等身高，中等身材。明显的只有鼻子，即使这么远的距离，也能看得出鼻子扭曲变形了，好像这个人以前是拳击手一样。不过这是真的还是伪装的？我却无从知晓。

我仔细审视着那辆面包车，上面有新泽西里奇伍德"B & T电子公司"的标记，没有电话号码和地址。车牌是新泽西的，我记住了。

那个男人把手机举到嘴边，像拿着对讲机一样。我听到那个机械的声音说："我要靠近你，把钱从车窗递过来，别下车，也别和我说话。等我们带着钱安全离开时，我会打电话告诉你到哪儿去接你女儿。"

那个穿着红黑相间法兰绒衬衫和黑色牛仔裤的男人放下手机,走了过来。他的衬衫解开了。他带枪了吗?我不知道。即使他带了,此时的我又能如何应对呢?我按下按钮想打开车窗,但车窗并没有打开,得扭动钥匙才行。那个男人靠得更近了,扬基帽拉了下来,帽檐碰到了墨镜上。我伸手去够钥匙,轻轻扭动了一下,仪表盘上的灯顿时亮了。我又按了下按钮,车窗滑下来了。

我又想寻找他的明显特征。他走路略失平衡,好像喝了点酒,但看上去并不紧张。没刮胡子,脸上有些斑点,两只手脏兮兮的,黑色牛仔裤在右膝处裂开了,那双匡威高帮帆布运动鞋也已有些时日了。

那个男人离车只有两步远时,我把包举到了窗口,屏住呼吸,作好了准备。他接过钱后并没有拔腿就跑,而是转身朝面包车走去。现在他加快了步伐,面包车的后门打开了,他跳了进去,车门旋即关上,如同一口吞下了他。

司机发动引擎,面包车疾驰而去。此刻,我才意识到后面还有个出口通向一条小道。面包车开上小道,消失得无影无踪。

只剩下孤零零的我。

我待在原地,等着手机再次响起。我的心怦怦地跳着,汗水浸透了衬衫。没有别的车开回来。路面上到处都是裂缝,纸盒箱从垃圾堆里突出来,地上到处是碎瓶子。我盯着地面,想辨认出褪色的啤酒商标上的文字。

15 分钟过去了。

我在脑海中描绘着与女儿团圆的情景,描绘着我如何找到她,抱起她,揽她入怀,温柔地哄着她的情景。还有手机,盼着手机响起来,也是我描绘内容的一部分。手机响起,那个机械的声音向我发出指示。这是第一步和第二步。可是那可恶的手机怎么就不响呢?

一辆别克名使车开进了停车场,与我保持着一段距离。我不认识司机,但是蒂克纳正坐在副驾驶座上。我们对视着,我想从他的表情中看出点什么,但他还是那副平静的神态。

我紧盯着手机,不敢东张西望。我又听到了嘀嗒声,这次缓慢而沉闷。

又过了十分钟,手机才不情愿地发出刺耳的响声。没等对方的声音传过来,我就把手机放到了耳边。

"喂?"我说。

没有声音。

蒂克纳目不转睛地看着我,向我轻轻点了点头,我不知道他为什么点头。他的司机双手依然放在方向盘上待命。

"喂?"我又试了一声。

那个机械的声音说:"我警告过你不要报警。"

我如坠冰窟。

"别无选择。"

电话挂断了。

六

我无处可逃。

我渴望麻木感;渴望住院时的昏迷不醒;渴望输液袋和麻醉剂在我体内的自由流动。我的皮肤被撕裂了,神经末梢裸露在外,我能感觉到一切。

恐惧和无助让我不堪忍受。恐惧使我闭门不出,而无助——我知道自己搞砸了,我无能为力去减轻孩子的痛苦——则紧紧地缠绕着我,让我活在黑暗中。我十有八九是神志不清了。

日子就这样迷迷糊糊地过去了。大多数时候我坐在电话旁——确切地说,好几部电话——家里的电话、我的手机和绑匪的手机。我给绑匪的手机买了个充电器,让它一直处于开机状态。我坐在沙发上,电话就摆在右面。我尽量不去看电话,而是去看电视,因为我记得有句老话:看着的水壶永不开(性急也没用)。但我还是忍不住偷偷瞅几眼那些可恶的电话,担心它们会不翼而飞,并盼着它们响起来。

我又开始努力挖掘那种超自然的父女关系,我还是坚持认为塔拉还活着。我想(或者至少让我自己相信),还有女儿的微弱气息,但这种超自然的关系明显有些牵强。

“别无选择……”

昨晚我梦见的不是莫妮卡,而是另一个女人——我的老情人雷切尔,这更加重了我的负罪感。在梦里,时间与现实完全扭曲,世界变得陌生甚至矛盾,但你却对此坚信不疑:我和雷切尔在一起。尽管分手这么多年了,但我们却从没结束过。我还是34岁,但她从离开我那天起一点也没变老。梦里,塔拉还是我的女儿——事实上她从没被绑架过——但不知怎么也成了雷切尔的女儿,尽管雷切尔不是她的母亲。估计每个人都做过类似的梦,梦里的情形不能当真,但你又不怀疑梦里的所闻所见。我醒来时,如往常一样,梦境已烟消云散,留下的只有回味和一种意料之外的力量驱动的渴望。

母亲老是待在我这儿。她刚把另一盘食物轻轻地放在我面前。我置之不理,妈妈无数遍地絮叨着,“为了塔拉,你得保持体力呀。”

“没错,妈,现在要紧的是体力。我多举几下杠铃,就能把她弄回来。”

妈妈摇摇头,不再理我。这事说起来未免有些残忍,她也是受害者,孙女不知去向,儿子状况糟糕。我看到她叹了口气,转身回厨房了,却没有道歉。

蒂克纳和里根经常来探望我。他们提醒我说莎士比亚式的喧嚣和愤怒毫无意义。他们把所有用来寻找塔拉的先进技术都告诉了我,包括DNA检测、指纹、摄像头、飞机场、公用电话亭、火车站、追踪装置、监控装置和实验室等等。他们动不动就搬出警察那套靠得住的说辞,“每块石头都翻过了”,采用了“一切可能的手段”。我朝他们点着头。他们让我辨认嫌疑犯照片,但那个穿着法兰绒取赎金的家伙却不在其中。

“我们查过B & T电子公司,”事发当晚,里根告诉我,“确实有这家公司,不过他们用的是磁性标志,就是可以从卡车上撕下来的那种。两个月前有人偷走了一个,他们也没觉得这事儿值得报案。”

“车牌是怎么回事?”我问。

“你给我们的那个号码并不存在。”

“那怎么可能?”

“他们用的是两个旧车牌,”里根解释道,“你看,他们是这么做的,把两个车牌锯成两半,然后把一个车牌左边的一半和另一个车牌右边的一半焊到一起。”

我只是盯着他。

“也有好的一面。”里根补充道。

“嗯?”

“这意味着我们在和职业罪犯打交道。他们知道如果你报警的话,我们就会在购物中心设防,所以找了那么个接头地点,只要我们过去就会被发现,还让我们去追查假标志和焊接的车牌这样没用的线索。就像我说的,他们是职业罪犯。”

“好的一面是因为……”

“职业罪犯通常不那么残忍。”

“那他们在干什么?”

“我们的推测,”里根说,“是他们在软化你,这样就能向你索要更多的钱。”

软化我。的确已经起作用了。

赎金这事办砸后，岳父给我打了个电话，从声音能听得出来他很失望。此时我不想有意刻薄——是埃德加拿的钱，他还明确表示会继续拿钱的——但比起最终的结果，听得出他好像对我本人、对我没有听从他的建议反而报了警更加失望。

当然，在这件事上他是对的。我错失良机。

我想参加调查，但警察并不赞成。电影里的警察总是与受害者合作，并分享信息。我自然会向蒂克纳和里根问及此案的诸多问题，但他们从不回答，也从没跟我讨论过具体的案情，总是以近乎轻蔑的态度对待我的询问。比如，我想知道我妻子被发现的细节，了解她为什么会赤身裸体，但他们守口如瓶。

伦尼经常来我家。他回避着我的目光，对鼓励我报警这件事一直自责不已。里根和蒂克纳也犹疑不定，一会儿觉得把事情办砸了，一会儿又觉得可能是我，这个悲痛的丈夫和父亲，从一开始就是幕后推手。他们想了解我和莫妮卡岌岌可危的婚姻状况，想了解我那把失踪的手枪。和伦尼当初预测的完全一样：随着时间的流逝，当局越来越把焦点集中在唯一的嫌疑人身上。

就是在下。

刚过一周，警方和联邦调查局的人员就撤走了，蒂克纳和里根也不常来了。每次来时，他们都会不停地看表，借口处理其他案件的电话而匆匆离开。对此我当然能够理解。没有发现新的线索，事态逐渐平息了下来。能缓口气我还是乐意的。

第九天，一切都变了。

十点钟时，我正脱衣服准备上床睡觉。就我一个人。我爱自己的家人和朋友，他们也意识到该给我独立的时间，所以晚饭前就离开了。我从湖南花园饭店叫了份外卖，根据妈妈的指示，吃饭才有力气。

我看了看床边的闹钟，知道当时的精确时间是晚上 10 点 18 分。我向窗外扫了一眼，只是漫不经心地扫了一眼。黑暗中，我差点错过，但有东西——不怎么显眼——却吸引了我的注意力。我停了下来，又看了一眼。

在那儿，人行道上有个女人正一动不动地站在那儿，凝视着我的家。我推断她正在目不转睛地看着，但我不敢肯定。她的脸被阴影遮住了，一头长发——从轮廓能清楚地看出来——穿着一件长外套，双手插在衣兜里。

她就站在那里。

我不知道该怎么解释。当然，我们是新闻人物，记者们也常来。我把街道的前前后后都看了一遍，没有汽车，也没有新闻采访车，什么也没有。她是走来的，不过这也很反常。我住在郊区，人们出来散步时，通常是牵着狗或夫妻两人，或者夫妻两人一起牵着狗。一个女人独自散步可真有点让人匪夷所思。

那她为什么停在那儿？

我估计是出于病态的好奇。

从我这个角度看，她个子很高，不过也只是猜测而已。我不知道该怎么办。一种不安的感觉袭过来。我抓起一件运动衣，飞快地套在睡衣上，又飞快地把运动裤套在睡裤上。我又向窗外看去，那女人还是僵立着。

那个女人看到我了。

她转身匆匆离去。我感到胸膛绷得紧紧地,我想打开窗户,但窗户被卡住了。我撞了撞窗户的四周,想让它松动,接着又试了试。窗户好不容易掀开了条缝。我放低嘴巴,凑到开口处。

“等等!”

她加快了步伐。

“请等一等。”

她撒腿跑了起来。该死的,我转身朝门口追去。我不知道拖鞋跑哪儿去了,也没工夫穿鞋了。我跑到屋外,朝她离去的方向飞奔过去。光脚踏着草坪感觉脚底痒痒的。我想追上她,但她不见了踪影。

我回到屋里,打电话告诉里根刚才发生的事。说这事时,我的话听起来很蠢。有个女人站在我房前,还真是了不得的事呢。里根呢,听起来也是丝毫不感兴趣。我说服自己这没什么,不过是个爱管闲事的邻居,爬回床上,关上电视,慢慢闭上了眼睛。

然而,这一夜还没结束。

凌晨4点,我的电话响了。我自称是在睡觉,其实压根儿也没真正睡着。我闭着眼睛,想着发生的一切。夜晚和白天一样难熬,两者的界限就是那层薄薄的窗帘。夜里,我的身体休息了,但思维却从未停止过。

我闭着眼睛,无数次地重放遭到袭击那天早晨的情形,希望能唤醒新的记忆。就是从我现在的地方开始的:卧室里。我记得闹钟响了。那天早上,伦尼和我准备去打壁球。大约从一年前开始,我们每个星期三都会去打球,球技也从“差劲”提高到“尚可救药”的程度。莫妮卡已经醒了,正在淋浴。上午11点我还要做手术。我起床后,看了看塔拉,转身回到卧室。莫妮卡洗完澡，正在穿牛仔裤。我穿着睡衣，下楼来到厨房，打开西屋冰箱右面的储藏橱，挑了些红莓格兰诺拉麦片条，而不是黑莓的（其实我最近也把这个细节告诉里根了，好像与案情有关似的），一边吃，一边在水槽前俯身……

砰，就这样。什么也记不起来了，之后便是身处医院。

电话又响了一遍，我睁开眼。

我摸到电话，拿起来说了声："喂？"

"我是里根侦探，和蒂克纳特工在一起。我们两分钟内赶到你家。"

我咽了下口水。"什么？"

"两分钟。"

他挂断了电话。

我下了床，朝窗外望望，有点期望再看到那个女人。但那个地方一个人也没有。我的牛仔裤从昨天起一直堆在地板上。我匆匆穿上牛仔裤，套上运动衣，下了楼，打开房门，向外望去。一辆警车出现在街角处，里根开车，蒂克纳坐在副驾驶座上，这还是我第一次看到他们同坐在一辆车上。

我知道，这次不会是好消息。

两个人钻出汽车。我忽然感到厌恶感遍布周身。赎金那事办砸后，我对此次来访也做了点准备，甚至把将要发生的事在脑子里预演了一遍——他们会怎样向我发难，我如何应对，感谢他们，检讨自己。我练了练自己的反应，清楚地知道会发生什么。

但此时，我看着里根和蒂克纳向我走来，那些辩护词却荡然无存。恐惧感向我袭来，我的身体开始颤抖，几乎无法站立。我的膝盖晃动着，只好倚在门框上。两人步调一致走了过来，让我不禁想起一部老战争片里的情景：军官们表情严肃，来到母亲房前。我摇摇头，驱走这些画面。

他们走到门口，推门进来。

“有件东西给你看看。”里根说。

我转身尾随其后。里根打开一盏灯，但灯光不是很明亮。蒂克纳走到沙发边，打开他的笔记本电脑。显示器一下子亮了，发出的蓝色荧光洒满了他全身。

“我们有了新的进展。”里根解释道。

我靠近了些。

“你岳父给了我们赎金钞票的系列编号，记得吗？”

“记得。”

“昨天下午有人在银行用了一张。蒂克纳特工现在带来了录像资料。”

“从银行带来的？”我问。

“是的。我们把录像下载到了他的笔记本电脑里了。12 小时前，有人拿着一张百元钞票到这家银行兑换零钱。我想让你看看这段录像。”

我坐到蒂克纳身边。他按下按键，录像马上就播放了。我原以为是黑白或者质量低劣、模糊的画面，但这段录像并非如此。拍摄角度在正上方，色彩鲜亮。一个光头正和出纳员说话，但听不到声音。

“我不认识他。”我说。

“等等。”

光头和出纳员说了些什么，他们似乎在和善地笑着。他拿起一张纸条,挥着道别,出纳员挥手回敬。队伍中的下一个人靠近柜台,我听见了自己的叹息声。

这个人是我妹妹,斯泰西。

七

我爷爷是个温文尔雅、声音柔和的人，他喜欢打猎，对此我一直很疑惑。他从来不谈论自己的爱好，也不会把鹿头挂在壁炉架的上方。他与其他猎人不同，不会保留战利品的图片、把鹿角当成纪念品或者做些诸如此类的事。他不和朋友或家人一起打猎。对我祖父而言，狩猎是个人活动；他不解释、不辩护，也不与他人分享。

1956 年，爷爷在纽约蒙塔哥镇狩猎的树林中买下了一座小木屋，听说花了不到 3000 美元。我想要是现在，要价会高得多。木屋里只有一个卧室，乡村风格的结构，一点也不迷人。几乎很难发现这个小屋——离木屋 200 米远的地方有条土路，近处则是条羊肠小道，只能步行。

四年前爷爷去世了，奶奶继承了它。至少我是这么推断的，没人真正在意这个。大概十年前，爷爷奶奶退休后去了佛罗里达。奶奶正饱受老年痴呆症的折磨。那座古老的小木屋据我估计是她的一部分财产，恐怕已经欠了税和其他费用。

小时候，每年夏天我和妹妹都会和爷爷奶奶在小木屋里度过一个周末。我并不喜欢如此。除了有蚊子偶尔叮我几口，我觉得非常无聊。没有电视，我们很早就得上床睡觉，四周漆黑一片。白天很幽寂，经常能听到猎枪的回响，我们大部分时间都在散步。现在这个时候，我发现散步真没劲。有一年，母亲给我穿了件卡其色衣服，那两天我一直提心吊胆，担心猎人会误把我当成鹿。

而斯泰西却在那里找到了慰藉。可以远离郊区的学校迷宫，远离各种各样的课外活动、运动队和社交活动，虽然是个小孩子，她却近乎陶醉于这种解脱。她会溜达好几个小时，会摘下树叶，捕捉尺蠖放在罐子里，会踮着脚从铺满松针的地上走过去。

我们在87号公路上疾驰着，我向蒂克纳和里根介绍了小木屋的情况。蒂克纳用无线电与蒙塔哥警署联系。我虽记得怎样找到小木屋，但描述起来可就困难了。我尽力描述着。里根的脚一直不离油门。现在是凌晨4点半，路上没什么车，没必要鸣警笛。我们到了纽约高速公路16号出口，驶过奥特莱斯购物中心。

丛林模糊不清，离小木屋不远了。我告诉他在哪儿转弯，汽车在公路上颠簸行进。30多年了，这条公路还是老样子。

15分钟后，我们到了。

斯泰西。

我妹妹天生就没什么魅力，这或许也是她的一个问题。是的，这话听起来就像废话，真是句蠢话，但我还是要说出来。没人邀请过斯泰西参加舞会，男孩子也从来不给她打电话。她几乎没有朋友。当然,很多青春期少年都遇到过这种问题。青春期是场战争,大家都会受到伤害。还有,没错,父亲的病对我们来说是巨大的压力。但那也解释不通。

最后,在进行了所有推理和精神分析后,在梳理了她童年时期遭受的种种创伤后,我认为妹妹出问题的根本还是在她自身。她脑子里的化学成分失调了,某种成分在一个地方聚集太多,在另一个地方则流失很多。我们没有及时发现征兆。有段时间斯泰西一直情绪消沉,我们还以为她是郁郁寡欢。或者也许,直到现在,我还在用这种复杂的理论来为我对她的漠不关心寻找借口。斯泰西的确是我的不可思议的妹妹,但我自己也有问题。我有十几岁少年所有的自私,这话即使我听过,也认为是句废话。

不管我妹妹的痛苦是出于生理原因还是心理原因,还是二者兼而有之,总之她消极的人生旅程就此结束了。

我妹妹死了。

我们在地板上发现了她。她紧紧蜷缩着身体,像个胎儿。从小她就这样睡觉:双膝蜷在胸口,缩着下巴。但是即使在她身上没有发现一丝伤痕,我也能看得出她不是在睡觉。我弯下腰,斯泰西睁着眼睛盯着我,一眨不眨,疑惑的神情,看上去还是那么迷惘。不应该是这样的,死亡带来的应是孤独,应是她生前一直渴望的和平。我弄不明白为什么她看上去还是那么茫然若失。

她身旁的地板上放着个皮下注射针头,她生前以此为伴,死后仍与它为伍。当然还有毒品。我不知道是有人故意放的还是什么,我也没时间细想。警察们散开了,我把目光从她身上移开。

塔拉。

这个地方一片狼藉。浣熊们来过，把这里当成了窝。我爷爷经常交叉双手、坐在上面打盹的那个沙发被撕得稀烂，里面的填充物散落到地板上，弹簧翘了起来，要戳人一样。整个地方弥漫着尿骚和动物尸体的腐烂味道。

我停下来，倾听婴儿啼哭的声音。没有，一点动静都没有。还有另外一个房间。我跟着警察冲进卧室，房间里黑乎乎的。我碰了下电灯开关，什么反应也没有。手电筒光像军刀一样划破黑暗。我扫视房间，看到那个东西时，差点喊出来。

是个游戏围栏。

这是一种时髦的帕克玩具，四周的网格可以折叠起来，便于携带。我和莫妮卡有一个。我不知道还有哪个有小孩的人家会没有这个东西。产品标签悬在一边，一定是新买的。

泪水涌了上来。手电筒的光芒划过这个帕克玩具，产生了闪光灯的效果。里面空荡荡的，我的心沉了下去。不管怎样，我还是跑了过去，以防是光线引起的错觉。

但里面只有一条毯子。

一个细微的声音——一个轻轻的、不容忽视的噩梦般的声音——传来，“噢，上帝！”

我的头突然转向声音传来的方向。声音再次响起，这次更微弱。“在这儿，”一个警察说，“在卫生间里。”

蒂克纳和里根已经在那里了，他们都在向里看。即使光线昏暗，我也能看到他们面无血色。

我跌跌撞撞地走了过去。我穿过房间，差点倒下去。在最后一刻我抓住了卫生间的门把手,才没有摔倒。我朝门里望去,当我低头看到那块破损的布料时,我感到自己的五脏六腑爆炸了,顷刻化为灰烬。

在那儿,破破烂烂地丢在地板上的,是件有黑色企鹅图案的粉色连体衣。

别无选择
NO SECOND CHANCE
十八个月后

八

莉迪亚看到那个寡妇独自一人坐在星巴克咖啡屋里。

那个寡妇坐在凳子上，心不在焉地看着来来往往的行人。咖啡靠窗放着，蒸气环绕在杯子上方。莉迪亚看了她一会儿。她还是那样颓靡——饱经创伤、呆滞的目光、枯燥的头发，颤抖的双手。

莉迪亚点了一大杯脱脂拿铁饮料和一小杯浓咖啡。一位身材消瘦，穿着黑色衣服，留着一小撮胡子的年轻侍者送来一杯“免费”浓咖啡。男人，即使是这种年轻男人，对莉迪亚也是如此。她压低墨镜，谢了他，他激动得差点把咖啡洒到自己身上。

莉迪亚朝摆放调味品的桌子挪过去，她知道那个男人正盯着她的屁股。对此她习以为常。她往咖啡里加了袋怡口糖。星巴克里空荡荡的——有很多空座——但莉迪亚旋即坐在了靠窗的凳子上。寡妇感觉到她过来了，从遐想中缓过神来。

“温迪·”莉迪亚说。

温迪·伯内特，那个寡妇，循着这个温柔的声音转过身。

“真为你的不幸感到难过。”莉迪亚说。

莉迪亚朝她微笑着。她知道自己的微笑温情脉脉。她身材娇小精干，穿着剪裁合体的灰色套装，裙摆开得很高，真是性感的职业女性。她那双水汪汪的眼睛神采奕奕，小巧的鼻子微微上翘，棕褐色的头发卷曲浓密。她能——也经常——改变发型和发色。

温迪·伯内特盯着莉迪亚看了好久，莉迪亚不知道她是否认出了自己。对这种长时间的凝视和“我在什么地方见过你”的疑惑表情，莉迪亚见得多了，尽管从13岁起她就不再上电视了。有些人甚至会品头论足：“嘿，你知道你长得像谁吗？”每次莉迪亚——那时她叫拉里萨·戴恩——只是耸耸肩，不去理会。

不过，哎呀，这次与以往不同。温迪·伯内特还沉浸在失去爱人的迷惘恐慌中，她只是要花点时间去消化这些陌生资料。她也许在寻思该如何回应，寻思需不需要假装认识莉迪亚呢。

又过了几秒钟，温迪·伯内特不置可否地说：“谢谢。”

“可怜的吉米，”莉迪亚接过话茬，“走得那么惨。”

温迪摸索着拿到纸咖啡杯，喝了一大口。莉迪亚察看了一下纸杯旁的小盒子，看到寡妇温迪也点了一大杯拿铁，不过她选择的是加豆奶的无咖啡因咖啡。莉迪亚朝她挪了挪。

“你不知道我是谁，是吧？”

温迪给了她一个浅浅的微笑。“不好意思。”

“那倒不必，我们没见过面。”

温迪等着莉迪亚自我介绍，但莉迪亚什么也没说，于是温迪问道：“那你认识我丈夫？”

“噢,是的。”

“你也是做保险的?”

“不,恐怕不是。”

温迪皱皱眉。莉迪亚一小口一小口地喝着咖啡。场面越来越尴尬,至少对温迪如此,而莉迪亚却悠然自得。最后,温迪实在不堪忍受,起身准备离开。

“噢,”她说,“遇到你很高兴。”

“我……”莉迪亚吞吞吐吐的,在确信温迪的注意力全部集中在自己身上时,她继续说道,“我是最后一个看到吉米活着的人。”

温迪惊呆了。莉迪亚又喝了一小口咖啡,闭上眼睛。“妙极了,浓得很,”她指着杯子说,“我喜欢这里的咖啡,难道你不喜欢?”

“你刚才说……”

“请,”莉迪亚轻轻碰了一下她的胳膊,“坐下来,我好好解释。”

温迪扫了一眼侍者,他们正热火朝天地忙活着。在他们看来,工作使他们无缘于奢华的生活是世上最大的阴谋。温迪坐回凳子。有好一会儿,莉迪亚只是望着她,温迪努力承受着她的目光。

“是这样的,”莉迪亚歪着头,脸上又露出那温情脉脉的微笑。“我就是杀死你丈夫的人。”

温迪的脸色变得苍白。“这可不是闹着玩的。”

“没错,真的。我也觉得不是闹着玩的,温迪。不过话又说回来,我可没想跟你开玩笑。要不我讲个笑话给你听听?我可是笑话邮件列表的会员呢。大多数笑话都不可笑,不过他们时不时地还会发些好笑话。”

温迪目瞪口呆。“你到底是什么人?”

“冷静一下,温迪。”

“我想知道——”

“嘘,”莉迪亚把手指轻柔地放到温迪的嘴唇上。“听我解释,可以吗?”

温迪的嘴唇哆嗦着。莉迪亚的手指在那儿又放了一会儿。

“我知道你摸不着头脑,那我就给你讲清楚吧。首先,当然是我朝吉米的脑袋开的枪,不过赫什,”——莉迪亚指着窗外一个脑袋形状特殊的大块头男人——“是他先下手的。在我看来,等我向吉米开枪时,嗯,我想我是在帮他。”

温迪只是盯着莉迪亚。

“你想知道原因,我说得对吧?你当然想知道。不过说句心里话,温迪,我想你是知道的。我们都是女人,是吧?我们了解自己的男人。”

温迪一言不发。

“温迪,你明白我在说什么吗?”

“不明白。”

“你肯定明白,不过我还是说出来吧。吉米,你那亲爱的亡夫,欠了那些讨厌的家伙一大笔钱,目前这笔钱将近 20 万美元。”莉迪亚微笑着。“温迪,你丈夫是个赌徒,你不会装作不知道,一问三不知吧?”

温迪结结巴巴说不出话来,“我不懂……”

“我希望你的困惑和我的性别没关系。”

“什么?”

“你这个人真是思维狭隘、男性至上啊,你不觉得吗?现在是21世纪了,女人可以随心所欲做她想做的事。”

“你,”温迪停住了,又试探着问道,“你杀了我丈夫?”

“经常看电视吗,温迪?”

“什么?”

“电视。你看,电视里,要是你丈夫那种人欠了我这种人的钱,噢,会怎么样?”

莉迪亚停下来,好像真在等待对方回答。温迪终于说道:“不知道。”

“你肯定知道,不过我还是替你回答吧。我这种人——噢,通常是我这样的男人——受人差使去威胁他。之后呢,我的同伙,那家伙赫什可能会狠狠揍他一顿,打断他的腿,诸如此类的吧。不过他们不会杀了他的。那是电视里黑道的规矩。‘你不可能从死人那里弄到钱。’这种事你听说过,是吧,温迪?”

莉迪亚等着。温迪最后说:“也许是吧。”

“不过,你看,这种做法是不对的。就拿吉米来说吧,你丈夫有个臭毛病,赌博。我说得对吧?赌光了一切,是不是?保险公司,以前是你父亲的,后来吉米继承了,现在没了,输得干干净净。银行准备收回你家房子的赎回权,你和孩子连买食物的钱都没剩多少,可吉米还不罢手。”莉迪亚摇摇头。“这就是男人。我说得对吗?”

温迪眼里噙着泪水。她的声音是那么微弱。“所以你就杀了他?”

莉迪亚目光上挑，轻轻地摇摇头。“这事还真是没解释清楚，是吧？”她目光下垂，接着说，“我听说过‘铁公鸡’身上拔不出毛吗？”

莉迪亚又等着对方回答。温迪终于点了点头，莉迪亚似乎很是称心满意。

“好吧，就这些情况。我是说吉米。我可以让那边的赫什干掉他——这个赫什可是个行家——但有什么用？吉米没钱，他永远也拿不到钱。”莉迪亚直了直腰板，伸出双手。“现在呢，温迪，我希望你按照商人的逻辑思考问题——再说一遍，商人。我们虽然用不着当狂热的女权主义者，但我想至少也该和男人平起平坐。”

莉迪亚又向温迪笑了笑，温迪蜷缩着身体。

“好吧，所以我——作为精明的商人——我应该怎么做？当然我不能对欠债置之不理。干我们这一行，那是砸自己的饭碗。欠债还钱，天经地义，没什么可商量的。现在问题是，吉米名下一个子儿也没有，不过呢——”莉迪亚停下来，笑得更灿烂了，“不过他有妻子和三个孩子。他以前干的是保险这一行。你知道我想要干什么了吧，温迪？”

温迪吓得大气也不敢出。

“噢，我想你肯定知道，不过我还是替你说了吧。保险，确切地说是人寿保险。吉米有一张保险单，一开始他不承认，不过最终吗，嗯，赫什还是有办法的。”温迪瞟向窗户。莉迪亚看到她哆嗦着，自己却掩饰着笑意。“吉米告诉我们他有两张保单，实际上，赔偿额总共接近100万美元。”

“所以你们，”——温迪终于想明白了——“你们杀死吉米是为了保险金。”

莉迪亚打着响指。“接着说，朋友。”

温迪张开嘴，但什么也没说出来。

“还有呢，温迪？我们把话挑明了吧。吉米人死了，欠债还在。我们都心知肚明。银行还是要你们付抵押贷款，我说得对吗？信用卡公司还是要计算利息。”莉迪亚耸了耸小肩膀，摊开双手。“我的老板干吗要与众不同呢？”

“你不是认真的吧。”

“第一张保险支票会在一周内送过来。那时你丈夫的债务将达到28万美元。我希望那天收到那么大金额的一张支票。”

“但是他留下的钱——”

“嘘。”莉迪亚又把手指放到她嘴唇上，降低了声音，窃窃私语。“那可不关我的事，温迪。我可是给了你一个难得的脱身机会。有必要的话，你就宣布破产。你们住的地方可挺高级，搬出去吧。杰克——是11岁的那个，对吧？”

听到儿子的名字，温迪为之一惊。

“哎，杰克今年也用不着过夏令营了。放假了给他找点活。不论怎样，那都不关我的事了。温迪，你还了债，此事到此为止。以后你不会再见到我，也不会有我的任何消息。要是你不还债，那就好好看看那边的赫什。”她停下来，让温迪看了看赫什，显然达到了预期的效果。

“我们会先杀了小杰克，过两天再杀了利拉。如果你把今天的谈话内容报警，我们会杀了杰克、利拉和达利妮。三个都杀了，按年龄顺序一个一个地杀。等你把孩子下葬后——请你听着，温迪，因为这才是关键——我还是不会放过你的。”

温迪说不出话来。

接着莉迪亚深抿了一口咖啡,并发出“啊”的一声,得意之情溢于言表。“真他妈的爽,”她说着站起身来。“我真喜欢我们这种像小女孩一样的聊天,温迪。我们很快就会再碰面的,比如,16 号周五中午在你家?”

温迪耷拉着脑袋。

“你明白了吗?”

“明白。”

“你准备怎么办?”

“我准备还债。”温迪说。

莉迪亚朝她微笑着。“再次表达我最深切的慰问。”

莉迪亚走出去,呼吸着新鲜的空气。她看看后面,温迪·伯内特没动。莉迪亚挥手再见,与赫什会合。他差不多有 1.9 米高,而她只有 1.68 米高;他体重 275 斤,而她只有 105 斤;他的大脑袋像个畸形的南瓜,而她的却如一颗东方明珠。

“有问题吗?”赫什问。

“别说了,”她挥挥手,对此不屑一顾。“说说更赚钱的买卖,找到人了吗?”

“找到了。”

“包裹送出去了?”

“当然,莉迪亚。”

“真棒。”她皱着眉,感到一阵不安。

“哪儿不舒服?”他问。

“感觉很有意思,仅此而已。”

“你想把邮包弄回来?”

莉迪亚朝他笑了笑。“绝对不行,大笨熊。”

“那你准备怎么办?”

她想了想。“先看看塞德曼医生的反应再说。”

九

“别再喝苹果汁了，”谢丽尔告诉康纳——她两岁的儿子。

我双臂交叉，站在球场边线上。外面冷飕飕的——新泽西的深秋潮湿、阴冷、寒气逼人——我拉起运动衫的兜帽，盖在扬基帽上。我还戴了一副雷朋墨镜和风帽，看上去活脱脱一副爆炸案制造分子的警方素描像。

场上正在进行的是一场8岁男孩的橄榄球比赛。伦尼是主教练，他需要一个助理教练，所以才招我来，因为我估计除了我，别人都比他懂。尽管如此，我们的球队却领先着，比分大概是83比2，但我也不太确定。

“我为什么不能多喝点果汁呢？”康纳问。

“因为，”谢丽尔耐心地回答，“苹果汁会让你拉肚子的。”

“是吗？”

“是的。”

伦尼正在我右侧喋喋不休地鼓励着这些孩子。“你最棒了，里基。”“加把劲，皮蒂。”“那就是我说的强攻，戴维。”他总在他们的名字后面加一个字母y。没错，这很恼人。有一次他兴奋过头，喊我马基。仅此一次。

“马克叔叔？”

我感到有人拉我的腿，低头看到26个月大的康纳。“怎么啦。小家伙？”

“苹果汁会让我拉肚子的。”

“知道啦。”我说。

“马克叔叔？”

“嗯？”

康纳以最凝重的眼神看着我。“拉肚子，”他说，“不是我的朋友。”

我扫了一眼谢丽尔，她忍着笑，但我能看出她的关注之情。我回头看看康纳，“那你可得记住了，小家伙。”

康纳点点头，对我的反应很高兴。我爱他。他令我伤心的同时，也同样给我带来了欢乐。他26个月，比塔拉大两个月。我看着他长大，既感到震惊，又觉得满怀憧憬，那种渴望甚至能点燃一座火炉。

他转身回到母亲那儿。谢丽尔就像丰收时节载重的骡子，周围堆放着各种物品，有美汁源果汁盒子和家乐氏燕麦糕，有帮宝适尿不湿（难道还有尿得湿的？），有含芦荟精华的好奇护臀湿巾，有Evenflo宽口径防胀气奶瓶，有肉桂色的全麦面包，洗得干干净净的供婴儿食用的胡萝卜，掰成一瓣瓣的橘子，切碎的葡萄（切成一条条的，防止噎着），还有一块块的东西，我估计是奶酪，所有这些都被密封在他们的保险袋里。

主教练伦尼正对队员们大喊着制胜秘诀。我们进攻时，他就告诉他们“射门！”我们防守时，他就告诉他们“拦住他们！”还有时候呢，比如现在，他在比赛的关键时刻发表自己的精辟见解：

“踢球!”

伦尼连续喊了四遍踢球,随后扫了我一眼。我点点头,翘起了大拇指,示意他继续下去。他本想也伸出指头,但是一堆小家伙在盯着他。我又双臂交叉,斜眼看着球场。孩子们像职业运动员一样左冲右突。他们穿着球鞋,袜子向上一直拉到护膝上面。虽说一丝阳光也没有,但多数人眼睛下面都涂上了黑色的润滑脂,还有两个孩子甚至把呼吸用的条形绷带绑在了鼻子上。我看着凯文,我的教子,正试着按照他父亲的指示,踢球,但球却重重地撞在了我身上。

我踉踉跄跄向后退去。

事情总是如此这般。我在看球、和朋友聚餐、给病人做手术或收听广播歌曲,做着这些正常的、普通的,或者感觉很体面的事情时,接着,“砰”的一声巨响,就会遭到出其不意的偷袭。

眼泪涌了上来。这种事在谋杀绑架案发生之前从不会发生。我是个医生,我知道如何在工作和个人生活中泰然自若。但现在我总是戴着墨镜,就像某些自以为是二流影星。谢丽尔抬头看着我,我又看到了那种关注之情。我站稳脚跟,向她挤出一丝微笑。她变得越发漂亮了,事情有时候就是这样,身为人母会让某些女人如鱼得水,使她们的外表出现奇迹,焕发出靓丽的容颜。

我并不想给你留下错误的印象。我没有每天以泪洗面,我还是照常过着日子。没错,我的确很孤寂,但也不是总如此。我没有浑浑噩噩,而是继续工作,但还没勇气出国。我总觉得自己就得待在这,以防万一有什么新的进展。我知道,这种想法是不理智的,甚至也许是虚幻的,但现在我还没有准备好。

发出“砰”的那声巨响,令我吃惊的是悲痛偷袭的方式。如果你察觉出悲痛，即使摆脱不了，也能多多少少巧妙地控制、应付、掩盖起来。但是悲痛喜欢藏在灌木丛后，喜欢不知在哪儿突然跳出来，吓你一跳，嘲弄你，剥下你假装正常的外衣。悲痛引诱你进入梦乡，使偷袭来得更加气势汹涌。

"马克叔叔？"

又是康纳。对这个年龄的孩子而言，他的话说得很是不错。我戴着墨镜，双眼紧闭着，联想着塔拉现在的声音。谢丽尔觉察出了点什么，伸手想把他拽到一边去。我拦住了她。"怎么啦，小家伙？"

"那拉屎呢？"

"拉屎怎么啦？"

他抬头看着我，尽力闭着一只眼睛。"拉屎是我的朋友吗？"

这是什么问题！"我不知道，小家伙。你觉得呢？"

康纳费尽心思地思考着自己提出的问题，憋得好像要爆炸一样。最后他回答，"和拉肚子相比，它是我的好朋友。"

我圣明地点点头。我们的球队又进了一个球，伦尼向空中挥舞着拳头，大声喊道，"好！"他差点来个侧手翻，去祝贺攻进球的克莱格（我是不是该叫他克莱基）。队友们跟在他身后，各个激情洋溢。我没有加入他们的行列。我认为，我的工作就是给装模作样的伦尼做个安静的伙伴，就像唐图之于约翰·雷德①一样。

① 唐图和约翰·雷德是电影《独行侠》里的两位主人公。故事中，一队德克萨斯骑警遭到匪徒伏击，主角约翰·雷德被印第安人唐图所救，之后他化身为骑白马戴面具的"孤胆骑警"，将各种歹徒缉拿归案并交给法律审判，唐图则成为独行侠在行侠仗义、除暴安良时的战斗助手。

我看着边线上的父母们。母亲们围成一堆，谈论着自己的心肝宝贝，孩子们的成绩和课外活动，没人能听进去多少，因为谁也没心思去听别人家孩子的表现；父亲们可是干什么都有，有的在录像，有的在大声鼓励着，有的让孩子骑在自己身上，有的拿着手机，摆弄着这样那样的电子产品。上班时他们整天埋头于工作，现在是减压放松时间。

我为什么要报警呢？

自从经历了那个恐怖的日子以来，我无数次地告诫自己，不要为发生的事自责。从某个角度讲，我发现自己的所作所为于事无补。他们极有可能压根就没有打算让塔拉回家。打第一次赎金电话前，她可能就已经死了。她也许死于意外，也许是他们惊慌失措、神志模糊。谁知道呢？我自然是不知道的。

还有，啊，这就是难点所在。

我当然不能肯定自己就没有一点责任。有行动就有反应，这是基本常识。

我没有梦到塔拉——或者即使梦到了，上帝也很仁慈没让我记得。也许就是因为这个原因，上帝才得到了那么多赞美。换句话说，我可能没有确切地梦到塔拉，但是我的确梦见过那辆有着移花接木的车牌和磁性标志的面包车。梦中我听到了一个声音，隐隐的，但我坚信那是婴儿的啼哭。现在我知道，塔拉在面包车里，但在梦中，我并没有朝声音奔过去，我的双腿深陷在梦魇的泥潭中，无法挪动。最终醒来时，我忍不住琢磨起来，塔拉离我有这么近吗？更重要的是，如果我再勇敢些，那时能把她救出来吗？

裁判是个身材瘦高的高中男孩，笑容和善，吹响了哨子，双手举到头顶挥舞着。比赛结束了。伦尼大喊:“噢!嘿!”那些8岁的男孩们面面相觑,一脸疑惑。其中一个问队友:“谁赢了?”队友耸耸肩。他们按斯坦利杯冰球风格排成一列,作赛后的握手。

谢丽尔站起来,一只手放到我背上。“伟大的胜利,教练。”

“是呀,我领队。”我说。

她笑了。男孩们陆陆续续朝我们走过来。我微微点头,向他们表示祝贺。克莱格妈妈带了一盒50袋装的甜甜圈,盒子上画着万圣节图案。戴维妈妈拿了好几盒“Yoo - hoo”,说是巧克力奶,尝起来却像牛奶。我扔了一块甜甜圈到嘴里,一口吞了下去。谢丽尔问:“什么口味的?”

我耸耸肩,“难道有不同的口味吗?”我看着父母与孩子们互动,觉得自己格格不入。伦尼朝我走了过来。

“伟大的胜利,不是吗?”

“是呀,”我说,“我们都很棒。”

他摆手示意我们离开,我照做了。到了别人听不见的地方,伦尼说:“莫妮卡的遗产要处理完了,应该用不了多久了。”

我说,“哦,嗯。”其实我真的不在乎。

“我也把你的遗嘱写好了,你得签个字。”

我和莫妮卡都没有立遗嘱。几年来伦尼一直警告我这件事。他提醒我,你得把谁继承你财产落实到笔头上,谁抚养你的女儿,谁照顾你的父母,等等。但是我们没听,我们本想永远活着,临终遗言和遗嘱是为死人准备的。

伦尼赶紧转换话题。“要不要来家里玩局桌球?”

桌球是专为那些没念过几年书的人准备的一种桌面游戏,

就是那些像玩橄榄球的人一样强壮的人在桌面上用木杆撞击短木条。“我已经是世界冠军了，”我提醒他。

“好汉不提当年勇。”

“对这个称号，能就陶醉一小会儿吗？我可没打算让这种感觉消逝。”

“明白。”伦尼转身朝家人走去。我看着他的女儿玛丽安娜疯狂地打着手势，在向他要钱。伦尼垂下肩膀，掏出钱包，抽出一张票子。玛丽安娜接过去，在他脸上亲了一下，跑开了。伦尼看着她消失了，摇摇头，笑容满面。我转身离开了。

最糟糕的是——或者我是不是应该说最好的是——就是我还有希望。

这些是那天晚上我们在爷爷的小木屋里找到的：我妹妹的尸体，帕克玩具里塔拉的头发（经 DNA 确认），与塔拉的衣服相符的一件黑色企鹅图案的粉色连体衣。

而下面这些是我们没有找到的，事实上至今也没有踪影的：赎金，斯泰西同伙（如果有的话）的身份，还有塔拉。

没错，我们一直没有找到我女儿。

我知道森林广袤无垠，枝蔓丛生。坟墓会很小，可以轻易被藏起来，上面还可能堆了石头。动物也许会发现它，把里面的东西拖到了森林深处，远离我祖父的小木屋好几千米，也可能在另外某个地方。

或者——尽管我一直把这个想法埋在心底——也许根本就没有坟墓。

所以你看，希望还是有的。希望和悲痛如出一辙，会时而隐藏在某个地方，时而突然跳出来袭击你，时而嘲弄戏弄你，但却从没有破灭过。我说不清哪个更残酷。

警方和联邦调查局推测,我妹妹和一些十足的坏蛋混在一起,但没人能确定他们的最初动机是绑架还是抢劫,但大家都觉得是有人惊慌失措了。也许他们本以为我和莫妮卡不在家,只要摆平保姆就万事大吉了。不管怎样,他们看到了我们,也许是毒瘾发作或是处于疯狂状态,有人开了一枪,接着另一个人又开了一枪,因此弹道测试表明我和莫妮卡是被两把不同的38式手枪击中的。之后他们绑架了孩子,最后出卖了斯泰西,以服用过量可卡因的方式杀了她。

我一直在说"他们",因为官方也认为斯泰西至少有两名同伙。一个是职业惯犯,头脑冷静,知道如何索取赎金、焊接车牌,不留一点儿痕迹消失。另一个可能是那个"惊慌失措的家伙",就是他向我们开的枪,并可能弄死了塔拉。

当然,有些人并不认同这种推测,他们认为只有一个同伙——头脑冷静的职业惯犯——而惊慌失措的那个人就是斯泰西。根据这种推测,她射出了第一颗子弹,也许是射向了我,因为我不记得任何枪声。之后那个职业惯犯杀了莫妮卡掩盖这一失误。我们去小木屋那天晚上之后得到的一条线索支持了这一推测:在另一宗案子的离奇申辩中,一个毒品贩子告诉警方说,在谋杀绑架案发生一周前,斯泰西曾从他那里买过一把38式手枪。同时,这一推测还得到了下列事实的支持:谋杀现场发现的唯一的、无法解释的头发和指纹就是斯泰西的。因为那个头脑冷静的职业惯犯知道戴手套,小心谨慎,而吸毒成性的同伙不太可能做到这一点。

还有人认为上述两种推测都不成立,所以警署和联邦调查局的一些人抓住此案不放,他们支持更加显而易见的第三种假设:我就是本案的策划者。

他们是这样推测的:首先要说明一点,丈夫永远是头号嫌疑人。第二,我的史密斯·威森38式手枪去向不明。他们一直就这个问题向我施压,我也希望我有答案。第三,我没想要孩子。塔拉的出生迫使我跨入没有爱情的婚姻生活。他们相信自己掌控了我准备离婚的证据(部分是对的,我确实深思熟虑过),因此从头到尾我是整个案件的策划者。我把妹妹约到我家来,也许是为了得到她的帮助,这样就可以由她来承担罪名。我把赎金藏了起来,杀死并埋掉了我自己的女儿。

简直是一派胡言,但我已经不再为此生气了。我早已筋疲力尽,分不清何去何从了。

当然,这一假设的主要问题在于很难巧妙处理我死在现场的这一事实。是我杀了斯泰西吗?是她向我开枪吗?还是有第三种可能性,将这两种截然不同的推测融合到了一起?有人认为是这样的,我在幕后指使,除了斯泰西外,我还有一个同伙。那个同伙杀了斯泰西,也许是背着我干的,也许这是我转移罪恶、报复自己挨枪的阴谋诡计的一部分。或者诸如此类。

日子一天天过去了。

总而言之,当你审视整个案件时,他们还有我都毫无收效。找不到赎金,不知道是谁干的,不知道作案动机。最重要的是:没有孩子的尸体。

这就是现在的状况——绑架案发生后的一年半,案件依然悬而未决,但里根和蒂克纳已转到了新的案件上。这六个月来,我没有从他们那里听到只言片语。媒体跟了我们几个星期,没发现什么新闻素材，也转向其他新闻爆料了。

甜甜圈吃得干干净净，人们都开始向停车场走去，那里停满了微型面包车。赛后，教练们带着那些崭露头角的运动员去Schrafft's[①]冰淇淋屋，这是我们小镇的传统。不管是哪个年龄层次，哪个运动项目，还是哪位教练都遵循这一传统。那地方人满为患，在这个寒冷的秋天，再没有什么东西能比蛋筒冰淇淋更让人寒冷彻骨的了。

我站着，一边吃着蛋筒冰淇淋，一边巡视着整个场景。全是孩子和父亲们，这让我太无法承受了。我看看手表，无论如何得离开了。我用眼神向伦尼示意我要走了，他对我做出"你随意"的口型。他怕我没有明白，还做了个手势。我挥挥手表示明白了。我回到车里，打开收音机。

许久，我就坐在那儿，看着一个个家庭进进出出。我的目光多半停留在父亲们的身上，观察着他们对这种最普通的家庭活动的反应，希望能看到哪怕是一丝疑惑，希望能从他们眼中看到使我欣慰的东西。但是我并没有看到这些。

我不知道自己待了多久，估计不到十分钟吧。詹姆斯·泰勒演唱的一首我钟爱的老歌从收音机里传来，我回过神来，微笑着发动车子，朝医院开去。

一小时后，我在清洗消毒，准备给一个8岁的男孩动手术。用外行和专业人士都熟悉的专业术语来说，这个男孩毁容了。

---

① Schrafft's 曾是美国人弗兰克开的连锁餐馆及糖果店，提供一日三餐、饮品及甜点，价位中等。

齐亚·勒鲁,我的医疗搭档,也在那儿。

我不知道当初自己为什么选择当整形外科医生,既不是因为受到这个职业挣钱容易的诱惑,也不是要实现扶危济困的理想。起初我本想做个外科医生,后来发现自己更喜欢血管和心脏领域。但生活往往别出新意。实习期第二年,指导我们轮流实习的心脏外科医生是个十足的挑剔鬼,而负责整形外科的利亚姆·里斯医生则非常了不起。里斯医生身上综合了令人羡慕的各种优点:他相貌堂堂、沉稳自信、为人热情,天生能吸引人。人人都想取悦于他,都想如他一般。

里斯医生成了我的导师。他向我展示了整容外科的创造性,这一过程强迫你找到新的方法使原本破碎的东西重现原貌。面部骨头和颅骨是整个人体骨中最复杂的部分,我们这些修复他们的人都是艺术家,是爵士音乐家。矫形或胸外科医生能非常明确地告诉你手术的过程,而我们的工作——整容——则永不重复。我们是即兴创作,里斯医生就是这么教我的。他和我谈显微外科,谈骨头移植和合成皮肤,拨开了我心里的阴影,让我渴望成为技术权威。我记得到斯卡斯代尔去拜访他。他妻子长着修长的腿,是个美人;他女儿是在毕业典礼上致告别词的优秀毕业生;他儿子是篮球队队长,那是我见过最棒的孩子。里斯医生 49 岁时在开往康涅狄格州的 684 号公路上死于车祸。可能会有人为此痛苦,但我没有。

实习期即将结束时,我争取到了去国外进行口腔外科培训的奖学金,期限是一年。我不想当慈善家,申请完全是因为听起来很酷。我本来希望这次旅行是背着背包穿越整个欧洲,可事实并非如此。很快就出了乱子,我们卷进了塞拉利昂内战。我处理了一些可怕的、不可名状的伤口,让人难以相信人类竟能想出如此残忍的方法折磨同类。但是即使处于摧残中,我还是感到了不可思议的亢奋。我没想弄明白这个中缘由,正如前面所说,这些使我亢奋。也许部分原因是由于救人于危难之中的满足感,或许是我沉迷于这项工作正如某些人沉迷于极限运动一样,需要以死亡冒险为代价进行感受。

回国后,我和齐亚成立了"一个世界",开始了职业生涯。我钟爱我的职业。也许我们的工作和某项极限运动一样,不过它尤其——原谅我使用这个双关语——关乎人的脸面。我喜欢这一点。我爱我的病人,喜爱那种适当的距离和必要的冷淡。我是那么关心我的病人,但之后他们就消失了——炽热的爱与稍纵即逝的承诺交织融合。

今天,我们面前的病人是个相当艰巨的挑战。我的创始人——整容外科领域的创始人——法国研究员勒内·勒弗特。勒弗特把尸体头朝下从酒店屋顶扔下来,来观察面部骨折的自然特征。我确信这会让女士们刻骨铭心。现在我们以他的名字命名几种骨折——更精确地说是,勒弗特一型、勒弗特二型、勒弗特三型。我和齐亚又查看了一次片子:X线显示上颌窦完好,但眼眶外侧壁和筛骨则塌陷了下去。

简单地说,这个8岁男孩的骨折是勒弗特三型,导致面部骨头与头盖骨彻底分离。如果我想的话,可以轻而易举地把这个男孩的脸像一张面具一样撕下来。

"车祸吗?"我问。

齐亚点点头。"父亲喝醉了。"

"别告诉我他安然无恙,是吧?"

“他竟然还记得系上安全带。”

“但没系上他儿子的。”

“真麻烦。怎么才能不让他贪杯呢?”

我和齐亚是在两个截然不同的地方开始彼此的人生旅程的。如同斯托瑞那首70年代的经典歌曲《路易兄弟》:齐亚皮肤黝黑,如同黑夜,而我则白得不能再白了(齐亚把我的皮肤形容为“水里的鱼肚子”)。我出生在纽瓦克的贝斯以色列医院,在新泽西州卡塞尔顿的郊区长大。齐亚出生在海地太子港一个村庄的泥泞茅屋里。巴巴多克统治期间,她父母一度成为政治犯。没人知道太多的详情。她父亲被判处死刑,母亲释放后已被折磨得不成样子。她带孩子们,靠木筏逃生。半路上死了三个,齐亚和她母亲存活了下来。她们历尽千辛万苦来到布朗克斯,蜗居在美容店的地下室里、每天不声不响地清扫着头发。在齐亚看来,到处都是头发,沾在衣服上、贴在皮肤上、粘到喉咙里、钻进肺子里,无法逃避。她总觉得嘴里有绺头发,怎么也拉不出来,这种感觉挥之不去。直到现在,齐亚紧张的时候,也会用手指摆弄舌头,似乎要拔掉那些昔日的纪念。

手术结束时,我和齐亚瘫坐到长凳上。齐亚解开她的手术口罩,口罩垂在胸前。

“小菜一碟。”她说。

“阿门,”我表示同意。“你昨晚的约会怎么样?”

“差劲,”她说,“我不是那个意思。”

“不好意思。”

“男人就是败类。”

“我搞不懂。”

“我快绝望了，”她说，“我正寻思着再跟你上次床。”

“哎哟，”我说，“你们女人就没有标准吗？”

她的笑容很明显，雪白的牙齿映衬着黝黑的皮肤。她不到1.8米高，肌肤光滑，罐骨高耸，让人担心会穿破她的皮肤。“你准备什么时候开始约会？”她问。

“我正在约会。”

“我是说有性接触。”

“可不是什么女人都像你那么随便，齐亚。”

我和齐亚上过床——我们都知道这种事再也不会发生了。我们就是这么认识的。我们在医学院就读一年级时勾搭上了。没错，一夜情。我有过很多次这种经历，但能够记起来的只有两次。第一次是灾难，而第二次——和齐亚这次——产生了我将永生珍惜的这种关系。

走出消毒室时，已是晚上8点。我们开着齐亚那辆宝马迷你车想前往诺斯伍德大道的一站式服务站买点东西。我们推着购物车走在过道里，齐亚说个不停。我喜欢齐亚说话，让我觉得精力充沛。在熟食品柜台前，齐亚拿出拨号器，看着特价食品，皱起了眉头。

“怎么啦？”我问。

“他们在促销野猪头火腿。”

“那又怎样？”

“野猪头，”她重复着。“什么样的营销天才才能想出这么个名字？‘比如吧，我有个主意，把我们那些加价产品用能想到的最讨厌的动物来命名。不，准确地说，用它们的头来命名。’”

“你不是总买吗？”我问道。

她想了想。“是呀,也许吧。”

我们来到收银处。齐亚把自己要买的放在前面,我把柜台上的挡板放下来,把东西从购物车上卸下来。一个身材肥胖的收银员把她的东西记入收款机。

“饿了吗?”她问我。

我耸耸肩。“可以去嘉宝店里吃点东西。”

“去吧。”齐亚的眼神掠过我肩膀,突然停住了。她眯着眼,一种神情浮现脸上。“马克?”

“嗯。”

她挥挥手。“不,不可能。”

“什么?”

齐亚还是盯着我后面,下巴示意着。我慢慢转过身,当我看到她时,感到心头为之一颤。

“我只在照片上见过她,”齐亚说,“可那不就是……”

我勉强地点点头。

这个人正是雷切尔

世界为此停止。我知道不应该有这种感觉。几年前我们就分手了。过了这么长时间,现在我应该面露笑容,应该感到某种伤感或怀旧之情,应该勾起对年轻而天真的那段时光的心酸回忆。但是不,现在情况并非如此。雷切尔站在十米外,这些感觉消失殆尽。我感到的是一种依然极其强烈的渴望,撕扯着我,使爱情和心碎的感觉复苏、鲜活地呈现出来。

“你还好吧?”齐亚说。

我又点了下头。

有人相信每个人都有一个真正的精神伴侣——有一次,且只有一次天生注定的爱情，你也这么认为吗？在那儿，穿过三个停车购物场收银台，写着“15 件以下商品”的公示牌下，站着的就是我的精神伴侣。

齐亚说：“我想她结婚了吧。”

“结婚了。”我说。

“没戴戒指，”齐亚捶了一下我的胳膊。“噢，令人兴奋，是不是？”

“是啊，”我说，“令人兴奋的城市。”

齐亚打了个响指。“嘿，你知道这像什么吗？就像你经常播放的那些讨厌的老唱片。关于在食品店遇到老情人的那首歌，叫什么名字？”

第一次见到雷切尔时，我还是个 19 岁的小伙子，感觉相对平淡，没什么激情。我甚至没发现她有什么特殊的魅力。但是我很快就会意识到，自己逐渐习惯她的长相，也喜欢上了她的人。你会琢磨，不错，她看上去蛮漂亮嘛。又过了几天，也许是她说了什么话，也许是她说话时歪头的模样，接着，“砰”的一声，那感觉就像撞到了公共汽车。

现在我再次体会到了那种感觉。雷切尔的变化不大。岁月使那种潜在的美展现出来，使之更加明显，有棱有角。她更苗条了，一头黑发拢到脑后，扎成马尾辫。多数男人喜欢女人的头发垂下来，我却一直喜欢扎起来，特别是雷切尔露出颧骨和脖子的样子。她穿着牛仔裤和灰色外套，淡褐色的眼睛向下看，垂着头，一副专心致志的神态。对于这副神态，我再熟悉不过了。她还没看到我。

“《一样的如歌岁月》。”齐亚说。

“什么?”

“情人在食品店邂逅的那首歌,一个叫丹什么的人唱的,歌名是《一样的如歌岁月》。”接着她又补充,“我想是那个歌名。”

雷切尔把手伸进衣袋里,抽出一张20美元,递给收银员。她抬眼——这时看到了我。

我说不清楚她脸上掠过的表情。她看上去并不惊讶。我们四目相视,但我没从她眼里看出喜悦,也许是恐惧,也许是无奈。我不知道。我也不知道我们就这样在那儿站了多久。

“也许我应该离你远点。”齐亚低声说。

“什么?”

“如果她认为你和这么热情的小妞在一起,会断定自己没机会的。”

我觉得自己笑了笑。

“马克?”

“嗯。”

“你这么站着,目瞪口呆的,像个怪人,怪吓人的。”

“谢谢。”

我感到她在用手推我后背。“过去打个招呼。”

我的脚开始挪动,尽管我不记得大脑下达过任何指令。雷切尔让收银员把她的东西装包,朝我走过来,她勉强微笑着。她的笑容以前总是很灿烂,让人联想到诗歌和春雨,能改变你的生活。然而,这个笑容却并非如此,有些僵硬,有些痛苦。我想知道她是不是在克制着自己,或者是不是有什么东西让她永远失去了光彩,再也不能像以前那样笑了。

我们在距离彼此约5厘米时停住了,谁也不知道按照礼节是该拥抱、接吻还是握手。因此我们什么也没做。我站在那儿，感到痛苦无处不在。

“嗨。”我说。

看到你还那么年轻，我很高兴。”雷切尔回答。

我故作潇洒地笑笑。“嘿，宝贝，你情况怎么样？”

“好些了。”她说。

“经常来这儿？”

“是的。现在要说‘我们以前见过’？”

“哪里？”我眉毛向上一扬。“我怎么会忘记碰到过你这样狐媚的女人？”

我们都大笑起来。两人都在试图掩饰，我们彼此心里都清楚。

“你看上去不错。”我说。

“你也是。”

短暂的沉默。

“好吧，”我说，“不说这些不自在的客套话了。”

“哦。”雷切尔说。

“你怎么在这儿？”

“我买点吃的。”

“不，我是说——”

“我知道你的意思，”她打断了我的话。“我母亲搬到了西奥兰治的一所公寓。”

几绺头发从马尾辫里散出来，垂在她的脸上。我强忍着没把它们弄到一边。

雷切尔向别处扫了一眼，回头又看着我。“你妻子和女儿的事，我听说了，”她说，“我很难过。”

“谢谢。”

“我想给你打电话或者写信，但是……”

“听说你结婚了。”我说。

她扭了扭左手的手指。“现在不是了。”

“听说你是联邦调查局的特工。”

雷切尔把手放了下来。“现在也不是了。”

更长时间的沉默。我又不知道我们在那儿站了多长时间。收银员招呼下一位顾客。齐亚从后面跟上来，她清了清嗓子，把手伸向雷切尔。“嗨，我是齐亚·勒鲁。”她说。

“雷切尔·米尔斯。”

“幸会，雷切尔。我是马克的工作搭档。”她想了想，又补充说，“我们只是朋友。”

“齐亚，”我说。

“噢，对了，抱歉。你看，雷切尔，虽说我愿意聊会儿，但还是得赶紧离开。”为了加强语气，她的拇指猛地朝出口处一指。“你俩聊吧，马克，回头见。真是幸会，雷切尔。”

“幸会。”

齐亚一溜烟地跑了。我耸耸肩，“她是个了不起的医生。”

“我相信她是。”雷切尔抓住她的购物车。“有人在车里等我，马克，很高兴见到你。”

“我也是。”但是当然了，既然我已经失去了那么多，我得吃一堑长一智，是吧？我不能就让她这么走掉。我清了清嗓子说：“也许我们应该在一起。”

“我还住在华盛顿，明天就回去。”

沉默。我的心僵住了,呼吸急促。

“再见,马克。”雷切尔说,但那双淡褐色的眼睛湿润了。

“别走。”

我尽量不让声音带着恳求的语气,但我觉得并未奏效。雷切尔看着我,什么都明白了。“你想让我说点什么呢,马克?”

“说你也想在一起。”

“就这些?”

我摇摇头。“你知道不止这些。”

“我已经不是21岁了。”

“我也不是了。”

“你爱的那个姑娘死了,回不来了。”

“不,”我说,“她就在我面前。”

“你再也不了解我了。”

“那我们就再次相识,我不着急。”

“就这些?”

我试着笑笑。“是呀。”

“我住在华盛顿,你住在新泽西。”

“那么我就搬家。”我说。

但这种冲动的话还未出口,雷切尔还未表态,我就意识到了自己是在虚张声势。我不能离开父母,不能将生意交给齐亚,也不能阻断那些回忆。在我的嘴唇和她耳朵之间的某个地方,这些话土崩瓦解、燃烧殆尽。

雷切尔转身离开了,没有再说再见。我眼睁睁地看着她推着购物车走向门口。我听到一声电子鸣叫,看到门自动向两侧打开,看着雷切尔,我生命中的至爱,再次消失了,连向后看我一眼都没有。我仍旧站在那里,没有追上去。我感到心脏坍塌瓦解,但却什么也没做,没去阻止她。

也许我根本没有吃一堑长一智。

十

我喝酒了。

我酒量不大——年轻时酒壶一度是我的灵丹妙药——我在水槽上方的壁橱里找到了一瓶陈年杜松子酒。冰箱里有奎宁水[①],冷冻格里还有台自动制冰器。你盘算一下就明白了。

我还是住在列文斯基的那栋老房子里。对于我来说它太空旷了,但我并不想就此放弃。现在,对我女儿来说,它就像一个入口,一条救生索(尽管很脆弱)。没错,我知道这言外之意,但现在卖掉这栋房子就好比关上她这扇门。我不能那样做。

齐亚想跟我一起住,被我回绝了,她没有勉强我。我想到了过时的丹·衮曼(不是随便的哪一个)的歌曲唱过,老情人谈话连绵不休,直到舌头为此疲惫。我想到了博吉询问上帝是谁让英格里德·伯格曼走进杜松子酒吧。她离开后,博吉喝酒了,喝酒似乎能帮助他。也许喝酒对我也会有所帮助。

雷切尔依然给了我巨大的冲击,这一事实令我极度苦恼。

---

① 奎宁水是略有苦味的无色汽水,常与杜松子酒等调配饮用。

真的愚蠢幼稚。我和雷切尔在我大一到大二那个暑假初次邂逅。她从佛蒙特州的米德尔伯里过来，可能是伦尼的妻子谢丽尔的远方表妹，没人能说得清她们的确切关系。那个夏天——就是那个夏天——雷切尔待在谢丽尔家，因为雷切尔的父母正在闹离婚。我们被互相介绍给对方，我前面讲过，又过了一段时间公共汽车才撞到我身上，我才产生了感觉。也许正因为此，撞得才很猛烈。

我们开始约会。我们常常和伦尼、谢丽尔两人在一起。我们四人每个周末都是在新泽西海边伦尼的别墅度过的。那真是个美好的夏天，每个人的一生中都应至少经历一个那样的夏天。

如果是电影的话，我们应该配上蒙太奇式音乐。我去了塔夫茨大学，而雷切尔刚上波士顿学院。蒙太奇的第一个场景，嗯，他们也许会让我们在查尔斯湖泛舟，我划着桨，雷切尔打着遮阳伞，她微微一笑，随后我们嬉笑玩耍。她向我泼水，我也向她泼水，小船左摇右晃。这事当然没有发生过，不过你知道意思。下一个场景可能是校园野餐，一段我们在图书馆学习的镜头，我们靠在长椅上，雷切尔戴着眼镜，正在读书，不经意地把头发拢到耳边，我痴痴地看着她。蒙太奇的结尾可能是两具肉体在白色缎子床单下交织、扭动。大学生是不用缎子床单的，我现在想的还是电影艺术。

我坠入爱河。

一次圣诞节假期，我们探望了雷切尔住在养老院的奶奶，她是个典型的来自旧式学校的长舌妇。老太太攥着我俩的手，宣布我们是“天造地设”，那是个意第绪语（犹太人使用的国际语），意思是上天安排或命中注定的意思。

后面发生了什么事呢?

我们的分手没什么特别之处。我想我们都很年轻。我上大学四年级时,雷切尔决定到佛罗伦萨过一个学期。我当时22岁,被惹恼了,她离开时,我和另一个女人上了床——和巴布森学院[①]一名相貌平平的女大学生发生了一夜情。这也没有什么。我知道可能于事无补,但也许应该能起点作用。我不知道。

不管怎样,聚会中的某人把这事儿告诉了另一个人,最后传到了雷切尔那里。她从意大利打来电话,和我分手。事情就是这样,我觉得这是反应过度。我说过,我们都还年轻。首先,我太自负,没有恳求她的原谅。待到明白后果后,我又是写信,又是送花,但雷切尔从未回复。覆水难收,我们就这样分道扬镳了。

我站起身,跌跌撞撞地来到书桌旁,摸出一把用胶布粘在书柜下面的钥匙,打开最下面的抽屉。我挪开文件,找到隐藏在下面的我的秘密。不,不是毒品,是过去,是雷切尔的东西。我找到那张熟悉的照片,拿到眼前。伦尼和谢丽尔的书房里仍然放着这张照片,完全可以理解,这使莫妮卡怒不可遏。照片上是我们四个人——伦尼、谢丽尔、雷切尔和我——在我大学四年级时参加一次正式舞会的合影。雷切尔穿着一件细条纹的黑色礼服,直到现在,一想起裙子吊在她肩膀上的情景,我就会心醉神迷。

那是很久以前的事了。

当然,生活还得继续。根据我的人生规划,我去了医学院。

---

① 巴布森学院是美国一所商学院,也是世界著名商学院之一。

我一直知道自己想成为医生。我认识的大多数医生都会这么说,长大才决定当医生的人很罕见。

当然,我还约会了。我甚至经历了很多次一夜情(还记得齐亚吗),但是——听上去可能令人有些伤感——即使多年后,我仍然每天都在想着雷切尔,至少也会闪过她。是的,我知道自己把那段罗曼史浪漫化了,或者说,完全失衡了。如果我没有犯下那个愚蠢的错误,那么此刻可能仍与我的至爱靠在长椅上,而不会生活在另一个幸福的世界。伦尼曾开诚布公地指出,如果我和雷切尔的关系有那么伟大,自然能经得起这种平常的考验。

难道我是在说我从没爱过我的妻子吗?不是的。至少我认为答案是否定的。莫妮卡是个美人——让人一见钟情的美,她的美貌会迅速震撼你——热情奔放,令人吃惊。此外,她很富有,而且魅力四射。我尽量不作比较——这种生活方式很恐怖——但是在我失去雷切尔后生活变得更加狭隘、缺少活力时,我情不自禁地爱上了莫妮卡。如果时光倒流,如果我和雷切尔还在一起,同样的事情可能也会发生。但这只是逻辑推理,在感情的世界里是没有逻辑可言的。

这些年来,谢丽尔很不情愿地把雷切尔的近况告诉我。我听说雷切尔涉足执法工作,成为华盛顿的一名联邦特工。不能说我对此很惊讶。三年前,谢丽尔告诉我雷切尔嫁给了一个老家伙,一个资深联邦特工。尽管过了这么长时间——那时我和雷切尔已分手 11 年了——我还是感到内心轰然坍塌。这一沉重的打击使我意识到自己犯下了天大的错误。我总觉得我和雷切尔不过是在等待时机,暂缓激情,我们终究会恢复理智,破镜重圆的。但现在她竟身为人妇了。

谢丽尔看到我的脸色,此后对雷切尔的事只字不提。

我盯着照片,听到熟悉的多功能运动型车停下来。用不着大惊小怪的。我不用走到门口去开门。伦尼有钥匙,他从不敲门,而且他也知道我在哪儿。我把照片放到一边,伦尼进屋了,拿着两只艳丽的特大纸杯。

伦尼举起从 7 - Eleven 便利店买的的“思乐冰[①]”。

“樱桃的还是可乐的?”

“樱桃。”

他把樱桃饮料递给我。我等着他说话。

“齐亚给谢丽尔打过电话,”他的话,带着解释的口吻。

这事我早就料到了。“我不想谈这事。”我说。

伦尼一屁股坐在沙发上。“我也不想。”他把手伸进衣袋,掏出厚厚的一摞纸。“遗嘱和莫妮卡财产的最终报告,抽空看看。”他拿起遥控器,摆弄起来。“没有色情片吗?”

“没有,不好意思。”

伦尼耸了耸肩,开始观看 ESPN(娱乐与体育节目电视网)播放的大学篮球赛。我们默默看了几分钟,我打破了沉默。

“雷切尔离婚的事你们怎么没告诉我?”

伦尼表情很纠结,他举起手,像要拦车一样。

“怎么啦?”我说。

“脑子冻僵了。”伦尼忍住了,“我喝这种东西总是太急。”

“你们怎么没告诉我?”

---

① 思乐冰(Slurpees)是美国著名的饮料,在酷热的夏季饮用是降温的好方法。

“我想我们没准备谈这事。”

我看着他。

“没那么简单,马克。”

“什么不简单?”

“雷切尔经历过一段苦日子。”

“我也经历过。”我说。

伦尼有点过于专注地看着比赛。

“她出了什么事,伦尼?”

“我没这义务,”他摇摇头。“你们有15年没见面了吧?”

其实是14年。“差不多吧。”

他扫视房间,目光停留在莫妮卡和塔拉的一张合影上。他又看着别处,喝了一口饮料。“过去的就让它过去吧,我的朋友。”

我们都安静了下来,装模作样地看起比赛来。他说了,过去的事就让它过去吧。我看着塔拉的照片,心里想,伦尼说的是不是不止雷切尔。

埃德加·波特曼捡起狗的皮链子,发出了叮当声,布鲁诺撒着欢儿循声狂奔过来。布鲁诺是一条冠军斗牛獒,六年前在威斯敏斯特狗展上荣获最佳犬种称号。许多人认为应该带着它继续参加展会赢得最佳称号,但埃德加却宁愿选择让布鲁诺退休。用于展览的狗是永远不会变为家用的,埃德加希望布鲁诺陪伴着他。

人们会对埃德加感到失望,狗却永远不会。

布鲁诺伸着舌头,摇着尾巴。埃德加把皮带扣进狗颈圈里。

他们要出去一小时。埃德加低头看着桌子,光泽的桌面上放着一个纸箱邮包,和18个月前收到的那个一模一样。布鲁诺呜咽着,埃德加不知道它是因为缺少耐心才如此,抑或是因为感觉到了主人的恐惧,或者二者兼而有之。

不论如何,埃德加需要先透透气。

18个月前收到的那个邮包由法医进行了全面检查,警方一无所获。根据以往的经验,埃德加能够断定无能的执法部门这次也不会有什么发现。18个月前,马克没有听他的话。埃德加希望这样的错误不要重演。

他朝门口走去,布鲁诺带路。空气不错,他走出门,做了个深呼吸。尽管这改变不了他的观点,但却不无益处。埃德加和布鲁诺沿着那条熟悉的路线走着,埃德加却鬼使神差地转向了右面,那里是家族墓地。他天天都能见到墓地,可以这么说,他常对此熟视无睹,从没探视过那些墓碑。但今天,他突然像着了魔一样。布鲁诺对改变路线很吃惊,不情愿地跟在后面。

埃德加跨过那道矮篱笆,他的腿颤抖着。年龄不饶人,他走路越来越费劲,很多时候都用拐杖——他买了一根拐杖,据说达希尔·哈米特患肺结核期间用的就是这根拐杖——但出于某种原因,埃德加和布鲁诺在一起时从不带拐杖,这多少有点别扭。

布鲁诺犹豫了一下,跳过了篱笆。他们站在两块最近竖起的墓碑前,埃德加尽力不去思考生与死,不去考虑财富与幸福的关系。这种麻烦事还是留给别人吧。他意识到自己以前也许不是个好父亲。而这一点他是从他父亲那里体会到的,他父亲也从他身上体会到了这一点。也许就是他的这种置身度外才使得他得以生存。如果他全身心地爱着自己的孩子们,如果他和孩子们打成一片，他不知道是否能够让他们得以生存。

狗又开始呜咽起来。埃德加低头看着他的伙伴，紧盯着他的眼睛。“该走了，伙计。”他轻声说道。房门打开了，埃德加转身看到弟弟卡森朝自己冲过来，他看到了弟弟脸上的表情。

“天哪。”卡森大喊着。

“我猜你看到了那个邮包。”

“是的，当然啦。你给马克打电话了吗？”

“没有。”

“好，”卡森说，“这是个骗局，一定是。”

埃德加没有回答。

“你不同意？”卡森问。

“不知道。”

“你别以为她还活着。”

埃德加轻轻拽了拽狗的皮链子。“最好等拿到化验结果，”他说，“那样我们才能确定。”

我喜欢晚上工作，一直如此。我很庆幸选择了这个工作，我热爱我的工作。它永远不会令人厌烦，也不会单调沉闷，更不是把食物放在桌子上那么简单。我一头扎进工作中，就像个运动员，比赛时能把一切抛到脑后。我一旦进入工作状态，就会全力以赴。

然而这个夜晚——见到雷切尔后的第三个夜晚——我却没有工作。我一个人坐在书房里，调换着频道。和大多数男人一样，我不停摁着遥控器。我能连看好几个钟头电视，却什么也没看进去。去年，伦尼和谢丽尔送给我一台 DVD 播放器，说我的

VCR 已经过时了。我看了一下 DVD 上面的时间,9 点刚过。我可以一直看 DVD,11 点上床睡觉。

我刚把租来的 DVD 碟片从盒子里拿出来,正准备放进机器里——现在还没有遥控器能干这事——就听到一声狗叫。我站起身。隔着两家房子,新搬来一户人家,好像有四五个小孩,差不多那么多吧。一家有那么多孩子时,就很难说清楚到底有几个。这些孩子长得都差不多。我还没登门拜访过,但是我看过他家院子里有条爱尔兰狼狗,块头有福特探索者汽车那么大。我相信这是它的叫声。

我把窗帘拉到两边,向窗外望去,出于某种原因——我也说不清的原因——我对所看到的竟没有感到吃惊。

那个女人就站在 18 个月前我看到她时的那个地方,长大衣、长头发,两手插在衣兜里——一切如旧。

我担心她在我的眼前消失,但又不想让她看到我。我跪在地上,就像一条超级猎犬,悄悄挪到窗户侧面。我的后背和脸紧紧贴着墙壁,盘算着该怎么做。

首先,现在我没有看她,这意味着她可能离开,而我却不知道。嗯,这可不行。我得冒险看一眼,这是当务之急。

我转过头,偷偷地瞄了一眼。还在那里。那个女人还在前面,但向我的房门挪近了几步。这是什么意思呢,我一头雾水。现在如何是好?到门口去和她碰面?这个举动似乎不错。要是她逃跑,嗯,我想我能追上的。

我又冒险瞄了一眼,就是脑袋猛地一转。正在此时,我发现那个女人正盯着我这扇窗户。我缩回来。该死的,她看到我了。没有退路了。我抓住窗户底部,准备打开,但她已经急匆匆地朝街区走去了。

噢,不,这次可不行。

我穿着手术服——据我了解,每个医生都有几套当做家居服——光着脚。我冲向门,猛地推开它。那个女人快到街区尽头了。她看到了我在门口,狂奔而去。

我光着脚追了上去,觉得有点可笑。靠两条腿跑步我不是最快的,靠一条腿可能也不是最快的——但我正在追赶一个奇怪的女人,就因为她站在我屋前。我不知道自己想从中发现什么。那个女人也许是在散步,我把她吓坏了。她可能会报警,我想像得出警察的反应。我杀了自己的家人,逍遥法外,已经十恶不赦,现在还在家门口追赶着一个奇怪的女人。

我没有停下来。

那个女人向右拐到了菲利普公路上,遥遥领先,我甩开胳膊,迈开双腿,想跟上她。人行道上的鹅卵石嵌进我的脚底,阵阵钻心的疼痛袭来,我尽量挑有草的地方跑。现在她逃出了我的视线,我也是狼狈不堪。我可能跑了有100米远,我能听到自己呼哧呼哧的喘息声,鼻涕也流了出来。

我跑到街尽头,转向右面。

没有人。

这条公路笔直绵长,路灯很亮。换句话说,我应该还能看得见她。不知什么原因,我看了看另一面,我的身后,但那个女人也不在那边。我沿着她经过的路线跑下去,向下瞧了瞧晨边大道,还是没有她的踪迹。

那个女人消失了。

但她是怎么消失的呢?

她不可能跑那么快啊,就连卡尔·刘易斯[①]也跑不了那么快啊。我停下来,两手抵在膝盖上,大口大口地吸着气。想想看,好吧,她会住在其中的一栋房子里吗？有可能。如果确实如此,那又怎样？那就意味着她正在家门口散步,看到了什么,引起了她的好奇,所以停下来看看。

像 18 个月前那样吗？

好吧,首先,我们不知道是不是同一个女人。

难道还会有两个女人在你屋前的同一个位置像雕像一样矗立吗？

可能是两个女人,也可能是同一个女人。可能她就是喜欢看房子,在研究建筑什么的。

噢,没错,这正是朝思暮想的 70 年代错层式郊区建筑。那么如果她单纯是在参观,为什么要逃跑呢？

我不知道,马克,但也许——这只是黑暗中的突发事件——也许是因为某个疯子在追她？

我不去想它,继续跑下去,寻找着自己也说不清楚的东西。经过朱克家的房子时,我停了下来。

可能吗？

那个女人消失得无影无踪。我检查过公路的两端出口,都找不着她。那就意味着:一,她住在其中的一栋房子里;二,她藏了起来。

或者三,她选择了朱克家那条树林里的小路。

---

① 卡尔·刘易斯是田径超级巨星,现代田径史上难得的奇才,非凡的短跑家和跳远名将。在 1984 – 1996 连续四届奥运会中获 9 枚金牌,更在 1984 年洛杉矶一人独得 4 枚田径金牌。

小时候，我们有时会穿过朱克家的后院，那里有一条小路通向中学操场。这条路不太好找，朱克老太太也不喜欢我们穿过她的草坪。她什么也不说，就站在窗边，瞪着我们，蜂窝般的头发像脆奶油一样闪亮。过了一段时间，我们就不再走那条小路，而是走远路了。

我左看右看，也没发现她的踪影。

难道那个女人知道这条小路？

我冲进朱克家后院，那里一片黑暗。我有点希望朱克老太太就在厨房的那扇窗前瞪着我，但几年前她就搬到斯科特达勒去了。后来谁住在这里我就不得而知了。我甚至都不知道那条小路是否还在。

院子里伸手不见五指。房子里没有亮灯，我尽力回想着小路的确切位置。事实上，我很快就想起来了。回忆就是这样，自动就想起来了。我朝那条小路跑过去，脑袋重重地撞在了什么东西上，砰的一声，摔了个仰面朝天。

我的脑袋昏沉沉的。我向上看去，在微弱的月光下，能看到一副秋千架，就是那种流行的木制秋千。我小时候，这里没有秋千，况且黑暗中我也没看见它。我感到头晕目眩，但时间就是金钱。我虚张声势地跳起来，趔趄着往回走。

小路还在那里。

我尽全力沿着小路跑下去。树枝抽打着我的脸，我不在乎。树根把我绊倒了，我也不在乎。朱克小路并不长，大概十几米，通向宽阔的足球场和棒球场。我仍在争分夺秒。如果她走的是这条路，我就能在那个大娱乐场里找到她。

我能看到球场停车场里传来的几束光。我闯进那片开阔地，快速扫视着四周，却只看到了几根柱子和一个球网。

根本没有女人。

见鬼了。

我又跟丢她了，我的心沉了下去。真是莫名其妙。我是说仔细琢磨一下这事，这到底算是怎么回事？整件事都很愚蠢，真的。我低头看看自己的脚，钻心地疼，我感到右脚掌有一股细流，可能是血。自己就像个白痴，一个打了败仗的白痴。想到这里，我转身准备离开……

等等。

远处停车场的灯光下，有辆汽车，仅此一辆，孤零零地停在那里。我点点头，顺着这个思路想下去。假设那辆车是那个女人的。为什么不是？如果不是，那么，没什么损失，也没什么收获。但如果是的话，如果她把车停在那里，就清楚了。她停车，穿过树林，站在我屋前。她为什么要这么做，我无从知晓。但现在，我决定探个究竟。

好吧，如果事情果真如此——如果那是她的车——不难推测她尚未离开。我还是没有线索。到底发生了什么事？她发现了我，跑了，沿着这条小路……

她意识到我可能跟在她后面。

我差点打了个响指。那个神秘的女人知道我在附近长大，可能记得这条小路。如果是这样，我要是猜测到（我已经这么做了）她会选择这条小路，那我就会在这片开阔地发现她。那她会怎么做？

想到这里，答案呼之即出。

她会藏在路边的树丛中。

那个神秘的女人此刻也许正在盯着我呢。

没错,我知道这只是没有根据的推测。但感觉很正确,非常正确。那下一步该怎么做?我长舒了一口气,大声说了句“妈的”。像泄了气的皮球,垂下了肩膀,我尽量不使自己暴露,蹒跚着沿小路朝朱克家走去。我低着头,左瞧瞧右看看,竖着耳朵,想要听到一点点风吹草动的声音。

夜晚静寂无声。

我走到小路尽头,却没有停下来,而是装出一副回家的样子。等到隐没于黑暗中时,我趴到了地上,像突击队员那样爬回到秋千架下,朝小路尽头摸过去。我停下来耐心等待着。

也不知道等了多久,也许不过两三分钟,正准备放弃时,我听到了声响。我还是趴在地上,抬着头。有个黑影站了起来,朝小路这边走了过来。

我赶紧站起身,尽量不弄出动静,但显然不太可能。那个女人听到响声,转过身来,发现了我。

“等等,”我大喊,“我只想和你谈谈。”

但她早已飞奔进树林里。小路两边,树林浓厚茂密,漆黑一片,我很容易被她甩掉。我不准备再冒这样的险,不会再有第二次了。也许我“看不到”她,但我能“听得到”她。

我跳进树丛,一下子撞到了树上,眼冒金星。天哪,刚才真蠢。我停下来仔细倾听。

一片寂静。

她停了下来,又藏起来了。现在怎么办?

她肯定就在附近。我仔细斟酌思考,哈,绝对没错。我朝最后听到声响的地方跳了过去,手脚尽力向外伸展,期望能接触到更多的空间。我的脚碰到了一丛灌木,但左手却碰到了别的东西。

她想爬走,但一只脚踝却被我紧紧地攥着。她用另一条腿踢我,我还是紧抓不放,就像狗用牙齿紧咬着猎物一样。

“放开我。”她大喊。

我辨认不出这个声音,还是没有放开她。

“干什么? 放开我。”

不。我加了把劲,把她拉了过来。依旧漆黑一片,但我的眼睛已经逐渐适应了。我又拉了一下,她一骨碌翻过身来。现在离得很近了,我终于看清了她的脸。

我用了一段时间才对号入座。虽说是张老面孔,但记忆中的那张面孔却变了,看起来不一样了。而帮助我认出她的却是,我们扭打时,她的头发吹到脸上的样子,比五官更令人熟悉——那敏感的姿态,那避免目光接触的方式。当然,我就住在那栋房子里,那栋让我一直联想到她的房子里,所以她的形象在我的记忆中呼之即出。

这个女人把头发拢到一边,抬头看着我。我仿佛回到了学生时代,那栋红砖建筑离我们现在躺的地方不足 200 米。现在才能合乎情理:这个神秘的女人一直站在自己曾经居住的房子前。

这个神秘的女人就是黛娜·列文斯基。

十一

我们坐在餐桌旁。我沏了茶，是从星巴克买的含有中国绿茶的泰舒茶，据说可以使人平心静气，不妨瞧瞧看看。我递给黛娜一杯。

“谢谢你，马克。”

我点点头，坐在了她对面。我一直很了解黛娜，是那种只有小孩子才能互相了解的方式，是小学同班同学才能彼此了解的方式——请原谅——即使我们从未真正说过话。

我们都知道过去的那个黛娜·列文斯基。她是班里的受害者，是班里的弃儿，经常遭人取笑，受人欺凌，让人不禁怀疑她怎么能保持神智正常。我从来没有刁难过她，但很多时候我都是袖手旁观。即使没有住在她童年生活的房子里，我也会将她铭记于心，你们也会如此。快想想：谁是你们小学里最受欺负的孩子？没错，你很容易记得。你能记得他们的姓名和模样，能记得他们孤身一人回家，或者默默地坐在自助餐厅里的情景。你会记得一切。黛娜·列文斯基如影相随。

“听说你现在是医生。”黛娜对我说。

“没错,你呢?”

“平面设计艺术家。下个月我在格林尼治村办展览。”

“油画?”

她犹豫了一下。“是的。”

“你一直是个不错的艺术家。”我说。

她扬起头,很吃惊。“你注意到了?”

停了一下,我发现自己说:“我本应该做点什么。”

黛娜笑了。“不,是我应该。”

她看起来还不错,不过也没像电影里那些丑小鸭一样,脱胎换骨变成美人。黛娜本来长得就不难看。她以前相貌平平,也许现在也是。五官还是很小,但放在成人脸上,效果明显好多了,昔时那干枯的头发现在也很浓密。

“还记得辛迪·麦克戈文吗?”她问我。

“当然了。”

“她最能折磨我了。”

“我记得。”

“唉,真可笑。几年前我在市中心的一家画廊举办了展览——辛迪出现在现场。她向我走过来,紧紧地拥抱我,还吻了我。她想叙叙旧,你知道,就是说说‘记得刘易斯先生有多么笨吗?’之类的话。她一直笑容满面,我发誓,马克,她压根就不记得自己以前的样子了。她也不是装,竟然一点也记不起来以前是怎么对我的了。我有时能发现这点。”

“发现什么?”

黛娜双手举起杯子。“大家才不会记得自己以前那么横呢。”她身子前倾,眼睛扫了一遍房间。我想着以前的事,说我当时只是袖手旁观——是不是也算历史修正主义者?

“乱糟糟的。”黛娜说。

“回到这栋房子?”

“是的。”她放下杯子。“我猜你想听我解释。”

我等着。

她的眼睛又扫视起来。“你想听些离奇的事?”

“当然。”

“我以前常坐在这个地方,我是说我小时候。我们还有张长方形的桌子,我总是坐在同一个地方。现在我来到这里,我也不知道,就是自然而然地被这把椅子吸引。我想——我想这也是我今晚来这里的原因之一。”

“我不大明白。”

“这栋房子,”她说,“对我还有影响,收留所。”她身体前倾,第一次与我对视。“你听说过那些传言,是吧?有关我父亲和这里发生的事。”

“是的。”

“是真的。”她说。

我强迫自己不要回避,但也不知道该说点什么。我想起了那所倒霉的学校,又想起了这栋倒霉的房子,简直莫名其妙。

“他死了,我是说我父亲,六年前就死了。”

我眨眨眼,目光转向别处。

“我很好,马克,真的。我过去接受过精神病治疗——嗯,我是说,我现在也在治疗。你认识拉迪奥医生吗?”

“不认识。”

“真名是斯坦利·拉迪奥,搞无线电技术非常有名。这些年,我一直在接受他的治疗,现在好多了,不再想自残了,也不再觉得自己一无是处了。真是不可思议,不过我挺过去了。啊,我是说,很多遭到凌辱的人会犯罪或有性问题,我却没有,我能保持亲密关系,一点问题都没有。我现在结婚了,丈夫很了不起。虽然不是酣畅淋漓,但也棒极了。"

"我很高兴。"我实在是不知道还有什么话可说。

她又笑了。"你迷信吗,马克?"

"不迷信。"

"我也不迷信。不过,我也说不清楚,知道你妻子和女儿出事后,我开始怀疑了。怀疑这栋房子,孽缘,还有其他事。你妻子挺可爱的。"

"你认识莫妮卡?"

"我们见过。"

"什么时候?"

黛娜没有马上回答。"你听说过'诱因'这个术语吗?"

我记得在医学院轮岗实习时听说过。"你的意思是精神病医学术语?"

"没错,你看,当我得知这里出事时,就是诱因。就像酒鬼或者厌食症患者一样,永远不会痊愈。出了事——诱因——就会变成老样子,我开始啃指甲,摧残自己的身体,就像——就像我不得不面对这栋房子一样。为了打败它,我只能直面过去。"

"这就是你今天晚上做的事?"

"是的。"

"那 18 个月前我发现你的那次呢?"

"一样的。"

我向后靠去。“你多长时间来一次。”

“大概几个月一次吧。我把车停在学校的停车场，穿过朱克小路，不过还有一层意思。”

“什么还有一层意思？”

“我来这还有一层意思。你看，这栋房子还藏着我的秘密呢，不骗你。”

“我不明白。”

“我一直都想鼓起勇气再次敲这扇门，但我做不到。现在我在屋里了，在厨房里，也很好啊。”她试着笑了笑，好像要证明这一点。“但我还是不知道自己能不能这么做。”

“做什么？”我问。

“我要透露个秘密，”黛娜抓起手背来，又狠又快，指甲陷了进去，几乎要把皮肤弄破。我想伸手阻止她，又觉得不太自然。“我都记下来了，在日记本上。以前发生在我身上的事还在这里。”

“在这栋房子里？”

她点点头。“我把它藏起来了。”

“谋杀案发生后，警察在这里搜了一遍，搜得很仔细。”

“他们发现不了，”她说，“我敢保证。就是他们发现了，不过是本旧日记，也没什么理由动它。一方面事情都过去了，我希望它原封不动。你知道我的意思吗？别自找麻烦了。但另一方面，我想它暴露在光天化日之下。它就像吸血鬼，阳光才能杀死它。”

“在哪里？”我问。

“地下室。你得站在甩干机上才能够到，在供电线或水管通过的槽隙里面，有根水管，就在那个后面。”她瞅了一眼钟，看看我,抱着双臂,“时候不早了。”

“你还好吗?”

她又四下扫视了一遍,呼吸突然变得很急促。“我不知道还能在这儿待多久。”

“你要去找日记吗?”

“不知道。”

“你想让我给你拿来吗?”

她使劲地摇着头。“不。”她站起身,倒吸了一口气,“现在我得走了。”

“你可以常回来,黛娜,什么时间都可以。”

但她一副惊慌失措的样子,没有听我的话,急匆匆地朝门口走去。

“黛娜?”

她突然转身对着我,“你爱她吗?”

“你说什么?”

“莫妮卡。你爱她吗? 还有其他人吗?”

“你在说什么?”

她面无血色,盯着我,向后退去,呆若木鸡。“你知道谁向你开的枪,是吧,马克?”

我张开嘴却没有说出话来。等我发出声音,黛娜已经转过身了。

“对不起,我得走了。”

“等等。”

她撞开门,跑了出去。我站在窗边,看着她朝菲利普公路赶去。这次我决定不追了。

相反，我转过身，她的话——“你知道谁向你开的枪，是吧，马克?”——仍然回荡在耳边，冲向了地下室。

好吧，我得解释一下。我并不是要到阴暗、尚未完工的地下室去窥探黛娜的隐私，也不是假装知道怎样做对她才是最好的，才能缓解她的恐惧与痛苦。我的许多精神病医学同事与我意见相左，但我总觉得忘掉过去会更好一些。当然我也没找到答案。这和我的精神病医学同事说的一样，我不能让他们来以最佳的方式处理腭裂。因此，最终我能确定的就是，黛娜的事不该由我来作决定。

况且，我来地下室也不是出于了解她过去的好奇心理。我对了解黛娜遭到凌辱的细节并不感兴趣。事实上，我根本就不想知道。自私一点讲，一想到这个我称之为家的地方发生了那么多恐怖的事，我就浑身起鸡皮疙瘩。我面临的麻烦已经够多了，天啊，我不想再听到什么，看到什么了。

那我到底想干什么?

我打开电灯开关，一只灯泡亮了。向下走时，我还在浮想联翩。黛娜提了好几件好奇的事。先不想那些富于戏剧性的，就想那些更微妙的事吧。对我来说，这是晚上无意识的行为，我决定对此放任自流。

首先，我想起了黛娜，那个神秘的女人，向门口迈出的那一步。现在我知道了，黛娜自己也告诉了我:她“一直想鼓起勇气再次敲这扇门”。

再次。

再次敲这扇门。

很明显的暗示，至少在另外一个场合，黛娜曾鼓起勇气敲了我的门。

第二，黛娜告诉我说她曾经“遇到过”莫妮卡。我想不出她们怎么会碰面。没错，莫妮卡也在这座小镇上长大，但就我对她的了解而言，她在一个与众不同、富有的家族里长大。波特曼家族的房子位于我们这个杂乱无章的郊区的另一面，莫妮卡很小就住寄宿学校，小镇上没人认识她。我记得高二那年夏天在科罗尼影院见过她一次，我出神地盯着她，她却故意对我视而不见。那时候莫妮卡有种倾城绝世的美。几年后我再次遇到她——其实是她勾搭我——那种谄媚令我神魂颠倒。莫妮卡对人似乎是敬而远之。

所以我搞不懂我那富有、孤傲、美丽的妻子是怎么遇到贫穷、呆板的黛娜·列文斯基的呢？当你想到“再次”这个词时，最有可能的答案就是黛娜曾经敲过门，是莫妮卡应的门。她们是那时候见的面，很可能聊过。黛娜可能和莫妮卡提过那本藏起来的日记。

“你知道谁向你开的枪，是吧，马克？”

不知道，黛娜，但我要查清楚。

我来到了水泥地上。那些我永远不会扔掉、也不会打开的箱子堆得到处都是。我注意到——也许是第一次——溅落在地板上的油漆，各种颜色应有尽有。也许从黛娜那时起它们就在这里了，这正是她逃避的证明。

洗衣机和甩干机在左边的墙角处。借着昏暗的灯光，我缓缓朝它们挪去。实际上，我是蹑手蹑脚的，好像害怕惊醒黛娜那条熟睡的狗似的。真蠢。我说过，我并不迷信，即使迷信，即使相信恶魔这类的东西，我也没理由害怕触怒它们。我的妻子死了，女儿失踪了——它们还能把我怎么样？事实上，我应该骚扰它们，让它们有所反应。我希望它们让我知道我家里，还有塔拉到底发生了什么事。

又扯到了塔拉，绕来绕去任何事情都会回到她身上。我不知道她怎么会牵涉到所有这一切，也不知道她被绑架怎么会与黛娜·列文斯基扯上关系。也许本来就没什么关系，但我却拉不回来。

明摆着，莫妮卡从来没提起过遇见黛娜·列文斯基。

我发现这很奇怪。没错，我这纯粹就是凭空推测。但如果黛娜确实敲过门，莫妮卡确实开过门，按常理我妻子应该向我提起此事。她知道黛娜·列文斯基和我一起上的学，为什么还对她造访之事——或者他们碰面之事——只字不提呢？

我跳上甩干机，空间太小，只能蜷缩着身子向上看。满是灰尘，到处都是蜘蛛网。我看到了管子，把手伸上去，四处摸索着。好多管子交织在一起，我的胳膊很难嵌到之间的空隙里。要是换个年轻姑娘，胳膊细点，肯定就容易多了。

我的手终于伸了进去，指尖滑到右侧，向上推了推，什么也没有。我把手向里伸进了几厘米，又推了推，有东西动了。

我卷起袖子，又朝前探了一两厘米。我的手挤在两根管子之间，但空间还够，能够到供电线或水管通过的槽隙了。我四处摸索，终于找到了什么东西，拿到眼前。

正是那本日记。

这是一本典型的学生笔记本，封面是熟悉的黑色理石花纹。我打开它，一页一页地翻看着。字很小，让我不禁想起了购物中心那个在米粒上写名字的家伙。黛娜的娟秀字体——毫无疑问,那些内容——从上写到下,左右都没有留空隙。黛娜把每页纸的正反面都用了。

我没有读这些内容,这不是我下来要找的东西,所以我又把日记本放回了原处。我不知道该如何面对上帝——不知道碰一下会不会放出图坦卡门咒语——但对此我也并不在乎。

我又四处摸索着。我知道,说不清是怎么知道的,但我就是知道。最后我的手触到了别的东西,心里不禁怦怦乱跳起来。这东西摸着很光滑,是皮革。我拿到眼前,带出了一些灰尘。我眨眨眼,把灰尘挤出眼睛。

是莫妮卡的日记。

我记得是在纽约的一家时尚精品店买的。她告诉我,要用它来安排自己的生活。日记上有日历和备忘录。什么时间买的呢? 不太确定了。大概是她死前八九个月吧。我绞尽脑汁地想最后什么时候看到它,却怎么也想不起来。

我把日记夹在两膝间,把天花板放回原处,拿着记事本,从甩干机上爬了下来。我本想等到楼上再看,那里光线能亮些,呃,不过没忍住。日记本有个拉链,尽管有些灰尘,却很顺利地就拉开了。

一张光盘掉到了地板上。

在微弱的灯光下,它像宝石一样闪闪发光。我捏着边缘捡了起来。没有标签,曼姆莱克斯公司制造,上面写着"CD - R,80 分钟"。

这究竟是什么东西?

有办法查明白,我赶紧跑上楼,启动我的电脑。

十二

我把光盘放进光驱,屏幕上出现了这样的文字:

密码:－－－－－－－

MVD

纽瓦克,新泽西

六位数密码。我输入她的生日,无效;又试了试塔拉的生日,还是无效。我们的纪念日、我的生日,还有取款机上的密码,统统无效。

我向后靠去。现在怎么办?

我盘算着给里根侦探打个电话。不过现在已临近午夜,即使我能联系上他,我怎么说呢?"嗨,我在地下室里找到了一张光盘,快过来?"不,歇斯底里此刻毫无用处,最好冷静点,佯装理性、耐心才是关键。仔细想想,我可以白天再给里根打电话。再说他今晚也做不了什么,也不会做什么的。还是睡吧。

这主意不错,但我还不打算就此放弃。我连接网络,找到搜索引擎,输入"纽瓦克 MVD",一个列表跳了出来。

"MVD——最有价值侦探所。"

"侦探?"

有个链接连到一个网址上,点击,MVD 网址就出现了。我迅速浏览起来,MVD 是"一群专业私家侦探",并"提供保密服务"。他们提供在线背景查询,收费不超过 100 美元。"看看新的男朋友有没有犯罪记录!""你的老情人在哪里?也许她还念着你。"他们打出了诸如此类的广告。如果客户需要,他们还会进行更加"认真、细致的调查"。他们的口号是:"提供全方位服务的调查实体"。

于是我问自己,莫妮卡需要调查什么?

我拿起电话,拨通了 MVD 公司的 800 服务热线。机器应答——鉴于现在这个时间,没什么大惊小怪的——说感谢我的电话,他们上午 9 时开始营业。好吧,到时候我再打吧。

我挂上电话,按了下光驱的弹出按钮,光盘弹了出来。我捏着边缘拿起来,寻找着——我也不知道——估计是在寻找线索吧。没发现什么新线索。现在好好想想吧。事情明摆着,莫妮卡雇佣过 MVD 调查过什么事,光盘里就是她想调查的内容。对我来说,这算不上是英明的推断,但它毕竟是个开端。

话又说回来。事实是,我不知道莫妮卡想调查什么,为什么调查,或者别的什么。但如果我的推断没错,如果这张光盘确实是莫妮卡的,如果不论出于什么原因她雇佣过私家侦探,自然而然就可以推断出,她得向 MVD 支付上述服务的费用。

我点点头。不错,更好的开端。

但是——困惑也随之而来——警察已经彻底梳理了我们的

银行账户和财务往来,严格检查了每一笔交易,包括银联、支票和ATM取款。难道他们没发现支付给MVD的这笔钱吗?如果看到了,就是决定不告诉我了。不过我可不是盆栽,就待在那儿当风景。我女儿失踪了,我也查过账务往来,但是没有发现向侦探机构付过款,也没有发现任何不正常的现金提款。

那这意味着什么呢?

也许这张光盘是旧的。

这种可能性是有的。警察和我都只是检查了枪击前六个月到枪击这段时间的交易记录,也许她和MVD联系是在这之前发生的。我应该全面核对一下此前的记录。

但是我不相信这一点。

这张光盘不是旧的,这点我确信无疑。不过这也没多大关系。我想了想,时间段不要紧。管它是最近的,还是以前的,问题的关键是:莫妮卡为什么要雇佣私家侦探?那张可恶的光盘的保护密码到底是什么?她为什么把光盘藏到了地下室的隐蔽处?黛娜·列文斯基与此有关吗?最重要的是,光盘和枪击有联系吗?还是所有这些都是我单方面一厢情愿的想法?

我向窗外望去。街道上空旷寂静,郊区正处于一片梦乡中。今晚得不到更多的答案了。上午,我要带父亲去散步,每周一次,之后我会给MVD打电话,说不定还会给里根打个电话。

我爬上床,等待入眠。

凌晨4点半,埃德加·波特曼的床头电话响了起来。埃德加被惊醒,从睡梦中回过神来,摸到电话。

“干什么?”他咆哮着。

“你说了让我知道结果就打电话。”

埃德加揉揉脸。“有结果了?”

“是的。”

“那……”

“他们是吻合的。”

埃德加闭上眼。“有多大把握?”

“只是个初步结果。要带到法庭,还得需要几周时间等所有排列组合都对应,不过那就是个程序罢了。”

埃德加不禁哆嗦起来。他道了谢,挂上电话,开始准备起来。

十三

次日早晨6点，我出门沿街区走去。我用钥匙打开房门，进入我儿时的家。这把钥匙我上大学开始就在用。

岁月对这个住所并不友好，不过话又说回来，它本来也不是什么花园洋房(除非拿“以前的”照片对比一下)。四年前我们换掉了粗毛地毯——那条地毯的蓝白色斑点都快褪没了，线都露了出来，实际上也用不了了——铺上了办公室那种短毛灰色地毯，便于我父亲的轮椅移动。其他一切照常。四边涂了过多清漆的桌子上还是摆放着那些从西班牙运来的拉多牌瓷器小摆设。假日小酒店风格的小提琴和水果油画——我们谁也没有一点音乐细胞或者声音如水果般甜美——依然装饰着漆成白色的木隔板。

壁炉架上方有些照片，我总是站在那里看妹妹斯泰西的照片。我不知道在寻找着什么。或许我知道答案。我在寻找着线索，寻找着预兆。我在寻找这个年轻、脆弱、堕落的女人的任何线索：竟然从街上买回一把枪，向我射击，伤害我的女儿。

“马克?”是妈妈。她知道我在干什么。“过来帮个忙，好吗？”

我点点头，朝后面的卧室走去。爸爸正在一楼睡觉，这总比坐着轮椅设法爬楼梯容易。我们给他穿衣服，父亲懒洋洋地左右摇晃着，就像给湿沙子穿衣服一样。他的体重有突然下滑的趋势，我和母亲已习以为常，但穿衣服并未因此而容易。

母亲和我吻别，嘴里散发着淡淡的、熟悉的薄荷香，夹杂着香烟的味道。我让她戒烟，她总是口头答应，但我知道这事永远也做不到。我发现她脖子的皮肤松松垮垮的，金项链几乎嵌入了肉纹里。她俯身吻父亲的脸，嘴唇在上面停留了一会儿。

“注意安全。”她对我们说，随后又说了一遍。一贯如此。

我们上路了。我推着爸爸穿过火车站。我们住的小镇有很多通勤者，大部分是男人，当然也有女人。他们都在排队，穿着长大衣，一手拎着公文包，一手端着咖啡杯。即使是在9·11事件发生前，这些人对我来说也是英雄，听起来可能有些不可思议。他们每周五次乘坐那可恶的火车到霍伯肯，然后换车到纽约城。有人奔向33大街，再换车去市中心；还有些人会乘车去金融中心——现在它又营业了。为了养活自己爱着的人，他们每天都在做出牺牲，压抑着自己的愿望和梦想。

我本可以靠美容整形外科挣大钱，这样爸爸就能得到更好的照料，父母就可以搬到一个好地方，雇一个全职保姆，找一个更能迎合自身需求的地方。但是我没有这样做。我没有选择这种办法帮助他们，因为，坦白地说，这样的工作会使我厌烦。所以我选择从事更令人兴奋的工作，做我喜欢做的事。正因为如此，人们认为我是英雄，认为我是做出牺牲的人。说句实话，那些愿意与穷人打交道的人往往更自私。我们不愿意牺牲自己的需求。对我们而言，仅仅为养家糊口而工作还不够。养活我们爱着的人是次要的。我们需要的是自我满足，即使牺牲家人也在所不惜。那么我看到的这些西装革履、麻木地登上开往新泽西火车的人呢？他们常常痛恨自己要去的地方和从事的职业，但他们还是坚持着，这样做正是为了照顾家人，使配偶、孩子，可能（仅仅是可能）还有自己年高体弱的父母生活得更好。

因此，说句实话，我们之间谁更值得崇拜？

每周四，我和爸爸都会走同一条路线。我们在图书馆后面的公园里绕圈。公园里的足球场上人声鼎沸，在这你能看到郊区的景象。有多少显赫贵族会涉足这一所谓的第二层次运动呢？孩子们在那里玩耍，此情此景似乎很让父亲舒心。我们停下来，深呼了几口气。我看了看左面，几个健康的女人身着紧身 Lycra① 正在慢跑。爸爸看上去很安静。我笑了。也许爸爸喜欢这个地方和足球没什么关系。

我已经记不起父亲以前的模样了。当我追忆往昔时，过去的一幕幕闪过——有男人的朗朗笑声，也有小男孩拽着他的胳膊，吊在半空中晃来晃去的情景。还不止这些。我记得自己曾深深地爱着他，我想这就足够了。

16 年前，爸爸第二次中风，说话变得极为吃力，只能断断续续吐出只言片语。他拒绝说话，几小时甚至几天一言不发。你会忘记他的存在。没人真正知道他是否明白，是否患有典型的“表达失语症”——也就是明白但无法沟通——或者更严重

① Lycra 是英威达技术有限公司的注册商标，使用于纤维、纺织物、布料以及由此类材料所制造的产品上。该商标 1958 年由杜邦公司创造并投入商业使用，是目前纺织业最著名品牌之一。

的病。

高三那年6月份炎热的一天,父亲突然伸出手,紧紧地拽住了我的衣袖。当时我正准备出门参加一个晚会,伦尼在门口等着我。父亲冷不丁地紧紧抓住我,让我乱了分寸。我低头看着他,他脸色苍白,脖子上青筋暴露,还不止这些,我看到的纯粹是恐惧。此后好几年,父亲的这副表情经常出现在我的梦里。我坐在他旁边的椅子上,他的手还是紧紧抓着我的胳膊。

“爸爸?”

“我明白,”他抓得更紧了,恳求着。“请。”字一个个挣扎着从他嘴里蹦出来。“我还明白。”

这就是他全部的话,但已经足够了。我理解这话的意思是:“虽然我不能说话了,也无法作出反应了,但我什么都明白,请别对我视而不见。”医生曾一度认为他得了“表达失语症”,之后他再次中风,医生就更搞不明白他到底能不能明白了。我不知道这是不是帕斯卡的赌注——如果他明白,我应该跟他说;如果他不明白,说说又有何妨?——但我觉得自己应该和他说说这些事。所以我对他知无不言,把什么事都告诉了他。刚才,我告诉了他黛娜·列文斯基来访的事——“你还记得她吗,爸爸?”——还有隐藏的光盘一事。

爸爸的脸庞凝固了,一动不动,嘴的左边下垂,呈倒钩状。我常常希望我和他之间从未有过那场“我明白”的对话。我不知道两种情况哪个更糟糕:是什么都不知道,还是明白你的真正困境。或者也许我确实知道。

在溜冰场旁边转第二个弯时,我看到了岳父。埃德加·波特曼坐在一条长椅上,一身便装很是华丽,两腿交叉着,裤线烫得笔直,锋利得可以切西红柿了。枪击后,我和埃德加尽力保持过一种他女儿在世时所没有的关系。我们一起雇了私家侦探——当然了,埃德加知道哪家最好——但他们一无所获。过了一段时间,我和埃德加都厌恶了虚头巴脑。我们之间唯一的纽带使我想起了我生命中最糟糕的时刻。

当然,埃德加出现在这里也许是个巧合。我们住在同一座小镇上,偶尔碰个面是再自然不过的事了。但我知道,情况并非如此。埃德加不是那种爱逛公园的人,他来这里是在等我。

我们四目相视,我知道自己并不喜欢眼前的情景。我推着轮椅向长椅走过去。埃德加一直盯着我,一眼也没有向下看我父亲,好像我推的是一辆购物车。

"你母亲告诉我到这儿来找你。"埃德加说。

离他几步远时,我停了下来。"出了什么事?"

"到这边坐。"

我把父亲的轮椅放在左边,放低了脚闸。父亲直愣愣地看着,头耷拉在右肩上,他累时就是这个姿势。我转过头,面对埃德加。他交叉的双腿放了下来。

"我一直在想该怎么和你说。"他开始了。

我没有催促他,他也没看我。"埃德加?"

"嗯。"

"直接说吧。"

他点点头,很欣赏我的直率。埃德加本身就是那种人。他没讲客套话,直接说道:"我又收到一个索要赎金的便条。"

我顿感天旋地转。我不知道自己到底想听到什么——也许是发现塔拉已经死了——但他刚才说的是……我真想不明白。

我正要问下一个问题，就看到了他腿上的小背包。他打开背包，拿出一样东西，是个塑料袋——和上次见到的一样。我斜眼看着。他递给我，我的心怦怦直跳。我眨眨眼，看着塑料袋。

头发，里面是头发。

“这是他们的证据。”埃德加说。

我把塑料袋轻轻地放在了大腿上，说不出话来，只是愣愣地看着头发。

“他们知道我们会怀疑的。”埃德加说。

“谁知道？”

“绑匪。他们说给我们几天时间。我马上把头发送到了DNA实验室。”

我抬头看看他，又低头看看头发。

“两个小时前初步检验结果出来了，”埃德加说，“在法庭上还不能用，不过还是很有说服力的。这些头发和我们一年半前收到的吻合，”他停下来，倒吸了一口气，“是塔拉的。”

我听着这些话，一头雾水。不知为什么，我摇摇头表示否定，“也许是他们以前留下的……”

“不是，他们还做了年龄化验。这些头发是个两岁左右的孩子的。”

我想我已经知道是怎么回事了。看得出来这些不再是我女儿那纤细的婴儿头发了。她的头发不会那样了，而是应该变得浓密了……

埃德加递给我一张便条。我从他手里接过来，还是一头雾水。字体与18个月前收到的便条上的字体一模一样。折痕的顶端一行写着：

想要最后一次机会吗？

我感到胸口一记重锤，埃德加的声音似乎从远方传来。“也许我本该马上告诉你，但害怕这是场骗局。我和卡森不想让你凭空满怀希望。我有朋友，能很快得出DNA化验结果，我们还有上次寄来的头发。”他把手搭在了我的肩上，我没有动。

“她还活着，马克。我不知道她是怎么活下来的，也不知道下落，但塔拉还活着。”

我的目光停留在头发上。塔拉，头发是塔拉的，透着光泽，小麦颜色。我隔着塑料袋抚摩着它们。我想把手伸进袋子里，去触摸我的女儿，但我想我的心会爆裂的。

“他们又要200万。便条还就报警的事警告了我们——称有内线。他们又送给你一部手机。钱在车里了。我们可能还有24小时，是他们留给我们进行DNA化验的时间。你得准备好。”

我最后读了一下便条，又看了看轮椅上的父亲。他依然凝视着前方。

埃德加继续说道：“我知道你觉得我很富有。是的，但不像你想的那样。我这是在举债经营，还有……”

我转向他。他的眼睛瞪得溜圆，双手颤抖着。

“我说这话的意思是，我手里真没有那么多流动资产。我又不是钱做的，就这些。”

“你这么做，我很吃惊。”我说。

我立刻意识到，我的话伤害了他。我想收回来，但不知为什么,却没有这样做。我把目光移向我父亲。爸爸的脸还是很僵硬,但是——我仔细看了看——他的脸庞上有颗泪珠。这也没什么。爸爸以前经常流泪,通常都没有什么明显刺激,所以我也没觉得这意味着什么。

不知为什么,我顺着他看的方向望去,目光穿过足球场,越过门柱和两个带着小孩慢跑的女人,停留在大约100米开外的街道上。我的心沉了下去。在那儿,人行道上,那个男人穿着法兰绒衬衫和黑色牛仔裤,戴着扬基帽,双手插在衣兜里,正回头看着我。

我不能确定这个人就是要赎金的那个人。红黑相间的法兰绒不算稀奇。也许只是想象——我离他很远——但我觉得他在朝我笑,我突然感到浑身颤抖。

埃德加说:“马克?”

我几乎没听到他的话,站起身,眼睛一直盯着那里。那个穿法兰绒衬衫的男人一动不动地站着。我朝他跑了过去。

“马克?”

我知道自己没有搞错。我不会忘记的,闭上眼就会看到他,他从来就没有离开过。我要的就是这样的机会。我知道希望会带来什么,径直朝他跑了过去。我不会搞错的,我知道他是谁。

还剩一段距离时,那个男人举起手,朝我挥了挥。我知道无济于事了,却还是继续向前跑着。刚跑过公园一半,一辆白色面包车飞驰而至。那个穿法兰绒衬衫的男人朝我的方向敬了个礼,钻进后车厢,消失了。

我跑到街上,面包车已经消失得无影无踪。

十四

时间和我开起了玩笑。来来回回，时快时慢，一会儿清晰可见，转眼却又朦朦胧胧。但这些都转瞬即逝。我尽量让自己外科医生的一面占据上风。他，马克医生，知道如何划分界限。我一直发现，在工作中做到这一点很容易，但在生活中做到这一点却很难。区别对待的技巧没能从工作转化到生活上来。工作中，我能处理好多余的情感，进行引导，使之会聚在积极的焦点上。但在家里，我却从来没有成功地做到这一点。

但是这场危机强迫我做出了改变。区别对待和生存一样，不取决于主观愿望。变得感性、沉溺于疑惑中，或者去想孩子失踪 18 个月的含义……会使我麻痹。也许这就是绑匪们所希望的。他们盼着我倒下，但是我顶着压力照常顺利工作。我现在的状态很好，这我知道，现在也只能如此。障碍出现了，我能理智地看待形势。

当务之急是：不，这次我不会报警的。

但这并不意味着我只能坐以待毙。

埃德加把塞满钱的袋子递给我，我有了想法。

我往谢丽尔和伦尼家里打了电话，但是没有人接。我看看表，早上八点十五分。我没有谢丽尔的手机号，不过亲自去一趟或许更好。

我开车前往威拉德小学，八点二十五就到了。我把车停到一排运动型多功能车和面包车后面，下了车。这所小学和其他很多学校一样，砖墙、水泥台阶、单层建筑，建筑风格被四周的扩建物弄得本色全失。有的扩建物想与主体融为一体，还有一些主要建于 1968 年至 1975 年期间的建筑物，则镶嵌着蓝色玻璃和零零碎碎的瓷砖，完全自成一体，看起来就像世界末日后的温室一样。

孩子们跟往常一样，散布在操场上。不同的是，此时父母们正待在这里，看着孩子们，相互聊着天。铃声响起，他们看着自己的孩子安全进入砖房或那栋明亮蓝色玻璃的建筑物，才放心地离开。我不愿意看到父母眼中流露出的担忧，但我也能理解。等你为人父母时，担忧就会挥之不去、如影随形，永远不会离开。至于原因，我的生活就是最好的例证。

谢丽尔的蓝色雪弗兰萨博班汽车开进了减速线。我朝她走了过去，她正把贾斯汀从座位上解下来，抬头看到了我。贾斯汀习惯性地和她吻别，然后跑开了。估计贾斯汀觉得这是个理所当然的举动吧。谢丽尔看着他，好像很担心他在这段小路上消失一样。孩子是永远不会理解这种担忧的，但这也很正常。没有经历，就没有发言权。

“嗨。”谢丽尔对我说。

我回了声嗨，接着说：“我需要点东西。”

"什么东西?"

"雷切尔的电话号码。"

谢丽尔已经回到了驾驶座旁边的车门边上。"上车。"

"我的车停在那边。"

"我会送你回来的。游泳训练要迟到了,我得把玛丽安娜送到学校。"

她发动了汽车,我跳进副驾驶座,转过头向玛丽安娜笑了笑。她戴着耳机,正用手指飞快地玩着她的新一代掌上游戏机。她心不在焉地朝我挥挥手,都没抬眼看一下,头发还是湿漉漉的。康纳坐在她旁边的婴儿座椅上。汽车里散发着浓烈的氯气味,但我竟觉得很舒服。我知道,伦尼已经把车子精心打扫过了,但不可能总是保持干净整洁。座位之间的缝隙里散落着炸薯条,座椅上黏着不知从哪儿来的面包屑。我的脚下乱七八糟地堆着学校的布告,还有孩子们雨靴留下的痕迹。我屁股下有个小玩具人偶,就是麦当劳快乐套餐送的那种。我们之间是个CD盒,上面写着《欧美群星专辑14》,小甜甜布兰妮、克里斯蒂娜和男孩乐队的最新歌曲应有尽有。后面的车窗上脏兮兮的,到处都是油乎乎的指印。

谢丽尔盯着前面的路。"我天生就是不愿刨根问底的人。"

"但你想知道我的意图。"

"没错。"

"我要是不想告诉你呢?"

"也许,"她说,"你不告诉我反倒好些。"

"相信我,谢丽尔,我需要这个号码。"

她按开信号灯。"雷切尔还是我最亲密的朋友。"

“好的。”

“她用了好长时间才忘掉你。”她犹豫着。

“我也如此。”

“一点儿也没错。你看,我不是说这样就对,只是……有些事你得知道。”

“比如说?”

她两只手握着方向盘,一直盯着前面的路。“你问过伦尼,我们为什么没告诉你她离婚的事。”

“是的。”

谢丽尔扫了一眼后视镜,不是看公路,而是看她的女儿。玛丽安娜似乎沉浸在游戏中。“她没离婚,她丈夫死了。”

谢丽尔在中学前面慢慢停下车。玛丽安娜摘下耳机,下了车,没有啰唆的吻别,只说了声再见。谢丽尔把车开回车道。

“听到这个,我很难过。”这种场合下,人们通常都会这么说。此时我的思维方式很奇特,甚至很恐怖,我差点加上一句:嘿,我和雷切尔还有些共同之处。

谢丽尔好像读懂了我的这些想法似的,说道:“他是被枪杀的。”

我们僵持了几秒钟。我一言不发。

“具体的我也不清楚,”她迅速补充了一句。“她丈夫也是联邦调查局的。当时雷切尔是联邦调查局级别最高的女性之一,丈夫死后她就退休了。她不再接我电话,此后境况一直不大好。”谢丽尔将车停在了我的车旁。“我告诉你这些,是想让你明白,大学已经过去这么多年了,雷切尔不再是多年前你爱着的那个人了。”

我尽量保持语调平稳。“我只要她的电话号码。”

谢丽尔二话没说,从遮阳板上拿起一支笔,用牙咬下笔帽,草草地在甜甜圈盒子上写下了号码。

“谢谢。”我说。

我下车时,她连头也没点。

我没有犹豫,钻进了车里。我身上带着手机,拨下了这个号码。雷切尔试探性地说了声“喂”。我言简意赅。

“我需要你帮忙。”

十五

五小时后，雷切尔乘坐的火车驶进了纽瓦克火车站。

我情不自禁地想起了那些老电影里的画面：火车将情人们分开，滚滚的蒸汽从下面冒出来，列车员喊着最后一遍提醒，汽笛响起，车轮启动，发出咔嚓咔嚓声，一个情人从车窗探出身体，挥着手，另一个沿着站台奔跑。我不知道自己为何想起这幅情景。纽瓦克火车站就像一摊长满寄生虫的河马粪一样怪诞。火车悄无声息地进站了。火车站里的景象，没人愿意看，也没人喜欢弥漫在空气中的味道。

雷切尔走下车时，我仍能感到内心激荡。她穿着淡蓝色牛仔裤，红色高领衫，肩上挎着个小旅行包，下车时她把包向上提了提。有好一会儿，我只是怔怔地看着。我刚满36岁，雷切尔35岁。我们20岁之后，就再也没在一起。整个成年时代我们各过各的日子。这么想来真是不可思议。前面我说过我们分手的事。我想找出根本原因，但也许事情就那么简单。我们都是孩子，孩子总干蠢事，考虑不到后果，想得不够长远，也不会明白这种激荡永远不会真正离开。

时至今日,在我意识到自己需要帮助时,我首先想到的就是雷切尔,而且她来了。

她直接朝我走过来,“你好吗?”

“还好。”

“他们打电话了吗?”

“还没有。”

她点点头,沿站台走去。她说话开门见山,人也旋即进入了角色。“跟我说说 DNA 化验的事。”

“别的我也不知道了。”

“那就是说还不确定?”

“没有法庭证据那么确定,不过,也很肯定。”

雷切尔把包从右肩换到左肩,我尽量跟上她。“我们必须做出一些艰难的决定,马克。你对此有准备吗?”

“有。”

“首先,你确定不想和警方或联邦调查局取得联系吗?”

“那张便条说他们有内线。”

“没准是在吹牛。”她说。

我们又走了几步。

“上次我和当局联系了。”我说。

“那也不意味是错误的举动。”

“但肯定不是正确的。”

她点点头,又摇摇头,不置可否。“你不知道上次发生了什么事。他们可能发现有人跟踪,可能监视了你家,但更可能压根就没想放她回来。你明白吗?”

“明白。”

“但你还对他们抱有希望。”

“所以我才给你打电话。”

她点点头，停下来等我指明走哪条路。我向右指了指，她又迈开步子。“还有件事，”她说。

“什么事？”

“这次我们不能让他们控制局面，得让他们保证塔拉还活着。”

“他们会说头发能证明。”

“那我们就说化验不可信。”

“你认为他们会接受吗？”

“不知道，也许不会。”她昂首大步向前。“不过这就是我说的艰难的决定。那个穿法兰绒衬衫的家伙会在公园里？这可能是个精神游戏。他们想恐吓你，削弱你的意志，让你再次盲从。塔拉是你的孩子。这次你要是想交钱，就交吧。但我不建议你这么做。他们上次销声匿迹了，没理由相信他们不会故技重演。

我们进了停车场，我把票据交给管理员。“那你的建议呢？”我问。

“有这么几点。首先，我们得要求一手交钱，一手交货，而不是‘把钱放这儿，给我们打电话。’他们拿钱，我们得到你女儿。”

“如果他们不同意呢？”

她看了看我。“艰难的决定，明白了吗？”

我点点头。

“我还需要全套电子侦测装置，这样才能和你在一起。可能的话，我想安部光纤照相机，看看这家伙长什么样。我们没有人手，但还是能干点事的。”

“要是再被他们识破呢？”

“要是他们再逃跑呢？”她反驳道，“不管我们怎么做，都是在碰运气。我这是在吸取第一次的教训。谁也不能打包票，我只是在尽力提高成功的概率。”

车过来了。我们上了车，开上了麦卡特高速公路。雷切尔突然平静了下来。虽说岁月流逝，我却清楚地知道这个姿态，因为以前见过。

“还有呢？”我说。

“没了。”

“雷切尔。”

她听我说话的语气，眼睛看向了别的地方。“有些事你应该知道。”

我等着她说下去。

“我给谢丽尔打了电话，”她说，“知道她把大部分情况都告诉你了。你知道我现在不是联邦调查局的人了。”

“没错。”

“我能做的有限。”

“这个我知道。”

她向后靠去，还是刚才的姿态。

“还有呢？”

“你得面对现实，马克。”

前面是红灯，我们停了下来。我转过头看着她——真正看着她——这还是头一次。她那褐色的眼睛依旧神采奕奕。我知道这些年她过得不容易，但她的眼睛却没有流露出这些。

“塔拉还活着的可能性微乎其微。”她说。

“但DNA化验……”我反驳道。

“稍后我会处理这事。”

“处理?”

“稍后!”她又说了一遍。

“到底什么意思?是吻合的,埃德加说是正式确认的结论。”

“稍后的,”她再次说道,语气不容置喙,“眼下我们也可以假设她还活着。我们应抓住赎金这条线索顺藤摸瓜,就当有那么个健康的孩子。你得明白这可能是场精心策划的骗局。”

“你怎么知道?”

“这个不重要。”

“真是不重要。你是说他们对DNA化验做了手脚?”

“只是怀疑。”她又补充道,“但极有可能。”

“怎么可能?那两绺头发是吻合的。”

“那头发互相吻合?”

“是的。”

“不过,”她说,“你怎么知道第一绺头发——一年半前你收到的——是塔拉的呢?”

过了好一会儿,我才明白她的意思。

“你化验过第一绺头发,看它是否与你的DNA吻合了吗?”她问。

“为什么要化验?”

“所以,就目前看来,也许绑匪最初送来的就是另一个孩子的头发。”

我使劲摇着头。“但他们还有她的一小块衣服，”我说，“黑色企鹅图案的粉红色连体衣。这个怎么解释？”

“难道你觉得 Gap 只卖一件那样的衣服？你看，我对整件事还不是很了解，所以还是别假设了吧。还是想想此时此刻我们能做点什么吧。”

我靠在座椅上。我们都陷入了沉默。我怀疑自己到底该不该给她打电话，如今多了这么多思想包袱。不过最后，我还是相信她了。我们需要专业人士，需要分清状况。

“我只想要回我的女儿。”我说。

雷切尔点点头，张嘴似乎要说点什么，终究什么也没说。正在此时，要赎金的电话打进来了。

十六

莉迪亚喜欢盯着那些老照片。

她也说不清原因。看着照片，也没感觉舒服。若说是因为怀旧的缘故，充其量也很有限。赫什从不追忆过去，莉迪亚却不同，她也说不清为什么。

这张照片是莉迪亚8岁时照的，是张黑白照，取自深受人们喜爱的经典电视情景喜剧《家庭欢笑》。这部电视剧播了七年——就莉迪亚而言，从6岁到快满13岁。《家庭欢笑》由已故明星克利夫·威尔金斯主演。在剧中，他扮演一位单身父亲，有三个可爱的孩子：双胞胎兄弟托德和罗德，连续剧开播时他们是11岁，还有一个可爱的小精灵——乖巧机灵的小妹妹特里克茜，她由开朗乐观的拉里萨·戴恩扮演。是的，电视剧自开播以来深受欢迎，现在还能看到《家庭欢笑》在电视上重播。

无巧不成书！真实的好莱坞故事也会发生在《家庭欢笑》的老班底演员身上。电视剧播完两年之后，克利夫·威尔金斯死于胰腺癌。剧中的解说员标榜克利夫“与剧中的父亲完全一样”，但莉迪亚知道，这简直是胡说八道。那家伙喝酒抽烟什么都干。每次由于剧情需要，和他拥抱时，莉迪亚都要使出浑身解数，才能不因为他身上的恶臭而呕吐。

杰拉德和斯坦，一对现实生活中的孪生兄弟在剧中扮演托德和罗德。电视剧拍完后，他们一直搞音乐混饭吃。在《家庭欢笑》中，他们组成了一个顶呱呱的车库乐队，所有歌曲由他人代笔，所有乐器由他人演奏，所有声音都是合成的。杰拉德和斯坦，就是在他们手上击打出音符，也唱不出调来，却坚信自己是音乐天才。现在这对双胞胎已年届40，都是海尔俱乐部的主顾，虽然口里说着“厌倦了名声”，却还在自欺欺人，认为自己不过是在重返明星的道路上休整一下。

但《家庭欢笑》这部连续剧真正吸引观众的、引人注目的情节却是那个可爱的“特里克茜小精灵”即拉里萨·戴恩的命运。关于拉里萨的情况，人们所知道的就是：电视剧最后一季，她的父母离婚了，为了得到她挣的钱打得不可开交。最后她爸爸朝自己脑袋开了一枪，了结了性命，她妈妈嫁给了个骗子，把钱财洗劫一空，消失得无影无踪。和多数童星一样，拉里萨·戴恩很快就过气了。有关她乱搞男女关系和吸毒的谣言铺天盖地飞来，尽管——这只是一时的怀旧热潮——没人真正在意。她才满15岁就因过量吸毒差点送命，被送到了一家什么疗养院，似乎远离了尘嚣。谁也不知道她后来到底怎么样了，许多人认为她死于二次过量吸毒。

她当然没死。

赫什说：“你准备打电话吗，莉迪亚？”

莉迪亚没有马上回答，而是接着看下一张照片。还是一张《家庭欢笑》剧照，这回是第5季、第112集。小特里克茜胳膊上打着石膏，托德想在上面画把吉他。父亲坚决不同意，托德抗议道：“不过，爸爸，我保证只画，不弹！”背景里传来一阵大笑。年幼的拉里萨不明白这个笑话的含义，成年的莉迪亚也不明白。然而，她却清晰地记得那天她是怎么摔断胳膊的，这纯粹是儿童行为，她胡闹时摔下了楼梯。尽管她疼痛难忍，但他们却非要把这段镜头的戏拍好。介于这个原因，摄影棚里的医生不知道给她注射了什么鬼玩意，两个编剧把受伤这一情节插入了剧本。拍戏时她几乎没有知觉。

不过，请不要拉那把小提琴。

莉迪亚读过丹尼·帕特里奇的书，倾听过威利斯在《与众不同》中的哀诉。她听说过所有童星的困境——侮辱、钱被偷走、长时间的工作，看过所有的脱口秀节目，听过所有的抱怨，目睹过同事们鳄鱼的眼泪——他们的虚伪令她恶心。

这就是童星们进退两难的真相。不，不是侮辱。当年莉迪亚年幼无知，愚蠢地认为委曲求全会有所帮助。电视剧的一个制片人极有可能猥亵了她，并不断告诫她应当如何“守口如瓶”。不，不要责怪父母对童星的成长不闻不问。也许情况恰恰相反，父母是在推波助澜。不是因为没有朋友，长时间的工作，拙劣的社交技巧，摄影棚里的强度。不，这些都不是原因。

很简单，是因为远离了聚光灯。

就此告一段落。其余的都是借口，没人愿意承认自己是那么肤浅。莉迪亚 6 岁起就在剧中扮演角色，此前的事她几乎没有印象。因此，她记住的就是自己是个明星。明星与众不同，高贵庄严，无所不能。对莉迪亚而言，再也没有别的了。我们教导孩子要与众不同，而莉迪亚正是如此。大家都觉得她很可爱，都认为她是个完美的女孩儿，惹人喜爱、心地善良、活泼天真。人们盯着她，带着不可思议的渴望；都想接近她，了解她的生活，和她待在一起，摸摸她的裙摆。

接着，某一天，一切荡然无存。

人们都贪恋名声。那些丧失名声的成年人——例如，那些一夜成名的人——尽管尽力装得超然脱俗，却往往一蹶不振，不想承认这一现实。他们的整个生命就是一个谎言，一次又一次沉迷，无法自拔。这就是名声。

那些成年人只是喝了一小口，琼浆玉液就被夺走了，而对童星来说，这些琼浆玉液就是母亲的乳汁，是他们所知的全部。他们无法理解这些只是昙花一现，不会长久的。无法对孩子解释这些，也无法让孩子准备好迎接这些不可避免的事情。除了谄媚，莉迪亚什么也不会。接着，几乎一夜之间，聚光灯灭了。在她的生命中，第一次孤零零地陷入黑暗中。

那就是毁掉你的东西。

莉迪亚现在明白了这一点，是赫什拉了她一把，把她彻底从毒品中救了出来。她自残过，当过妓女，鼻吸、注射毒品，用量超出了人们的想象。她这么做不是为了逃避，而是为了还击，伤害某人或某事。她的错误就在于她伤害的是自己，经历了一次恐怖的暴力事件后，她在康复时意识到了这一点。名声抬高了你，却贬低了别人。那么究竟为什么要伤害本应高高在上的人呢？相反，为什么不伤害那些可怜的公众、那些曾经崇拜她的人、那些曾经赋予她神奇力量的人和诱惑她的人呢？为什么要伤害高人一等、值得称颂的人呢？

“莉迪亚？”

“嗯。”

“我们该打电话了。”

她转向赫什。他们是在精神病院认识的,一见如故,好像彼此的痛苦能够直达对方心底,引起共鸣。当时,两个护理员把她按在地上欲图谋不轨,赫什把她救了出来。他只是把他们从她身上推开。护理员威胁他俩,他俩答应不向外宣扬。但是赫什知道君子报仇,十年不晚。他伺机而动。两周后,他偷来一辆汽车,轧过其中一个人的身体。那个蠢货受伤躺在地上时,赫什回头,调整车轮对准颈椎,踩下了油门。一个月后,另一个蠢货——一个个来——死在家里,四个手指断了,不是被砍下来或切下来的,而是被拧断了,这一结论是根据伤口的旋转撕裂程度得出的。这些手指被拧了一圈又一圈,最终肌腱和骨头折断了。时至今日,莉迪亚仍把其中的一个手指放在地下室。

十年前,他们远走高飞,换了名字,改头换面,重新开始。复仇天使要比那些乌合之众更高级、更具杀伤力。她没再伤害任何人,或者至少,伤害时,也是在发泄。

他们有三处居所。赫什自称住在布朗克斯。莉迪亚在昆斯有个落脚地。他们都有工作地址和电话,但这只是摆摆样子而已。如果你愿意,可以称之为办公室。两人都不想让别人知道他们实际是一伙的,是有联系的,是对情人。四年前,莉迪亚用化名买下了这栋明亮的黄色调房子,有两个卧室和一个半卫生间。赫什此时正坐在厨房里,这里通风很好,令人心情舒畅。这里是新泽西州莫里斯县最北端的一个湖泊,宁静静谧。他们喜欢这里的晚霞。

莉迪亚一直盯着“特里克茜小精灵”的照片,努力回忆着自己当年的感受,却什么也想不起来。赫什此刻站在她身后耐心地等着,一如从前。有人说她和赫什是冷血杀手。莉迪亚早就意识到这种说法简直是用词不当,那是好莱坞的艺术作品。如同小精灵特里克茜的精彩一样,没人会仅仅因为有利可图而涉足暴力行业。还有更容易的谋生方式。你可以装成职业人士,控制自己的感情,甚至自欺欺人认为不过是办公室的一天,但当你坦诚面对时,就会发现自己走上这条不归路,纯粹是因为喜欢。这一点莉迪亚明白。伤人、杀人、熄灭他人眼中的光芒……不,她用不着那样。在拥有聚光灯时,她并不想这样。不过没错,毫无疑问,这样会带来愉悦的震撼感和明显的陶醉感,还会减轻她自己的痛苦。

"莉迪亚?"

"我马上就打,大笨熊。"她拿起手机和干扰器——手机号码是偷来的——转身面对赫什。赫什长相丑陋,但她并不在意。他朝她点点头,她按下声音转换器,拨下了号码。

莉迪亚听到了马克·塞德曼的声音,说:"我们还要再来一次吗?"

十七

接电话前，雷切尔把手搭到了我手上。“这是谈判，”她说，“所用的手段都是恐吓和威胁，你得强硬点。他们要是想放她，就会让步的。”

我咽下口水，打开手机，说了声“喂”。

“我们还要再来一次吗？”

听到那个熟悉的机械的声音，我的血液都沸腾了。我闭上双眼，说道：“不。”

“再说一遍？”

“你们得保证塔拉还活着。”

“你不是收到头发了吗？”

“是的。”

“那……”

我看了看雷切尔，她点点头。“头发吻合并不可信。”

“好的，”那个声音说，“那我现在就挂断电话。”

“等等。”我说。

“嗯？”

“上次你们跑了。”

“的确如此。”

“我怎么知道你们不会故技重演?”

“这次你报警了吗?”

“没有。”

“那你就不用担心了。下面按我说的去做。”

“我不会那么做的。”我说。

“什么?”

我感到身体开始颤抖。“我们做笔交易。我得到女儿,你们才能得到钱。”

“你没资格在这儿和我讨价还价。”

“我得到女儿,”我铿锵顿挫地说出这些话,“你们得到钱。”

“我不会那么做的。”

“好吧,”我尽量使语气强硬。“这件事到此为止。我不想再让你们跑了,回过头来变本加厉要更多钱。所以,我们就做笔交易,了断此事。”

“塞德曼医生?”

“我在呢。”

“我希望你仔细听着。”

长久的沉默令我精神紧张。

“如果我现在挂了电话,18 个月之内不会再打回来的。”

我闭上眼睛,紧紧握着电话。

“好好想想后果吧。你不是一直想知道女儿的下落吗? 不是一直想知道她现在怎么样了吗? 要是我挂断电话,接下来的 18 个月你将一无所知。”

似乎有条钢带勒紧我的胸膛，使我难以呼吸。我看着雷切尔，她也看着我。她沉着冷静的目光驱使着我继续强硬下去。

“那时她有多大了，塞德曼医生？我是说如果我们让她活下去的话。”

“谢谢。”

“你在听吗？”

我紧闭双眼。“我只是要你们保证。”

“我们把头发给你了。”

“我带上钱，你们带上我女儿。一手交钱，一手交人。”

“你这是在发号施令吗，塞德曼医生？”

那个机械的声音节奏轻快，听起来很古怪。

“我不管你们是谁，”我说，“也不管你们为什么这么干，我只想要回我的女儿。”

“那就照我说的给钱。”

“不，”我说，“没有保证不行。”

“塞德曼医生？”

“嗯。”

“再见。”

手机没了声音。

十八

神志是一条细线，而我的这条线断了，我不正常了。

不，我没有尖叫，与此相反，我变得异常平静。我把手机从耳边拿走，看着它，好像它刚刚出现，我压根不知道它是什么一样。

“马克？”

我看着雷切尔。“他们挂断了。”

“他们会打回来的。”她说。

我摇摇头。“他们说 18 个月内不会再打了。”

雷切尔端详着我的脸。“马克？”

“嗯？”

“我要你仔细听清楚我的话。”

我等待着。

“你做得对。”

“谢谢，现在我感觉好多了。”

“在这方面我有经验。如果塔拉还活着，如果他们有一点放她回来的意思，就会在这个问题上让步的。没有达成交易，只有一个原因:他们不想——或者不能。"

不能。大脑仅存的那点理智也能明白这个。我提醒自己曾经受过训练,要划分开来。"那现在怎么办?"

"按原计划做好准备。我带了很多装备,给你装上无线电。他们要是再打电话,就万事俱备了。"

我木然地点点头。"好吧。"

"还有,我们还能做点别的什么吗?你一点也听不出那个声音吗?穿法兰绒那男的、那辆面包车、还有别的事,还能想起什么新的线索吗?"

"想不起来。"我说。

"在电话里,你提到在地下室发现了一张光盘的。"

"是的。"我飞快地向她讲述了光盘和上面 MVD 标志的事。她拿出一个记事本,匆匆记下。

"那张光盘你带在身上了吗?"

"没有。"

"没关系,"她说,"眼下我们在纽瓦克,可以先看看能从 MVD 发现些什么。"

十九

莉迪亚举起那把西格绍尔[1] P226 手枪。

“我不喜欢这个结果。”她说。

“你做得对,”赫什说,“我们就此打住,这事就算了结了。”

她盯着枪,很想扣动扳机。

“莉迪亚?”

“我听着呢。”

“我们这么做是因为这很简单。”

“简单?”

“是的,我们以为这钱来得容易。”

“很多钱。”

“的确如此。”他说。

“我们不能就这样算了。”

赫什看到她眼睛湿润了。他知道不是钱的问题。“他也被

① 西格绍尔 SIG – Sauer 是由瑞士 SIG 公司研制,德国 SAUER 公司生产的手枪。

折磨够呛，"他说。

"我知道。"

"想想你刚才对他的做法，"赫什说，"如果他再也得不到我们的消息，会在疑惑和自责中度过下半辈子的。"

莉迪亚挪过去坐到了赫什腿上，像只小猫一样蜷缩在他怀里。他用巨大的双臂揽住她，过了一会儿，莉迪亚平静了下来，感到安全而宁静。她闭上双眼。她喜欢这种感觉。她知道——他也知道——这种感觉不会持久，永远都不觉得够。

"赫什？"

"嗯。"

"我想得到那笔钱。"

"我知道。"

"还有，我想他最好是死了。"

赫什抱紧她。"会如你所愿的。"

二十

我不知道对 MVD 到底有什么样的期待,也许是水晶玻璃门,或者菲利普·马洛[①]。外部斑驳的老房子,肯定没有电梯,丰满漂亮的秘书干着蹩脚的工作。

但 MVD 却截然不同。大楼明亮辉煌,是纽瓦克"城市改造"项目的一部分。虽说经常听到纽瓦克再现辉煌的消息,但我却不以为然。没错,确实盖了几栋漂亮的写字楼——就像这栋——还有一座令人叹为观止的表演艺术中心,位于交通便利的地脚,有钱买得起票的人们可以开车过去,根本用不着穿街走巷。但这些雄伟明亮的建筑物就宛如杂草中的几株鲜花,或者夜幕下的几颗星星,没能改变这里的主色调。它们没有融入这座城市,也没有拓展开来,显得格格不入,那毫无生气的美丽丝毫没有感染力。

我们走下电梯。我手里还拎着那个塞满 200 万美元的袋

---

① 菲利普·马洛(Philip Marlowe)是雷蒙德钱德勒笔下塑造的硬汉侦探。雷蒙德钱德勒身高约 1.85 米,体重大概 86 公斤,职业是私家侦探。

子,感觉怪怪的。玻璃幕墙后面坐着三个头戴受话机的接待员,他们的办公桌很高。我们对着其中一部对讲机说出了自己的名字,雷切尔出示了她的证件,证件上表明她是退休的联邦调查局特工。对讲机接通了。

雷切尔推开门,我紧随其后。虽然心里感觉空荡荡的,但我还能坚持下去。发生的事情——挂断电话——太恐怖了,我只能控制自己不要麻木,尽量全神贯注。我又联想到了手术室。我走进房间,穿过过道,开启了另一个世界。我有个病人,一个6岁的男孩,做普通的腭裂修复手术。手术台上,他的各项生命体征急剧下降,心脏停止了跳动。我处变不惊,全神贯注,就像现在一样。最后那个男孩起死回生。

雷切尔又亮出证件,说我们想见这里的负责人。接待员微笑着点点头,显然没有听我们说什么。她没有摘下受话机,而是摁了一些电钮。来了个女的,带着我们顺着走廊往里走,进入了一间私人办公室。

我一时分不清面前这个人是男是女。桌子上摆着青铜色的姓名牌,上面写着康拉德·多尔夫曼。结论是:男人。他动作夸张地站起身。他身材消瘦,穿着蓝色粗条纹收腰西装,衣服下摆展开,很容易让人误认为是裙子。他的手指像钢琴家的手指一样纤细,头发像《维克多·维多利亚》里的茱莉亚·安德鲁一样,向后梳得油光锃亮,脸看着很光滑,却有些污斑,我总觉得是化妆的缘故。

“请,”他的声音矫揉造作,“我是康德拉·多尔夫曼,MVD的执行副总裁。”我们互相握了握手。他握住我们的手,把另一只手搭在上面,特意端详了我们一会儿。康拉德请我们坐下,我们坐了。他问我们喝不喝茶,雷切尔抢先回答喝。

我们又闲聊了一会儿。康德拉询问了一些雷切尔在联邦调查局时的情况。雷切尔含糊其词,暗示自己也涉足私家侦探领域,可以说是同行,能够相互谅解。我没有说话,让她一手操办。有人敲门,刚才那个陪我们穿过走廊的女人打开门,推进一个银白色的茶点车。康德拉倒起了茶,这时雷切尔切入正题。

“我们希望得到你的帮助,”雷切尔说,“塞德曼医生的妻子是你们的客户。”

康拉德·多尔夫曼专注地摆弄着茶水,用现在流行的过滤网筛掉茶叶,慢慢倒出茶水。

“你们向她提供了一张带密码的光盘,我们想看看。”

康拉德递给雷切尔一杯茶,又递给我一杯。他坐了下来,呷了一大口。“对不起,”他说,“我爱莫能助,密码是客户自己设的。”

“这个客户已经死了。”

康拉德·多尔夫曼并不买账。“那也一样。”

“这是她丈夫,最近的亲属,光盘现在归他所有。”

“这个我可不知道,”康拉德说,“我不研究遗产法,这个我们也管不着。我说过了,密码是客户自己设的。我们可能给过她光盘——现在我还真不敢确定——但我们可不知道她在密码里设的是什么数字或字母。”

雷切尔不动声色,盯着康拉德·多尔夫曼,他也盯着她。最后他先移开了目光,端起茶杯,又抿了一口。“我们能知道她为什么求助于你们吗?”

“没有法院传票吗?不,不可能的。”

“你们的光盘,”她说,“有另一种打开方式。”

“请你再说一遍?”

“每家公司都有,”雷切尔说,“信息永远都不会丢失。你们公司为密码设计了电脑程序,能打开光盘。”

“我不知道你在说些什么。”

“我以前是联邦调查局特工,多尔夫曼先生。”

“那又怎样?”

“所以我知道这些,别侮辱我的智商。”

“我不是这个意思,米尔斯女士,但我真的爱莫能助。”

我看着雷切尔,她似乎在掂量着该怎么办。“我局里还有朋友,多尔夫曼先生。大可以问问他们,让他们来弄明白这事。联邦调查局可不怎么喜欢私家侦探,这个你是知道的。我不想找事,只想知道光盘的内容。”

多尔夫曼放下杯子,打了个响指。有人敲门,开门的还是那个女人,点头示意康拉德·多尔夫曼。他还像刚才那样夸张地站了起来,冲到门口。“失陪一会儿。”

多尔夫曼走后,我看着雷切尔,她没有转身。“雷切尔?”

“看看接下来的戏怎么演下去就是了,马克。”

但是的确没什么可演的了。康拉德回到了办公室,穿过房间,站在雷切尔面前,等着她抬头。雷切尔没有理会。

“我们的总裁,马尔科姆·德瓦德以前就是联邦调查局特工,你知道吗?”

雷切尔一言不发。

“我们聊天时,他打了几个电话。”康拉德等着。“米尔斯女士?”雷切尔终于抬起头。“你威胁也没用。你在局里没朋友,哈哈,德瓦德先生才有。滚出我的办公室,现在就滚。”

二十一

我说:“这是怎么回事?”

“我跟你说过了,我现在不是特工了。”

“出了什么事,雷切尔?”

她目视前方。“你早已不是我生活的一部分了。”

无需多言。雷切尔开车,我攥着手机,盼着它再次响起。回到我家里时,夜幕已经降临。我们进了屋。我盘算着用不用打电话给里根或蒂克纳,但事到如今,又有什么用呢?

“我们得化验一下 DNA,”雷切尔说,“可能我的推测不合情理,但你女儿被劫持这么长时间是不是也不合情理?”

于是我给埃德加打了个电话,告诉他我想再化验一下头发。他说这样很好。我挂上电话,没告诉他情况危急,我向前联邦调查局特工求援了。还是少提为妙。雷切尔打电话找了个熟人去埃德加那里取发样,又从我身上取了血样。她说那个人有私人实验室,24 到 48 小时之内就会有结果。不过这个时间对赎金要求来说,也许为时已晚。

我坐在椅子上,雷切尔则席地而坐。她打开行李包,掏出各种各样的电线和电子装置。我是外科医生,双手灵巧无比,但对这些高科技的小玩意就茫然不知所措了。她小心翼翼、全神贯注地把袋子里的东西摊在地毯上,这又使我想起了大学时她聚精会神读课本的情形。她把手伸进包里,取出一个刀片。

"那袋钱呢?"她说。

我递给她。"你要干什么?"

她打开袋子,里面是一沓一沓的百元大钞。她抓过一沓,慢慢抽出钱,没有弄断捆钱的纸带。她在钱上切割开来,如同这沓钱是一副纸牌一样。

"你在干什么?"我说。

"挖个洞。"

"在钱上?"

"对啊。"

她用锋利的刀片挖着,挖出了一元硬币大小的洞,约莫五六毫米深。她扫视了一下地板,找到一个同样大小的黑色装置,放在洞里,随后又把纸带套了上去。那个装置正好处于那沓钱中间。

"一个 Q 型记录器,"她解释说,"是 GPS 装置。"

"我听着呢。"

"GPS 就是全球定位系统。简单点说,能跟踪这些钱。我还会在包的衬层里放一个,不过大多数罪犯都了解这一套,通常会把钱倒进自己的袋子里。不过这么多钱,他们来不及仔细检查一遍。"

"这些东西怎么会这么点儿?"

"Q 型记录器?"

“嗯。”

“还可以做得更薄的,问题出在电源,得有电池才行。我们就吃亏在这上面。我需要的东西至少得走 8 千米呢,这个能行。”

“它连在什么地方?”

“你是说我怎么跟踪这个装置?”

“没错。”

“通常连在笔记本电脑上,不过这是最新型的。”雷切尔把一个装置举到半空,这个东西我在医学界见得多了。我想除了我,医生们人手一个。

“掌上电脑?”

“它有一个特殊的跟踪屏,我不得已出门时就带上。”她又回头忙活起来。

“那些东西呢?”

“是监视设备。我也不知道能不能用上,不过我想在你鞋里放个 Q 型记录器。我要在汽车里放部照相机,还要看看能不能把它连上光纤,不过那样有些冒险。”她开始聚精会神地组装装备。她没有抬头,又开口说道:“我还想跟你解释点事。”

我向前靠了靠。

“你还记得我父母离婚的时间吧?”她问。

“哦,当然记得,那时我们第一次相遇。”

“虽然我们很亲密,但从来没谈过这事。”

“我总感觉你不想说。”

“我是不想。”她脱口而出。

我想自己也不想问。我是个自私鬼。我们大概谈了两年恋爱,在这期间,我只字没问她父母离婚的事。不是那些“感觉”使我保持缄默,而是我知道有些阴郁和不开心的事。我不想提,不想让它将矛头指向我。

“是我父亲的不是。”

我差点说出“这不是谁的不是”或“双方都有责任”这些愚话,但掠过的一丝理智让我收住了口。雷切尔还是没有抬头。“我父亲毁了我母亲,摧残了她的灵魂。你知道怎么回事吗?”

“不知道。”

“他欺骗了她。”

她抬起头,迎着我的目光,我没有回避。“这是恶性循环,”她说,“他谎话连篇,被识破了,就发誓说再也不那样了。但又死性不改,就这样蚕食着我母亲,把她毁掉了。”雷切尔咽了下口水,接着摆弄她那些高科技玩意。“所以,当我在意大利,听说你跟别人……”

千言万语涌到嘴边,却又那么苍白无力。她这么坦白地告诉了我,我想我了解了很多,但为时已晚。我怔怔地坐在椅子上,一动不动。

“我反应过度了。”她说。

“我们那时还年轻。”

“我只是想……我那时应该告诉你这事。”

还是她先说出来的。我解释着,又忽然住了嘴。太多了,要说的话太多了。从接到赎金的电话到现在有6个小时了,时间一秒一秒地过去,重重地敲击着我的胸膛,使我痛苦万分。

电话铃响了,我跳起身。是我的固定电话,不是绑匪的手机。我拿起电话,原来是伦尼。

“出了什么事?”他开门见山问道。

我看看雷切尔,她摇摇头。我向她点点头,暗示自己明白了。“没事。”我说。

“你妈妈告诉我你去公园见埃德加了。”

“别担心。”

“那个老混蛋会占你便宜的,这个你也知道。”

每次提到埃德加,伦尼都会失去理智。也许他是对的。“我知道。”

短暂的沉默。

“你打电话找过谢丽尔。”他说。

“是的。”

“为什么?”

“没什么要紧事。”

又停了一会儿,伦尼说:“你在骗我,对吧?”

“和维加斯假发一样。”

“嗯,好吧。哎,我们明天上午还打壁球吗?”

“还是取消吧。”

“没事吧,马克?”

“没事。”

“你要是需要我……”

“谢谢你,伦尼。”

我挂上电话。雷切尔正鼓捣着她那些电子设备,刚才说的话早已烟消云散。她抬起头,看到我脸色异常。

“马克?”

我没有应声。

“如果你女儿活着,我们会把她带回家的,我保证。”

我没有相信她的话,这还是平生第一次。

二十二

蒂克纳特工低头盯着案宗。

塞德曼谋杀绑架案已经被置于次要位置。联邦调查局近年来对其工作重点进行了重新部署。恐怖袭击才是重中之重。丨件案子中有两件与恐怖主义有关。塞德曼案成为了绑架案，他才参与进来的。电视里看到的是一回事，现实是另一回事。地方警察往往急着让联邦调查局参与破案，因为联邦调查局拥有各种资源和先进技术。给联邦调查局打电话打晚了，可能会搭上条命。里根就很聪明，及时打了电话。

但一旦绑架问题得到——他讨厌用这个词描述——“解决”，蒂克纳就要抽出身来（至少是非官方的），把案子留给当地警察处理。他依然念念不忘——你无法忘记在那样的小木屋里看到婴儿衣服的情景——但在他脑子里，这个案子已被打入了冷宫。

那是 5 分钟前的事。

这是他第三次翻看这份简短的案宗了。他没想把这些扯到一起，也没扯到一起呢。不过这事太离谱了。他现在想做的、想完成的就是找个切入点，一个他能抓住的把柄，但却百思不得其解。

雷切尔·米尔斯,她怎么会卷入此案?

一个年轻的下属——蒂克纳记不清是叫奥马利还是菲茨杰拉德,反正像爱尔兰人的名字——手足无措地站在他桌前。蒂克纳靠到椅背上,跷起二郎腿,用钢笔轻轻拍打着下嘴唇。

"这之间肯定有联系。"他告诉奥马利还是菲茨杰拉德。

"她自称是个私家侦探。"

"她注册过吗?"

"没有,长官。"

蒂克纳摇摇头。"背后还有文章。查一下电话记录,找到她的朋友或者别的线索,顺藤摸瓜查下去。"

"是,长官。"

爱尔兰小伙出去了。蒂克纳把案宗放到了一边。他和雷切尔以前在匡蒂科一起接受过训练,师从同一个导师。蒂克纳盘算着该怎么做。他一直不太相信当地警察,但他喜欢里根。这个家伙时间充裕,是个有利的条件。他拿起电话,拨通了里根的手机。

"里根侦探。好久没联系了。"

"啊,原来是联邦特工蒂克纳啊,还戴墨镜吗?"

"你还在——喔,为别的事——挠胡子吗?"

"是呀,可能吧。"

蒂克纳听到了那头有锡塔尔琴[①]音乐。"忙着呢?"

"一点也不忙,发呆呢。"

---

① 锡塔尔琴是印度的一种大弦弹拨乐器。

“喜欢菲尔·杰克逊[1]?”

“没错。不过我可没有那些烦人的冠军指环。你什么时候和我一起听听。”

“好吧,我会排上日程的。”

“会让你放松的,蒂克纳特工。听得出来你声音紧张得很。”他接着说道,“我猜你是有事才打电话吧?”

“还记得我们热衷的案子吗?”

里根沉默了一下,感觉很奇怪。“记得。”

“从我们得到新线索到现在有多长时间了?”

“我可不觉得我们有什么新线索。”

“那,现在也许有。”

“洗耳恭听。”

“刚才接到一名联邦调查局前特工打来的电话。那家伙叫德瓦德,现在是纽瓦克的一名私家侦探。”

“那又怎样?”

“好像我们的朋友塞德曼医生今天去了他办公室,与他同行的还有一个非常特殊的人物。”

莉迪亚染黑自己的头发——为了更好地融入夜色。

和以往一样,计划很简单。

“我们确认他带了钱,”她告诉赫什,“我就杀了他。”

“你有把握吗?”

“绝对有把握。好处就在于这起谋杀案自然会被联系到最

---

① 菲尔·杰克逊获得13次NBA总冠军,包括11次教练和2次球员。

初的枪击案上。”莉迪亚朝他微笑着，“就是出了事，跟我们也没关系。”

“莉迪亚？”

“有什么不妥吗？”

赫什耸耸巨大的肩膀。“你不觉得我杀了他更好吗？”

“还是我开枪好，大笨熊。”

“但是，”他犹豫着，又耸耸肩，“我什么武器都不用。”

“你是想保护我。”她说。

他什么也没说。

“你真贴心。”事实的确如此。但她亲自动手的一个原因就是想保护赫什。他才是最容易受到伤害的。莉迪亚从来就不担心自己被捕，一部分是因为典型的过分自信。被捕的都是些蠢货，而不是小心谨慎的人。但还有更重要的原因，她知道即使自己真的被抓了，也不会被定罪。毫无疑问，她邻家女孩般俏丽的容貌是个优势，但抛开这个，她那令人潸然泪下的孤儿身份一定会令每位检察官为之动容的。莉迪亚会向他们提起自己“悲剧的”过往，提及受过的各种凌辱；会在脱口秀节目中哭诉，谈及童星的不幸和被迫进入小精灵特里克茜世界的苦难经历；会像个可爱的、无辜的受害者，公众——别说陪审团——都会轻信她的话。

“我想最好这样，”她告诉他，“要是他看到你接近他，嗯，很可能会跑掉。不过要是他看到我……”莉迪亚轻轻耸耸肩，不再说下去。

赫什点了点头。她说得没错，这事易如反掌。她轻轻地拍了一下他的脸，把车钥匙递给了他。

“佩维尔明白他该怎么做吗?”莉迪亚问道。

“明白,他会在那里与我们会合。没错,他会穿法兰绒衬衫的。”

“那我们也该出发了,”她说,“我来给塞德曼医生打电话。”

赫什用遥控器打开车门。

“哦,”她说,“我得先检查一下才能动身。”

莉迪亚打开后车门。那个男孩在后座上熟睡着。她检查了一下绳索,确定没有问题。“我最好还是坐在后面,大笨熊。”她说,“以防万一这小家伙醒了。”

赫什弯着腰钻进车,坐到驾驶座上。莉迪亚掏出手机和声音转换器,拨下了号码。

二十三

我们点了比萨,显然是个错误。深夜吃比萨是大学的事,这明显又在怀旧。我一直盯着手机,希望它再次响起。雷切尔也很平静,不过这样很好。我们一直都习惯于沉默,这也很不可思议。在很多方面,我们都在让时光倒转,重拾过去。但在更多方面,我们却行同陌路,关系微妙而尴尬。

奇怪的是我的记忆却陡然间变得模模糊糊。我原以为再次见到她,那些记忆会一下子涌到脑际,但能想到的细节却寥寥无几。那只是一种感觉,一种情绪,就如同我记得新英格兰的地冻天寒。我不知道为什么会记不起来,也不确定这意味着什么。

雷切尔眉头紧蹙,摆弄着那些电子装置。她咬了口比萨,说:“没有托尼那家店的好吃。”

“那个地方太糟糕了。”

“还有点油腻。”她附和道。

“有点？难道还要赠送一张免费的血管修复术券吗?”

“嗯,觉得血管被淤住了似的。”

我们看着对方。

"雷切尔?"

"嗯?"

"要是他们不打电话。"

"那就是她不在他们手里,马克。"

我把这事搁在一边,想起了伦尼的儿子,康纳——想起了他会说会做的事情。我试着把这些联系在我最后看到的那个躺在婴儿床的婴儿身上。即使无法推断,也没什么。希望还是有的,我坚信这一点。如果我女儿死了,如果手机不再响起,我知道这个希望会害死我的,但我不在乎。与其置之不理,还不如就这样继续下去。

因此我还有希望。我,这个愤世嫉俗的人,还是要往最好的方向想。

手机响起时,已将近晚上10点。我没有看雷切尔,也没有等她点头同意,在第一个响声还没消失时,就按了应答键。

"喂?"

"好吧,"那个机械的声音说,"你会看到她的。"

我无法呼吸。雷切尔靠过来,把耳朵凑到旁边。

"好。"我说。

"你有钱?"

"有。"

"够吗?"

"够。"

"那你听好了。不按我说的做,我们就会消失。明白吗?"

"明白。"

"我们与警方的内线核实过了。目前还不错,你好像还没报警。但是我们得保证万无一失。你自己开车到乔治·华盛顿大桥去,到那儿后,我们就会在有效距离内,使用手机的双频道无线电功能。我会告诉你去什么地方,怎么做的。我们会搜你身的,要是发现你带武器或无线电,我们就会消失。明白吗?”

我能感到雷切尔的呼吸变得急促了。

“我什么时候能见到我女儿?”

“我们见面时。”

“我怎么知道你不会只拿走钱?”

“你怎么知道我现在不会挂断电话?”

“我马上就到,”我接着又赶紧补充一句,“不见到塔拉,我是不会交钱的。”

“那就这么定了。你还有一小时,到时再联系。”

二十四

被这么晚拖回 MVD 办公室,康拉德·多尔夫曼显得很不高兴。蒂克纳可不在乎这个。要是塞德曼自己来过,毫无疑问这是个重要线索。但实际上,雷切尔·米尔斯也来过,她竟被卷入了此案。那么,虽说由于受人怠慢,蒂克纳很恼怒,但他更觉好奇。

“米尔斯女士向你出示过证件吗?”他问。

“是的,”多尔夫曼回答,“但上面标着‘退休’。”

“她和塞德曼先生在一起?”

“是的。”

“他们一起来的?”

“我想是的。我的意思是,嗯,他们到这儿时是在一起。”

蒂克纳点点头。“他们要干什么?”

“要密码,一张光盘的密码。”

“我好像不太明白。”

“他们说手里有张我们提供给客户的光盘。我们的光盘是有密码保护的,他们想让我们把密码交给他们。”

“你们交了吗?”

多尔夫曼似乎有些吃惊。“当然没有。我们给你们局打了个电话,他们解释说……哎,他们其实也没怎么解释,就是强调说不管怎样我们也别和米尔斯特工合作。”

“前特工。”蒂克纳说。

怎么会呢?蒂克纳百思不得其解。雷切尔·米尔斯怎么会和塞德曼勾搭到一起?蒂克纳尽量往好的方面猜测她。她与其他同事不同,他了解她,见识过她的身手。她是个不错的特工,甚至是个了不起的特工。但现在他百思不得其解。他捉摸着这事的时机,捉摸着她出现在这里的原因,捉摸着她出示证件千方百计施压的动机。

“他们有没有告诉你是怎么搞到这张光盘的?”

“他们说光盘是塞德曼医生妻子的。”

“是吗?”

“这个我相信,是的。”

“你知道他妻子早在一年半前就死了吗,多尔夫曼先生?”

“才知道。”

“他们在这儿时你不知道吧?”

“没错。”

“塞德曼为什么要等到18个月以后才来要密码?”

“他没说。”

“你问了吗?”

多尔夫曼在座位上挪动了一下。“没有。”

蒂克纳微笑着,很亲切的样子。“你没理由这样做,”他装出一副斯文的样子。“你向他们提供什么信息了吗?”

“什么也没提供。”

“你没告诉他们塞德曼夫人为什么要雇用你们侦探所吧?”

“没错。”

“好的,好极了。”蒂克纳身体前倾,胳膊抵在膝盖上。他正准备问下一个问题,手机响了。“不好意思,”他说着把手伸进了口袋。

“还需要多长时间?”多尔夫曼问,“我还有事。”

蒂克纳没有理会,站起身,把手机放到耳边。“我是蒂克纳。”

“我是奥马利特工。”那个年轻的小伙子说。

“查到什么线索了吗?”

“嗯,查到了。”

“说吧。”

“我们查了过去三年的通话记录。至今为止,塞德曼从没给她打过电话——至少没从他家里或办公室里打过。”

“我会听到‘但是’吗?”

“会的。但雷切尔·米尔斯给他打过一次——仅此一次。”

“什么时候?”

“前年六月。”

蒂克纳算了一下,时间大概是谋杀绑架案之前的三个月左右。“还查到了什么?”

“我想是个重大发现。我让我们的人搜查了米尔斯位于福尔斯彻奇①的公寓。现在他还在那儿搜呢,不过你猜在她床头

① 福尔斯彻奇市位于美国弗吉尼亚州。

柜里发现了什么?”

“你这是智力竞赛节目吗,奥瑞安?”

“我是奥马利。”

蒂克纳刮了刮自己的鼻梁。“我们的人发现了什么?”

“一张毕业舞会照片。”

“什么?”

“我是说,我也不知道是不是在毕业舞会上照的,反正是类似的正式舞会。可能是15年前,甚至20年前拍的。她头发造型很炫,胳膊上戴个花朵样的装饰品,那叫什么来着?”

“胸花。”

“没错。”

“这究竟有什么关系?”

“照片上的那个小伙儿……”

“怎么了?”

“我们的人很有把握,和她在一起的那个小伙儿——我是说,她的约会对象——是我们的塞德曼医生。”

蒂克纳一下子脑袋嗡嗡作响。“查下去,”他说,“有情况马上给我打电话。”

“好的。”

他挂断电话。雷切尔和塞德曼一起参加毕业舞会?这究竟是怎么回事?如果自己没记错的话,她来自佛蒙特州,塞德曼住在新泽西州,他们并没有一起上高中。那么大学呢?得好好查查。

“出事了吗?”

蒂克纳转过身,原来是多尔夫曼。“多尔夫曼先生,我看还是直截了当吧。光盘是莫妮卡·塞德曼的?”

“他们说是。”

“是还是不是,多尔夫曼先生。”

他清清嗓子。“我们相信答案是肯定的。”

“这么说她是你这儿的客户?”

“是的,这个我们能确定。”

“这么说,总而言之,谋杀案的受害者是你们的客户。”

一阵沉默。

“全国各家报纸都刊载着她的名字,”蒂克纳狠狠地盯着他,继续说道,“你们怎么没主动提供线索?”

“我们不知道。”

蒂克纳还是狠狠地盯着他。

“负责此案的那个家伙现在不在我们这儿干了,”他赶紧补充道,“你看,塞德曼夫人被杀时,他已经走人了,所以我们这儿没人把这些情况联系在一起。”

自我辩解,蒂克纳喜欢这一点。他相信他的话,但没有表露出来。看着这家伙着急,蒂克纳很是受用。

“光盘里是什么?”

“我们认为是些照片。”

“认为?”

“通常如此,但也有个例。我们用光盘储存照片,但也可能是压缩过的预览文件。我真不能告诉你。”

“怎么就不能?”

他举起双手。“别担心,我们还有备份,一年以上的文件都放在地下室。虽说关门了,但听说你感兴趣,我就派人过去了。

他眼下正在浏览备份光盘里的资料。”

“在哪儿?”

“楼下。”多尔夫曼看看表。“现在就算没看完也差不多了。您想下去看看吗?”

蒂克纳站起来。“走吧。”

二十五

“我们还能做点什么，”雷切尔说，“这玩意很先进。他们就是把你从头翻到脚，也不会发现的。还有件防弹背心，我在中间放了个针孔照相机。”

“你不觉得他们搜身时会发现吗？”

“嗯，好吧，你看，我就知道你会担心被他们发现，不过我们还是得现实点。这事极有可能是个圈套，不看到塔拉，绝不能交钱。别一个人长时间待在同一个地方。用不着担心 Q 型记录器——等他们一沓沓地查看那些钱，发现这个时，我们已经得到塔拉了。我知道做这样的决定很不容易，马克。”

“不，你说得没错。我上次安然无恙，这次得冒点险，不过背心就别穿了吧。”

“好吧，那我们就这么做。我会藏在后面的行李箱里。他们可能检查后座，看有没有人躺在后座那，不过行李箱能安全些。我剪断行李箱的线路，这样打开行李箱时，就不会亮灯。我会尽量跟上你，但我得跟你保持一段安全距离。可别搞错，我可不是全能型女人，可能会跟丢你的，但你得记住：千万别找我，漫不经心地找也不行。这些家伙可能非常在行,会发现的。”

“我明白。”她全身黑衣打扮。我说,“看着好像是去参加格林尼治村的朗诵会呢!”

“噢,阁下,您准备好了吗?”

我们都听到了停车声。我看看窗外,不禁吓了一跳。“活见鬼。”我说。

“什么?”

“是里根,负责此案的警察,我都一个多月没见过他了。”我看着她,她的脸色在黑衣的衬托下更显苍白。“是巧合?”

“不是巧合。”她说。

“他到底是怎么知道赎金的事的?”

她从窗边撤回来。“恐怕他不是为这事来的。”

“那为什么事?”

“我估计他们从 MVD 那得知我参与进来了。”

我皱了皱眉头。“那又怎样?”

“没时间解释了。这样吧,我上外面车库里躲一躲,他会问到我的,告诉他我回华盛顿了。他要是逼你,你就说我是你的老朋友,仅此而已。他会刨根问底的。”

“为什么?”

她已抽身离去。“强硬些,别让他去车库。我在那儿等你。”

我不喜欢这样,但现在不是时候。“好的。”

雷切尔出门直奔车库,我看着她消失在我的视线里。听到里根的脚步声,我打开门,想阻止他。

里根微笑着说:“在等我吗?”

“我听到你的车声了。”

他点点头，似乎在认真分析我的话。“能占用你一点时间吗，塞德曼？”

“说实话，你来的真不是时候。”

“噢。”里根没有停止脚步，大步从我身边走过，来到门厅，仔细地审视着四周。“要出门，是吗？”

“你想干什么，大侦探？”

“有些新的情况引起了我们注意。”

我等着他继续说下去。

“你难道不想知道吗？”

“一点也不想。”

里根表情古怪，近乎平静。他仰头看了看天花板，好像在考虑要涂什么颜色。“你今天去哪儿了？”

“请出去。”

他仍盯着天花板。“你的敌对情绪真是出乎我意料啊。”但他看上去并不惊讶。

“你说你掌握了一些新情况，有就说，没有就出去。被人问来问去的，我可没这个心情。”

他做了个“好吧”的表情。“我们听说你今天去纽瓦克的私家侦探所了。”

“那又怎样？”

“你去那儿干什么了？”

“实话告诉你吧，大侦探。回答你的问题，对找回我女儿一点用处也没有，我知道这一点，请你离开这里。”

他看着我。“你就那么肯定？”

“请你出去，马上。”

“随你便吧。”里根朝门口走去，走到门口时，问了句，“雷切尔·米尔斯在哪儿？”

“不知道。”

“她不在这儿？”

“不在。”

“她可能在哪儿？”

“我估计是在回华盛顿的路上吧。”

“嗯，你们俩是怎么认识的？”

“晚安，大侦探。”

“好吧，没问题。最后一个问题。”

我强忍着不叹气。“你看太多《神探哥伦坡》[①]了吧，大侦探。”

“的确如此。”他笑了笑，“但我还是得问问。”

我摊开双手，示意他说下去。

“你知道她丈夫是怎么死的吗？”

“被枪杀的，”我脱口而出，随即就后悔了。他朝我这边稍微靠了靠，继续问我。

“你知道是谁开的枪吗？”

我没动地方。

“你知道吗，马克？”

“晚安，大侦探。”

---

① 《神探哥伦坡》是一部经典美国电视电影，叙述一名看似不修边幅的洛杉矶重案组刑警主角法兰克·哥伦坡总是以敏锐的推理能力侦破各种案件，并让犯人无从抵赖。

“是她杀了他，马克。近距离射击，在脑袋上。”

“这简直是，”我说，“一派胡言。”

“是吗？我是说，你确定吗？”

“如果是她杀了他，她怎么没进监狱？”

“问得好，”里根说着走了出去，走到路口时，又加了一句，“也许你应该去问问她。”

二十六

雷切尔在车库里，抬头看着我。我突然觉得她是那么微弱渺小，我看到了她恐惧的神色。汽车行李箱开着，我朝驾驶室一侧的车门走过去。

“他想干什么?”她问。

“和你说的一样。”

“他知道光盘的事吗?”

“他知道我们去过MVD，但没提光盘的事。”

我钻进汽车，她没再吭声。我们都知道，现在不是再提新问题的时候。但此时此刻我又开始质疑起自己的判断。我的妻子被人杀了，还有我的妹妹，有人想方设法要杀我。说得直白点，我却相信一个我并不了解的女人。我不仅把自己，还把女儿的身家性命全部托付给了她。想想自己真是蠢得要命。伦尼说得没错，事情没有那么简单。实际上，我不了解她的过去，也不知道她的现在。我自欺欺人，把她想象成可能根本就不是的那种人，现在我不知道自己会为此付出什么代价。

她的声音让我从疑惑中醒来。“马克?”

“怎么啦？”

“我还是觉得你应该穿上防弹背心。”

“不。”

我的语气也许比想象的要坚决，也许没有。雷切尔爬进行李箱，关上它。我把装钱的袋子放在副驾驶座上，摁下遮阳板下的车库门开关，启动了汽车。

我们上路了。

蒂克纳9岁那年，母亲给他买了一本视幻觉的书。比如说，你明明看到的一幅大鼻子老太太的画，多看一会儿，呼，就会变成转过头来的年轻女人。蒂克纳对这本书爱不释手。长大了一点后，他又喜欢上了“魔眼”，紧盯着那些旋转色彩，看里面会不会出现马或者别的什么东西。随后，图像会突然浮现出来。

而现在发生的事如出一辙。

蒂克纳知道，和那些古老的视幻觉图片一样，某起案件的某个时刻会使原来的一切面目全非。你正在思考某一事实，角度稍微一变，真实性就改变了。本质与表象截然不同。

对塞德曼谋杀绑架案的种种常规推论，他原本就不赞同。这些推论让人感觉就像在读一本书，而这本书缺了很多页，并不完整。

这些年来，蒂克纳并没有处理过多少谋杀案，大多数案子都留给当地警察处理了。不过他认识很多行凶案调查员。最优秀的调查员总是不按常理出牌，充满戏剧性，想象力极度丰富。蒂克纳曾经听到他们说，有的受害者从坟墓中“伸出手指点迷津”，还有受害者竟跟他们“交谈”，指出凶手。蒂克纳会听他们大放厥词,不失礼貌地点着头。这些话简直是一派胡言。警察总是讲述诸如此类毫无意义的东西,因为公众总是照单全收。

打印机还在响着,蒂克纳看到了12张照片。

“还有多少?”

多尔夫曼看了看电脑显示屏。“还有6张。”

“跟这些一样?”

“嗯,差不多吧。我是说,都是同一个人。”

蒂克纳向下看着这些照片。没错,所有照片中的当事人都是同一个人。这是些黑白照片,是背着当事人偷拍的,估计是用变焦镜头从远处拍的。

出自坟墓指点迷津的东西——好像不再那么荒诞不经。莫妮卡·塞德曼已经死了18个月,杀害她的凶手逍遥法外。但现在,在失去所有希望的时候,她似乎是从死人堆中站出来指点迷津了。蒂克纳一遍遍看着,想要搞明白这一切。

照片的当事人,也就是莫妮卡·塞德曼所指的人,就是雷切尔·米尔斯。

驶入新泽西收费公路的东部线路向北,映入眼帘的是曼哈顿的闪烁夜空。我和大多数人一样,几乎天天都能见到这个,却一直熟视无睹,没什么特别的感受。9·11事件后好一段时间,我总觉得还能看到那栋“摩天大楼”,好像它们是我久久凝视的明灯,即使闭上眼睛,轮廓还在那里,深深地印在脑海里。但是,这些轮廓却像太阳黑子一样,最终逐渐消失模糊。现在不一样了,每次我驱车行驶在这条路上时,都在寻找着它们。今晚也是如此。但有时我却完全忘记了那些摩天大楼的位置,这让我说不出的恼火。

我习惯性地沿着乔治·华盛顿大桥的底层行驶。这个时刻路上车流稀少。我开过 E－Z Pass[①] 车道，在两个收音机脱口秀节目间换来换去，成功地分散了自己的注意力。一个是体育台，里面有许多来自贝赛德自称是温尼的家伙打电话抱怨他们不称职的教练，并吹嘘说如果换上他们会如何如何出色等；另一个电台的两个主持人在模仿霍华德·斯特恩[②]，他们认为大一新生打电话告诉妈妈自己得了睾丸癌真是可笑。虽说这两个节目没什么娱乐性，多少也分散了点我的注意力。

雷切尔待在行李箱里，我一想起这个，就觉得荒唐透顶。我伸手拿过手机，调到双向通讯模式，按下呼叫键，立刻听到那个机械的声音说："沿着亨利·哈得孙路向北。"

我把手机放到嘴边，就像拿着个对讲机一样。"好的。"

"到哈得孙[③]告诉我。"

"好吧。"

我开进左车道。这一带我很熟悉，知道这条路。我曾经在纽约长老会医院做过实习医生，那个地方在南面，离这儿十个街区远。那时，我和齐亚同心脏病实习医生莱斯特一同住在曼哈顿·华盛顿大道尽头那栋装饰派艺术风格的房子里。我住在这里时，这一地区被称为华盛顿高地的最北端。现在，我发现几家房地产开发商把这里重新命名为"哈得孙高地"，目的是要从本

---

① E－Z Pass 是美国的公路电子收费系统，应用于美国东北部收费公路、桥梁和隧道的电子收费系统，其覆盖范围南到弗吉尼亚，西到伊利诺伊州。

② 霍华德·斯特恩是著名广播节目主持人

③ 哈得孙是美国纽约州东部的河流。

质和价格上与这里的平民阶层区分开来。

“好了,我到哈得孙了。”

“开到下一个出口。”

“福特·特莱恩公园吗?”

“是的。”

这个我也知道。福特·特莱恩公园像云朵一样高高漂浮在哈得孙河的上空。它西邻新泽西,东临依河而建的布朗克斯,是一处宁静的、锯齿状的悬崖峭壁。公园里地貌复杂——粗石砌成的人行道,过往时代的动物群,层层叠叠的岩石,水泥和砖头的缝隙,茂盛的灌木丛,岩石遍布的山坡,开阔的草地。我的许多夏日时光都是在这里的草坪上度过的。我穿着短裤和T恤,齐亚和一摞未读的医学书陪着我。我最喜爱这里的时间是:夏日,夕阳西下时,整个公园沐浴在橘红色的晚霞下,缥渺虚幻。

我打开汽车的闪光灯,溜进出口的斜坡上。路上没有车,灯光昏暗。公园晚上关门,但是车行道还是开着的,以便通行。我的汽车缓慢地行驶在陡峭的公路上,开进像中世纪城堡一样的回廊。这里曾是法国修道院,现在是都市艺术博物馆的一部分,位于公园中央,里面收藏着数量惊人的中世纪艺术品。或者这是我道听途说的,虽然我来过这里无数次,但从来没有进过回廊。

我发现这真是索要赎金的绝妙地点——漆黑安静、小径蜿蜒、悬崖峭壁、沟壑纵横、丛林浓密,路面有的铺过,有的没铺过。人们在这里会迷失方向,也可以藏在这里很长时间而不会被人发现。

机械的声音问:“到了吗?”

"我在福特·特莱恩,到了。"

"把车停在咖啡馆附近,下车向上走到圆形广场。"

行驶中的汽车行李箱里噪音难耐,颠簸得厉害。雷切尔带了条毛毯当垫子,但对噪音却无能为力。她包里带着手电筒,但她不想打开。雷切尔对黑暗从来就不在乎。

光亮可能会分散注意力,而黑暗正适合于思考。

她尽量放松身体,避免磕磕碰碰,琢磨着动身前马克的表现。毫无疑问,警察在屋子里说了什么话,动摇了他。关于她的事吗?有可能。她琢磨着他说的话,想着自己该如何反应。

现在这些无关紧要。他们正在路上,她必须把精力集中到手头的任务上。

雷切尔重新投入到熟悉的角色中,心里不禁阵阵作痛。她怀念在联邦调查局工作的日子,她热爱自己的工作。是的,也许工作就是她的全部,工作不是她的解脱——而是自己唯一钟爱的事。有的人就盼着早点熬完朝九晚五这段时间,好溜回家去过自己的小日子,雷切尔却恰恰相反。

分别了这么多年,她和马克的共同之处就在于:各自找到了自己钟爱的职业。她对此百思不得其解,不知二者之间有没有什么联系,不知他们的职业是不是成了真爱的替代品,还是她想得太多了?

马克还干着他的工作,她却没有。难道是这一点让她更加绝望吗?

不是。他的孩子失踪了,游戏才刚刚开始。

在黑暗的行李箱里,她把黑色油彩涂到脸上,免得反光。汽车爬起了坡,她把枪上了膛,做好了准备。

她想到了休·赖利,这狗娘养的东西。

她与马克的分手——以及之后发生的一切——都要归罪于他。休曾是她大学时代最亲密的朋友,他告诉她自己只想这样,只是做她的朋友,不给她压力。他知道她有男朋友。雷切尔是真的幼稚还是假装幼稚?那些希望“只做朋友”的男人之所以这么做,无非是因为他们希望成为她的下一个男朋友,就好像迂回策略,你要想切入主题,最好先打个边场练练手。那天夜里休打电话给意大利的她,只是出于好意,没有别的意思。“作为你的朋友,”他说,“我想你应该知道。”没错,之后他就把马克在兄弟会晚会上做的蠢事一五一十地告诉了她。

是的,她责备自己,怨恨马克。如果休·赖利,这个狗娘养的,只是管好他自己的事,她现在生活又会怎样?她也说不好。哎,不过她以前的生活什么样?这就容易回答多了。她总是喝酒,脾气变得很坏,胃难受得要命。她把很多时间都花在了浏览《电视指南》上。别忘了主题:她使自己陷入了一个自我毁灭的关系——又用最糟糕的方法把自己解脱了出来。

汽车转了个方向,向上爬坡,雷切尔向后滚去。过了一会儿,车停了。雷切尔抬起头,不再去想那些残酷的事。

该行动了。

赫什站在高出哈得孙河面200多米的古堡瞭望塔上,泽西河岸的壮观景色尽收眼底。这段河岸从右侧的塔朋齐大桥一直延伸到左侧的华盛顿大桥。他竟然有时间欣赏一番,才忙活起手头的事。

塞德曼好像受到了提示,从亨利·哈得孙公园大道的出口出来了。没有人跟踪。赫什一直盯着公路:没有减速或加速的车,也没有试图掩饰跟踪行为的人。

他又转身看了看,转眼间汽车从他的视野里消失了,随后他又发现了它。他能看清驾驶室里的塞德曼。看不到别的什么人,这说明不了什么——可能有人蜷缩在后座上——不过这仅是个开始。

塞德曼停好车,关上发动机,打开车门。赫什把麦克风对准嘴巴。

"佩维尔,你准备好了吗?"

"好了。"

"就他一个人,"他对着莉迪亚的方位说,"行动。"

"把车停在咖啡馆附近,下车向上走到圆形广场。"

我知道,这个圆形广场叫玛格丽特·特尔宾广场。我到达那片空地,即使在黑暗中,首先发现的仍是位于第190街福特·华盛顿大道附近的儿童游乐场的明亮色彩。那些色彩还是显而易见。我一直很喜欢这个游乐场,但今晚,那些斑斓的色彩却在嘲笑着我。我想象着自己是个城里人,想象着自己住在附近,就在这一带——散发香草气息的郊区不太适合老于世故的我——当然,这就意味着我会带着孩子到这个公园来。我将此视为预兆,只是无从知道是好是坏。

手机吱吱啦啦地响了起来。"左边有个地铁站。"

"好的。"

"下台阶,到电梯那边去。"

我本应对此有所察觉。他会让我先乘电梯，之后坐上A次地铁①，这样雷切尔就不可能或者很难跟上我了。

“你在台阶上吗？”

“是的。”

“台阶尽头，右边有一个门。”

我知道门的位置，它通向一个更小的公园——那个公园只在周末对外开放。人们把这里当成了一个野餐聚会的地方，里面有乒乓球台，不过得自己带球网和球拍。还有些凳子和吃饭的地方，孩子们在这儿举办生日宴会。

那扇铁门在我印象中一直都是关着的。

“我到了。”我说。

“确定没人看到你。推开门，溜进去，然后赶紧关上。”

我朝里面看了看，公园里漆黑一片。远处的路灯照过来，这里微微有些亮色。帆布包沉甸甸的，我往肩膀上提了提。我朝身后看了看，一个人也没有；又看了看左面，地铁电梯静悄悄的。我把手放到大门上，门锁已经被砸断了。我按照那个声音的吩咐又匆匆向四周扫了一眼。

没有雷切尔的任何踪迹。

我推开门，门吱吱作响，回音撕裂了安静的夜晚。我从门缝钻了进去，消失在黑暗中。

马克下车时，雷切尔感觉到了汽车的晃动。

---

① A次地铁专指以铝合金大型挤出加工型材制作而成的车辆系统，并以此来制造铁道车辆的商标。

她等了足足一分钟，这一分钟就如同两个钟头，在她觉得可能已经安全时，把行李箱的门抬高了几厘米，偷偷向外望去。

一个人也没看到。

雷切尔带了把枪，是那种联邦调查局配发的格洛克 2240 型半自动手枪，还带着夜视镜——里奇尔 3501 军用型，放大率两倍，衣袋里装着掌上定位仪，它能读出 Q 型记录器的位置。

她不知道会不会被人看到，但还是把行李箱开了个缝隙，好能爬出去。她缩成一团压低身子，向后伸手去够半自动手枪和夜视镜，接着小心翼翼地盖上行李箱。

野外行动，或者至少是野外训练一直是她的至爱。需要进行这种间谍式侦察的使命寥寥无几。有了汽车、侦察机和光纤，大多数情况下侦察都是使用高科技手段，很少需要人身穿黑色衣服、脸涂黑色油彩在夜色中匍匐前进。

她倚着汽车后轮胎，缩成一团，看到远处正前方马克在沿着车道向上走。她把枪放进枪套里，把夜视镜系到腰带上，沿着草坪向高处挪动。光线还很充足，暂时不需要夜视镜。

银色的月光从夜空中洒落下来，没有星星。她能看到正前方的马克把手机放到耳边，肩上背着帆布袋。雷切尔四下看看，一个人影也没有。交换赎金的地点会在这里吗？如果想找到逃跑的路线，这里还真不错。她想着各种可能性。

福特·特赖恩公园小山连绵。秘诀是站得高，看得远。她朝上爬去，正想停下来时，发现马克离开了公园。

该死的，她还得继续行动。

雷尔切像突击队队员一样爬下山。草丛闻起来有干草的气息，很扎人，估计是最近干旱的缘故。她紧盯着马克，看着马克离开公园,却找不到了。她冒着风险向前更快地挪动着,躲在了公园门口的一个石柱后面。

马克在那里,但没有待多长时间。

马克把手机放回耳边,转向左面,消失在通往 A 次地铁的台阶下面。

雷尔切看到正前方一男一女正在遛狗。他们可能是参与者,也可能只是一对遛狗的男女。还是看不到马克,不过没时间多想了,她蜷缩在一面石墙下。接着背靠着石墙,朝台阶挪去。

蒂克纳觉得埃德加·波特曼就像诺埃尔·科沃德剧里的人物。他里面穿着真丝睡衣,外面套着好像很精心系着的红色长袍,穿着天鹅绒拖鞋。而他的弟弟卡森则不修边幅,睡衣歪歪斜斜地穿着,头发乱蓬蓬的,眼里布满了血丝。

波特曼兄弟俩目不转睛地盯着光盘上的照片。

"埃德加,"卡森说,"我们还是不要妄下结论。"

"不要妄下……"埃德加转向蒂克纳,"我把钱给他了。"

"是的,先生,"蒂克纳说,"一年半以前。这个我们知道。"

"不是,"埃德加很想掷地有声,但却没了这份力气。"我是说,最近。其实就是今天。"

蒂克纳警觉起来。"多少?"

"200 万美元。他们再次索要的赎金。"

"你们怎么不跟我们联系?"

"噢,当然不会。"埃德加的声音半是得意,半是嘲讽,"你们上次干的好事。"

蒂克纳感到了他的敌意。"你是说你又给了你女婿 200 万美元？”

“正是如此。”

卡森·波特曼还在盯着那些照片。埃德加看了弟弟一眼，又回头看着蒂克纳说：“是马克·塞德曼杀了我女儿吗？”

卡森站起身。“你更清楚。”

“我没问你，卡森。”

两个人都看着蒂克纳。蒂克纳对此毫不知情。“你说你今天见过你女婿？”

埃德加没有得到答复，即使感到沮丧，也没有表露出来。“今天上午，”他说，“在纪念碑公园。”

“照片上的那个女人，”蒂克纳指着照片，“和他在一起吗？”

“没有。”

“你们俩以前有谁见过她？”

卡森和埃德加的回答都是否定的。埃德加捡起一张照片。“这些照片是我女儿雇私家侦探拍的？”

“是的。”

“我没搞明白。她是谁？”

蒂克纳还是没有回答他的问题。“要赎金的便条送到你这儿了，跟上次一样？”

“是的。”

“我可能不了解情况。你们怎么知道这不是骗局？你们怎么知道自己不是在和真正的绑匪打交道？”

卡森接过话题。“我们的确认为这是场骗局，”他说，“我的意思是最初。”

“那怎么改变想法了？”

“他们又送来了头发。”卡森三言两语地解释了头发化验和塞德曼医生要求再做一次化验的事。

“那你们把所有头发都给他了?”

“是的,给了。”卡森说。

埃德加似乎又沉浸在了那堆照片中。“这娘儿们,”他呸了一口,“塞德曼跟她勾搭上了吗?”

“我无可奉告。”

“那为什么我女儿要拍下这些照片呢?”

手机响了。蒂克纳说了声抱歉,把听筒放到耳边。

“太好了。”奥马利说。

“什么事?”

“我们无意间发现了塞德曼的 E－Z Pass 系统。他五分钟前通过了华盛顿大桥。”

机械的声音告诉我,“沿着小路向前走。”

还有点光亮,刚开始几步还能看清楚。我沿着小路走下去,四周笼罩在黑暗之中。我如同盲人拄着手杖一样,用脚探着路。我不喜欢这样,一点儿也不喜欢。我又想起了雷切尔。她在附近吗?我尽量沿着小路,跌跌撞撞地走在鹅卵石路上,小路转向左边。

“好了,”那个声音说,“停。”

我停了下来,前面什么也看不见。身后的街道上有些微弱的光,右面是一面陡峭的斜坡。空气中弥漫着城市公园特有的气息,清新与污浊的空气混合交融在一起。我竖起耳朵仔细倾听着,但是除了远处隐约传来的汽车喇叭声以外什么也听不到。

“把钱放下。”

“不，”我说，“我想看到我的女儿。”

“把钱放下。”

“我们有约在先。你把女儿给我，我把钱给你。”

没有答复。我能感到血液在耳边轰鸣。恐惧毫无好处。不，我不喜欢这样，这样太暴露了。我察看了一下身后的小路。我能撒腿就跑，像个疯子一样尖叫。这里的人口比曼哈顿大部分地方密集，会有人报警或提供帮助的。

“塞德曼医生？”

“嗯？”

这时，一束手电筒光照在了我的脸上。我眨眨眼，举起一只手遮住眼睛，眯眼想看清对方。有人放低了手电筒，我的眼睛很快适应了。但没有必要了，一个黑色的轮廓遮住了光亮。一点儿没错，我马上就看清了。

是个男人。我甚至看到了法兰绒，但不能确定。我说过，这只是个黑色的轮廓，分辨不出特点、色彩或服装样式，所以这些可能只是我的想象而已。不过其余的部分，我则能清晰地看出外形和轮廓，我知道那是什么。

那个男人身边站着个小孩，正搂着男人膝盖稍往上的大腿。

二十七

莉迪亚希望光线再亮点。她特想看看塞德曼医生此时的脸色。这种渴望与即将发生的暴力无关,纯粹是出于好奇。这和人们停下来去看车祸的本质一样。想象一下,这个人的孩子被夺走了。这一年半来,他对女儿的命运茫然不知,会有多少个夜晚辗转难眠,恐惧浮现在潜意识的深渊里呢?

现在他看到自己的女儿了。

谁要是不想看到他脸上的神情才不正常呢。

时间一分一秒地过去。她要的就是这个,就是越来越紧张的气氛,让他无法自控,软化他,以便进行最后一击。

莉迪亚掏出西格绍尔手枪,放在身边。从灌木丛后向外望去,她估计自己和塞德曼医生之间相距 10 米,或者 10 多米吧。她把变音器和手机放回嘴边,对着它低声说着。其实低声说和大声叫也没什么本质区别,变音器会使二者听起来如出一辙。

"打开钱袋。"

她从高处看到他按照自己说的做了——没问题。这次,她打开了手电筒,照向他的脸,又照向袋子。

钱。她能看到一沓沓的钱。她自己点点头。目前一切进展顺利。

“好的，”她说，“把钱放在地上，沿着小路慢慢向前走，塔拉在等你。”

她看到塞德曼医生放下袋子，斜眼看着他认为女儿会等他的地方。他的一举一动很僵硬，不过这次他的视力可能受到了光线的影响，这反而使事情更好办了。

莉迪亚想在近点的地方开枪，两颗呼啸而出的子弹直奔脑袋，以防他穿了防弹衣。她的枪法很好，可能从这儿也能打中他的脑袋。但她更希望万无一失，让他没有逃跑的机会。

塞德曼朝她的方向挪了过来。越来越近，6米、5米、3米，莉迪亚举起手枪对准了他。

雷切尔知道，如果马克上了地铁，要想跟上他，肯定会被人发现的。

雷切尔匆匆奔向楼梯井，到了那里，向下看去，漆黑一片。见鬼，马克不见了。她环视四周，有通向A次地铁电梯的标志，右面有扇紧闭的铁门，再没有别的了。

他一定是进了电梯，朝地铁走去了。

现在怎么办？

一阵脚步从身后传来，雷切尔迅速用右手抹去脸上的油彩，希望自己起码拿出点样子来。她左手拿着夜视镜，藏在了身后。

有两个男人小跑着下了台阶。一个看到了她，笑了笑。她又抹了把脸，也笑了一下。两个人跑下台阶，转向电梯间。

雷切尔快速考虑着该怎么办。可以把这两个男人当作掩护，尾随着他们，钻进同一部电梯，和他们一起下电梯，甚至还能和他们搭上话。那样谁还会怀疑她呢？希望马克的地铁还没离开。要是已经出发……唉，想不好的也没用了。

雷切尔正要朝那两个男人走过去，却被什么东西阻止了。是那扇铁门，就是她先前看到的右面的那扇门。门关着，上面贴着标志：仅限于周末和主要节假日开放。

但透过灌木丛，雷切尔看到了手电筒的光束。

她停了下来，想透过篱笆看清楚，但只能看到那束明亮的光芒。灌木丛太茂密了。她听到左面传来的电梯声，门慢慢滑开了，那两个男人走了进去。没时间拿出掌上定位仪察看 GPS 了。电梯和手电筒的光束距离太近了，很难区别开来。

朝她微笑的那个男人用手顶住电梯的一侧，让电梯门开着。她不知道如何是好。

手电筒的光束熄灭了。

“你上来吗？”那个男人问。

她等着手电筒光束重新亮起，但没有亮。她摇摇头。“不了，谢谢。”

雷切尔火速奔回上面的台阶，想找个黑暗的落脚点。夜视镜只有在暗处才能发挥作用。虽然夜视镜内部有强光传感系统避免其产生疲劳甚至老化，不过雷切尔还是发现人造光越少越好。在街上，正好可以俯瞰整个公园。不错，这个位置很是不错，不过街上的光亮还是多了点。

她挪到有电梯的那座石屋旁。左面有个地方，如果她紧靠着墙的话就足够黑暗了。好极了。虽然茂密的树丛和灌木丛遮挡了视野，但也只能这样了。

夜视镜其实很轻巧,但还是感觉很笨重。真应该买架双筒式的,能架在脸上的那种。很多夜视镜有这种功能,但这个没有,不能举起来凑到眼睛上,而只能像戴面具一样把它套到头上。不过优点显而易见:既然能像面具一样套在头上,两只手也就腾出来了。

她把夜视镜放到头上,手电筒的光束又出现了。雷切尔想跟着它,看看它是从哪里传来的。她觉得这次手电筒的位置变了,就在右侧,比上次更近了。

她还没来得及确定具体位置,光束就灭了。

她紧盯着自认为光束发出的地方,漆黑一片。她一边盯着,一边调整着夜视镜。夜视镜并不神奇,在黑暗中也看不到任何东西。夜视光学设备是通过聚光起作用的,有点光线就行,但这个地方一点儿光亮也没有。以前这是个问题,不过现在,多数牌子的夜视镜都配备了红外线感应器。红外线感应器发出的光是人眼看不见的。

但夜视镜可以看见。

雷切尔摁下感应器开关,夜晚的绿色尽收眼底。她没有用镜筒看,而是盯着荧光屏,这种屏幕不同于人们常见的电视屏幕。目镜把图像放大了——你看到的是图像,不是实际地点——图像是绿色的,因为比起其他的荧光色彩,人眼更容易区分绿色。雷切尔目不转睛地盯着。

发现了什么。

虽然模糊不清,但在雷切尔眼里,它像个小女人。那个女人似乎躲在灌木丛后面,把什么东西举到嘴边。也许是手机。夜视镜号称可以提供37度角,但全方位的视角是不存在的。她只好把脑袋转向右边,在那里,放下装满200万美元帆布袋的正是马克。

马克动身朝那个女人走过去,步子很小,可能是因为摸黑走在鹅卵石路上的缘故。

雷切尔转过头,视线离开那个女人转向马克,又转向那个女人。马克正在靠近,越来越近。那个女人还是蜷曲着身子,藏在那里,马克是不可能看到她的。雷尔切皱着眉头,不知道这究竟是怎么回事。

这时,那个女人挥起了胳膊。

尽管很难看清楚——中间有树枝挡着——但那个女人似乎正用手指向马克。他们已经离得很近了。雷尔切对准荧光屏,突然意识到那个女人举起的不是手指,因为那个影像相对于手来说要大得多。

枪!那个女人正举着一把枪瞄准马克的脑袋。

一个阴影闪过。她惊得向后一倒,正要张嘴准备警告马克,一只棒球手套一样的大手捂住了她的嘴巴,把声音闷在了里面。

蒂克纳和里根在新泽西收费路口会合。蒂克纳开车,里根坐到旁边,锤了一下他的脸。

蒂克纳摇摇头。“真没想到你还留着胡子?”

“你不喜欢?”

“你以为你是安立奎·伊格莱希亚斯①吗?”

---

① 安立奎·伊格莱希亚斯1975年5月8日出生在西班牙的马德里,是西班牙著名情歌王子。他是著名情歌歌手胡里奥·伊格莱西亚斯和菲律宾名模伊莎贝·普斯勒的第三个儿子。

"谁?"

"真是没错。"

"这撮胡子有什么问题吗?"

"就像身上穿着T恤衫,写着'我在1998年经历了中年危机'。"

里根想了想。"是呀,好吧。顺便提一下你一直戴的那些墨镜,我搞不懂是不是联邦调查局的问题。"

蒂克纳咧嘴笑着。"能帮我泡妞。"

"嗯,墨镜和电棍。"里根在座位上挪了一下。"劳埃德?"

"啊?"

"我觉得自己还是没弄明白。"

他们没再谈眼镜或者胡子什么的。

"我们并没掌握所有细节。"蒂克纳说。

"但差不多了?"

"噢,倒也是。"

"那我们就彻底弄清楚,怎么样?"

蒂克纳点点头。"首先,如果埃德加·波特曼所说的那个实验室没有搞错的话,孩子还活着。"

"那真是怪事。"

"确实是,不过许多问题就迎刃而解了。谁最可能让这个被绑架的孩子活下来?"

"她父亲。"里根说。

"是谁的枪从犯罪现场神秘消失?"

"她父亲的。"

蒂克纳用他的食指和拇指做成枪的形状,对准里根,扣动扳机。“对。”

“这段时间孩子会在哪儿?”里根问。

“藏起来了。”

“啊,这个很有帮助。”

“不,你想想。我们一直在盯着塞德曼,紧密监视着他的一举一动,他对此再明白不过了。那么窝藏孩子的最佳人选会是谁?”

里根明白了他的思路。“我们并不知道的某个女友。”

“不仅如此,还是个在联邦调查局工作过的女友,一个了解我们如何工作、如何索要赎金、如何窝藏孩子的女友。这个人知道塞德曼的妹妹斯泰西,能得到她的帮助。”

里根琢磨着他的话。“那好,就算这些我统统相信。他们犯了罪,得到了200万美元和孩子。那又怎样?他们为什么要等上18个月?是需要更多的钱吗?还是别的什么?”

“为了避嫌,他们只能等着。说不定是想还清妻子房产的债务,或者还需要200万美元逃之夭夭,这我就不清楚了。”

里根皱着眉。“那个事情我们还是得查清楚。”

“什么事情?”

“塞德曼要是幕后凶手,他怎么会差点被人杀死?他那伤可不是用来蒙蔽别人自己故意造成的。他差点死了。医护人员刚赶到那儿时,都确定他没救了。哎,那十来天,我们心里都觉得是件双尸案。”

蒂克纳点点头。“这是个问题。”

“还有,他现在到底要去哪儿?我是说,跨过华盛顿大桥,你觉得他是在携带200万美元潜逃吗?”

“有可能。”

“如果你潜逃,你会用 E – Z Pass 系统交费吗?”

“不会,不过他可能不知道这样容易被跟踪。”

“喂,谁不知道这样容易被跟踪。账单通过邮件发到你手里,上面记载着什么时间通过哪个收费站。就是他笨,忘了这点,你们那个叫雷切尔什么的联邦特工总不会忘了吧。”

“雷切尔·米尔斯。”蒂克纳缓缓地点着头,“说到点子上了。”

“谢谢。”

“那我们能得出什么结论?”

“我们对到底发生了什么事还是一无所知。”里根说。

蒂克纳微笑着。“干老本行真不错。”

手机响了,蒂克纳拿了起来,是奥马利。

“你在哪儿?”奥马利问。

“离华盛顿大桥一公里远。”蒂克纳说。

“快点。”

“怎么啦? 出了什么事?”

“纽约市警察局刚发现了塞德曼的汽车,”奥马利说,“停在福特·特赖恩公园——离大桥 1 公里,或者 2.5 公里远。”

“知道了,”蒂克纳说,“我们 5 分钟内赶到。”

赫什原以为事情进展得有点太顺利了。

他看着塞德曼医生离开汽车,又等了一会儿,没发现其他人出来,就从古堡瞭望塔上下来了。

正在此时,他看到了那个女人。

他停了下来,看着她径直朝地铁电梯走去,旁边还有两个家伙。没什么可疑之处。不过后来那个女人自己飞奔了回来,嗯,情况就不一样了。

自那一刻起,他就密切注视着她。她躲进黑暗里,赫什悄悄地朝她挪过去。

赫什知道自己样子吓人,也知道自己脑子短路。对此,他并不在意,只认为是线路问题。有人会说赫什是个十足的恶魔。他一生中曾杀过16个人,其中14个是被慢慢折磨死的,还有6个被手下留情活了下来,不过生不如死。

人们推测,赫什这样的人不知道自己在干什么。他们对别人的痛苦无动于衷。事实并非如此。那些受害者的痛苦对他来说并非遥不可及。他知道疼痛的滋味,也懂得爱情。他爱莉迪亚,爱的方式很多,人永远无法理解。为了她,他会要了别人的命;为了她,他也会献出自己的命。当然,很多人会说为了所爱的人自己也会那么做——不过又有多少人愿意真的去亲身实践呢?

黑夜里的那个女人把双筒镜套到头上,是夜视镜。赫什在新闻里见过,打仗时,士兵都戴这个。有这玩意并不意味着她就是警察。只要肯出钱,谁都能在网上买到军用武器之类的装置。赫什监视着她。不管是不是警察,如果夜视镜管用,这个女人就会成为莉迪亚谋杀的目击者。

因此她只能保持沉默。

他缓缓地挪过去,想听听这个女人是不是在用无线电装置和别人联系。但这个女人一声不吭,好,也许她确实是孤身一人。

还有两米远,这个女人身体僵硬,倒抽了一口气。赫什知道,到了该让她闭嘴的时候了。

赫什冲了过去,他块头很大,但身手却很敏捷。他用手盖住她的脸,紧捂着她的嘴。手很大,连鼻子也捂住了,阻断了空气;另一只手握住她的后脑勺,两只手拢到了一起。

此时,赫什两只手牢牢抓着那个女人的脑袋,用力一提,她的双脚就离开了地面。

二十八

我听到了什么声音，止住了脚步，向右转过去。也许是听到了上面的动静，就在街道附近的位置。我想看清楚，但饱受手电光刺激的眼睛还无法马上适应，树丛也挡住了我的视线。我等了一会儿，想看看还能不能听到什么声音。寂静无声。现在声音没了，但这无关紧要。塔拉正在路的尽头等着我，我心里想的只有这事，其他的都顾不得了。

我又想到集中精神。塔拉，在路的尽头，其他的都无关紧要。

我继续向前挪去，压根没去管那个塞满200万美元的帆布包，甚至没有向后看一眼。那个帆布包和其他东西一样，与我毫不相干，我在乎的只有塔拉。我又想起了那个模糊的影像，想起了手电光前的黑色身影。我磕磕绊绊地朝前走。我的女儿，可能就在这里，与我咫尺之遥。我又得到了一次拯救她的机会，要全力以赴、聚精会神、勇往直前。

我沿小路走着。

在联邦调查局供职时，雷切尔就接受过严格的武器和徒手格斗训练。在匡蒂科为期四个月的训练使她受益匪浅。她知道实战和表演完全是两码事。比如说，格斗时不会高抬腿踢对手的脸，不会背对着对手，也不会左摇右晃、上蹿下跳等等。

成功的徒手格斗就是干净利落地击倒对方。要瞄准对方易受攻击的部位，鼻子就不错——往往导致对手热泪盈眶，眼睛就更不用说了，喉咙也不错——那些被掐住喉咙的人都知道一旦如此，战斗意志就会被削弱。至于腹股沟，嗯，效果显而易见了，人们常听说这个。不过很难击中腹股沟，可能是因为男人往往有意识地保护它。不过倒是可以试探一下，假装打向那里，实际打向另一个更加暴露的容易击中的目标。

还有一些地方，比如说太阳穴、脚背和膝盖。不过所有这些技巧都存在同一个难题。电影里可能看到一个身材矮小的人打败了大块头对手。但在实战中，没错，可能也会这样，不过像雷切尔这么娇小的体形对付眼前这么个大块头的袭击者，胜算的机率可就微乎其微了。如果这个袭击者目标清晰，那胜算的机率就趋近于零了。

对女人而言的另一问题是，格斗永远不会像电影里描述的那样。想想你在酒吧、运动项目或者甚至操场上发生的任何一场身体对抗吧，几乎总是以在地上扭打而告终。在电视或拳击场上，双方则站着相互攻击。在现实生活中，一方或另一方总是迅速出击，一把抓住对方，然后双方倒地搏击，这跟受过多少训练没有关系。如果格斗到了那个程度，雷切尔就完全没有打败这个大块头对手的机会了。

最后一点，雷切尔虽然接受过在各种模拟危险境况下的训练,却从未真正参与过身体对抗实战。慌乱、疼痛、腿上难受的麻木和刺痛感一阵阵袭来,这种刺激方式与恐惧混杂在一起,消耗着她的体力,对此她全然没有准备。

雷切尔无法呼吸,在她看来,捂住自己嘴巴的那只手放的很不是地方。她没有立刻踢向身后——踢到他的膝盖或者跺脚踩他的脚背——而是本能地用双手去掰他的手,露出嘴巴。但无济于事。

几秒钟后,这个男人把另一只手放在了她的脖颈上,牢牢地抓住了她的脑袋。她感觉到对方的手指陷进了自己的牙龈,压着牙齿。那两只大手似乎力大无穷,可以肯定,她的头颅会像蛋壳一样被捏碎。但这个男人没有这样做,而是猛地向上一拧。她的脖子首当其冲,这一下就像被拧掉了脑袋。她的嘴巴和鼻子被手捂得严严实实,无法呼吸。男人又向上用了把劲,她的两脚完全离开了地面。她攥住对方的手腕,拼命挣扎着,想让脖子松开点。

但还是无法呼吸。

雷切尔耳朵嗡嗡作响,肺部像着了火,两脚乱踢了起来。倒是踢在了对方的身上,不过这种殴打实在是微不足道。现在两人的脸离得很近,雷切尔甚至能感觉到对方的喘息。夜视镜被撞到了一边,挡住了她的视线。

雷切尔头上受到的压力越来越大。她想着以前受过的训练,用指甲去抠对方的手,以减少压痛,但毫无效果。她踢得更用力了,不过还是白搭。她需要喘口气,感觉自己就像鱼钩上的一条鱼,垂死挣扎,拼命晃动着。恐慌席卷而来。

她的枪。

她能够到枪。只要控制身体一小会儿，有勇气松手，就能够到枪套，掏出武器，射出子弹。这是唯一的机会。她的大脑昏昏沉沉的，意识开始模糊起来。

雷切尔的头马上就要炸开了，她全然不顾这些，松开左手。她的脖子被拉得长长的，马上就会像橡皮筋一样断开了。她的手摸到了枪套，手指碰到了枪。

但是那个男人看到了她想干什么。此刻，雷切尔像个布娃娃一样悬在半空中，他用膝盖朝她的腹部猛地撞去。一口鲜血喷涌而出，雷切尔感到钻心的疼痛，眼前一黑。但她没有放弃，继续去拿枪，那个男人只能把她放下来。

空气。

雷切尔的呼吸通道终于打开了。她想尽量控制自己，不要大口大口地吸气，但肺可不听她的使唤。她身不由己。

然而，这种解脱只是暂时的。那个男人用一只手阻止她掏枪，另一只手则迅速砸向了她的喉咙。雷切尔应声倒地。那个男人抓起她的武器，扔到了一边，使劲砸着她的脑袋，刚才好不容易吸入的那点空气顿时消失殆尽。他骑在她身上，两手朝她的喉咙卡过去。

就在此时，一辆警车飞驰而过。

那个男人突然坐直身体。雷切尔想要抓住机会，但那男人块头实在是太大了。他一把从衣袋里掏出手机，放到嘴边，声音低沉而刺耳，“住手！警察！”

雷切尔想动动，想干点什么，但没有机会了。她看到那个男人举起拳头朝自己砸过来，拼命想躲开，但已无处可躲。

这一拳砸在了她的脑袋上。她向后一仰，脑袋撞在了鹅卵石上,眼前一黑,昏了过去。

看到马克从身边经过,莉迪亚从他身后的灌木丛里走了出来,举起了手枪。她的手指搭住扳机,瞄准了他的后脑勺。耳机里传来“住手！警察!”的声音,她大吃一惊,差点扣动了扳机。但她的思维运转很快。塞德曼还在沿着小路向前走。莉迪亚看得一清二楚。她丢下手枪。身上没枪,就没有干坏事的证据。只要枪不在她手里,这件武器就和她扯不上关系。和大多数武器一样,查不出这把枪是谁的。当然她戴着手套,也没留下指纹。

不过——她的思维还在飞速运转着——有什么东西能妨碍她拿走这笔钱吗?

她不过是在公园里闲逛的普通女人。可能发现了这个帆布袋,对吧？如果拿着袋子被抓了,嗯,也是拾金不昧的好人。有机会的话,她早把袋子交给警察了。这里没有犯罪活动,也就没有风险。

更别说她压根也不知道里面有200万美元啊。

她迅速地权衡着利弊。这事想想倒也容易,把钱拿走就是了。如果警察抓住她拿着钱,该怎么办？也没有任何证据把她和这起犯罪挂上钩。她已经扔掉了枪,扔掉了手机。就是被发现了,也找不到自己和赫什头上。

她突然听到了动静,前面四五米处的马克·塞德曼突然狂奔了起来。棒极了,没问题。莉迪亚朝那堆钱走过去。赫什出现在了角落里,莉迪亚继续朝他走去,毫不犹豫地迅速捡起了袋子。

紧接着莉迪亚和赫什沿着小路走去，消失在夜色中。

我磕磕绊绊地朝前走去。眼睛一点点适应了，但要想特别管用的话，还得需要几分钟。这条小路一直向下延伸，路上有些小鹅卵石，我尽量不踩上它们。现在，路变得越来越陡峭了，我借着下冲的势头，加快了速度，但还不至于像是在奔跑。

我看到了右侧陡峭的山坡，那地方俯视着布朗科斯。山下路灯的光芒闪闪烁烁。

我听到了一声孩子的尖叫。

我停了下来。那声音不大，但确实是个小孩子的声音。我听到了簌簌声，那个孩子又尖叫了一声，这次离得远了。簌簌声不见了，但我听到了路上啪嗒啪嗒的脚步声。有人在跑，在带着孩子跑，离我越来越远。

不要。

我狂奔起来。远处的灯光提供了充足的光亮，能沿着小路前进。我看到了正前方的铁丝网栅栏，这个栅栏以前一直是封闭的。我赶到跟前，发现有人用钳子把它剪断了。我钻了过去，又回到了小路上，看了看左面，这地方向上一直通向公园。

一个人影也没有。

见鬼了。到底出了什么问题？我试着理性地思考了一下。要全神贯注。好吧，如果我是逃跑的那个人，会选择哪条路呢？很简单，我会转向右面，因为那条路错综复杂、漆黑模糊，风声阵阵，可以轻而易举地躲进灌木丛。不论谁是劫匪，都会选择这条路。我稍微停了一会儿，想听听孩子的动静，没有听到，却听到有人说了声“喂”，声音里满是惊奇。

我侧着头,声音的确来自右面。好的很。我狂奔起来,寻找着法兰绒衬衫的影子。什么也没有。我继续朝山下跑去,一不注意,险些滚下山去。从住在这个地区开始,我就知道那些无家可归者把远离小路的斜坡——这些地方过于陡峭,那些游山玩水的人一般是不会来的——当成了他们的避难所。他们栖身于树枝和洞穴里,时不时就能听到很大的沙沙声,显然不是松鼠弄出来的;时不时不知从哪里就冒出一个无家可归者——长长的头发,杂乱的胡须,身上散发出阵阵恶臭。一些男妓在不远处从A次地铁下车的生意人中拉客。我以前常常在一天中的安静时刻跑步经过那地方,路上随处可见避孕套的包装。

我继续跑着,竖着耳朵听着动静。又碰到一个岔路口,该死的。我又问自己,哪条路更曲折?不知道。我正要右转,又听到了一个声音。

灌木丛中传来了沙沙声。

我毫不犹豫地跳了进去。里面是两个男人:一个穿着职业装,另一个比较年轻,穿着牛仔裤,正坐在他的腿上。穿职业装的那个家伙骂了一句,我没有退出去,因为我听过这个男人的声音,就在几秒钟前——他就是那个喊"喂"的人。

"你们看到一个男人带着个小女孩从这里经过吗?"

"你他妈的给我滚出去——"

我上去就是一记耳光。"见过他们没有?"

这一记耳光带来的更多是震惊,而不是疼痛。他指着左面。"他们往那边去了,那男的带着个小孩。"

我跳回到路上。好吧,没错。他们往上面那片草坪去了。如果他们走的还是那条路,就会出现在我停车的地方附近。我又甩开胳膊跑了起来，路上碰到了几个坐在墙上的男妓，有一个引起了我的注意——头上扎着蓝色方巾——他朝我点点头，示意我顺着这条路继续追赶。我点头表示感谢，继续朝前跑着。不远处，能看到公园的灯光。就在那里，路灯前面，我看到那个穿法兰绒衬衫的男人抱着塔拉一闪而过。

"站住！"我大喊着，"来人啊，快拦住他！"

但他们转眼就不见了。

我沿小路往上跑，一边喘着粗气，一边大喊着救命。没有人理我，也没有人应声。我跑到瞭望台——恋人们经常在此瞭望东方景色——我又看到了那个穿法兰绒衬衫的家伙，他翻过墙，钻进树林。我一路跟踪下去，刚转过墙角，就听到有人高声喊道："不许动！"

我转头一看，是警察。他拔出了手枪。

"不许动！"

"我的孩子在他手里！这边！"

"塞德曼医生？"

熟悉的声音从右边传来，是里根。

"怎么回事？"

"快，快跟上我。"

"钱呢，塞德曼医生？"

"你不懂，"我说，"他们刚翻过那堵墙。"

"谁？"

我明白是怎么回事了。两个警察拿枪瞄着我，里根抱着胳膊盯着我，蒂克纳在他身后。

"我们谈谈，好吗？"

不好。他们是不会开枪的,即使开枪的话,我也不在乎。我又跑了起来,他们紧随其后。警察更年轻,体力更好。但我心急如焚,简直发了疯。我跳过那道栅栏,栽倒在斜坡上。警察跟在我屁股后面,不过跑起来就要小心多了。

“不许动!”警察又喊了一声。

我气喘吁吁,来不及解释了。我想让他们跟着我——但又不想让他们追上我。

我蜷缩着身体,滚下山坡,身上和头发都沾满了干草。尘土飞扬,呛得我直咳嗽。我正要加快速度,肋骨却撞到了树干上,一声闷响传来。我大口大口地喘着气,几乎要断了气,但还是咬牙挺住了。我滑到一侧,返回小路。警察的手电光紧跟在后面,我能看到他们,但离得还很远。好极了。

我一边跑,一边到处张望,没有法兰绒衬衫和塔拉的影子。我又开始盘算他会走哪条路,却一点儿主意也没有。我停了下来,警察离我越来越近。

“不许动!”警察又喊了一声。

一半的成功概率。

我正想冲向左面,再回到黑暗里,却看到了那个扎着蓝色方巾的年轻人,就是先前朝我点头的那个人。这次,他摇摇头,指向了我的后面。“谢谢!”我说。

他可能回应了什么话,但我已经上路了。我转过身,急忙朝上跑去,钻过我刚才穿过的那道铁丝网栅栏。我听到了脚步声,但声音离得太远了。我向上望去,又看到了法兰绒衬衫。他站在地铁台阶的灯光附近,似乎在歇口气。

我跑得更快了。

他也是。

我们大概隔着四五十米，但他抱着孩子，按理说我能追上他。我继续朝前跑，那个警察又喊了声“停下”。我猜不过是换了个说法而已，我真希望他们别开枪。

“他跑回街上了！”我大喊着，“带着我女儿。”

也不知道他们有没有听到我的话。我到达台阶处，三步并作一步跨了过去，出了公园，回到了马格利特·科尔宾圆形广场的福特·华盛顿大道。我朝前面的操场上望去，没有人，又朝下面的福特·华盛顿大道扫了一眼，发现有人正在教堂边上的圣卡布里尼①高中附近跑动。

我的脑子里闪现出了一些奇怪的事。圣卡布里尼教堂是曼哈顿所有教堂中最离奇的地方之一。齐亚曾经拉着我去那里看人做弥撒，但没告诉我为什么这个教堂会成为旅游景点。我很快就明白了它的魅力所在。圣卡布里尼死于1917年，她的遗体经过了防腐处理，一直保留在有机玻璃似的材料里，那就是圣坛。牧师们在她的遗体桌上做弥撒。这可不是我虚构的。给圣卡布里尼处理遗体的人还处理过俄国列宁的遗体。教堂对外开放，里面甚至还有礼品店。

我觉得两腿像灌了铅，还是向前跑着。听不到警察的声音了，我朝身后迅速扫了一眼，手电筒光离得很远。

“在这边！”我大喊着，“圣卡布里尼高中附近！”

---

① 圣卡布里尼（Mother Cabrini），1850－1917，原名 Frances Xavier Cabrini，被称作 Mother Cabrini，美国修女，生于意大利，美国第一个被封为圣徒的公民。圣卡布里尼高中是一所美国蓝带高中。能被授予蓝带，对学校而言是件非常荣耀和自豪的事。蓝带学校的校长要亲自去华盛顿领奖，蓝带学校老师的整体水平也可圈可点。

我又狂奔起来。我跑到教堂的入口处，门锁着，没有法兰绒衬衫的踪影。我瞪着眼睛四下看了看，心里七上八下的。我跟丢了他们，他们不见了。

“这边！”我大喊着，希望警察或雷切尔，或者他们都能听见我的声音。

我的心沉了下去。这是我的机会，但我的女儿又不见了。我感到胸口被重重一击，就在此时，传来了汽车发动的声音。

我猛地转向右面，瞅了一眼大街，飞快地跑了起来。在前面十来米远的地方一辆汽车启动了，是辆本田雅阁。虽然估计也只是徒劳，我还是记住了车牌号码。车要开出停车场，我看不到司机，但我不会冒这个险的。

雅阁车刚绕开前面那辆车的保险杠，准备加速，我一把抓住了驾驶座旁的车门把手。真是万幸——他没有锁上车门，估计是没有时间，因为一直很忙乱。一会儿工夫，几件事接踵而来。透过车窗我看到了里面的情形，的的确确是那个穿法兰绒衬衫的男人；我想拉开车门，他迅速地做出了反应，一把抓住车门，拼命把它关上；我更用力地拉着，门开了一条缝；他踩了下油门。

我想象电影里那样跟上汽车，可问题是汽车比人跑得快。但我不会就此放手的。常能听到这样的故事：在某些场合人会爆发出非凡的能量，或者普通人为了把爱人从汽车轮下救出来，能把汽车抬离地面。我对此嗤之以鼻，估计你也一样。

我要说的可不是自己抬起了一辆汽车，但我真的紧紧拽住了汽车。我的手指紧紧地嵌在汽车前后门之间的缝隙里，要把两只手的手指变成钳子。无论如何，我不会就此放手的。

如果我拽住，女儿就会活着；如果我放手，女儿就会死去。

不用全神贯注，也不用仔细思考。这个念头，这个公式，就跟呼吸一样简单。

法兰绒衬衫把油门踩到底，汽车在加速。我双腿一蹬离开地面，却没找到落脚的地方。腿顺着后车门滑了下来，砰地撞到了地上，好像脚踝处的皮肤被人行道刮破了。我拼命想再找个落脚点，但无能为力。虽然剧痛钻心，但这无足轻重，我还是紧紧地拽着。

我知道，目前的情况对我是不利的。我的愿望再强烈，也坚持不了多长时间的。我决定采取行动。我想钻进汽车，却没有力气。我悬在半空，两臂拉直，又跳了一次。现在身体呈水平状态，正好与地面平行。我展开身体，右脚向上伸去，缠在了什么东西上。原来是车顶的天线。那东西能挂住我吗？我可不觉得。我的脸紧贴着后面的车窗玻璃，看到了车里的小座位。

是空的。

我又惊慌失措了，感觉两手开始滑落。车才开出二三十米。我的脸贴着车窗玻璃，鼻子碰撞着车窗，身体和脸遭受着刮蹭和撞击。我看到了前面座位上的孩子，这个事实让人无法忍受，我不由得松开了手。

我的思维又变得古怪起来。最初是典型的医生想法：这孩子应该坐在后面。本田雅阁的客座上有个气囊，12 岁以下儿童禁止坐在前面。还有，小孩儿应该坐在合适的儿童座椅上。事实上这是惯例。不坐儿童座椅，还坐在前面……那样很不安全。

真是可笑的想法，不过这种想法或许也是自然的。不管怎么想，我都不会丧失斗志的。

法兰绒衬衫把方向盘打到右边，轮胎发出了刺耳的噪音。

汽车猛地停了下来，我的手指也滑了下来。现在没东西可抓，我半悬在空中，身体重重地摔在了地上，像块石头一样在人行道上滚动着。我听到了身后的警笛声，估计是来追这辆本田雅阁的。不过这个无关紧要。我只扫了一眼，但足够了解真相了。

车里的孩子不是我的女儿。

二十九

我又住院了，这次是在纽约长老会医院——我事业起步的地方。还没拍X光片，不过我坚信自己断了一根肋骨。只能打点止痛针，也做不了什么。虽说对身体有害，不过也没关系。我的擦伤不轻，右腿上裂开了一个口子，好像受到了鲨鱼攻击一样，手肘上的皮肤也剥落了。不过这都没关系。

伦尼很快来了。是我想让他过来的，因为我真不知道该怎么处理这件事。起初，我差点相信是自己判断失误。孩子的模样会变，对吧？从塔拉6个月起，我就没见过她。这段时间她长了很多，已经从襁褓中的婴儿成长为蹒跚学步的幼儿。况且，当时我悬在一辆行驶的汽车上，大声地叫喊着，只不过是扫了一眼。

但我知道。

汽车前座上的那个孩子看上去是个男孩，两岁多，不到三岁的样子，肤色太白净了。

不是塔拉。

我知道蒂克纳和里根有很多疑问，我愿意配合他们。我还想知道他们到底是怎么发现赎金这事的。到现在我也没见过雷切尔,不知道她是不是也在医院,也不知道赎金、本田雅阁和那个穿法兰绒衬衫的男人的下落。他们逮住他了吗?最初是他绑架了我的女儿吗?还是第一次赎金只是一场骗局?如果是这样,我妹妹斯泰西又是怎么搅进来的?

总而言之,我被搞糊涂了。这时伦尼,也就是“疯狗”进门了。

他穿着宽松的卡其裤和粉色鳄鱼衬衫,一阵风似的冲进门,眼睛里流露出恐惧、惊慌的神色,这又让我想起了我们的童年。他把护士推到一边,来到我床前。

“究竟出了什么事?”

我正想简单地和伦尼说说情况,他却举起一个手指示意我停下,转向护士请她离开。屋里只剩下了我们两个人,他点头示意我继续。我从在公园里看到埃德加讲起,讲到了给雷切尔打电话,她的到来,她准备的那些电子装备,索要赎金的电话,交货地点,讲到了我冲向那辆汽车。我还把光盘的事也告诉了他。伦尼打断了我的话——他总是打断别人——但不像以往那么频繁。我看到他脸色有些异样,也许——这事我不愿深究——不过也许是因为我对他有所隐瞒让他伤心了,但很快就恢复了平静。

“能不能是埃德加在耍你?”他问。

“什么目的呢?他可是白白损失了400万。”

“除非是他设下的圈套。”

我一脸苦相。“根本不合情理。”

伦尼明显不喜欢这话,不过也没什么反应。“那雷切尔现在在哪儿?”

“她不在这儿吗?”

“我看不在。”

“那我也不知道。”

我们都沉默了一会儿。

“也许她回我家了吧,”我说。

“嗯,”伦尼说,“也许吧。”

但他的声音里完全没有相信的意思。

蒂克纳推开门,墨镜架在光头上,一脸困惑;如果他低下头,在脑门上画上嘴巴,就会出现另一张脸。里根摇摇摆摆地跟在后面,也许是那撮胡子影响了我对他的看法。蒂克纳首先开口了。

“赎金的事我们知道了,”他说,“我们知道你岳父又给了你200万,你今天到MVD去要你已故妻子的光盘密码了。我们还知道雷切尔·米尔斯与你在一起,她根本就没有回华盛顿,你以前可不是这么和里根说的。这些我们都可以略去不谈。”

蒂克纳朝前挪了挪。伦尼盯着他,随时准备扑上去。里根双臂交叉,倚在墙上。“那我们就从赎金开始吧,”蒂克纳说,“赎金在哪儿?”

“不知道。”

“被人拿走了吗?”

“不知道。”

“不知道是什么意思?”

“他让我把钱放下。”

“‘他’是谁?”

“绑匪，打电话的人。”

“你放在哪儿了？”

“公园的小路上。”

“之后呢？”

“他让我朝前走。”

“你照做了？”

“嗯。”

“之后呢？”

“我听到孩子的哭声，有人撒腿就跑。后来都乱套了。”

“那钱呢？”

“我说了。我不知道后来钱怎么了。”

“那雷切尔·米尔斯呢？”蒂克纳问。“她在哪儿？”

“不知道。”

我看看伦尼——此刻他正打量着蒂克纳的脸——耐心等待着。

“你骗我们说她回华盛顿了，是吧？”蒂克纳问。

伦尼把一只手搭在我肩膀上。“别曲解我当事人的话。”

蒂克纳做了个怪脸，好像伦尼是从天花板上掉下来的一团粪。伦尼泰然自若地和他对视着。“你告诉里根侦探说米尔斯女士在回华盛顿的路上，不是吗？”

“我说过我不知道她在哪儿，”我纠正他的话，“我说她可能已经回去了。”

“那当时她在哪儿？”

伦尼说：“别理他。”

我示意他没事的。“她在车库。”

"你为什么不告诉里根侦探?"

"因为我们正准备动身去交赎金,不想被耽搁了。"

蒂克纳双臂交叉。"恐怕我不太明白。"

"那就问点别的。"伦尼呵斥道。

"雷切尔怎么会卷进赎金这件事?"

"她是我的老朋友,"我说,"我知道她以前是联邦特工。"

"噢,"蒂克纳说,"所以你认为她的经验也许对你有所帮助?"

"是的。"

"你没给里根侦探或者我打电话?"

"没错。"

"为什么?"

伦尼接过话题。"你他妈的自己明白。"

"他们告诉我不能报警,"我说,"和上次一样。我不想再冒险了,所以才给雷切尔打电话。"

"我明白了。"蒂克纳回头看看里根。里根没有理会他,好像在想别的。"你找她是因为她干过联邦特工?"

"是的。"

"也是因为你们两个以前,"——蒂克纳做了个很模糊的手势——"很亲密。"

"很久以前的事了。"我说。

"没别的了?"

"没了,就这些。"

"嗯,就这些,"蒂克纳重复了一遍,"你在事关自己孩子性命的问题上给她打电话,有意思。"

“很高兴你这么想，”伦尼说，“顺便问一下，这些有什么用？”

蒂克纳没搭理他。“此前你最后一次见到雷切尔是什么时候？”

“这有关系吗？”伦尼说。

“请回答我的问题。”

“我们没见面，直到——”

此刻我的手搭在伦尼的胳膊上。我知道他在干什么，他已经自动进入了战斗状态。我很欣赏这一点，但我想尽快了结此事。

“大概一个月前。”我说。

“什么场合？”

“我在诺斯伍德大道的停车购物商店和她不期而遇。”

“不期而遇？”

“是的。”

“你是说凑巧碰上的？彼此都不知道对方在那儿，出乎意料？”

“是的。”

蒂克纳转过身，又看了看里根。里根还是异常平静，甚至没有摆弄那撮胡子。

“在此之前呢？”

“在此之前怎么了？”

“你在停车购物商店‘不期而遇’，”——蒂克纳嘲讽道——“米尔斯女士之前，最后一次见到她是什么时候？”

“大学毕业后就没见过。”我说。

蒂克纳又转向里根，一副疑惑的神情。转回来时，眼镜掉了下来，正好架在了眼睛上。他把眼镜推到额头上。“塞德曼先生，你是说，从大学到现在你只见到雷切尔女士一次，就是在超市那次？”

“就是这个意思。”

有好一会儿，蒂克纳似乎很茫然。伦尼好像要补充点什么，但他忍住了。

“你俩在电话中交谈过吗？”蒂克纳问。

“今天之前？”

“是的。”

“没有。”

“从来也没有？今天之前你从来没在电话上和她说过话？连你们约会时也没说过？”

伦尼说：“天哪，你这问的是什么问题？”

蒂克纳猛地转向伦尼。“你是不是有毛病？”

“是啊，你这些问题真弱智。”

他们恶狠狠地瞪着对方。我打破了沉默。“大学毕业后我就没和雷切尔通过电话。”

蒂克纳转向我，毫不掩饰怀疑之情。我看了一眼他身后的里根，里根正自顾自地点着头。趁着他俩心不在焉，我采取了主动。“你们找到本田雅阁里的那个男人和孩子了吗？”我问。

蒂克纳对这个问题思考片刻。他向后看看里根，里根耸耸肩，表示可以。“我们发现那辆车被扔在了第145号大街附近的百老汇。它是在几个小时前被人偷走的。”蒂克纳掏出记事本，但看也没看，“我们在公园发现你时，你正喊着你女儿。你觉得车里的孩子是她吗?”

“当时我是这么觉得的。”

“但后来就不了?”

“是的,”我说,“不是塔拉。”

“是什么让你改变了主意?”

“我看到了他。我是说是个男孩。”

“是男孩?”

“我想是这样。”

“你是什么时候看到他的?”

“跳上汽车时。”

蒂克纳摊开双手。“你一开始怎么没原原本本地把发生的事告诉我们?”

我把告诉伦尼的话又复述给他们一遍。里根还是倚着墙,一言不发,我发现这有点不同寻常。我说话时,蒂克纳似乎变得越来越狂躁,光头上的皮肤绷得紧紧地,顶在脑门上的墨镜开始滑落,他不停地调整着。我看到他牙关紧闭,太阳穴附近青筋暴露。

我话音刚落,蒂克纳就说:“你在撒谎。”

伦尼溜到蒂克纳和我之间。一瞬间,我觉得他们可能会拳脚相加,坦白地说,这样伦尼占不到什么便宜。但是伦尼从来都是寸步不让。这让我想起了三年级时,托尼·默鲁罗找碴要和我打架,伦尼插到我俩中间,毫无畏惧地面对托尼,结果被狠狠揍了一顿。

伦尼和这个大块头男人针锋相对。“你到底有什么毛病,蒂克纳特工?”

“你的当事人是个骗子。”

“绅士,到此为止,滚出去。”

蒂克纳低下头,前额和伦尼的前额顶在了一起。“我们有证据表明他在撒谎。”

“那就让我们看看,”伦尼接着补充道,“不,等等,算了。我还懒得看呢。你要逮捕我的当事人吗?”

“不。”

“那就带着你的屁话滚出病房。”

我说:“伦尼。”

伦尼瞪了一眼蒂克纳,表明他没被吓到,又回头看着我。

“还是了结了此事吧。”我说。

“他在想法子弄死你。”

我耸耸肩,因为我真的不在乎。我想伦尼明白了,他退到了一边。我点头示意蒂克纳使出他最毒的一招。

“在此之前你见过雷切尔。”

“我告诉过你——”

“如果你以前没见过,也没和雷切尔·米尔斯谈过话,你怎么会知道她干过联邦特工?”

伦尼大笑起来。

蒂克纳迅即转向他。“你笑什么?”

“蠢货,因为我妻子和雷切尔·米尔斯是朋友。”

这可把蒂克纳弄糊涂了。“你说什么?”

“我和我妻子跟雷切尔一直有联系,是我们介绍他俩相识的。”伦尼又笑了起来,“这就是你的证据?”

“不,这不是我的证据,”蒂克纳大声辩护道,“你说接到索要赎金的电话，向前女友求助，你以为这些话就能蒙住我们吗？"

"为什么，"我说，"那你认为是怎么回事？"

蒂克纳一言不发。

"你以为是我干的，对吧？你以为这又是个煞费苦心的阴谋，怎么说呢，从我岳父那里再搞到200万？"

伦尼想阻止我。"马克……"

"不，让我把话说清楚。"我想把里根拖进来，但他还是没搭理我，我只能盯着蒂克纳。"你真以为所有这一切都是我策划的？难道在公园里见个面还要绕这么多圈子？我怎么会知道你跟踪我到那个地方——见鬼，我现在还蒙在鼓里呢。我为什么费劲跳上汽车？我干吗不把钱拿走藏起来，然后编个故事应付埃德加？要是我搞的鬼，那个穿法兰绒的家伙是不是我雇来的？为什么要再找个人或偷辆车？这毫无意义。"

我看看里根，他还是无动于衷。"里根侦探？"

但他只说了一句话："你没和我们说实话，马克。"

"我怎么……"我问，"我怎么没和你们说实话了？"

"你说大学毕业至今和米尔斯女士从没在电话上交谈过。"

"是的。"

"我们有电话记录，马克。你妻子被害之前三个月，有一个电话从雷切尔家里打到你家里，你想解释一下吗？"

我转向伦尼求助，他正盯着我，这没有什么用。"那好，"我说，"我有雷切尔的手机号，我们给她打电话，看看她在哪儿。"

"打吧。"蒂克纳说。

伦尼拿起我床边的医院电话，我把号码给他，一边看着他拨号，一边尽力理清头绪。电话响了六次，我才听到雷切尔的声音。她说她不能接手机，请我留言。我留了言。

里根终于把身子从墙上挪开，拖过一把椅子放到我床边，坐了下来。“马克，你了解雷切尔·米尔斯多少？”

“多着呢。”

“你们大学时拍拖？”

“是的。”

“多长时间？”

“两年。”

里根摊开胳膊，瞪大眼睛。“你看，我和蒂克纳特工还是搞不清你为什么要给她打电话。我是说，好吧，你们拍拖是很久之前的事了，但之后你们再也没联系过，”——他耸了耸肩——“为什么打给她呢？”

我思考着该怎么说，最后决定实话实说。“还有些关系。”

里根点了点头，好像很多问题都迎刃而解了。“你知道她结婚了？”

“谢丽尔——就是伦尼的妻子——告诉我的。”

“那你知道她丈夫被杀了吗？”

“我今天才听说。”随后我意识到现在已是凌晨，“我是说昨天。”

“雷切尔告诉你的？”

“谢丽尔告诉我的。”我想起了里根深夜到我住所时说过的话，“之后是你说雷切尔开枪打死了他。”

里根回头看看蒂克纳。蒂克纳说：“米尔斯女士和你提起这事没有？”

“什么事,她开枪打死她丈夫的事?”

“是的。”

“你在开玩笑,是吗?”

“这事你不信,是不是?”

伦尼说:“他信不信有什么区别?”

“她供认不讳,”蒂克纳说。

我看着伦尼,伦尼的眼睛转到一边。我尽量坐直一点点。“那她为什么没坐牢?”

蒂克纳的脸庞掠过一丝阴影,握紧了拳头。“她说是意外。”

“你们不认同这种说法?”

“她丈夫是在近距离被击中脑袋的。”

因此我又问:“她为什么没坐牢?”

“我并不了解所有细节。”蒂克纳说。

“这话是什么意思?”

“案子是当地警察处理的,不是我们,”蒂克纳解释着,“他们决定不再追究了。”

我不是警察,也不是心理学的高材生,即使这样,也能看得出来蒂克纳隐瞒了一些事。我看了看伦尼,他面无表情,当然,这根本就不是伦尼的一贯风格。蒂克纳往后退了一步,里根插了进来。

“你说你觉得和雷切尔还有关系?”里根开始问。

“已经问过了,也回答过了。”伦尼说。

“你还爱她吗?”

伦尼不发表点意见是不会罢休的。“你这是安·兰德斯[①]吗，里根侦探？这究竟和我当事人的女儿有什么关系？”

“你忍一会儿。”

“不，大侦探。我不会忍着的，你的提问简直是废话。”我又把手放到伦尼肩膀上。他转向我说：“他们想得到你肯定的回答，马克。”

“这个我知道。”

“他们正盼着把雷切尔当成你谋害妻子的动机。”

“这个我也知道。”我看着里根说。我想起了在停车购物商店第一次见到雷切尔的感觉。

“你还在想她吗？”里根问。

“是的。”

“她还在想你吗？”

伦尼不打算束手就擒。“他怎么会知道？”

“鲍勃？”我还是头一次直呼里根的名字。

“哎。”

“你究竟想干什么？”

里根的声音低低的，好像有什么阴谋似的。“我再问你一次，在停车购物商店那次偶遇之前，大学分手后你还见过雷切尔吗？”

“天哪！”伦尼说。

“没有。”

---

① 安·兰德斯(Ann Landers)是拥有全世界最大读者群的辛迪加专栏作家，她的文章被翻译成20多种文字，刊登在美国国内外超过1200家报纸上，据称她的专栏“永远改变了报纸”。

“你确定吗?”

“确定。”

“压根就没联系过?”

“他们在自习课上连个纸条都没有递过,”伦尼说,“我是说,没联系过。”

里根岔开话题。“你们去过纽瓦克的一家私家侦探所询问光盘的事。”

“是的。”

“为什么今天去?”

“我不明白你什么意思。”

“你妻子一年半前就死了,为什么突然对光盘感兴趣了?”

“我刚发现它。”

“什么时候?”

“前天。它藏在地下室里。”

“所以你压根就不知道莫妮卡雇过私家侦探?”

过了一会儿我才做出回答。我想起了我那美丽妻子死后我所了解的事情。她看过心理医生,雇过私家侦探,把调查结果藏在地下室里,对此我却一无所知。我想起了我的生活,对工作的热情和对不断旅行的渴望。毫无疑问,我爱我的女儿,对她柔情细语,对生命的奇迹惊叹不已。为了保护她,我会舍生忘死,会冒险杀人。但说句实话,我知道自己并没真正接受她给我生活带来的变化和牺牲。

我曾是怎样的丈夫,又是怎样的父亲?

“马克?”

“不知道,”我轻声地说,“我压根就不知道她雇过私家侦探。”

“你知道她为什么这么做吗?”

我摇摇头。里根向后退去,蒂克纳抽出一个文件夹。

“什么东西?”伦尼说。

“那张光盘里面的东西。”蒂克纳又看了我一眼。“除了那次在超市,你从没见过雷切尔,是吗?”

我懒得回答。

蒂克纳不动声色地抽出一张照片,递给了我。伦尼赶紧拿出他的半月形放大镜,站到我身后来。他这么做,我就只能歪着脑袋向下看。是张黑白照片,拍摄的是里奇伍德的威利医院,照片下面标有日期,表明是在枪杀案发生前的两个月拍摄的。

伦尼皱着眉头。“采光很好,不过我不太明白它的构图。”

蒂克纳对他的冷嘲热讽不屑一顾。“那是你工作的地方,是不是,塞德曼医生?”

“是的,那儿有我们的办公室。”

“我们?”

“我和我的合作伙伴,齐亚·勒鲁。”

蒂克纳点点头。“底端标着日期。”

“我看到了。”

“那天你在办公室吗?”

“我真的不知道。我得查一下日历。”

里根指向靠近医院出口的地方。“你知道那个人是谁吗?”

我仔细看了看,但是又看不清楚。“不,不知道。”

“只留意一下大衣的长度,好吗?”

“好的。”

蒂克纳又递给我一张光面照片。这张是摄影师在同一个角度拍的,用的是变焦镜头,能清楚地看见那个穿大衣的人了。她戴着墨镜,但是毫无疑问,那是雷切尔。

我抬头看了看伦尼,他脸上也露出惊讶的神情。蒂克纳抽出另一张照片,接着又抽出了下一张。这些照片都是在威利医院前面拍的。第八张照片显示雷切尔进了楼。第九张是一个钟头后拍摄的,显示我走了出来。第十张是在六分钟后拍摄的,显示雷切尔从同一扇门里走了出来。

起初我丝毫没有意识到这其中的暗示,茫然不知所措,昏头昏脑地发出了一声“啊?”。根本没时间考虑。伦尼似乎也是目瞪口呆,但他很快回过神来。

“滚出去。”伦尼说。

“你不想先解释一下这些照片吗?”

我想辩护,但脑子里一片空白,根本无法做出正确的反应。

“滚出去,”伦尼又说了一遍,这次口气更加坚定有力,“马上滚出去。”

三十

我从床上坐起来。“伦尼?”

他确定房门是关着的。“是的,”他说,“他们认为是你干的。好好想想吧,他们认为是你和雷切尔合伙干的。你俩一直有婚外情。她谋害了老公——我不知道他们是不是认为你也参与了——之后你们合谋杀了莫妮卡,不知道对塔拉做了什么,又来敲诈孩子的外公。”

“那说不通。”我说。

伦尼缄口不语。

“我挨了枪子,记得吗?”

“我知道。”

“这么说,他们认为是我自己开的枪?”

“不知道。不过你以后别和他们对话了。他们现在有证据了。不管你怎么否认与雷切尔的关系,莫妮卡都对此产生了怀疑,甚至雇了私家侦探。天哪,想想吧。私家侦探可不是吃干饭的,他拍了那些照片给了莫妮卡。下面的事你也清楚,你老婆死了,孩子失踪了,外公被敲诈了200万。不说一年半前那200

万，外公又被讹了200万。你和雷切尔串通好了，在撒谎。”

“我们没撒谎。”

伦尼没有正眼看我。

“我的意思是，”我争辩道，“怎么没人想到这些呢？我把赎金拿走就行了，对吧？根本用不着雇那个开车带孩子的家伙。还有我妹妹呢？难道他们认为我也杀了她？”

“那些照片……”伦尼轻声说。

“我压根也不知道。”

他基本没看我，但这不妨碍他重返我们的年轻时代。

“嗯，哎。”

“不，我是说我真的一无所知。”

“除了那次在超市，你真没见过她？”

“当然没见过，这些你都知道。我对你是不会隐瞒的。”

他权衡了很久。“你应该对伦尼朋友有所隐瞒。”

“不，不会的。即使我隐瞒，也瞒不过伦尼律师。”

他的声音很温和。“但是赎金的事你可谁也没告诉。”

的确如此。“我们不想走漏风声，伦尼。”

“我了解。”但是他并没有真正明白，对此我不能责怪他，“还有一件事，你怎么在地下室找到那张光盘的？”

“黛娜·列夫斯基来过我家。”

“那个疯疯颠颠的黛娜？”

“她过得挺难的，”我说，“你不了解。”

伦尼挥挥手，不屑于我的同情。“我没搞懂，她到你家干什么？”我把事情一五一十地告诉了他。伦尼的脸色一点点变了。说完后，我反倒问起他来，“怎么啦？”

"她告诉你现在好多了？她告诉你她结婚了？"

"对。"

"胡说八道。"

我打断他的话。"你怎么知道？"

"我为她姑姑处理法律方面的事。黛娜·列文斯基从18岁起就成了精神病院的常客。几年前还因暴力行凶服过刑。她从没结过婚，有没有举办过艺术展也是个谜。"

我不知道对此作何解释。我想起了黛娜那张让人难忘的脸，想起了她说"你知道谁朝你开的枪，是吧，马克？"时面色苍白的样子。

她那么说，到底是什么意思？

"我们得好好考虑一下，"伦尼摸着下巴说，"我会用我的渠道查查，看有什么收获。有什么事给我打电话，好吧？"

"嗯，好的。"

"你还得答应我，别再和他们对话。他们有逮捕你的绝佳机会。"我还没来得急反抗，他就伸出手来阻止了我。"他们有充足的理由逮捕你，甚至起诉你。的确，不是哪里都有联邦调查局的人。不过想想斯卡科尔案，他们的证据比现在还少，却定了他的罪。所以，要是他们再回来，答应我，什么也别说。"

我答应了他，归根结底还是因为当局办错了事，配合也无助于找回我的女儿。这是底线。伦尼走了，只剩下我一人。我让他把灯关上，他关了，但房间并没有暗下来。病房里永远都不会漆黑一片。

我想弄明白发生的这一切。蒂克纳带走了那些离奇的照片，我真希望他没带走。我想再看一眼，因为不管我怎么解释，也解释不通雷切尔在医院的那些照片。那些照片是真的吗？很可能是特技摄影，尤其是在数字化时代的今天。能这样解释吗？照片是假的，是简单的剪切拼凑起来的？我又想到了黛娜·列文斯基。她那次神秘的造访到底是什么意图？她为什么要问我爱不爱莫妮卡？她为什么认为我知道是谁向我开的枪？我正琢磨着这些事，门开了。

“这是实习时泡妞那小子的房间吗？”

是齐亚。“嗨。”

她走进来，朝我躺着的地方挥挥手。“这就是你消极怠工的借口？”

“昨晚有人找我，是吗？”

“嗯。”

“对不起。”

“妈的，他们把我弄醒了。还有呢，搅了我的春梦。”齐亚用手指着房门。“就是走廊尽头的那个大块头黑人。”

“光头、戴眼镜那家伙？”

“就是他。他是警察吗？”

“联邦调查局特工。”

“有机会介绍我俩认识一下？还可能弥补打断我好梦的过错。”

“我会尽力的，”我说，“在他逮捕我之前。”

“被捕后也可以吗。”

我笑了笑。齐亚坐在床边。我把发生的事告诉了她。她没有瞎猜，也没多问什么，只是静静地听着。我很喜欢她这一点。

我刚说到自己被当成重要嫌疑对象时，手机响了。我俩——因为接受过的训练——都吃了一惊。医院里是禁止携带手机的。我赶紧拿过手机,放到耳边。

“马克?”

原来是雷切尔。“你在哪儿?”

“正在跟踪那笔钱。”

“什么?”

“果然不出我所料,”她说,“他们扔了袋子,但还没发现那堆钱里的Q型记录器。现在我正开往哈莱姆河快车道,他们大约在前面1.5公里处。”

“我们得谈谈。”我说。

“你找到塔拉了吗?”

“是场骗局。我看到他们带着的那个孩子了,不是我女儿。”

彼此沉默了一会儿。

“雷切尔?”

“是我做的不好,马克。”

“什么意思?”

“我被人打了,在公园里。我还行,但我需要你帮忙。”

“稍等一会,我的车还在现场。你怎么跟踪他们的?”

“你注意到圆形广场有一辆公园管理处的面包车了吗?”

“嗯。”

“我把它偷来了,是辆旧货车,很容易点火发动。我估计天亮之前不会有人注意。”

“他们认为是咱俩干的,雷切尔。他们觉得我们有婚外情还是什么的。他们在那张光盘里发现了一些照片,照片上你就在我工作场所的前面。”

手机里静寂无声。

“雷切尔?”

“你现在在哪儿?”她问

“我在纽约长老会医院。”

“你没事吧?”

“摔伤了,嗯,不过没事。”

“警察在吗?”

“在,还是联邦调查局的,叫蒂克纳。你认识吗?”

她的声音很温柔。“认识。”接着她说,“那你有什么打算?”

“你的意思是?”

“是让我继续跟踪他们,还是把这事交给蒂克纳和里根?”

我想让她回来,想问问她那些照片和打到我家里的电话是怎么回事。“我也不确定,”我说,“从一开始你就是对的。这是场骗局,他们一定用了别人的头发。”

一片沉寂。

“怎么啦?”我说。

“你了解 DNA 吗?”她问我。

“不太了解,”我说。

“我没时间解释了,不过 DNA 检测要一步一步来,才能知道是否吻合。至少要 24 个小时后才能确定最终结论。”

“所以?”

“所以我告诉那个实验室的朋友,我们只有 8 个小时。不过现在,埃德加收到的第二份头发你猜怎么着?”

“怎么着?”

“它们与你的头发吻合。”我以为自己听错了。雷切尔好像是叹了口气。“换句话说，他没有排除你是父亲的可能性。事实上恰恰相反。”

手机差点从我的手里掉下来。齐亚看到后，向我靠近了些。我又集中精力，思考该如何抉择。前进，还是回头？蒂克纳和里根再也不会相信我了。他们不会让我走的，也许还会逮捕我的。但如果我告诉他们，也许能证明我们的清白。话又说回来，证明我清白与否无关紧要。

我女儿还可能活着吗？

这才是问题。如果她还活着，那我只能按原计划行动。向警方交代——特别是在他们又对我产生怀疑的情况下——毫无用处。如果索要赎金的便条所言属实，他们有内线怎么办？现在，不管是谁拿了那袋钱，他们都不知道被雷切尔盯上了。要是警方和联邦调查局插手此案，会有什么后果呢？绑匪会不会仓皇逃窜，做出什么过激的行为呢？

还有件事我得考虑一下：我还相信雷切尔吗？那些照片动摇了我的信任。我不知道还能相信什么。但最后，我别无选择，只能认为这是节外生枝。我得将精力集中在一个目标上，那就是塔拉。怎样才有机会弄清楚她到底出了什么事呢？

“你的伤严重吗？”我问。

“这事我们能应付，马克。”

“那好，我马上就来。”

我挂上电话，看着齐亚。

“你得帮我离开这里。”

蒂克纳和里根坐在走廊尽头的“医生休息室”里。用休息室称呼这个破旧的地方有些不可思议。里面的灯光明晃晃的，除了一台电视机，角落里还有一个小冰箱。蒂克纳打开看过，里面有两份自带午餐，上面都标着名字。这让他想起了自己的小学时代。

蒂克纳瘫坐沙发上，沙发毫无弹力。“我看现在就该逮捕他。”

里根没有做声。

“鲍勃，你在那一声不吭，想什么呢？”

里根磨搓着胡子。“想塞德曼说的话。”

“他的话怎么啦？”

“你不认为他的话有道理吗？”

“你是说证明他清白的话？”

“嗯。”

“不，我不那么认为。你觉得有道理？”

“我也说不清，”里根说，“我是说，那笔钱他为什么要那么费尽周折呢？他也许不知道我们知道了那张光盘，决定用E－Z Pass系统追踪并在崔恩堡公园找到了他。要是他知道的话，为什么还要费那么大劲儿呢？他为什么要跳上飞驰的汽车？天哪，幸亏没被碾死。这又让我们回到最初的枪杀的问题上来。如果是他和米尔斯一起干的，他怎么自己差点送了性命？”里根摇摇头，“真是破绽百出。”

“我们正在一点点解决。”蒂克纳说。

里根歪着头，不置可否。

“你看今天我们得悉雷切尔·米尔斯与此案的瓜葛，就解决了很大问题。”蒂克纳说，“我们只要把她弄到这儿来，拷问他们就行了。”

里根仍然没有正面回答。

蒂克纳摇摇头。“在想什么呢？”

“打碎的窗户。”

“犯罪现场的那扇？”

“嗯。”

“它怎么啦？”

里根坐直身子。“按我的思路理理，好吗？我们回到最初的谋杀绑架案。”

“塞德曼家里那桩？”

“没错。”

“好吧，说吧。”

“窗户是从外面打碎的，”里根说，“凶手可能是从那里进屋的。”

“或许，”蒂克纳补充道，“是塞德曼医生自己打碎了窗户，蒙蔽我们。”

“或者是他的同伙干的。”

“没错。”

“不过不管是哪种情况，塞德曼医生都应该从破碎的窗户进来，对吧？我的意思是如果他参与的话。”

“说这些是什么意思？”

“你听我说，劳埃德。我们认为塞德曼参与了此案，这么说来，塞德曼知道要打碎玻璃——我也说不清——制造绑匪闯入的假象。你同意吗？”

“同意。”

里根笑了。“那他怎么只字不提打碎窗户一事?”

“为什么?”

“揣摩一下他的话。他记得正在吃格兰诺拉麦片条,接着就是砰的一声,就这些。没有任何动静,没人偷偷接近他,什么也没有。”里根摊开双手,“他为什么记不起玻璃破碎的声音呢?”

“因为是他自己打碎的,制造有人闯入的假象。”

“那么你看,要是那样的话,他讲述时就会提到玻璃破碎这件事。你再想想,他打碎玻璃就是想让我们相信凶手闯了进来朝他开枪。你要是他的话,你会怎么说呢?”

蒂克纳明白了他的思路。“我会说:‘我听到玻璃碎了,转过身,砰的一声,子弹击中了我。’”

“没错,但塞德曼并没有这么做,为什么?”

蒂克纳耸耸肩。“没准他忘了。他伤得很重。”

“也可能——你听我说——可能他说的是实话。”

门开了。一个穿着手术服、面容憔悴的孩子朝里面看了看。看到两个警察后,他翻了个白眼走开了。蒂克纳转向里根。“等等,你自己陷进了第22条军规①。”

“怎么会呢?”

“如果不是塞德曼干的——如果确实是凶手打碎了窗

① 第22条军规(Catch-22)是约瑟夫·海勒1961年的同名小说,号称黑色幽默的鼻祖。该书的主人公为了逃避危险的作战任务而装疯,可是逃避的愿望本身又证明了他的神志清醒。在当代美语中,Catch-22已作为一个独立的单词,使用频率极高,用来形容任何自相矛盾、不合逻辑的规定或条件所造成的无法摆脱的困境、难以逾越的障碍,表示人们处于左右为难的境地,或者是一件事陷入了死循环,或者跌进逻辑陷阱等等。

户——他怎么会听不到呢?”

“可能是他记不起来了。这种事我们见得多了。遭到枪击并严重受伤的人会短时间失忆。”里根微笑着,对这个推测添油加醋。“尤其是再看到令其极为震惊的事——不愿记住的事。”

“像他妻子被扒光衣服并被杀掉这种事?”

“差不多吧,”里根说,“或许更糟糕。”

“什么事更糟糕?”

走廊里传来嘟嘟声。他们听到旁边护士站的动静,有人正对换班发牢骚。

“我们说过我们漏掉了一些事,”里根慢条斯理地说道,“从一开始我们就一直在这么说。不过事实可能正好相反,我们一直在无中生有。”

蒂克纳眉头紧蹙。

“我们一直对塞德曼医生无中生有。你看,我们都知道这个理由。这种案子,丈夫总是难脱干系。十有八九,情况总是这样的。我们的每个假设都涉及塞德曼。”

蒂克纳说:“难道你觉得不对?”

“你先听我说。我们从一开始就盯上了塞德曼。他的婚姻并不美满,结婚仅仅是因为妻子怀孕了。我们紧紧抓住这些不放。即使他们的婚姻像《奥齐和哈里特》①中那样美满,我们还是会说:‘不,没有人会那么幸福’,抛开这些不谈。不管我们偶然发现什么线索,都会努力把它变成现实:塞德曼肯定参与了。那么现在呢,我们把他排除出去,假设他是清白的。”

---

① 《奥齐和哈里特》是一部电视连续剧,又译《妙夫妻》

蒂克纳耸耸肩。"好的,那又怎样?"

"塞德曼提起过他与雷切尔·米尔斯有关系,这些年来就没断过。"

"没错。"

"他听起来对她有点痴迷。"

"有点?"

里根笑了。"假设感情是双方的。仔细想想,假设感情不止是双方的。"

"说得好。"

"现在记住这一点。我们假设不是塞德曼干的,也就是说他说的是实话。所有一切,包括他上次见到雷切尔·米尔斯,包括那些照片。你见过他的脸色,劳埃德。塞德曼不是演技高超的演员,那些照片令他震惊。他的确对照片一无所知。"

蒂克纳眉头紧蹙。"难说。"

"那好,我还发现那些照片有点问题。"

"什么问题?"

"那个私家侦探怎么没拍到他俩在一起的照片呢?我们有她在医院外面的照片,也有塞德曼出来的照片,还有雷切尔出来的照片,但是没有他俩在一起的照片。"

"他们小心呗。"

"怎么小心呢?她在他的工作地点外面徘徊。如果小心,是不会那么干的。"

"那你的推测呢?"

里根笑了。"仔细想想。雷切尔一定知道塞德曼在楼里,但他知道她在外面吗?"

“等等，”蒂克纳脸上露出笑意，“你认为她在跟踪他？”

“可能。”

蒂克纳点点头。“那么——吁——我们谈的岂止是个女人，我们谈的是个训练有素的联邦调查局特工。”

“所以，第一，她知道如何进行专业绑架，”里根竖起一根手指，补充道，接着又竖起一根手指，“第二，她知道如何杀人并摆脱干系。第三，他知道怎样不留下蛛丝马迹。第四，她知道马克的妹妹斯泰西。第五，”——轮到竖大拇指了——“她能够通过关系找到他妹妹并加以利用。”

“神圣的主啊。”蒂克纳抬起头，“你前面说的，塞德曼看到了可怕的事，没有记住。”

“眼睁睁地看着挚爱的人向你开枪，会怎样？或者向你妻子，或者……”

他们都停了下来。

“塔拉。”蒂克纳说，“这个小女孩怎么能扯进去？”

“敲诈钱财的途径？”

他俩都不喜欢这个答案，但更不喜欢可能想到的其他答案。

“我们可以补充点别的。”蒂克纳说。

“什么？”

“塞德曼失踪的38式手枪。”

“怎么啦？”

“枪放在橱柜中带锁的箱子里，”蒂克纳说，“只有亲近的人才知道枪藏在什么地方。”

“或者，”里根现在又有了新的看法，补充道，“可能是雷切尔·米尔斯带来了她自己的38式手枪。别忘了现在用了两把枪。”

“但这又有个疑问:她为什么需要两把枪呢?”

两个人都皱着眉,进行新的推测,最后得出一个肯定的结论。“我们还漏了些事。”里根说。

“恩。”

“我们得回去找到答案。”

“比如?”

“比如雷切尔为什么能在谋杀前夫一事中脱了干系?”

“我可以打听一下。”蒂克纳说。

“打听打听,找人盯着塞德曼。现在她手里有400万美元,说不定会除掉这个唯一知道她底细的人。”

三十一

齐亚在衣柜里找到了我的衣服。血迹凝结在我的牛仔裤上,变成了黑色,我们决定换上手术服。她跑到门厅,给我找来了一套。我套上手术服,系上腰带,折了的肋骨疼得我龇牙咧嘴,看来得慢慢走才行。齐亚查看了一番,以防有人阻挠。要是有联邦调查局监视,她还准备了一套备用方案。她朋友大卫·贝克医生几年前卷入过联邦调查局的一起大案,打那时起就认识蒂克纳。现在贝克正随时待命。如果事情真到了那一步,贝克会在门厅尽头恭候他们,跟他们叙叙旧,想方设法拖住他们。

最终,贝克没有派上用场。我们若无其事地走了出去,没有人盘问。我们穿过哈克尼斯医疗中心,出门来到福特·华盛顿大道北侧的空地上。齐亚的车停在第165大道与福特·华盛顿大道的交汇处。我小心翼翼地挪动着,一阵阵钻心的疼痛袭来,但基本上还能撑得住。马拉松长跑和举重的感觉使我筋疲力尽,幸好我还能忍住疼痛,继续前进。齐亚塞给我一瓶万络①,

---

① 万络(Vioxx),又称抗关节炎药。

都是50毫克的大剂量。这可是好东西,既能止痛,又不会使人昏昏欲睡。

“要是有人问的话,”她说,“我就说我坐公共交通工具来的,我的车在家里,这样就能拖延一会儿时间。”

“谢谢,”我说,“那么,我们能不能换下手机?”

“当然啦,为什么不能呢?”

“我不知道他们会不会用我的手机来跟踪我。”

“他们有那个本事吗?”

“鬼才知道。”

她耸耸肩,掏出手机。手机很小,和小化妆镜差不多大。“你真认为塔拉还活着?”

“不知道。”

我匆匆上了停车场车库的水泥台阶。楼梯井和往常一样,散发出尿骚味。

“真是荒唐,”她说,“这你知道,是吧?”

“嗯。”

“我带着呼机呢,要是用得着我,就呼我。”

“我会的。”

我们在车子旁边停了下来,齐亚把钥匙递给我。

“怎么了?”我问。

“你真是太自负了,马克。”

“你就是这么给我鼓劲的?”

“千万别受伤,也别出什么意外,”齐亚说,“我需要你。”

我抱了抱她,然后钻进驾驶座,一边向北朝亨利·哈得孙高速公路开去,一边拨下了雷切尔的手机号。夜晚晴朗宁静,黑色的河水在桥上灯光的映衬下,就像布满繁星的夜空。手机响了两声,雷切尔接了起来。她没有开口,我很快意识到了原因。她可能设了来电显示,没认出这个号码。

"是我,"我说,"我用的是齐亚的手机。"

雷切尔问:"你在哪里?"

"正要上哈得孙高速公路。"

"一直向北开到塔朋齐大桥,过了大桥向西开。"

"你现在在哪儿?"

"帕里塞德思大型购物中心附近。"

"在奈阿克?"我问道。

"没错,保持手机联系。找个地方碰头。"

"我这就去。"

蒂克纳正在打手机,向奥马利提供最新消息。里根匆匆回到了休息室。"塞德曼不在病房。"

蒂克纳似乎很恼火。"他不在病房是什么意思?"

"有很多种解释吧,劳埃德?"

"他去拍X光片还是干什么去了?"

"护士说没有。"里根说。

"妈的,医院里不是有摄像头吗?"

"不是每间病房都有。"

"但出口肯定有。"

"这地方出口有十几个。等我们拿到带子,重放一遍——"

"对,对,对。"蒂克纳寻思着,把手机放回耳边,"奥马利?"

"我在。"

“你都听到了吗?”

“是啊。”

“查塞德曼病房电话记录和手机记录需要多长时间?”蒂克纳问。

“即时电话吗?”

“嗯,15 分钟以内的。”

“5 分钟吧。”

蒂克纳按下了“结束”键。“塞德曼的律师在哪儿?”

“也许我们该给他打个电话。”

“他从来都是找事的主儿。”里根说。

“那是以前,以前我们认为他的当事人是个杀害妻儿的凶手。现在我们推测一个无辜的人正面临着危险。”蒂克纳把伦尼以前给他的名片递给里根。

“应该打个电话。”里根说着拨起号来。

我在位于新泽西州北部、纽约州南部的边境小镇拉姆齐追上了雷切尔。通过手机联系,我们在拉姆齐 17 号公路的过得去汽车旅馆停车场接上了头。这家旅馆没有大张旗鼓,只是竖了个标牌,上面自豪地写着“彩色电视机!”(好像多数汽车旅馆还在用黑白电视一样)标牌上的所有字母(包括感叹号)都用了不同的颜色,以防大家不认识“彩色”这个词。我一直都很喜欢这个名字。过得去汽车旅馆,既不突出,也不寒碜,嗅,也就过得去嘛。广告词坦诚实在。

我驶进停车场,心里惶恐不安,有无数个问题要问雷切尔,但最后归结起来都是同一个。当然,我想知道她丈夫的死因,但我更想知道那些可恶的偷拍照片。

停车场一片漆黑,光亮多半来自高速公路。那辆偷来的面包车停在右侧远处的一台百事可乐售卖机旁,我把车停在面包车旁边。我没看到雷切尔下车,但我知道她溜进了副驾驶座上。

"走吧。"她说。

我转身正对着她,但是看到她的脸,我话到嘴边又咽了下去。"天哪,你没事吧?"

"还行。"

她的右眼肿得鼓了出来,俨然一位打了全场的拳击手;脖子四周是黄一块紫一块的瘀痕;双颊上有很大的红色印记。袭击者手指嵌进去的红色凹痕清晰可见,指甲甚至把皮都划破了。我怀疑她脸上会不会有更重的创伤,打到她眼睛上的那一拳会不会造成骨折,我也搞不清楚。那种骨折通常会使人失去知觉的。不过话又说回来,真是不幸中的万幸,这些只是些表面伤:令人惊讶的是她依然昂首挺胸。

"究竟出了什么事?"我问。

她掏出掌上定位仪,显示屏在黑暗的车中发出耀眼的亮光。她俯视着定位仪,"向南上 17 号公路。快点,我不想被甩得太远。"

我把车朝相反的方向开去,倒车,开上高速公路。我把手伸进衣袋,掏出那瓶止痛药。"这些东西能止痛。"

她拧开瓶盖。"吃多少?"

"一粒。"

她用食指抠出一粒,眼睛却一直没离开掌上定位仪的屏幕,吞下药丸,说了声谢谢。

“告诉我怎么回事。”我说。

“你先说。”

我尽可能把情况都告诉了她。汽车奔驰在17号公路上，驶过艾伦代尔和里奇伍德出口。大街上空荡荡的，店铺都关门了。雷切尔一直在听我说，没有插话。我一边开车一边扫了她一眼，她看上去很疼。

我说完后，她问：“你能肯定车里的孩子不是塔拉吗？”

“能。”

“我又给那个DNA伙计打了电话。排列还是吻合的，我搞不明白。”

我也搞不明白。“你怎么了？”

“我通过夜视镜盯着你时，有人跳到了我身上。我看到你放下钱袋向前走。灌木丛中有个女人，你看到了吗？”

“没有。”

“她有枪，我估计是要杀你。”

“女人？”

“是的。”

我不知道作何反应。“你看清楚她了吗？”

“没有。我正要大声警告你时，那个恶魔从背后抓住了我。他壮得很，抓住我脑袋就把我拎起来了，感觉要把我脑袋拧下来了。”

“天哪。”

“万幸的是，一辆警车开了过来。那个大块头吓得惊慌失措，一拳打在我这个地方，”，她指着肿起来的眼睛说，“我顿时昏过去了。我也不知道在人行道上躺了多久，醒来时，那地方到处都是警察。我缩在一个黑暗的角落里，估计他们要么是没看到我，要么就是把我当成了露宿街头的流浪者。不管怎么说，我查看了一下掌上定位仪，发现那笔钱在移动。”

“向哪个方向？”

“南面，在第168大街移动，之后突然停止了。你看，这东西，”，她比画了一下显示屏，“有两种模式。拉近镜头，可以和目标只隔约0.4公里；拉远一点，就像现在，可以根据确切地址作出进一步的判断。现在，根据移动速度，我估计他们还在17号公路上，就在我们前面10公里左右。”

“你最初发现他们时，他们在第168大街吗？”

“没错。之后他们朝市中心迅速移动。”

我想了想，“地铁，”我说，“他们从168大街车站乘坐A次地铁。”

“我也是这么想的。不管怎样，我偷了辆面包车，朝市中心开去。在我快到第70号大街时，他们又突然转向东面。这次他们走走停停。”

“他们是因为交通信号灯停下的，因为在开车。”

雷切尔点点头。“他们在罗斯福路和哈莱姆河车道上加速。我想穿过市中心，但花了不少时间，被落在后面十来公里远。其余的你都知道了。”

4号公路立交桥夜间施工，我们放慢了车速。三个车道变成了单车道。我看着她，看着那些伤痕、肿块和皮肤上的巨大掌印。她也看了看我，什么也没说。我伸出手指，尽可能轻柔地抚摩着她的脸。她闭上了眼睛，感受着我的温情，即使是这个时候，我们都知道这样做恰到好处。这唤醒了我内心深处尘封的昔日情感。我盯着那张可爱完美的脸庞,把她的头发拢到脑后,一滴泪水涌了出来,顺着脸颊滚落。她把一只手放到我的手腕上,我感到那里一阵温暖扩散开来。

我的一部分——当然,我知道这事说起来什么感觉——是不想去探究的。绑架案是场骗局。我女儿失踪了,妻子死了,有人要杀我。该重新开始了,这是一个新的机会,一种新的方式,能够得以回归正轨。我想调转车头,开往另一个方向。我想开着车——一直开下去——对她的亡夫和光盘里的照片只字不提。我可以忘掉所有的一切,我知道我能做到。我一直从事改变外表的外科手术,帮助人们开始新的生活,先改变看得见的,从而改变内在的。现在这里发生的一切如出一辙,也不过是场简单的面部整容手术。在那场该死的大学生联谊会的前一天,我就应该切下第一刀,跨越时空把 14 年的时光交叠在一起,现在把刀口缝合,把这两个时刻粘合在一起。剪断缝合,让那 14 年消失,好像它们压根就不存在一样。

雷切尔睁开眼,看得出来她刚才想的也是同一件事,盼望着我就此罢手,打道回府。当然那是不可能的。我们眨了眨眼,不让眼泪流出来。施工现场清理好了。她的手离开了我的胳膊。我又扫了一眼雷切尔。的确,我们再也不是年轻的时候了,不过那也无关紧要。我仿佛看到青春再现,我依然爱着她,荒谬、错误、愚蠢、天真,你怎么说都行。我还爱着她。这么多年来,我可能说服了自己,但对她的爱却一刻也不曾停息过。她还是那样美丽动人,美妙绝伦。一想到她与死亡擦肩而过,巨大的手掌险些让她窒息,那些琐碎的问题就淡化了。但在我知道真相前,它们是挥之不去的。不管答案是什么,我都不会沉迷于此。

“雷切尔?”

她突然挺直身子,眼睛又盯着掌上定位仪。

“怎么了?”我问。

“他们停下了,”雷切尔说,“我们再走三公里就能赶上他们。”

三十二

史蒂文·巴卡德放下电话听筒。

他想,一失足成千古恨。跨过界限那么一小会儿,又跨了回来,你以为安然无恙,相信把事情改好了,但界限却还在那里,完好无损。唉,也许那地方现在有个污点,不过你还是能看得清清楚楚。下一次跨进去,污点又多了些,但是你还清楚自己的处境。不管发生了什么,那条界限的位置你都应该牢记于心。

难道不是吗?

在史蒂文·巴卡德的办公室里,塞得满满当当的酒柜上方有面镜子。他的室内装饰师坚持说所有声名显赫的人士都应该有个炫耀其成功的地方,所以他就有这么个地方。他甚至滴酒不沾。史蒂文·巴卡德盯着镜子中的自己,想着——他已经不是第一次这么想了——"平平常常"。他一直都是平平常常:上学时的成绩,SAT 和 LSAT① 成绩,在法学院的名次,律师考试成

① LSAT 是 Law School Admission Test 法学院入学考试的缩写。该考试作为美国法学院申请入学的参考条件之一,该成绩将作为预估申请入学者在法学院的正确且合理的推论与判断能力、分析及评估能力之表现,没有资格报考的限制。

绩(他是第三次才通过的)。如果人生是场儿童橄榄球游戏,孩子们可以选择自己位置的话,他会在中间,排在种子选手的后面、糟糕选手的前面——就在介于两者之间的不为人注意的角落。

巴卡德之所以选择当律师,也是因为他相信法学博士能多少给他带来点声望。但事与愿违,没有人聘任他。他在帕特森县法院大楼的旁边开了一间简陋的律师事务所,和一个保释代理人共用一个办公室。他专门办理交通事故损害赔偿,但即使在这样一小撮律师里,却也无法脱颖而出。他费了好大劲儿才娶了个老婆,虽说老婆的境况只比他稍微强一点,却总是不断提醒着他这一点。

巴卡德确实有过不如常人的方面——远远不如常人——就是精子数量。他使出浑身解数——老婆唐并不是真的喜欢他的不断尝试——还是不能让老婆怀孕。四年后,他们想领养一个孩子。这次又验证了史蒂文·巴卡德的微不足道,找到白种婴儿——唐梦寐以求的——几乎是不可能的事。他和唐去了趟罗马尼亚,不过能领养的孩子不是年龄太大,就是由于毒品生性愚钝。

但就是在那里——国外那个被上帝遗忘的角落,年过38岁的史蒂文·巴卡德终于突发奇想,他得以出人头地。

"有麻烦吗,史蒂文?"

这个声音吓了他一跳。他把目光从镜子上移开,看到莉迪亚站在阴影处。

"那样盯着镜子,"莉迪亚又啧啧两声,"不会是喀索斯的事败露了吧?"

巴卡德忍不住哆嗦起来。并不仅仅是因为莉迪亚，不过说句实话，她倒是经常让他哆嗦。那个电话已经使他坐立不安。莉迪亚和那个电话，不知从哪里突然冒了出来——这才是关键。他压根儿就不知道她是怎么进来的，在那个地方站了多久。他想问问今晚上出了什么事，想知道具体细节，但是没时间了。

“我们真遇到麻烦了。”巴卡德说。

“说吧。”

她的眼神令他不寒而栗。这双大眼睛明亮清澈、漂亮动人，但感觉里面却空洞无物，不过是寒冷的深渊，就像长期无人居住的房子的那扇窗户一样。

巴卡德在罗马尼亚期间的发现——最终这个发现使他鹤立鸡群的——就是钻制度的空子。转眼之间，巴卡德好运连连，这在他生命中还是头一次。他不再办理交通事故损害赔偿。人们开始敬仰他，开始邀请他参加慈善募捐会。他成了受人追捧的演说者，老婆唐也开始对他露出笑脸，关注他的一举一动。有线电台需要法律专家时，他甚至会在新泽西十二频道的新闻中抛头露面。不过一位海外同行提醒他露面太多很危险，他就不干了。此外，他也用不着拉客户了，那些寻求奇迹的父母们会主动找上门来。极度的渴望总会让人做出这样的举动，就如暗处的植物总是拼命伸展，只为争取一缕阳光一样。他，史蒂文·巴卡德就是阳光。

他指着电话。“我刚接到个电话。”

“还有呢？”

“赎金被人跟踪了。”他说。

“我们掉过包了。”

“不光是袋子，钱里面还有装置，夹在钞票或者什么东西中间。”

莉迪亚脸色阴沉。“你的线人在此之前不知道吗？”

“我的线人刚知道。”

“所以你的意思是，”她一字一句地说，“我们站在这儿，警方对我们的位置一清二楚。”

“不是警方，”他说，“窃听器不是警方放的，也不是联邦调查局放的。”

莉迪亚似乎对此很惊讶，接着她点了点头，“是塞德曼医生。”

“不完全对。有个叫雷切尔·米尔斯的女人在帮他，以前是联邦调查局的。”

莉迪亚笑了，好像问题迎刃而解。“这个雷切尔·米尔斯——这个前联邦调查局的——是跟踪钱的人？”

“是的。”

“她现在正在跟踪我们？”

“没人知道她在哪儿，”巴卡德说，“也没人知道塞德曼在哪儿。”

“嗯。”她说。

“警方认为这个叫雷切尔的女人与此有关。”

莉迪亚翘起下巴。“与最初的绑架有关？”

“还有莫妮卡·塞德曼被杀的事。”

莉迪亚对此很高兴。她笑了，巴卡德又感到后背发麻。“是她吗？史蒂文？”

他欲言又止，“我不知道。”

“无知是福，是吧？”

巴卡德干脆一言不发。

莉迪亚说：“你有枪吗？”

他很紧张。“什么？”

“塞德曼的枪，在你这儿吗？”

巴卡德不喜欢这样，他感到自己似乎越陷越深。他本不想说实话，但一看到那双眼睛，他就改变了主意。“是的。”

“带上它，”她说，“佩维尔呢？你有他的消息吗？”

“他很不乐意，想知道这是怎么回事。”

“我们上车给他打电话。”

“我们？”

“对，快点，史蒂文。”

“我和你一起去？”

“没错。”

“你们想干什么？”

莉迪亚把手指放在嘴唇上。“嘘，”她说，“我自有安排。”

雷切尔说：“他们又动身了。”

“停了多长时间？”我问。

“5 分钟左右，可能和人碰过头，把钱转移了，也可能是在加油。在这儿向右转。”

我们下了 3 号公路，开上了森特罗公路，远处的大型体育场若隐若现。雷切尔指向前面窗外一两公里处。“他们就在那附近。”

指示牌上标着“大都会景观”，停车场看上去似乎没有尽头，消失在远方的灌木丛中。大都会景观是新泽西一带典型的办公区，建于80年代的大扩张时期。成百上千的办公室，间间冷漠无情，外表亮丽，造型呆板，各种彩色玻璃透不进多少阳光。朦朦胧胧的灯光传过来，即使没有亲耳听见，也能想象得到人们像工蜂一样忙碌的情景。

“他们没有加油，”雷切尔喃喃自语。

“那我们怎么办？”

“我们唯一能做的，”她说，“就是继续跟踪那笔钱。”

赫什和莉迪亚向西开往加登州立高速公路，史蒂文·巴卡德开车尾随其后。莉迪亚把一沓沓钱撕开，花了十分钟才找到那个跟踪装置。她把Q型记录器从钱缝里抠了出来。

她举起那个装置，好让赫什看见它。“聪明。”她说。

“或许我们大意了。”

“我们一直也没十全十美，大笨熊。”

赫什没有回答。莉迪亚打开车窗，伸出手示意巴卡德跟上来，他挥挥手表示明白了。他们在收费处减速停车，莉迪亚匆匆吻了一下赫什的面颊，下了车。她带着钱，只留下赫什一人和那个跟踪装置。如果这个叫雷切尔的娘们儿还有什么鬼把戏，或者警方闻到了风声，他们就会让赫什靠路边停车。他就会把跟踪装置扔到街上。当然，他们会找到那个装置，但却不能证明是他车里的。就是证明是他车里的，又能怎样呢？他们会搜查赫什和他的车，会一无所获。找不到孩子，找不到赎金便条，找不到赎金，他就是清白的。

莉迪亚快速走向史蒂文·巴德卡的车，钻进去，坐到了副驾驶座上。“接通佩维尔了吗?”她问。

“接通了。”

她接过手机。佩维尔用方言大喊了起来。她耐心地等着,然后告诉他接头地点。巴卡德听到地址,突然转向她,发现她正面带微笑。佩维尔当然不会明白这个地点的意义,不过话又说回来,为什么要让他明白呢?佩维尔又骂了几句,不过最后还是说他会赶到那里的。她挂了电话。

“你别冒险。”巴卡德对她说。

“嘘。”

她的计划极其简单。莉迪亚和巴卡德继续赶往会合地点,赫什带着跟踪装置拖住对方。当莉迪亚精心策划完毕、一切准备妥当时,她会打手机给赫什。那时,也就在那时,赫什才会赶往会合地点。他会带着跟踪装置,那个娘们,雷切尔·米尔斯会满怀希望地追踪而至。

莉迪亚和巴卡德不到20分钟就赶到了。莉迪亚发现有辆车停在街区前面,估计是佩维尔的,是辆被偷的丰田赛利卡跑车。她不喜欢这样,这种奇怪的车这么停在大街上太显眼了。她扫了一眼史蒂文·巴卡德,看得出他脸色苍白,看上去魂不守舍,神情恍惚,恐惧异常,手指紧紧地攥着方向盘,紧张得要命。巴卡德没胆量干这种事,真是个累赘。

“让我下车就行了。”她说。

“我想知道,”他开口了,“你准备在这儿干什么?”

她只是看着他。

“天哪。”

“别惹我。”

"不应该有人受到伤害。"

"你是说像莫妮卡·塞德曼那样吗?"

"我们与那个没有任何关系。"

莉迪亚摇摇头。"还有那个妹妹,叫什么来着,斯泰西·塞德曼吧?"

巴卡德张开嘴巴,好像要反驳,随后又垂下脑袋。她知道他想说什么。斯泰西·塞德曼以前是个吸毒者、废物、危险分子、要死的人等等。巴卡德这种人需要借口。在他的意识里,他不是在贩卖婴儿,还真以为自己是在帮助他人。如果他从中赚了钱——大笔的钱——而犯了法,嗯,那也是在冒着巨大风险来改善生活,难道就不应该好好补偿一下吗?

莉迪亚可没兴趣研究他的心理,也没兴趣安慰他。她在车里数了数钱。她受雇于他。她拿走100万美元,巴卡德得到剩下的100万。她背上装着自己和赫什的钱的帆布袋,下了车。史蒂文·巴卡德怔怔地盯着前方。他是不会拒绝钱的,也没有把她叫回来说自己想金盆洗手。他旁边的座位上放着100万美元,巴卡德要的就是钱。现在,他家在阿尔派恩有栋大房子,孩子要上私立学校,因此,不,他是不会打退堂鼓的。他只是盯着前面,把车开上车道。

他走后,莉迪亚用手机的双频通信模式联系上了佩维尔。佩维尔正藏在街区前面的灌木丛里,还是穿着法兰绒衬衫,步履蹒跚。牙齿由于长期吸烟和缺乏保养而破烂不堪,鼻子由于经常打架斗殴而被揍扁了。他来自巴尔干,是个粗人,不过一生阅历颇丰。尽管如此,也不顶用。如果你对即将发生的事浑然不觉,那就是大难临头了。

“你，”他蹦出了这个词，“你没告诉我。”

佩维尔说得没错，她的确没告诉他。换句话说，他一直蒙在鼓里。他基本不会英语，所以成了本案的最佳掩护人。两年前，他带着个孕妇从科索沃过来。在第一次赎金交易中，佩维尔得到了明确的指示，被告知等着一辆车驶进停车场后，走过去，不说话，从那个男人手里接过包，钻进面包车。噢，为了混淆视听，他们还让佩维尔把手机放在嘴边，假装打电话。

事情就是这样。

佩维尔根本不知道马克·塞德曼是谁，也不知道包里是什么东西，不知道绑架案，不知道赎金，什么也不知道。他没戴手套——美国的档案库里没有他的指纹，也没带身份证。

他们给了他 2000 美元，把他打发回科索沃了。根据塞德曼的细致描述，警方散发了一个男人的素描像，而这个男人实际上是不可能找到的。他们决定再要一次赎金时，佩维尔成了天然的人选。这次为了防止塞德曼反抗，他穿着同样的行头，看着一模一样，来耍弄塞德曼。

还有，佩维尔是个现实主义者，能适应形势。他在科索沃干着贩卖妇女的勾当。打着脱衣舞夜总会的幌子逼良为娼在科索沃有很大的市场，但巴卡德想到的是利用那些女人的另一种方法。佩维尔能适应形势的变化，该干什么他就干什么。虽然他对莉迪亚有点意见，但当她把那沓钞票增加到 5000 美元时，他就不作声了。他就是专门打架的，问题是怎么个打法。

莉迪亚递给佩维尔一把枪，他会用。

佩维尔在车道附近准备就绪，他的双频通信模式一直处于启动状态。莉迪亚打电话给赫什告诉他一切准备就绪。15 分钟后，赫什开车经过，把跟踪装置扔出窗外。莉迪亚接住了，给了他一个飞吻。赫什继续向前开，莉迪亚带着跟踪装置进了后院，掏出枪等着。

夜间的气息逐渐消散，朝露越来越浓。她激动不已，血脉膨胀。她知道赫什就在不远处，想参与进来，但这是她的事。大街上静悄悄的，此刻是凌晨四点。

五分钟后，她听到了停车声。

三十三

这地方很不对劲。

道路开始变得熟悉,我好容易才认出来。我神经紧张又兴奋,浑然不觉肋骨的疼痛。雷切尔只顾着她的掌上定位仪,用手写笔不断点着显示屏,歪着脑袋,不时地变换着角度。她在后座上四处摸索着,找到了齐亚的公路地图,用嘴咬开佛莱尔牌钢笔的笔帽,在地图上做着标记。我猜她是想辨别出路线,或者只是在消磨时间而已。对于那些注定要做的事,我是不会打听的。

我轻轻地唤着她的名字。她瞥了我一眼,又转向显示屏。

“你来这儿之前知道那张光盘的事吗?”

“不知道。”

“里面是你在我上班的那家医院前的照片。”

“这事你说过了。”

她又点击着显示屏。

“那些照片是真的吗?”我问。

“什么真的?”

“我是说,它们是不是数字合成的或者怎么弄的——还是你两年前真的来过我办公室前面？”

雷切尔一直低着头，但是透过眼角的余光，我还是看到她肩膀垂了下来。“向右转，”她说，“就在前面。”

现在我们上了格伦大道，气氛变得越来越紧张。我高中时的母校就在左前方。四年前他们把整个学校粉刷一新，新建了一个举重房、一个游泳池，增建了一个体操馆；还故意把建筑物的正面打磨了一遍，种上常春藤，营造一种大学的气氛，提醒卡塞尔顿的年轻人身上肩负的期望。

“雷切尔？”

“照片是真的，马克。”

我点点头，不知道是为什么，也许是在给自己一点时间。我目前处境不明，越来越糟糕。我知道，就在我希望走上正轨的时候，最终的答案会改变一切，使一切面目全非。“我想你得向我解释一下。”我说。

“我会的。”她的头抬也不抬，还是盯着显示屏，“但不是现在。”

“嗯，就现在。”

“我们得专心干好眼前的事。”

“别拿这些废话搪塞我。我们已经到了这个地方，我能同时应付这两件事。”

“也许吧，”她轻轻地说，“可我不能。”

“雷切尔，你到医院前面干什么？”

“嘘。”

“嘘什么？”

我们到了卡塞尔顿大街的交通信号灯处，红灯和黄灯都在闪烁。我皱皱眉，转向她。“走哪边？”

“右边。”

我的心冰凉一片。“我不明白。”

“车又停下来了。”

“在哪儿？”

“除非是我看错了，”雷切尔终于抬起头，迎住了我的目光，“他们在你家里。”

我开车向右转。雷切尔不用指引我了，一直盯着显示屏。现在离目标不到2公里了。我出生那天，我父母就是沿着这条路去医院的。从那时起，说不清这条路我走过了多少次。想法很奇特，但还是不由自主地这么想。

我在门罗家向右转，我父母家就在左边。除了楼下的灯，其余的灯都熄了。我们给楼下那盏灯安了定时器，让它每天从晚上七点亮到次日凌晨五点。我安上了耐用的节能灯泡，看着像个软软的冰淇淋卷，母亲逢人就吹嘘它如何经久耐用。她不知从哪里得知开着收音机也是防贼的好办法，所以总是把老式调频收音机调到谈话节目。问题是收音机的声音使她彻夜难眠，所以现在母亲只好把音量调得很低，盗贼们只有把耳朵贴到收音机上才会被吓跑。

我正要转向我家前面的达比街，雷切尔忽然说道，“慢点。”

“他们移动了？”

“没有，信号还是从你家里发出来。”

我朝前面街区看了看，开始盘算起来。“他们不是直接开过来的。”

她点点头,“我知道。”

“没准儿他们发现了你的Q型记录器。”我说。

“我就是这么想的。”

汽车一点点向前挪动,到了西特伦家门前,隔两家就是我家了。没亮灯——连定时灯也没亮。雷切尔咬着下嘴唇。现在到了卡迪森家,靠近我家的车道了。这就是人们所描绘的那种“过于平静”,好像整个世界都凝固了,你看到的所有东西,连活生生的东西,都在保持静止不动。

“肯定是个陷阱。”她说。

我正想问她该怎么办——倒车,停下,下车还是报警求助　　第　颗子弹就飞了过来,打碎了挡风玻璃。玻璃碎片溅到了我的脸上。我听到一声短促的尖叫,下意识地埋下头,举起前臂,向下看去。鲜血映入了我的眼帘。

“雷切尔!”

第二颗子弹擦着我脑袋呼啸而过,感觉就打在我的头发里。子弹打在我的座位上,发出柔软的撞击声。本能再次占据上风,不过这次是有目的的,有了方向。我一踩油门,汽车向前窜了出去。

人的大脑是个令人惊奇的仪器,是任何电脑都无法模仿的,能在几百分之一秒内处理数以百万的刺激。我估计现在就是那种情形。我趴在驾驶座上,有人在向我开枪。我的大脑神经元本想逃之夭夭,但在一连串动作后,我忽然意识到也许还有更好的选择。

这一思维过程用了——只是粗略地估计——不到十分之一秒。我脚踏离合,轮胎发出刺耳的声音。我琢磨着我的家,里面熟悉的布局和子弹飞来的方向。是的,我知道枪声是怎么出来的。我也说不清楚,也许是惊慌加速了大脑运转,但我意识到如果我是枪手,如果我守候在这里等着汽车开过来,就会藏在把我家与邻居克里斯蒂家分开的那三个灌木丛后。这些灌木丛高大茂密,正好在车道右侧。如果我们上了车道,砰,就能从汽车的副驾驶座一侧把我们脑袋打开花。在我犹豫不决,在那个枪手看出我们可能会后退时,尽管没有处在最佳位置,他还是可以从前面要了我们的命。

我抬头看了看,转动着车轮,冲向了灌木丛。

第三颗子弹射了出来,打在了金属上,可能是汽车的进气格栅上,发出了"嘭"的响声。我瞥了一眼雷切尔,想看看她怎么样了:她垂着头,一只手捂住脑袋的一侧,鲜血从指缝里渗了出来。我的心为之一沉,但脚还是踏在油门上。我的头前后乱晃着,好让枪手无法瞄准目标。

汽车前灯把那片灌木丛照得雪亮。

我看到了法兰绒。

不知是怎么了。我说过理智是条细绳,而我的那条已经绷断了。那时,我很平静。而此时,愤怒与恐惧却在我的体内咆哮着。我把油门踩到了底,几乎要踩穿了车底。我听到了一声惊叫,那个穿法兰绒的男人想跳到右面。

但我早已准备就绪。

我转过方向盘对准他,好像玩碰碰车一样,猛地撞了过去,随着"砰"的一声闷响,我听到了一声尖叫。灌木被卷进了汽车保险杠。我四下寻找那个穿法兰绒的男人,但毫无踪影。我把手放到车门的把手上,打算开门去追他,却听到雷切尔说,

“不要！”

我住手了。她还活着。

她伸出手来，把车头调转过来。“回去！”

我听了她的话，也不知道自己都想了些什么。那个男人带着武器，而我手无寸铁。我撞了他，但搞不清他是死是伤，还是怎么了。

我开始往回开。黑暗的郊区街道此刻灯火通明。枪声和车轮的吱嘎声在达比大街可不常见。人们都被惊醒了，打开了灯，可能还拨通了911报警电话。

雷切尔坐了起来，我一下子如释重负。她一只手拿着枪，另一只手还捂着伤口。“打中我耳朵了。”她说。我的思维又以非常滑稽的方式运转了起来，琢磨着该如何修复她的伤口。

“那边！”她大声喊道。

我转过头，看到那个穿法兰绒的男人正一瘸一拐地沿车道走着。我调转方向盘，把车灯对准他的方向，他却绕到后面消失了。我看着雷切尔。

“倒车，”她说，“无法肯定就他自己。”

我按她的话做了。“现在呢？”

雷切尔掏出枪，腾出来的一只手放在了车门的把手上。“你在这儿等着。”

“你疯啦？”

“你不断加大油门，向前稍微挪动点，让他们认为我们还在车里。我去偷袭他们。”

我还没来得及反对，她就冲了出去，鲜血顺着她身体的一侧流了下来。我按照她的指示，加大油门，像个疯子一样，换前进挡,向前动一动,再换倒车挡,向后退一退。

几秒种后,雷切尔消失在我的视野之外。

又过了几秒钟,我又听到了两声枪响。

莉迪亚在后院自己所在的位置把这一切看得一清二楚。

佩维尔枪开得太早了,这是他的失误。莉迪亚躲在柴火垛后面,位置很有利,但却看不见谁在车里。不过她很清楚,开车的人不仅把佩维尔赶跑了,还撞伤了他。

佩维尔一瘸一拐地进入了视野。莉迪亚的眼睛已经适应了黑暗,能看到他脸上的血迹。她举起胳膊挥舞着,让他到这边来。佩维尔跌倒了,开始往前爬。莉迪亚盯着通往后院的小路——要到这边就只能从前边过来——她身后有一道篱笆。她躲在房后邻居的门口附近,以便于逃跑。

佩维尔继续往前爬着。莉迪亚一边监视,一边催促他。她搞不清楚这个前联邦特工的葫芦里卖的是什么药。现在街坊四邻都醒了,灯也亮了,警察们很快就要赶过来了。

莉迪亚只能抓紧。

佩维尔好不容易爬到了柴火垛边,滚到了她身旁。他仰面躺着,呼哧呼哧上气不接下气的,缓了一会儿。接着他硬撑着爬起来,跪在了莉迪亚旁边,看着院子,疼得龇牙咧嘴,说:“腿断了。”

“我们会照料它的,”她说,“你的枪呢?”

“扔了。”

不能留下蛛丝马迹,她想。这不是个问题。“我还有另一件武器,你可以用,”她告诉他,“小心点。”

佩维尔点点头，斜眼看着暗处。

“怎么样？”莉迪亚向他靠近了一点。

“不清楚。”

佩维尔盯着外面，莉迪亚把枪管抵在了他左耳下面的凹陷处，扳动了扳机。两颗子弹射进了他的脑袋，佩维尔像木偶一样瘫倒在地上。

莉迪亚向下看了看他。这可能是最好的结局。不管怎么说，B计划都可能好于A计划。如果佩维尔干掉了那个娘儿们——前联邦调查局特工——事情可就没完没了了。他们可能会更加不遗余力地搜查这个穿法兰绒的神秘男人，继续没完没了地调查。而现在这种方式，佩维尔死了——被最初在塞德曼家的犯罪现场用过的那把枪打死的——警方就会得出结论：塞德曼或者雷切尔（或者两个人一起）就是幕后黑手。他们就会被逮捕，指控可能会被推迟，不过这也没关系。反正警方不会再搜索其他人了，那他们就可以带着这笔钱远走高飞了。

案子结了。

莉迪亚突然听到了车轮的尖叫声，赶紧把枪扔到了邻居家的院子里。她不想把它丢在显眼的地方，那样做就过于明显了。她迅速检查了一下佩维尔的衣袋，里面当然有钱了，就是她刚给他的那沓钱。她没有拿这笔钱，而是让它原封不动留在佩维尔的衣袋里。

衣袋里没有别的东西了——没有钱包，没有纸条，没有身份证或者任何能露出蛛丝马迹的东西。佩维尔在这方面很在行。现在，更多的亮灯了起来，时间不多了，莉迪亚站起身。

“联邦特工！放下武器！”

他妈的！一个娘儿们的声音。莉迪亚一边朝声音传来的方向开枪，一边缩回到柴火垛后面。有人朝她这个方向开枪还击，火力压得她动弹不得。现在该怎么办？躲在柴火垛后面的莉迪亚向后摸去，打开了门闩。

“好吧！”莉迪亚大声喊着，“我投降。”

接着她突然站了起来，拼命地扣动着扳机，手里的半自动手枪开火了。子弹横飞，枪声在她耳边回荡。她不知道对方有没有还击，也顾不上想这些了。容不得半点犹豫了，门是开着的，她像离弦的箭一样冲了出去。

莉迪亚拼命跑着。赫什正在百米外的一个邻居家的院子里等她。他们在那里会合了，弓着身子，沿着一条刚修剪过的灌木丛跑着。赫什干得不错，总是未雨绸缪，做好最坏的打算。他的车藏在后面两个街区外的死胡同里。

他们安全地上了路，赫什问：“你还好吗？”

“行，大笨熊。”她深吸了一口气，闭上眼睛，靠到后面，“还行。”

他们马上要到公路时，莉迪亚才想起佩维尔的手机。

我的第一反应就是惊慌失措，这再自然不过了。

我打开车门，打算追过去，但脑子最终还是开了窍，停了下来。这么做可以说是勇敢的，甚至是鲁莽的，也可以说是自杀性行为。我没有枪，而雷切尔和袭击者都有。手无寸铁地冲上去帮助她，最好的结果也就是白搭。

但我不能就待在这儿。

我关上车门，脚又狠狠地踩在油门上，汽车向前冲去。我打着方向盘,转过我家的草坪。枪声来自屋后,我朝那边开去,碾过花坛和灌木丛。它们一直就在这里,而我却几乎没有在意过。

汽车前灯的光芒划破了黑暗。我朝右边开去,想绕过那棵大榆树。不行,这棵树离房子太近了,汽车钻不过去,我把油门踩到底,向后倒车,车轮猛地冲进了湿漉漉的草坪。车熄火了,我重新启动引擎,朝克里斯蒂家开去,把他家新建的凉亭连根拔起。克里斯蒂肯定会破口大骂的。

我来到了后院。汽车前灯沿着格罗斯曼的篱笆栅栏照射着。我转着方向盘向右开去,看到了雷切尔。我刹住车,她正站在柴火垛旁。买这栋房子时,这垛木柴就在这儿了,一根也没用过,可能已经烂掉了,或者长满了蛀虫。格罗斯曼还抱怨过,说离他家的篱笆太近,虫子会蛀蚀他家的篱笆。我答应过清理掉,却一直没有动手。

雷切尔拎着枪,枪口朝下。那个穿法兰绒的男人躺在她的脚下,就像昨天扔的垃圾一样。不用摇下车窗,前面那几枪已经把挡风玻璃打碎了。我听不到她说什么。雷切尔抬起手,朝我挥了挥,示意我没事。我赶紧下了车。

“你开枪打死他的?”我差不多是在反问。

“不是。”她说。

那个男人死了。不是医生也能看得出来。他的后半个脑袋被打烂了,脑浆和血液凝结在一起,红红白白地粘在草垛上。我不是弹道专家,但我知道,这么严重的伤要么是大口径子弹造成的,要么就是在非常近的距离开的枪。

“他有同伙,”雷切尔说,“朝他开枪后,从那扇门跑了。”

我向下凝视着他,怒火再次被点燃。“他是谁?”

“我检查了他的衣袋，有一沓钱，但没有身份证。”

我想踢他，想摇晃他，问问他把我女儿怎么样了。我看着他的脸，虽然严重受损，但还是很帅气。我想知道是什么让他来到了这里，我们的生活为什么会有交集。这时，我发现了一件奇怪的事。

我的头歪向一边。

“马克？”

我双膝跪地。我不在乎脑浆，碎骨片和血淋淋的肌肉组织也吓不到我，比这更严重的伤势我也见过。我检查着他的鼻子，是不折不扣的塌鼻子，我记得上次见过。我想他要么以前是个拳击手，要么就是这些年过着苦日子。他的头耷拉在一边，角度很搞笑；嘴巴张着，吸引了我的目光。

我把手放在他的下巴和腭骨上，撑开他的嘴巴。

“你到底在干什么？”雷切尔问。

“你有手电筒吗？”

“没有。”

没关系。我搬起他的头，把嘴对准汽车。通过汽车前灯，我看得一清二楚。

“马克？”

“他让我看到了他的脸，这事我一直捉摸不透。”我低下头，凑近他的嘴巴，尽可能少投些阴影。“他们干别的都很小心谨慎。嗓音改变了，面包车标志是偷来的，车牌是焊接的，但他偏偏让我看到了他的脸。”

“你在说什么？”

“第一次见到他时，我还以为他戴了个精心制作的面具，那样才合情合理。不过现在看来情况并非如此。那他为什么让我看到他呢?”

她似乎很惊讶于我的坚持己见,不过很快恢复了常态。“因为他没有前科。”

“可能。或者……”

“或者什么?马克,我们没时间想这事。”

“他修过的牙。”

“怎么了?”

“看他的假牙冠,是锡罐的。”

“它们是什么?”

我抬起头。“他上排右侧的臼齿和左侧的犬齿。你看,以前我们的假牙冠是金的,现在多数是烤瓷的。牙医先给病人做一个模子,这样就能正好卡进去。但这个是铝制的,是事先做好的。你得把它先套在牙齿上,再用钳子嵌进去。我以前在国外搞过两次口腔巡诊,主要是修复,在许多人嘴里见到过这东西。他们称之为锡罐。要不是为了应急,他们是不会在美国做这些东西的。”

她单腿跪在我旁边。“他是外国人?”

我点点头。“我敢肯定他来自前苏联的什么地方,也许是巴尔干。”

“那就讲得通了,”她说,“发现的指纹被送到了全国犯罪信息中心,看看能否找到对应的人,但我们的档案和电脑却都无法识别。妈的,没人揭发,警察永远也找不到他的。”

“不会有人揭发他的。”

“天啊,所以他们才杀了他。他们知道这样我们就不能顺着他查下去了。”

警笛声响了起来。我们面面相觑。

“你得做出选择，马克。我们留下的话，就会进大牢。警察会认为他是我们的一个棋子，被我们杀了。我估计绑匪是清楚这一点的。你的邻居们会说我们开车过来之前，这里一片宁静，突然间响起了车轮的吱嘎声和枪声。我可不是说，到最后我们也解释不清。”

“但得费很长时间，”我说。

“是的。”

“另外，我们目前的线索会就此终止，警察们会自行其是的。就是他们能帮我们，能相信我们，也会节外生枝的。”

“还有件事，”她说。

“什么事？”

“绑匪们给我们设了个圈套，他们知道了 Q 型记录器。”

“这事我们已经估摸出来了。”

“不过我搞不明白，马克，他们怎么会发现的呢？”

我抬起头，想起了赎金便条里的警告。“走漏了风声？”

“不能排除这一点。”

我俩朝汽车走过去。我搀着她的胳膊，她还在流血，眼睛几乎肿得睁不开了。看着她，一股原始的情感涌来：我想保护她。“逃跑的话，好像我们犯了罪似的，”我说，“我不在乎——我没什么可失去的了——那你怎么办？”

她的声音很轻柔。“我也没什么可失去的了。”

“你需要看医生！”我说。

雷切尔差点笑了。“你不就是吗？”

“对极了。”

来不及权衡利弊，得行动了。我们钻进齐亚的汽车，我猛地掉转方向，朝来时的伍德兰德公路出口开去。想法——理智的、清晰的想法——此时开始涌入大脑。当我真的思索自身的处境时，现实险些把我压垮。我差点没靠边停车，雷切尔把一切看在眼里。

“怎么啦？”她说。

“我们为什么要逃跑？”

“我不明白。”

“我们希望找到我女儿，或者至少弄明白是谁干的。我们说过，目前有了点线索。”

“是的。”

“但你没发现吗？这个线索，如果真的有过，也已经消失了。后面那家伙死了。只知道他是外国人，又能怎样？也不知道他是谁。我们陷入了僵局，其他线索一点也没有。”

雷切尔的脸上突然露出了顽皮的表情。她把手伸进衣袋，掏出什么东西放到眼前。是个手机，不是我的，也不是她的。“也许，”她说，“我们有线索了。”

三十四

“当务之急,”雷切尔说,“我们得把这辆车处理掉。”

“这辆车,”我对着毁坏的部位摇着头说,“如果这次搜查没有要我的命,齐亚也会要了我的命的。”

雷切尔勉强笑了笑。我们已经深陷其中,有去路无回路了,恐惧过头反倒平静了。我盘算着该去哪儿,不过答案只有一个。

“伦尼和谢丽尔。”我说。

“他们怎么了?”

“他们家离这儿四个街区。”

现在是凌晨五时,黎明即将到来。我拨通了伦尼家的电话,希望他没有去医院。电话只响了一声他就接了,吼了声“喂”。

“我有麻烦了。”我说。

“我听到警笛了。”

“那只是一部分。”

“警方给我打过电话了,”他说,“在你离开后。”

“我需要你的帮助。”

“雷切尔和你在一起吗?”他问。

“是的。”

一阵难堪的沉默。雷切尔摆弄着那个男人的手机,我不知道她在找什么。接着伦尼说,“你们到底想干什么,马克?”

“找到塔拉,你帮不帮我?”

这次没有丝毫犹豫。“需要我干什么?”

“把我们用的这辆车藏起来,再借我一辆。”

“之后你要干什么?”

我开车向右转。“我们一分钟内到,到时再给你解释。”

伦尼穿着灰白色的旧运动裤,束腰的那种,趿拉着拖鞋,上身穿着大狗牌T恤衫。我们一进车库,他就按下按钮,车库门滑了下来关上了。伦尼一脸疲惫,不过话又说回来,此时我和雷切尔也不适合拍特写镜头。

伦尼看到雷切尔身上的血迹,向后退了一步。“究竟出了什么事?”

“你有绷带吗?”我问。

“在厨房水槽上面的壁橱里。”

雷切尔手里还拿着那部手机。“我得上网,”她说。

“等等,”伦尼说,“这事我们得说说。”

“和他说吧,”雷切尔说,“我得上网。”

“在我书房里,你知道地方。”

雷切尔匆匆跑了进去。我跟在后面,停在厨房,她则继续奔向书房。我们两个对这栋房子了如指掌。伦尼陪着我。他们最近把厨房重新装修了一番,颇有点法式情调,因为四个孩子饭量很大,又添了一台二手冰箱。两台冰箱的前面贴满了艺术品、家庭照片和一张色彩艳丽的字母表。新添置的冰箱上还贴着带磁性的诗句贴片。“我孤身站在海边”从把手处一直向下延伸。我来到水槽边,在上面的壁橱里翻找着。

“你能告诉我怎么回事吗?”

我找到了谢丽尔的急救药箱,拖了出来。“我家发生了枪战。”

我粗略地告诉了他发生的事,打开急救药箱,翻找着能用得上的东西。这些东西够用了。最后我扫了他一眼,伦尼只是目瞪口呆地盯着我。“你从谋杀现场逃出来了?”

“如果我坐以待毙,会发生什么事?”

“警方会把你抓起来。”

“说得对。”

他摇摇头,压低声音。“他们不会认为是你干的了。”

“什么意思?”

“他们认为凶手是雷切尔。”

我眨眨眼,不知该如何回应。

“她向你解释那些照片了吗?”

“还没有,”我又说道,“我不明白,他们怎么会认为是雷切尔?”

伦尼很快勾勒出一套推论,他谈到了嫉妒、愤怒还有枪杀案前我忘记的某些关键时刻。我站在那里,瞠目结舌,不知如何反应。过了一会儿,我才缓过来,说,“那是胡说八道。”

伦尼没有回答。

“那个穿法兰绒的家伙就想干掉我们。”

“那他最后怎么样了?”

“我告诉过你,他和别人在一起,中枪了。”

“你看到别人了?”

“没有,雷切尔……”我明白了他的意思。“接着说,伦尼,你更清楚。”

“我想知道光盘里的那些照片,马克。”

“好吧,我们去问她。”

我们离开厨房,谢丽尔站在楼梯井,两臂交叉,俯视着我。我好像从没见过她脸上的这种神情,于是停了下来。地毯上有一些血迹,可能是雷切尔留下的。墙上是四个孩子在照相馆照的一张照片,他们都努力做出一副自然的样子,好使白色高领衫和背后的白色墙壁协调起来。照片里不管是孩子,还是别的都是白色调。

“这儿我来应付,”伦尼对她说,“你上楼吧。”

我们快步冲进书房。电视机顶盖上放着打开的DVD片套,里面是最新出品的迪斯尼电影。我差点踩到一个空心棒球和塑料球拍上。地板上散落着一局玩到一半的“强手”游戏,游戏中的波克曼人物乱七八糟的到处都是。有人,我估计是其中的一个孩子,在一张纸上歪歪扭扭地写着“什么也不许动”几个字,盖在了游戏盘上。我们经过壁炉架,我发现他们最近更新了照片。孩子们现在越来越大了,照片中孩子的年龄和现实相仿。但是年头最长的那张照片,就是我们四个人参加“正式舞会”的那张却不见了。我不知道那意味着什么,也许什么事也没有,也许是伦尼和谢丽尔自作主张:得换一换了。

雷切尔坐在伦尼的书桌前,伏在键盘上。左侧脖子上的血迹已经凝结了,耳朵上血肉模糊。她抬头扫了一眼,看到是我们后,又埋头敲击着键盘。我检查了一下她的耳朵,伤势很重。子弹把耳朵上半部分打烂了,还擦破了这一侧的头皮,再偏约2.5厘米可能她早就死了。雷切尔没有理我,就连我用创可贴和绷带包扎时,也没理我。这样做恰到好处,我可以很好地护理。

“嘭。”雷切尔突然发出了一声。她笑着按下一个键,打印机吱吱地响了起来。伦尼朝我点点头。我包扎完绷带,说:“雷切尔?”

她抬头看着我。

“我们得谈谈。”我说。

“不,”她反驳道,“我们得离开这里,我刚发现一条重要线索。”

伦尼站在原地没动。谢丽尔悄无声息地溜进了房间,还是交叉着双臂。“什么线索?”我问。

“我查看了手机通话记录,”雷切尔说。

“你能做到那一点?”

“它们一目了然,马克,”她说,我能听出她很不耐烦。“已拨和已接电话记录,手机基本都是一个模式。”

“没错。”

“拨出记录没用,里面没显示号码。这表明,如果那个人确实拨过,也做了手脚。”

我试图跟上她的思路。“是的。”

“但接听记录就不一样了,列表上只有一个打进来的电话。根据手机自身的计时器显示,是半夜时打过来的。我在switchboard.com网站的反向号码薄上查到了这个电话,是个住宅电话,户主是新泽西州亨特斯·维尔市一个叫维恩·戴顿的人。

这个名字和城市我都没听说过。“亨特斯·维尔在什么地方?”

“我在网上查过地图了,在宾夕法尼亚州边境附近。我又拉近看了一下,发现附近就只有那栋房子,位于诺威斯维尔正中央那几亩地。”

一股寒意袭来,扩散到全身。我转向伦尼,“我得借用一下你的车。”

“等等,”伦尼说,“我们现在需要的是回答。”

雷切尔站起身来,“你想知道光盘里的那些照片。”

“这是第一步,是的。”

“照片里的人是我,没错,我就在那里。剩下的就不关你的事了。需要我解释的是马克,不是你。你还有什么要说的?”

伦尼还是头一次不知道该如何回答。

“你还想知道我是不是杀了我丈夫,是吧?”她看着谢丽尔,“你认为是我杀了杰里?”

“我不知道该怎么想,”谢丽尔说,“但你俩最好给我出去。”

“谢丽尔!”伦尼说。

她狠狠瞪了他一眼。“他们本来就不应该到我们家来。”

“他是我们最好的朋友,是我们儿子的教父。”

“那就更糟糕了。他把危险带进我们家,带进我们孩子的生活?”

“好了,谢丽尔,你太过分了。”

“不,”我说,“她说得没错。我们现在就该离开这个地方,把钥匙给我。”

雷切尔一把撕下从打印机里出来的那张纸。“路线图,”她解释说。

我点点头,看看伦尼。他低着头,两脚蹭来蹭去。我又想起了我们的童年时代。“我们不该给蒂克纳和里根打个电话吗?”他说。

“怎么跟他们说?”

“我能向他们解释,”伦尼说,“如果塔拉在这个地方,”他停下来,摇摇头,好像突然意识到这个想法是多么荒唐可笑,“他们会准备妥当,再冲进去。”

我直接来到他身边。“他们发现了雷切尔的跟踪装置。”

“什么?”

“那些绑匪。不知道他们是怎么发现的,但确实发现了。还有,伦尼,索要赎金的便条警告我们说他们有内线。第一次他们知道我报了警,第二次他们知道了跟踪装置。”

“那证明不了什么。”

“你觉得我有时间寻找证据吗?”

伦尼的脸色沉了下来。

“你知道我是不能冒那个险的。”

“恩,”他说,“我知道。”

伦尼把手伸进衣袋,把钥匙递给我。我们离开了。

三十五

里根和蒂克纳接到塞德曼家发生枪案的电话时，都蹦了起来。他们还没上电梯，蒂克纳的手机就响了起来。

一个生硬的，中规中矩的女声说，“是蒂克纳特工吗？”

“请讲。”

“我是特别顾问克劳迪娅·费舍尔。”

蒂克纳听说过这个名字，甚至可能还打过一两次照面。“什么事？”他问。

“你现在在哪儿？”她问。

“纽约长老会医院，正要前往新泽西。”

“别去了，”她说，“请马上到联邦大楼来。”

蒂克纳看了看表，凌晨五点。“现在吗？”

“我说马上就是这个意思，没错。”

“我能问问怎么回事吗？”

“局长助理约瑟夫·皮斯蒂罗要见你。”

皮斯蒂罗？他停了一下。皮斯蒂罗是整个东海岸地区的最高负责人，是蒂克纳上司的上司。“但我正要赶往案发现场。”

“这不是请求，”费舍尔说，“皮斯蒂罗局长助理正在等着，他要你半小时内赶到这里。”

电话挂断了。蒂克纳脑袋耷拉了下来。

“究竟是什么事？”里根问。

“我得走了。”蒂克纳径直沿走廊走去。

“去哪儿？”

“我的上司要见我。”

“现在？”

“马上。”蒂克纳已经到了门厅中间。“有什么情况给我打电话。”

“这得从长说起，”雷切尔说。

我开车。那些没有回答的问题堆积在一起，压得我们透不过气来，消耗着我们的精力。我盯着公路，耐心等着。

“你看照片时伦尼和你在一起吗？”她问。

“是的。”

“他看到照片吃惊了没有？”

“跟我一样。”

她向后靠去。“谢丽尔可能不会的。”

“为什么？”

“你要我电话号码时，她打电话警告过我。”

“警告什么？”我问。

“我们俩。”

无需太多解释。“她也警告过我，”我说。

“杰里死的时候——我丈夫的名字是杰里·坎普——他死

的时候，只能说对我而言，是段艰难的时期。”

“我明白。”

“不，”她说，“不是那么回事。我和杰里，我们很长时间没在一起共事了。我也说不清我们是否共事过。我去匡迪科受训时，杰里是我的教练之一。此外，他是个传奇人物，有史以来最好的特工之一。你还记得几年前的基尔·罗伊娜杀人案吗？”

“他连续作案多起，是吧？”

雷切尔点点头。“能抓住他，绝大部分要归功于杰里。他的业绩在局里是数一数二的。和我……我说不清到底是怎么发生的。也许我清楚吧。他比我大多了，跟父亲差不多。我热爱联邦调查局工作，那是我的生命。杰里很迷恋我，我深感荣幸，但我不知道自己是否真的爱过他。”

她停了下来。我能感到她在看我，但我还是盯着公路。

“你爱莫妮卡吗？”她问，“我的意思是，真的爱她吗？”

我顿时紧张起来。“这是什么鬼问题？”

她默不作声，接着说：“对不起，失礼了。”

气氛越来越沉默。我尽量放慢呼吸。“你这是在说照片的事吗？”

“是的。”雷切尔有点坐立不安。她只戴着一枚戒指，此刻正翻来覆去地鼓捣着它。“杰里死时——”

“被开枪打死，”我打断她。

我又能感到她在看我。“被开枪打死，是的。”

“是你开的枪吗？”

“这样不好，马克。”

“什么不好？”

“你生气了。”

“我只想知道是不是你开枪打死了你丈夫。”

“还是我来告诉你,好吧?”

此刻,她的声音有点冷漠。我向后靠去,耸耸肩,表示“随你便”。“他死时,我很迷茫,我被迫退休了。我的一切——朋友、工作,还有我的生命——都和联邦调查局绑在一起,现在什么也没有了。我开始酗酒,变得胆小怯懦,跌入了谷底。人在跌入低谷时,总会找方法重新振作起来,寻找可以找到的一切,铤而走险、孤注一掷。”

我们在立交桥前放慢车速。

“我不是说这样做就对。”她说。

我很吃惊自己的举动。我伸出一只手,搭在她手上面。“告诉我,好吗?”

她点点头,还是低着头,凝视着我的手搭在她双手上。我没有动,把手继续放在那里。“一天夜里,我喝多了,就拨通了你的电话。”

我想起了里根和我说过电话记录的事。“什么时候?”

“袭击前几个月。”

“莫妮卡接的?”我问。

“没有,电话转入了自动留言。我——我知道听起来是多么愚蠢——我给你留了言。”

我缓缓把手抽回来。“你究竟说了些什么?”

“我不记得了。我喝醉了,在哭。我想我说了我想你,希望你能给我回个电话,也就这些吧。”

“我从来没收到留言。”我说。

“现在我意识到了。”

这就对了。“那就意味着，”我说，“莫妮卡听到了。”

袭击前的几个月，我想，正是莫妮卡感到最不安的时候，正是我们出现严重问题的时候。我还想起了另外一些事。我记得莫妮卡常在深夜里哭泣，记得埃德加告诉我她去看心理医生。而我呢，却没有察觉到这些，还带她到伦尼和谢丽尔家去，让她看到我的老情人照片；而我的老情人呢，深夜给我家里打电话，说她想我。

“天呐。”我说，“怪不得她雇了私家侦探。她想知道我是不是在欺骗她。她可能把你打电话的事和我们过去的事都告诉那个侦探了。”

她什么也没说。

“你还是没有回答那个问题，雷切尔。你在医院前面干什么？”

“我来新泽西看我母亲，”她开口说，声音里有些犹豫。“我和你说过，她在西奥兰治有栋公寓。”

“那又怎样？你该不是说她是那里的病人吧？”

“不。”她又平静了下来。我开着车，差点拧开收音机，这只是出于习惯，我想找点事干干。“我必须说出来吗？”

“恩，我想是的。”我说。但是我知道，我自己很明白。

她的声音很平静，没有任何情绪夹杂在里面。“我丈夫死了，我丢了工作，失去了一切。我跟谢丽尔谈过很多，从她的话里话外，我能听出来你和妻子正在闹别扭。”她完全转向我，“别装了，马克。你知道我们从来没有忘记过对方。所以那天我到医院看你。我不知道自己想干什么。我真的会幼稚到以为你会把我揽在怀里？也许吧，我不知道。所以我在那里徘徊，想鼓起勇气来。我甚至上到了你那层楼。但最后，我还是没有跨过那道槛——不是因为莫妮卡和塔拉。我想说自己高尚，但情况不是那样。”

“那是为什么？”

“之所以离开那里，是因为我觉得如果你拒绝了我，我会无所适从。”

我们陷入了沉默。我不知道该说什么，我甚至说不清自己的感觉。

“你生气了。”她说。

“我不知道。”

我们又开了一段。我好想做那件正确的事，一直盘算着。我们都盯着前面，车内弥漫着紧张的气氛。最后我说，“这无关紧要了，现在最重要的就是找到塔拉。”

我瞥了一眼雷切尔，看到一颗泪珠挂在她的脸颊上。前面上方有路标——不起眼的一小块，差点没认出来。上面简单地写着：亨特斯·维尔。雷切尔擦掉泪水，坐直身子。“那我们集中精力应付这件事吧。”

局长助理约瑟夫·皮斯蒂罗正坐在办公桌后，写着什么。他身材高大，胸脯结实，肩膀宽大，光头，是个老前辈，让人联想起码头工人和酒吧里的打手——看不到肌肉，却很有力道。皮斯蒂罗可能已年过花甲，据说马上就要退休了。

克劳迪娅·费舍尔特工把蒂克纳领进他的办公室，关上门离开了。蒂克纳摘下墨镜，双手放在身后站在那里。他没有受到邀请坐下，没有欢迎，没有握手，没有敬礼或者诸如此类的礼节。

皮斯蒂罗连头也没抬，就说，“我知道你在打听杰里·坎普特工惨死一事。”

蒂克纳警惕了起来。吁，太快了。他是几小时前才开始调查的。“是，长官。”

皮斯蒂罗继续奋笔疾书。“他在匡迪科教过你，对吧？”

“是，长官。”

“他是个了不起的教练。”

“最好之一，长官。”

“最好的，特工。”

“是，长官。”

“你调查他的死，”皮斯蒂罗接着说，“和你过去和坎普特工的关系有什么关联吗？”

“没有，长官。”

皮斯蒂罗不再写了。他放下钢笔，两只强有力的手合拢在一起，放在了桌子上。“那你为什么要打听这件事？”

蒂克纳寻找着隐藏在自己答案中的圈套和陷阱。“他妻子的名字出现在我正在处理的另一起案子中。”

“是‘塞德曼谋杀绑架案’吧？”

“是，长官。”

皮斯蒂罗皱着眉头，前额出现一道道皱纹。“你认为杰里·坎普因枪走火死亡与‘塔拉·塞德曼绑架案’有关？”

慎重些，蒂克纳想，慎之又慎。“还有待于调查。”

“不，蒂克纳特工，不用了。”

蒂克纳静静地站着。

“如果你能把雷切尔·米尔斯与塞德曼谋杀绑架案联系在一起,那就调查,找到她与此案有关的证据,但别把坎普的死也联系到一起。”

“它们可能有联系,”蒂克纳说。

”不,”皮斯蒂罗的口气毋庸置疑,“没有联系。”

“但我得查——”

“蒂克纳特工?”

“是,长官。”

“我已经看过档案了,”皮斯蒂罗说,“不仅如此,我亲自参与调查了杰里·坎普的死因。他是我朋友,你明白吗?”

蒂克纳没有回答。

“枪支走火打中了他是悲剧性的意外事件,对此我十分满意。那意味着你,蒂克纳特工,”,皮斯蒂罗用一根粗壮的手指对着蒂克纳的胸膛,“也十分满意。我说清楚了吗?”

两个人对视着。蒂克纳不傻,他喜欢在联邦调查局工作,他想升官加爵,惹恼了皮斯蒂罗这样的大人物是得不偿失的。因此,最后还是蒂克纳先挪开了目光。

“是,长官。”

皮斯蒂罗放松下来,拿起笔。“塔拉·塞德曼已经失踪一年多了,有她还活着的证据吗?”

“没有,长官。”

“那这件案子我们就不要管了。”他又开始奋笔疾书,对这一逐客令毫不掩饰。“让地方警察处理吧。”

新泽西是人口最稠密的州，这不足为奇。新泽西有许多城市、郊区和大量的工业，这也不足为奇。新泽西被称为花园州，有广袤的乡村，这才让人称奇。

还没到亨特斯·维尔边境，生命的迹象——即人类——就很微薄了。几乎没几栋房子。我们出了梅伯里乡村免费邮寄站，经过一个食杂店，看到门窗都用木板钉上了。接下来的五公里，经过六条公路，没看到一栋房子，也没遇到一辆车。

我们钻进树林深处，最后一次转弯，汽车爬上了山峰的一侧。一只鹿——这一路上已经见过三只了——窜上了公路，在前面很远处，还没有撞上它的危险。我忽然觉得亨特斯·维尔这个地名果真顾名思义。

“在左面。”雷切尔说。

几秒钟后，我看到了邮箱，开始减速，想找到房子或什么建筑物。但是除了树，我什么也没看见。

“继续开。”雷切尔说。

我明白了她的意思。不能就这么直接开进车道来显示我们的到来。我又向前开了四五百米，在公路边上找到了一小块地方，停下车，关掉了发动机。我的心跳开始加速。现在是凌晨六点，黎明已经来临。

“你会用枪吗？”雷切尔问我。

“以前在靶场开过我父亲的。”

她把枪塞到我手里。我低头看着它，好像刚发现多了个手指头。雷切尔也掏出了她的枪。“你在哪儿搞到它的？”我问。

“在你家里，那个死人附近。”

“天哪。”

她耸耸肩,似乎在说,“嘿,你永远不会知道的。”我又看了看枪,突然冒出个想法:这是不是就是射向我的,或者杀了莫妮卡的那件凶器?我怔在了那里。可没时间发神经了。雷切尔已经下车了,我也下了车。我们进了树林,根本没有路,只能自己开路。雷切尔走在前面,她把枪别在裤子后面。不知为什么,我没有那么做,而是拿着枪。钉在树上的褪色标志警告擅自闯入者远离此地,其中的“不”字写得大大的,还有一大堆密密麻麻的小字。在我看来,本就是显而易见的事,还非要费尽周折解释一番。

我们估摸着朝汽车道的方向靠近,终于发现了车道,找到了方向。我们沿着未铺砌的道路附近继续赶路。几分钟后,雷切尔停了下来,我差点撞到了她身上。她向前一指。

一栋建筑物。

看着像个谷仓。我们更加小心翼翼了,弓着腰,悄声从一棵树后闪到另一棵树后,尽量不让人看到。过了一会儿,我听到了音乐声,估计是乡村音乐,不过我也不确定。正前方,有一片空地,还真有个被拆毁的谷仓,另外还有一栋建筑物——一个饲养场,或许是一大片拖车式活动房屋。

我们向前挪了挪,马上到树林边上了,紧贴着树,向外窥视着。院子里有台拖拉机,水泥地上有辆旧庞迪克车,饲养场的正前方有一辆白色的赛车——我估计兴许有人会称之为“改装版高速汽车”——引擎盖上有道粗粗的黑色条纹,看着像是科迈罗跑车。

已经到了树林尽头,但离饲养场至少还有十五六米远。地上的草高可没膝。雷切尔掏出枪,我的还是拿在手里。她趴在地上，像突击队员一样匍匐着前进，我也同样如此。在电视里，匍匐前进似乎轻而易举，只要压低屁股向前爬就是了。爬三四米倒是易如反掌，之后难度可就大多了。我的胳膊肘疼痛难忍，草总是扎到我的鼻子和嘴巴。我没得枯草热①，也不过敏，但我们还是碰到了些麻烦：因为搅了蚊子等小虫的美梦，它们都跳起来报复我们。音乐声更响了，那个歌手——一个几乎找不着调的男人——抱怨着他糟糕的心脏。

雷切尔停了下来，我爬到她右侧，也停了下来。“你还好吗？”她低声说。

我点点头，早已上气不接下气。

“到那儿后，我们还得干点事。”她说，“可不能把你累垮。如果需要的话，我们可以慢点。”

我摇头否定了她的建议，又朝前爬去。我是不会放慢速度的，那可不在我的计划里。离目标越来越近，能清晰地看到那辆科迈罗，后轮后面有黑色的挡泥板，上面有个银色倩影，是个体形姣好的姑娘。车后面还贴着小标语，其中一个写着：枪本身杀不了人，但是有了枪杀人肯定更容易。

我和雷切尔接近草地尽头，几乎暴露在外，这时，一条狗叫了起来。我们一时僵在了那里。

狗叫的声音林林总总：被惹怒的小狗的尖叫，友好的金毛猎犬的汪汪声，基本不咬人的宠物狗的警告声，还有刺耳的、粗拉的、能咬烂胸膛的狂吠，让人不寒而栗。

这种叫声就是最后一种。

---

① 枯草热是一种过敏性疾病

我并不怕狗。我有枪,估计用枪对付狗要比用枪对付人容易得多。我怕的是饲养场的主人听到狗的叫声。狗叫了一两分钟,停了下来。我们一直盯着饲养场的大门,耐心地等待着。我也说不准真有人出来该怎么办。即使被人发现了,我们也不能开枪,因为我们还是什么也不知道。虽说有电话从维恩·戴顿家打到那个死者的手机上,但那也说明不了什么,也不知道我女儿是否在这里。

老实说,我们其实一无所知。

院子里有些汽车毂盖,处于朝霞中。我发现了一堆绿盒子,吸引了我的注意。我放松了警惕,向前挪了挪。

"等等。"雷切尔轻声说。

我做不到。我得好好看看那些盒子,那些东西……但我够不到它们。我爬向那台拖拉机,藏在了它后面,又朝那些盒子偷偷望去。现在能看清了,确实是绿色的,上面还有一个形象的造型——微笑的婴儿。

尿布。

雷切尔爬到我旁边。我倒抽了一口冷气。一大盒尿布,就是在订货会上一次性大量购买的那种。雷切尔也看到了,她把手放到了我的胳膊上,警告我保持冷静。我们伏在地上。她示意到侧面的一扇窗户那,我点头表示明白。此刻,立体声里传来的是一首长长的小提琴独奏曲,声音响亮。

我们趴在地上,突然有个冰冷的东西抵在了我的后脖颈。我瞟了一眼雷切尔,也有一支枪管,正顶着她的后脑勺。

一个声音说:"放下武器!"

是个男人。雷切尔右手拢在脸前面,枪就握在手里。她松开手。一只工装靴向前跨了一步，把枪踢到了一边。我试着估算一下胜率。现在我知道，是个男人。一个男人，拿着两把枪。我想到的就是动一动，可能来不及了，但至少可能让雷切尔解脱出来。我和她对视了一眼，看出了她眼中的恐惧。她知道我在想什么。但那把枪却突然使劲地顶在了我的脑袋上，把我的脸摁到了泥土里。

“别试了，伙计。打烂两个脑袋和打烂一个脑袋没什么区别，都挺容易。”

我的大脑飞速运转着，但总是无计可施。所以我放下了枪，眼睁睁地看着这个男人踢走了我们的希望。

三十六

“趴着别动!”

“我是联邦调查局特工!”雷切尔说。

“闭上你的臭嘴。”

我们的脸都贴在地上,他让我俩十指交叉,把手放在脑袋上。他的一个膝盖顶在我的脊柱上,我痛得龇牙咧嘴。这个男人以他的身体为支撑,把我的胳膊扭到后面,我的肩膀险些脱臼。他熟练地用弹性尼龙绳把我的手腕捆在了一起。这种绳子很像商店里为了防止玩具被偷,把玩具捆绑在一起的异常复杂的塑料绳。

“两脚并拢。”

另一条绳子把我的脚踝也紧紧地系了起来。他踩着我的后背起身,挪到雷切尔身上。我想说些愚蠢的、武士风范的话,比如“别碰她”之类的,不过我知道,充其量也是白搭,所以就干脆保持沉默。

“我是联邦特工。”雷切尔说。

“你说过一遍了。”

他的一个膝盖顶在雷切尔的后背上,把她的手拧到了一起。雷切尔痛苦地呻吟着。

“嗨。”我说。

男人没理我。我转过头,想好好打量他一番,却如同掉进了时间的旋涡。毫无疑问——他就是科迈罗车主。他的头发像80年代曲棍球运动员的头发一样长,可能还烫过,呈现出奇怪的棕黄色,掖到了耳朵后面,形状像条鲱鱼——这种造型我只在金属乐团的音乐录像带中见过;胡须呈亚麻色,油渍渍的,好像沾了牛奶;T恤衫上印着“史密斯·威森大学”几个字;蓝黑色的牛仔裤颜色很不自然,看上去硬邦邦的。

他捆好雷切尔的手,说:“起来,小姐,和我走一趟。”

雷切尔尽量让语气很严厉。“你没有听到吗,”她的头发垂到了眼前。“我是雷切尔·米尔斯——”

“我是维恩·戴顿,那又怎么着?”

“我是联邦特工。”

“你证件上说退休了。”维恩·戴顿笑了。他不是那种没牙佬,但也绝不是牙齿矫正广告的合适人选。他的右门牙完全倒了进去,就像合页脱落了的一扇门。“这么年轻就退休了,你觉得呢?”

“我还在办理特殊案件,他们知道我在这儿。”

“真的啊?你可别说,一帮特工在下面等着呢,要是三分钟内得不到你的消息,会一窝蜂拥上来。是这样吗,雷切尔?”

她不再做声了。男人知道她不过是在吓唬人,她无计可施。

“起来。”他又说了一遍,这次去拉她的胳膊。

雷切尔踉踉跄跄地站了起来。

“你要把她带到哪儿去?”我问。

他没有回答,带着雷切尔朝谷仓走去。“嗨!”我大声喊着,声音中透着无奈。“嗨! 回来!”他们还是继续朝前走。雷切尔挣扎着,双手却被绑在身后,一迈大步,他就会抬起她的双手,强迫她弯下腰。最后她只得顺从,规规矩矩地朝前走。

恐惧触痛了我的神经。我发疯地寻找着东西,寻找着能让我恢复自由的任何东西。我们的枪呢? 不,已经被他捡起来了。即使没捡,我又能怎样? 难道还能用牙齿开枪不成? 我琢磨着翻个身,却不知道能有什么用。现在该怎么办呢? 我像尺蠖一样朝拖拉机蠕动过去,想找个刀片或者什么东西,割断绳索,找回自由。

远处,谷仓的门吱吱地打开了。我转过头,正好看到他们消失在里面。仓库的门随即关上了,响声回荡着,最后归于沉寂。音乐声——肯定是光盘或者磁带——已经停止了。现在一切趋于平静,雷切尔不见了。

我必须把手松开。

我撅着屁股,双腿推离地面,向前爬去,来到了拖拉机旁,寻找着刀片或锋利的棱角,但一无所获。我的目光射向谷仓。

“雷切尔!”我大喊着。

喊声穿透了沉寂,那是对我的唯一回答。我的心怦怦乱跳。

噢,上帝,现在可怎么办?

我一个鲤鱼打挺,坐了起来,双腿用力,紧靠着拖拉机,这样就能清晰地看到谷仓了。不过那又能怎样呢? 还是没有动静,没有声音。我迅速扫了一下四周,绝望地寻找能解救我的东西,但是什么也没找到。

我想到科迈罗那边去，他这种爱枪如命的家伙身边也许总是藏着两三件武器，说不定那里就能有什么。不过问题又来了，就是我能设法及时赶到那里，又怎么打开车门？怎么找到枪？就算找到枪，又怎么开枪呢？

不，我必须先把绳索解开。

我在地上寻找着……甚至不知道自己在找什么，一块尖石头，一个碎啤酒瓶，诸如此类的东西吧！我不知道从他们消失到现在过了多长时间，也不知道他对雷切尔在干些什么。我觉得简直要窒息了。

“雷切尔！”

我听到回声里的绝望，惊恐万分。还是没人回答。

里面究竟发生了什么事？

我又在拖拉机上寻找有棱角的东西，寻找着能让我重获自由的东西。上面有铁锈，很多铁锈。能有用吗？在锈迹斑斑的边角上来回摩擦绳索，能把它割断吗？我没把握，不过也没别的东西可用。

我费了好大的劲才跪了起来，把手腕靠在生锈的边角上，上下挪动磨蹭着，就像狗熊把后背靠在树上蹭痒一样。我的胳膊来回滑动着，铁锈钻进了皮肤，钻心的疼痛传到了胳膊上。我回头望望仓库，竖起耳朵倾听，还是什么也没听到。

只能继续。

问题是，我靠的完全是感觉。我尽力把脑袋扭过去，却怎么也看不到手腕。这么干到底有没有效果呢？我不知道。不过我能做的也只有这个。所以我继续上下磨蹭着，指望着像二流电影中的赫拉克勒斯[①]一样，把两只胳膊拉开重获自由。

不知道过了多久，感觉很长，不过也许就是两三分钟吧，绳索没有断开，也没有一点松动的迹象。一个声音使我停了下来：谷仓的门开了。起初我什么也没看见，接着那个一头怪发的乡巴佬出来了，一个人，朝我走了过来。

"她在哪儿？"

维恩·戴顿没吭声，弯下腰，检查着我的绳索。我能闻到他身上的气味，是干草味和汗味。他正打量着我的手，我向后扫了一眼，地上有血迹，当然是我的血了。我突然想到了一个办法。

我向后退了一步，脑袋对着他的方向撞了过去。

我知道用脑袋撞过去会有什么样的灾难性后果。我做过很多此类撞击导致面部创伤的整形手术。

此时情况今非昔比。

我的身体姿势笨拙，手和脚都被绑着，跪在地上，后身扭动着。我的脑袋没有撞到他的鼻子或者脸上的其他柔软部位，而是撞到了他的额头上，发出了沉闷空洞的响声，就像电影《三个臭皮匠》里的配乐一样。维恩·戴尔骂骂咧咧地向后滚去，而我则完全失去了平衡，呈自由落体状态，脸直接撞向了地面，右颊首当其冲撞在了地面上，撞的牙齿咯咯作响。我顾不得疼痛，朝他的方向望去。他坐在地上，晃着脑袋，想要清醒一下，额头上裂开了一个小口子。

机不可失，失不再来。

虽然还被绑着，我仍向他扑了过去，不过动作太慢了。

---

① 赫拉克勒斯是大力士。

维恩·戴顿向后一靠，抬起一只靴子，在我接近时，像在灭火一样，猛地踹在了我的脸上。我向后倒去。他向后退到安全距离，一把抓起枪。

“不许动!”他用手指检查着头上的伤口，满腹疑惑地看着手上的血迹。“你疯了啊?”

我仰面朝天躺在地上，大口大口地喘着粗气。我觉得自己并没有受伤，不过话又说回来，我也无法肯定到底有没有事。他走了过来，使劲踢着我的肋骨。我打了个滚翻过身，却被他一把拽住了胳膊，生拉硬拽了起来。我想站起身来，但他就像头牛，力大无比，把我拖向拖车式活动房屋，速度一点也没慢下来。到了门口，他用肩膀顶开门，像扔泥灰一样一甩手把我扔了进去。

我“砰”地一声摔在了地上。维恩·戴顿走了进来，关上门。我扫视了一下房间:一半在我的意料之中，另一半在我的意料之外。意料之中的是:墙上挂满了枪支，有古老的火枪和猎枪，还有鹿头纪念品，美国全国步枪协会颁发给维恩·戴顿的会员镜框，一面缝制的美国国旗。意料之外的是:这地方一尘不染，可能还会有人认为布置得很有情调。墙角有个供婴儿玩耍的游戏围栏，摆放得整整齐齐;各种玩具放在五斗橱的五颜六色的抽屉里，抽屉还被分门别类贴上了标签。

维恩·戴顿坐下去，看着趴在地上的我，摆弄着头发，一绺绺地拢向后面，把长的头发塞到耳后。他面部瘦削，浑身上下散发着乡巴佬的气息。

“是你打的她?”他说。

起初我没搞明白他在说什么，随后我想起了他看过雷切尔的伤。“不是。”

“啊，便宜你了，打女人？”

“你把她怎么了？”

他拿出一把左轮手枪，打开弹匣，塞进一颗子弹，把子弹推上膛，对准了我的膝盖。“谁派你来的？”

“没人派我来。”

“你想死啊？”

真是受够了。我翻过身，等着他扣动扳机。但他没有开枪，而是用枪指着我，要我走开。我坐起来，盯着他，他似乎对我的举动一头雾水，向后退了一步。

“我女儿在哪儿？”我说。

“嘿？”他歪着脑袋，“你在开玩笑吗？”

我盯着他的眼睛，看得出来，他没有装，确实是不知道我在说什么。

“你们带着枪到这儿来，”他的脸变得通红，“要杀我？杀我妻子？还是杀我的孩子？”维恩举起枪对准我的脸。“好好解释解释，要不我就打烂你俩的脑袋，把你埋到树林里去。”

孩子，他说到了孩子。整件事似乎有悖常理，但我要碰碰运气。“你听我说，”我说，“我叫马克·塞德曼。18个月前，我的妻子被人谋杀了，我女儿被人绑架了。”

“你这是在瞎说什么呢？”

“请你听我解释。”

“等会儿，”维恩眯起眼睛，揉着下巴，“我想起你来了。从电视上。你也挨了枪子，是吧？”

“是的。”

“那你为什么要来偷我的枪？”

我闭上双眼。“我来这儿不是要偷你的枪，”我说，“我来这儿，”我不知道该怎么说，“我来这儿找我女儿。”

他吃惊地张大了嘴巴，过了好一会儿才缓过神来，闭上嘴巴。“你认为我和那事有关?”

“不知道。”

“你最好解释解释。”

于是我按他说的做了，一五一十地详细讲给他听。整件事情我自己听起来都觉得荒唐，但维恩却聚精会神地听着。最后，我说，“这事是不是那个男人干的，或者说他有没有参与进来，我都不知道。我们得到了他的手机，只有一个来电，就是从这儿打的。”

维恩想了想。“那个男人，叫什么名字?”

“不知道。”

“我给好多人打过电话，马克。”

“我们知道电话是昨晚上打的。”

维恩摇摇头。“不，不可能。”

“什么意思?”

“昨儿晚上我也不在家里，在路上给人送货呢。你们来前的半个小时，我才回家的。芒其——我的那条狗——低声吼叫时，我就发现了你们。如果是汪汪地叫几声，表示啥事没有，低声吼叫就是说有人来啦。”

“等等，昨晚这地方没人吗?”

他耸了耸肩。“嗯，我妻子和小子们在。不过这俩小子一个6岁，一个3岁，我想他们是不会给任何人打电话的。我也了解凯特，那么晚她也不会给人打电话的。”

“凯特?”我说。

“我妻子。凯特是凯特丽娜的简称。她来自塞尔维亚。”

“给你来点啤酒,马克?”

我的回答竟出乎自己意料,“好啊,维恩。”

维恩·戴顿已经割断了绳索手铐,我揉着手腕。雷切尔就在我身边,毫发无损。他说只是想把我俩分开,因为他以为是我把她暴打了一顿,并胁迫她来帮助我。维恩收藏了不少珍贵的枪支——其中很多还能用——人们对此颇感兴趣,所以他以为我们就是冲着枪来的。

“百威,行吗?”

“行。”

“你呢,雷切尔?”

“不用了,谢谢。”

“饮料?要不来杯冰水?”

“水就行,谢谢。”

维恩笑了,不过看起来可没那么赏心悦目。“没问题。”我又揉起了手腕,他看到后咧嘴笑了。“我们在海湾战争时就用这些玩意。我可告诉你,这是用来控制伊拉克人的。”

他消失在厨房里。我看看雷切尔,她耸了耸肩。维恩拿着两瓶百威和一杯水回来了,递给了我们,举起酒瓶和我们碰杯。我和他碰了杯,他坐了下来。

“我有两个孩子,是小子,小维恩和佩里。如果他们有什么闪失……”维恩低声吹了个口哨,摇了摇头。“我都不知道你每天早晨是怎么起床的。”

“我满脑子都在想怎么找到她。”我说。

维恩赞同地点点头。“我知道利害关系。如果不是自欺欺人的话——你明白我的意思吗?”他朝雷切尔看去,“你确定那个电话号码是我的吗?”

雷切尔掏出手机,按了一些数字,把手机屏递过去让他看。维恩用嘴从烟盒中抽出一支温斯顿香烟,摇摇头,“我还是不明白。”

“我们希望你妻子能帮我们。”

他缓缓地点了点头。“凯特留了张纸条,说去买吃的了。她喜欢清早到24小时营业的便利店去干这事。”他停了下来,估计此时的维恩也是举棋不定:一方面想帮我们,另一方面又不想听到自己妻子半夜给陌生男人打过电话。他抬起头。“雷切尔,我去给你拿点新绷带吧?”

“我没事。”

“真没事?”

“真的,谢谢你。”她双手握着那杯水,“维恩,如果我问你和凯特丽娜是怎么认识的,你不会介意吧?”

“在网上,”他说,“你知道吧,有一个专门提供国外新娘的网站,叫‘樱桃园’。大伙儿都管它叫‘邮购’,估计现在不干这个了。不过你可以上那个网站,看看世界各地——东欧的、俄罗斯的、菲律宾的,其他地方的——女人的照片。她们列出三围、简历和兴趣爱好等情况。对哪个感兴趣,就可以买下哪个的地址。要是想给好几个人写信,他们还提供一揽子服务呢。”

我和雷切尔迅速地对视了一眼。“这是什么时候的事?”

“七年前了。我们互相发了电子邮件和资料。凯特住在塞尔维亚的一个农场,父母都是穷光蛋。她那时得走上六七公里才能上网呢。我想给她打个电话,你知道的,就是在电话里聊聊。但他们连个电话都没有,只能她给我打。后来有一天,她说她要过来,和我见面。”

维恩举起双手,似乎在阻止我们打断他的话。“你们也知道,女孩子往往是先要向你讨点钱,讨点美元买张机票什么的。所以我都准备好了。但凯特可没这么做。她一个人来了。我开车到纽约和她见了面。三个星期后我们就成亲了。一年后小维恩出生了,再过三年又有了佩里。”

他喝了一大口啤酒,我也喝了一大口。一股凉意顺着喉咙滑下去,感觉爽极了。

“看,我知道你们在想什么。”维恩说,“不过事情可不像你们想的那样。我和凯特,我们真的挺快活的。我以前那个婆娘纯粹是个母老虎,成天唠唠叨叨的,说我没挣着大钱,她就想待在家里。让她洗洗衣服,她都一堆废话。总是没完没了地数落我,说我是个废物。凯特可不一样。她把家里收拾得干干净净,我能不喜欢吗?当然喜欢啦,这对我很重要。我要是在外面干活,赶上天热,凯特就会到外面给我买点啤酒,才不会唠叨个没完呢。这有什么不对的吗?”

我俩谁也没应声。

“你看,我想让你俩想想这事,好吗?两个人为什么会相互吸引?是外表?金钱?还是因为你有份好工作?之所以走到一块儿,是因为想从中得到什么。付出与收获——我说得对吗?我要的是一个爱我的妻子,能帮我生儿育女,照顾照顾家。我也想有个伴儿,什么样的人我不知道,只要对我好就行了。我得到了。而凯特想摆脱她那可怕的生活。我是说,他们穷得要命,连垃圾都是奢侈品。我和她,我们在这儿过得很好。一月份我们带着孩子下山去了趟迪斯尼乐园。我们都喜欢徒步旅行和划船。小维恩和佩里,都是好孩子。嗨,可能是我太简单了。妈的,我真是太简单了。我喜欢枪,喜欢打猎和钓鱼——但我最喜欢的,还是我的家。"

维恩垂下头,鲱鱼一样的头发散落下来,像窗帘一样遮住了脸。他撕扯着酒瓶上的商标。"有些地方——也许是大多数,我不知道——婚姻是安排好的。从古至今一直如此。父母说了算,强迫他们成亲。不过,没人强迫我和凯特。她可以随时拍屁股走人,我也可以。都七个年头了,我快活得很,她也是。"

他又耸了耸肩。"至少,我觉得她很快活。"

我们喝着酒,一言不发。

"维恩?"我说。

"嗯?"

"你挺有意思。"

维恩哈哈大笑,能看得出他内心的恐惧。他喝了一大口啤酒,掩饰过去了。他创造了自己的生活,美好的生活。真是滑稽。我不擅长对人作出判断,对人的最初印象往往都是错的。看到这个佩着枪的红脖汉,看到他那头发、车上的标语和大卡车,听到他从塞尔维亚"邮购"了新娘,怎么可能没有看法?但是我越是听他说话,就越是喜欢他。在他眼里,我至少是个异类,拿着枪,在他家附近偷偷摸摸地匍匐前进。然而我一告诉他我的经历,他就做出了反应。他知道我们说的都是实话。

我们听见了停车声。维恩走到窗口向外望去,脸上露出浅浅的、感伤的微笑。他们一家被拖下了水。他珍惜这个家。入侵者持枪来到他家,他尽力保护着这个家。而现在,我在努力使自己家庭团圆的同时,也许会拆散他的家庭。

“快看！爸爸回来了!”

一定是凯特丽娜,一听口音就知道是外国人,有巴尔干半岛——东欧——俄罗斯语系的痕迹。我不是语音学家,分不清到底是哪儿的语言。孩子们欢快的尖叫声传了过来。维恩的笑脸灿烂些了,走了出去,来到门廊。我和雷切尔待在原地没动。有人跑上台阶,嘘寒问暖了一会儿,大约持续了一两分钟。我盯着自己的双手,听到维恩说卡车里有什么礼物,孩子们冲了过去。

门开了,维恩搂着妻子进来了。

“马克,雷切尔,这是我妻子——凯特。”

她很可爱,一头披肩长发,穿着黄色的太阳裙,露着肩膀,皮肤雪白剔透,眼睛像蓝宝石一样晶莹。即使不认识,从她的言行举止也能看得出她是外国人。或者这只是我自己捉摸的。我努力猜想着她的年龄,估计过了25岁,不过眼角的鱼尾纹表明我可能少猜了十来岁。

“嗨。”我说。

我俩起身和她握了握手。她的手很娇小,但却很有力道。凯特丽娜始终保持着女主人的微笑,不过这谈何容易。她盯着雷切尔,盯着她的伤口,估计一定很吃惊。而我对此已经习惯了。

凯特丽娜面带微笑,转向维恩,好像要问点什么。他说:“我正想法子帮助他们。”

“帮助他们?”她重复了一句。

孩子们找到了礼物,正在大呼小叫的。维恩和凯特丽娜似乎充耳不闻,看着彼此。他拉着她的手。“那男人,”他冲我抬了抬下巴,“有人杀了他妻子,带走了他的小丫头。”

她用一只手捂住了嘴。

“他们来这儿想找到他家丫头。”

凯特丽娜一动也不动。维恩转向雷切尔,点头示意她可以开始了。

“戴顿夫人,”雷切尔开口了,“你昨晚打过电话吗?”

凯特丽娜猛地抬起头,似乎吃了一惊。她先看看我,就像在看马戏团的怪物似的,随后把注意力转向雷切尔。“我不懂。”

“我们有个通话记录,”雷切尔说,“是昨天午夜的,有人从这栋房子里给手机打了个电话。我们估计这个人就是你。”

“不,那不可能。”凯特丽娜开始转移视线,好像在寻找退路。维恩依然拉着她的手,想迎上她的目光,但她一直回避着。“噢,等等。”她说,“也许我知道。”

我们耐心地等着。

“昨天夜里,我睡觉时,电话响了。”她又勉强笑了一下,但笑容转瞬即逝。“我也不知道是什么时间。反正很晚了,我估计是你,维恩。”她看看他,脸上露出了笑容,他也对她笑了笑。“我拿起电话,却没有人。我就想起了在电视上看到的,按星号键,6 和 9,就会打出电话。我就那么做了。是个男人接的电话,不是维恩,所以我就挂了。”

她满怀期待地看着我们。我和雷切尔对视了一下。维恩依然笑容可掬,但我发现他的肩膀垂了下去。他松开她的手,有气无力地瘫坐在沙发上。

凯特丽娜朝厨房走去。"再来瓶啤酒吗，维恩？"

"不，亲爱的，不用了。我想让你坐在我身边。"

她犹豫了一下，还是照做了，坐在了那里，腰板挺得溜直。维恩也挺直身子，又拉起她的手。

"我要你好好听我的话，好吗？"

她点点头。孩子们在外面玩得兴高采烈，嗷嗷直叫。说起来很伤感，但没有什么声音能抵得上孩子无忧无虑的笑声。凯特丽娜紧张地看着维恩。我不堪忍受这一画面，差点转过脸去。

"我们多爱那两个小子，你知道，是吧？"

她点点头。

"你想想，要是有人把他们从我们身边夺走，要是这事儿发生在一年多前，会怎么样。你好好想想，要是有人偷走了，比如说佩里吧，偷走了一年多，我们连他在哪儿都不知道。"他指着我，"那男人，他不知道自己的小丫头出了什么事。"

她泪水盈盈。

"我们得帮他，凯特。不管你知道什么，也不管你干过什么，我都不在乎。要是有什么秘密，现在就告诉他们。以前的事咱就一笔勾销。别的啥事我都能原谅，你要是不帮他和他那小丫头，我可是不会原谅的。"

她低着头，一言不发。

雷切尔步步紧逼。"如果你是想保护那个你给他打电话的男人，就省了这份心吧。他死了，在你给他打完电话几小时后，有人开枪杀了他。"

凯特丽娜仍然低着头。我站起身，踱起步来。外面又传来了一阵快乐的叫声。我走到窗口向外望去,小维恩——这个男孩儿看上去六岁左右——大声喊着,“准备好了没有,我这就来啦!”找到佩里一点儿也不难,虽然我没看到他,但藏着的那个孩子的笑声显然是从那辆科迈罗后面传来的。小维恩假装看了别的地方一会儿,偷偷靠近科迈罗,大喊一声,“砰!”

佩里跳了出来,一边跑一边笑。我看到了这个男孩的脸,顿感自己本已摇摇欲坠的世界又遭受到了重重一击。瞧,我认出了佩里。

他就是我昨夜看到的汽车里的那个小男孩。

三十七

蒂克纳把车停在了塞德曼家房前。虽说还没来得及拉上黄色警戒线,但他数了数,那里已经有六辆警车和两辆新闻采访车了。一架架照相机正不停地拍着照,他不知道这个时候过去凑热闹合不合适。皮斯蒂罗,他上司的上司,已经把话说得够明白了。最后,蒂克纳估计待在这儿应该没事,要是被记者发现了,可以选择实话实说:他来这里是为了通知当地警察,不再过问这个案子了。

蒂克纳发现里根在后院,旁边有具尸体。“他是谁?”

“没有证件,”里根说,“我们会把指纹送去检验,看看有什么发现。”

两人都低头看着。

“他和塞德曼去年给我们的那幅素描吻合。”蒂克纳说。

“是啊。”

“那意味着什么?”

里根耸耸肩。

“到目前为止,你了解到什么情况?”

“街坊邻居们先是听到枪响,接着就是刺耳的刹车声。他们看到了一辆微型宝马车穿过草坪,又一阵枪声过后,就看到了塞德曼。还有个邻居说好像看到有个女人和他在一起。”

“可能是雷切尔·米尔斯,”蒂克纳仰望着清晨的天空。“那这意味着什么?”

“也许受害者效劳于雷切尔,被她杀人灭口了。”

“在塞德曼面前吗?”

里根耸耸肩。“微型宝马倒让我想起了件事,我记得塞德曼的同事,就是齐亚·勒鲁,有一辆。”

“就是这个人帮他离开医院的。”

“那我们就全境通告那辆车。”

“我敢肯定他们换车了。”

“嗯,有可能。”里根突然停了下来。“哎呀。”

“怎么啦?”

他指着蒂克纳的脸。“你没戴墨镜。”

蒂克纳笑了笑。“坏兆头吗?”

“这个案子的进展情况?也许是个好兆头呢。”

“我来这儿是告诉你,我不过问这个案子了。不仅仅是我,我们局里也不过问了。除非你能证明那个女孩儿还活着。”

“我们都知道她没……”

“或者她被送到了别的国家,我才可能再过问。不过现在这个案子也不是当务之急了。”

“重新过问恐怖案件吗,劳埃德?”

蒂克纳点点头,又仰望着天空,总觉得不戴墨镜感觉怪怪的。

“那你上司怎么想的?”

“他告诉我的就是我告诉你的。”

“嗯,啊,就这些?”

蒂克纳耸耸肩。“联邦特工杰里·坎普被枪杀属于意外事故。”

“你的大老板早上不到6点把你叫到办公室就为了告诉你这个?”

“是啊。”

“怪事。”

“不仅如此,他还亲自调查了这个案子。他和死者是朋友。”

里根摇摇头。“这是说雷切尔·米尔斯有权势通天的朋友?”

“才不是呢。要是就塞德曼谋杀或绑架案揪住她不放的话,那就干下去。”

“只是别把杰里·坎普的死牵扯进来。”

“你看着办吧。”

有人喊了起来,他们循声望去。在隔壁院子里发现了一把手枪,他们敏捷地嗅了嗅,不久前才发射过子弹。

“正是时候。”里根补充说。

“是啊。”

“有什么想法?”

“没有。”蒂克纳转过来面对着他,“这是你们的案子,鲍勃。一直都是。祝你好运。”

“谢谢。”

蒂克纳走开了。

“嗨,劳埃德?”里根大声喊着。

蒂克纳停了下来。枪被装进了袋子,里根盯着看了一会儿,又看看脚下的尸体。

“我们还是不知道这里出了什么事,是吧?”

蒂克纳继续朝自己的车走过去。“一点蛛丝马迹也没有,”他说。

凯特丽娜双手放在腿上。“他真的死了吗?”

“是的。”雷切尔说。

维恩站在那里,双臂交叉搭在胸前,怒气冲冲。得知佩里就是我在本田雅阁车里看到的那个孩子后,他就一直是这副模样。

“他叫佩维尔,是我哥哥。”

我们等着她继续说下去。

“他不是好人,这我一直清楚。他可能残酷无情,是科索沃把他变成了那个样子,但是绑架小孩儿?”她摇摇头。

“出了什么事?”雷切尔问。

她却盯着自己的丈夫。“维恩?”

他看也没看她一眼。

“我以前和你撒过谎,维恩。我和你撒过的谎太多了。”

他把头发拢到耳后,眨眨眼睛。我看到他用舌头润了润嘴唇,还是看也没看凯特一眼。

“我不是从农场来的,”她说,“我 3 岁时父亲就死了,母亲能干的活儿都干过,但还是过不下去。我们穷得底朝天,只能偷偷从垃圾堆里捡些果皮吃。佩维尔整天流浪街头,乞讨或行窃。

我从14岁时就在夜店混饭。你根本就想象不到那是什么样的日子,但在科索沃,你摆脱不了那样的生活。我想自杀算了,说不清有多少次。”

她抬头望着自己的丈夫,维恩还是没理她。“看着我,”她对他说。维恩没有看她,她身子向前倾了倾,“维恩?”

“这不是咱俩的事,”他说,“他们想知道什么,告诉他们就是了。”

凯特丽娜两手放在腿上。“那样的日子过上一段时间,你就不会想逃脱了,也不会想美好的事物或幸福之类的东西了。你会变成行尸走肉,就想着吃饭和生存了。我连为什么那么做都不知道了。但有一天,佩维尔找到我,跟我说他知道一条出路。”

凯特丽娜停了下来。雷切尔朝她靠了靠。这事我就交给她处理了。她有审讯经验,还有性别的优势。我想如果同性引导凯特丽娜开口,也许她能自在些。

“什么出路?”雷切尔问。

“我哥哥说他能给我们搞到一笔钱——还能去美国——如果我能怀孕的话。”

我以为——更正一下,我希望——是我听错了。维恩猛地把头转向凯特丽娜,这次她做好了准备,镇定地看着他。

“我不明白。”维恩说。

“我当妓女很值钱,但孩子更值钱。如果我怀孕了,就会有人把我们弄到美国,还会给我们钱。”

屋里静了下来。我还能听到外面孩子们的声音,只是这声音似乎变得遥不可及,像是远处传来的回音。接下来开口的是我，打破了屋里的沉寂。“他们给你钱，”我的声音里透出恐惧和怀疑，“买孩子？”

“是的。”

维恩说：“天哪。”

“你不懂。”

“噢，我懂，”维恩说，“你干过这事吗？”

“干过。”

维恩转过身，好像被人扇了一巴掌。他伸出手，抓住窗帘，怔怔地看着窗外自己的孩子。

“在我们国家，人们生了孩子，就送到可怕的孤儿院。而美国的父母那么迫切地想收养孩子，但却不好办，还得等很长时间，有时要等一年多。反过来，我们的孩子生活在肮脏不堪的环境里，父母们还得给政府钱。这个制度真是腐败透顶了。”

“我懂了，”维恩说，“你这是在为人类干好事。”

“不，我是为自己。只是为自己，好吧？”

维恩皱起脸。雷切尔把一只手放在凯特丽娜的膝盖上。“所以你来到了这里？”

“是的，我和佩维尔。”

“后来呢？”

“我们住在一家汽车旅馆里。一个满头白发的女人定期来看我，给我检查身体，看看我吃没吃好，还给钱让我去买食品和日用品。”

雷切尔点点头，鼓励她继续说下去。“你在哪儿生的孩子？”

“不知道。来了一辆没有窗户的面包车。那个满头白发的女人，在车上，把孩子接生了下来。我记得听到婴儿的哭声，孩子就被抱走了，我连是男是女都不知道。他们开车把我们送回汽车旅馆。那个满头白发的女人，给了我们一笔钱。”

凯特丽娜耸耸肩。

我感到全身的血液都凝固了，真想理清头绪，甩掉恐惧。我看看雷切尔，想问她怎么办，但她摇了摇头。现在不是推理的时候，而是收集信息的时候。

“我喜欢这里。”过了一段时间，凯特丽娜说，“你们觉得自己的国家很了不起，其实你们根本就没有体会。我做梦都想留在这里，但是钱眼看就要花光了。我就私下里四处寻找出路。我碰到一个女人，她告诉我那个网站。只要输入名字，就会有男人给你写信。她告诉我，他们是不会要妓女的，所以我就编了份简历，说我来自农场。有男人问，我就给他们一个电子邮箱地址。三个月后我遇到了维恩。”

维恩的脸拉得更长了。“你是说我们通信时你一直……”

“是的，我在美国。”

他摇摇头。“你跟我说过的话里还有没有真的？”

“重要的事都是真的。”

维恩对此嗤之以鼻。

“那佩维尔呢？”雷切尔试着把话拉回主题，“他到哪儿去了？”

“不知道。我只知道他时不时回趟家，再招些姑娘过来，弄点中介费。他时常联系我，要是缺零花钱，我就给他点。不过真没有什么大事，直到昨天。”

凯特丽娜抬头看着维恩。“孩子们，他们该饿了。”

“他们能等着。”

“昨天出了什么事?”雷切尔问。

“佩维尔傍晚给我打来电话,说要马上见到我。我不喜欢那样,就问他想干什么,他说等他过来再告诉我,不用担心。我不知道该说什么。”

“说‘不’不行吗?”维恩呵斥道。

“我不能说‘不’。”

“为什么不能?”

她没有回答。

“噢,我明白了。你害怕他把实情告诉我,是不是?”

“不知道。”

“你这话是他妈的什么意思?”

“是,我怕他把实情告诉你。”她又抬头看着自己的丈夫,“我求他不要说。”

雷切尔努力把我们拉回正题。“你哥哥到这里后发生了什么事?”

她的眼泪涌了上来。

“凯特丽娜?”

“他说他要把佩里带走。”

维恩瞪大了眼睛。

凯特丽娜的胸脯一起一伏的,似乎连呼吸都很困难。“我和他说不。我说我不会让他碰我的孩子的。他就威胁我,说他会把一切都告诉维恩的。我说我不在乎。我不让他带走佩里,他就朝我肚子挥了一拳。我瘫倒在地。他答应我几小时后就把佩里带回来,答应我只要我不说,谁也不会受到伤害的。如果我打电话告诉维恩或者报警,他就杀了佩里。”

维恩紧紧地攥住拳头,满脸通红。

“我想站起来,想阻挡他,但佩维尔又把我推倒了。接着,”她哽住了,“接着他开车跑了,带着佩里。接下来的六个钟头是我这辈子最难熬的。”她内疚地偷偷看了我一眼。我知道她在想什么。她在担惊受怕中度过了六个小时,而我在担惊受怕中生活了一年半。

“我不知道该怎么办。我哥哥很坏,这我知道,但我不相信他会伤害我的孩子,他可是亲舅舅啊。”

我不禁想起了斯泰西,我的妹妹。我袒护手足之情和她说的一模一样。

“一连好几个钟头,我就守在窗前。我受不了了。最后,午夜时分,我打了他的手机。他告诉我他正往回走,佩里很好,没出什么事。他尽量说得很轻松,但声音里还是有点不对劲。我问他在什么地方,他告诉我在帕特森附近的80号公路上。我不能干巴巴地坐在家里等着。我告诉他我到半路接他,就带着小维恩上路了。我们开到帕特森出口的加油站时……”她看了看维恩,“佩里,他啥事也没有。我松了一大口气,你们是想象不到的。”

维恩用拇指和食指拽着下嘴唇,又看向别处。

“我离开前,佩维尔紧紧抓住我的胳膊,把我拉到身边,看得出来他害怕得要命。他说不管出了什么事,千万不要告诉任何人。如果他们找到了我——如果他们知道他有妹妹——会把我们都杀了。”

“他们是谁?”雷切尔问。

"不知道,反正是雇他的人。估计是买孩子的那帮人吧。他说他们丧心病狂。"

"那你怎么做的?"

凯特丽娜张开嘴,又闭上了,接着又试了一次。"我去了超市,"她的声音甚至有些笑意。"我给孩子们买了盒装果汁。我们一边购物,他们一边喝。我只想做点正常的事,来——我也说不清楚——来把这些事抛到脑后。"

此时,凯特丽娜又抬头看看维恩。我顺着她的目光看去,又打量起这个长头发、满嘴坏牙的家伙。过了一会儿,他转头面向她。

"好啦,"维恩说,我还从没听过这么温柔的声音。"你受惊了,你这一辈子都在担惊受怕。"

凯特丽娜呜呜地抽泣起来。

"我不想再让你担惊受怕了,好吗?"维恩朝凯特丽娜挪过去,将她揽入怀中。她平静了一下,说,"他说他们不会放过我们,我们全家的。"

"那我会保护我们的,"维恩只说了这么简简单单的一句话。他从她的肩膀上面看着我。"他们带走我的孩子,威胁我的家人,你听到我的话了吗?"

我点点头。

"现在我牵涉进来了。在这事了结前,我和你们是一伙儿的。"

雷切尔向后靠去。我看到了她脸上痛苦的表情。她闭着双眼,我不知道她还能坚持多久。我朝她挪过去,她举起手掌。"凯特丽娜,我们现在需要你的帮助。你哥哥住在什么地方?"

“我不知道。”

“想想,你有没有他的东西,能帮我们找到雇他的那些人的东西。”

她松开丈夫。维恩抚摩着她的头发,既温柔又有力,让我羡慕不已。我转向雷切尔,在想自己有没有勇气也这么做。

“佩维尔刚从科索沃过来,”凯特丽娜说,“他不会空手来这里的。”

雷切尔点点头。“你觉得他带了个孕妇过来?”

“他以前总这么做。”

“你知道孕妇住在哪儿吗?”

“那些女人一直住在同一个地方——就是我住过的那个地方,在工会城。”凯特丽娜抬起头看看。“你们想让这个女人帮你们,是吧?”

“是的。”

“那我就得跟你们一块去,她很可能不会说英语。”

我看看维恩,他点点头。“我来照看孩子。”

我们都等了一阵,才动身。我们得攒点力气,调整一下,就像要进入一个失重的地方。我趁这会儿走到外面,给齐亚打了个电话。铃声只响了一次,她就接了起来,抢先开口。

“警察可能在窃听,我们别在电话里多说,”齐亚说。

“好的。”

“我们的朋友里根侦探来我家了。他说他觉得你开着我的车离开了医院。我给伦尼打了电话,伦尼告诉我,对任何指控都不要肯定,也不要否定。下面的就可想而知了。”

“谢谢。”

“你还是很谨慎?”

“一向如此。”

“那当然。顺便说一下,警察可不傻。他们猜你既然用了一个朋友的车,就会用另一个朋友的。”

我明白她的意思——不要用伦尼的车。

“现在最好挂了,”她说,“爱你。”

电话里没了声音,我回到了屋里。维恩用钥匙打开了他的枪库,正在检查着武器。房间的另一端,有个装弹药的保险柜,得用密码才能打开。我从维恩肩膀上方望过去,他向我挑了一下眉毛。他的火药威力强大,足以摧毁某个欧洲国家。

我把我和齐亚的通话告诉了他们。维恩没有犹豫,拍着我的后背说:“我的车正好给你们用。”

十分钟后,我、凯特丽娜和雷切尔开着白色的科迈罗跑车出发了。

三十八

我们很快就找到了那个怀孕的女孩。

上车前,雷切尔冲进淋浴间,洗掉了身上的血迹和污垢。我赶紧给她换上绷带。凯特丽娜借给她一件印花夏装,稍微有些宽松,但恰到好处。雷切尔的头发湿漉漉的,打着卷,上车时还在滴水。别看鼻青眼肿的——我还真不确定这辈子见过比她漂亮的女人。

我们开车上路了。凯特丽娜坚持坐后面的折叠椅,我和雷切尔就只能坐在前面了。起初,大家都沉默不语,估计是在给自己减压。

"维恩说过的,"雷切尔开口了,"有什么秘密说出来,以前的一笔勾销。"

我继续开着车。

"我没有杀我丈夫,马克。"

她似乎并不在乎凯特丽娜在车里,我也不在乎。"官方的说法是意外事故。"我说。

"官方是在撒谎。"她长长地舒了口气。她需要时间鼓起勇气，我给她。

“这是杰里的第二次婚姻。第一次婚姻给他留下了两个孩子，儿子德里克脑瘫，治病花了大笔的钱。杰里一直不擅长理财什么的，不过他真的尽力了。他甚至买了一份巨额人寿保险，以防自己出现什么状况。”

透过眼睛的余光，我能看到她的双手：静静地放着，没有握成拳头，只是规矩地放在了自己的腿上。

“我们的婚姻破裂了，有很多原因，以前我提到过一些。其实我并不爱他，估计他也感觉了出来。但最关键的是，杰里是个狂躁抑郁症患者。一旦停止服药，病情就会恶化，所以我最后还是提出了离婚。”

我偷偷看了看她。她咬着嘴唇，眨着眼睛。

“收到文件那天，杰里朝自己的脑袋开了一枪。是我发现他趴在餐桌上的。有一个写着我名字的信封，我立刻就认出是杰里的笔迹。我打开信封，里面只有一张纸，上面只写了两个字：‘婊子’。”

凯特丽娜把一只手搭在雷切尔的肩膀上安慰她。我集中注意力开车。

“我想杰里是故意那样做的，”她说，“因为他知道我会怎么做。”

“怎么做？”我问。

“自杀就意味着得不到人寿保险金，德里克在经济上就没指望了。我不会坐视不管的。我给我的一个老上级打了电话，他是杰里的朋友，叫约瑟夫·皮斯蒂罗，在联邦调查局是个大人物。他拉拢了一些他的人，我们把事情搞的像场意外。官方的口径是，我误把他当成窃贼了。当地警方和保险公司被施了压，只能认可了这一说法。"她耸了耸肩。

"那你为什么会离开联邦调查局呢?"我问。

"因为基层大众一直不买账，都觉得我肯定跟某个大人物上过床。皮斯蒂罗保护不了我。情况看上去很糟糕，我也不能替自己辩解。我想挨过去，但不受欢迎的人在联邦调查局是待不下去的。"

她把头向后靠在靠垫上，看着自己那边的车窗外面。我不知道该怎么理解她的话，也不知道该怎么理解这种事。我本想说几句话来安慰她，却又说不出来，所以只好继续开车。一路无语，我们幸运地抵达了工会城的那家汽车旅馆。

凯特丽娜朝前台走过去，假装只会说塞尔维亚语，胡乱地打着手势。服务员估计只有一招能让她安静下来，就把店里唯一一位好像讲那种语言的人的房间号告诉了她。我们开始行动了。

与普通的公路汽车旅馆相比，这个怀孕女孩的房间也就能算个低档小套间。我叫她怀孕的"女孩"是因为塔蒂娜——据她说那是她的名字——说自己 16 岁。我怀疑她比这个岁数还要小。塔蒂娜眼睛凹陷，就像战争纪录片中那些孩子的眼睛一样，简直就是活生生的写照。

我留在后面，几乎到了房间外面，雷切尔也是如此。塔蒂娜不会讲英语，我们把这事交给了凯特丽娜。她们两个交谈了十分钟左右，有一段短暂的沉默。塔蒂娜叹了口气，拉开电话下的抽屉，递给凯特丽娜一张纸。凯特丽娜吻了一下她的脸，来到我们身边。

“她太害怕了,”凯特丽娜说,“她只认识佩维尔。佩维尔昨天离开时,告诉她任何情况下都不能离开房间一步。”

我扫了一眼塔蒂娜,对她笑了笑,想让她安心。但我敢肯定,根本没起到什么效果。

“她都说什么了?”雷切尔问。

“她当然什么也不知道了。和我一样,就知道她的孩子会找到个好人家。”

“她给你的那张纸是什么?”

凯特丽娜举起那张纸条看了看。“是个电话号码。要是有什么急事,她可以打电话,连拨四次9。”

“是寻呼机,”我说。

“是,我也是这么想的。”

我看看雷切尔。“我们能查出来吗?”

“我估计查不出什么来,用假名搞个寻呼机号很容易。”

“那我们就打一下,”我转向凯特丽娜说,“除了你弟弟,塔蒂娜还见过别人吗?”

“没有。”

“那你就打个电话。”我对她说,“就说你是塔蒂娜,告诉接电话的人你流血了,或者很疼什么的。”

“慢点,”雷切尔说,“先等一下。”

“我们得让人上这儿来。”我说。

“那之后怎么办?”

“之后怎么办是什么意思?你审问他们啊。你不就是干这个的吗,雷切尔?”

“我现在不是联邦调查局的人了。就算我是,也不能那么强迫人家。假装这会儿你就是他们的人，到这儿来了，我见到了你。要是你做了那样的事，你会怎么做?”

“做笔交易。”

“也许吧。或者也许你会保持沉默，找个律师，那咱们该怎么办呢?”

我想了想。“如果他们找律师的话，”我说，“你把他们交给我就是了。”

雷切尔盯着我。“你说真的?”

“我们现在说的关系我女儿的性命。”

“我们现在说的关系许多孩子的性命，马克。这帮人买卖婴儿，我们得阻止他们。”

“那你有什么建议?”

“按你说的，我们打个传呼。不过必须是塔蒂娜来打。不管她怎么说，只要能把他们引过来就行。他们会给她检查身体，那我们就查查他们的车牌，跟踪他们离开，搞清他们的身份。”

“我不明白，”我说，“凯特丽娜为什么不能打这个电话?”

“因为无论是谁来，都会查查打电话的那个人是谁。凯特丽娜和塔蒂娜的声音听起来不太像。他们就会知道我们想干什么。”

“不过我们有必要这么大费周折吗? 把他们弄到这儿来不就行了，为什么还要冒险跟踪他们回家?”

雷切尔闭上眼，随即又睁开了。“马克，你想想，要是他们发现我们知道了他们的事，会有什么反应?”

我停了下来。

“我还想弄清另外一些事情。现在，这已经不仅仅关系到塔拉了。我们得毁掉这帮家伙。”

“如果我们现在打草惊蛇,”我现在明白了她的真实用意,“他们就会有所警觉。”

“没错。”

我不确定自己对此有多大兴趣。塔拉才是重中之重。要是联邦调查局或警方要立案调查这帮人,我举双手赞成。但那和我个人无关。

凯特丽娜向塔蒂娜说了我们的计划。我看得出来这根本行不通。这女孩吓呆了,连连摇头说不。时间在一点点流逝——我们真的没时间了。我生气地大喊了一声,决定做件蠢事,拿起电话,拨下了寻呼机号码,连续按了四次 9 键。塔蒂娜平静了下来。

“你来。”我说。

凯特丽娜翻译了我说的话。

接下来的两分钟里,大家都没做声。我们都只是盯着塔蒂娜。电话响了起来,我并不喜欢这个年轻女孩的眼神。凯特丽娜说了什么,口气很急。塔蒂娜摇摇头,抱着胳膊。铃声响了三四下。

我掏出枪。

雷切尔说:“马克。”

我把枪放在身边。“她知道我们谈论的是我女儿的性命吗?”

凯特丽娜突然用塞尔维亚语吼了起来。我狠狠地盯着塔蒂娜的眼睛。没有反应。我举起枪,开了一枪。电灯泡爆炸了,响声回荡在房间里,震耳欲聋。每个人都跳了起来。我知道这又是一个愚蠢的举动,但我说不清自己是否还在乎。

“马克!”

雷切尔把一只手放在我胳膊上,我甩开了。我看着凯特丽娜。“告诉她,要是打电话的人挂断了……”

我还没想好下面说什么,凯特丽娜就说了起来。我拿着枪,又把它放回身边。塔蒂娜还是看着我。我的额头开始冒汗,身体开始哆嗦。塔蒂娜看着我,脸上的表情软化下来了。

“求求你。”我说。

响到第六声时,塔蒂娜抓起话筒,开口了。

我扫了一眼凯特丽娜。她听着谈话,朝我点了点头。我手里还是握着枪,退到了房间的另一端。雷切尔盯着我,我也看着她。

雷切尔先眨了眨眼。

我们把科迈罗车停在旁边的一家餐馆外面,耐心等着。

三个人没怎么聊天,没有互相看,而是东瞅瞅,西看看,好像是同乘一部电梯的陌生人。我不知道说点什么,也不知道此刻的感觉。我已经开了一枪,差不多是在恐吓小女孩。更糟糕的是,我竟没怎么在乎。即使有什么不良反应,似乎也早就过去了。暴风雨的云层可能会积聚,再消散。

我摆弄着收音机,调到了当地新闻电台,有点希望听到人说:“插播公告,”接着就是宣布我们的名字,描绘我们的容貌,或许还会警告我们持有武器,很危险。但根本没有卡塞尔顿发生枪击或者警察正在追捕我们的消息。

我和雷切尔还是坐在前面,凯特丽娜躺在后面的折叠椅上。

雷切尔掏出掌上定位仪，拿着手写笔，准备点击。我盘算着给伦尼打个电话，却想起了齐亚的警告：他们在监听我们。再说我也没什么可说的——无非是用在我家后院被杀的男人尸体那里捡来的非法手枪恐吓了一个怀孕的16岁女孩儿。伦尼律师当然会津津乐道于相关细节的。

“你认为她会配合吗？”我说。

雷切尔耸了耸肩。

塔蒂娜答应了站到我们这边来，但我不知道该不该相信她。为了安全起见，我拔了电话的插头，拿走了电源线，搜查了房间里的纸张和可以写字的东西，以免她塞纸条给前来的人。但我什么也没找到。雷切尔也把她的手机放到了窗台上，权当是个监听装置。凯特丽娜此刻正把手机放到耳边，她会充当翻译的。

半小时后，一辆金黄色的凌志SC430冲了进来。我轻轻吹了个口哨。医院里的一个同事刚买了辆一模一样的车，花了6万美元。一个女人出现了，一头白色短发尖尖耸起，很是引人注意；身着一件与头发相配的紧身白衬衫，紧身裤也是白色，与头发和衬衫搭得很，好像嵌进了皮肤里；胳膊呈褐色。大家都知道，这种女人让人过目不忘，会使人想起网球俱乐部周围招摇过市的辣妈。

我和雷切尔都转向凯特丽娜，凯特丽娜严肃地点点头。“就是她，就是这个女的给我接生的。”

我看到雷切尔开始操作掌上定位仪。“你在干什么？”我问。

“输入汽车牌号查询，几分钟内就能知道这辆车的车主是谁。”

“你怎么做到这一点的?”

“不是什么难事,”雷切尔说,“可以联系任何一个执法官员。要是联系不上,就拿笔钱给机动车辆部,一般500美元。”

“你在上网还是干什么?”

她点点头,“无线模式。我有个朋友,叫哈罗德·费舍尔,是自由职业者,电脑高手。他对联邦调查局把我踢出去一直耿耿于怀。”

“所以现在他在帮你?”

“是的。”

那个白头发女人弯腰探进汽车,拉出件东西,估计是医药箱。她匆忙戴上一副名牌墨镜,朝塔蒂娜房间赶过去。那个女人敲了敲门,门开了,塔蒂娜让她进去了。

我在座位上转过身,看着凯特丽娜。她把手机调到无声状态,“塔蒂娜告诉她感觉好些了,那个女的对她打了电话却啥事也没有很恼火。”她停了一下。

“你听到名字了吗?”

凯特丽娜摇摇头。“那个女的要给她检查身体。”

雷切尔目不转睛地盯着掌上定位仪的小屏幕,好像它是魔法8号球似的。

“嘭。”

“什么?”

“丹尼斯·瓦尼什,新泽西里奇伍德河景大道47号,46岁,没有明显的违章停车记录。”

“这么快就搞到了?”

她耸耸肩。

“哈罗德要做的就是输入车牌号。他会看看从她身上能发现什么。”她的手写笔又开始动起来，“我还要把这个名字输入Google。”

“那个搜索引擎?”

“是啊。你会对自己的发现大吃一惊的。”

对此我其实一清二楚。我曾经输入过自己的名字，想不起是出于什么原因了。我和齐亚喝了酒，纯粹为了取乐。她称之为“自我冲浪”。

“现在没怎么说话。”凯特丽娜一脸聚精会神的样子。“可能在给她检查身体?”

我打量着雷切尔。“Google有两条结果，”她说，“一条是伯根县规划局的网址，要求提供详细信息再细分，但被拒绝了。但另一条，就更有意思了，是个校友录网站，列出了他们正在设法寻找的毕业生名单。”

“什么学校?”我问。

“费城家庭护理与产科大学。”

正好吻合。

凯特丽娜说:“她们完事了。”

“很快吗。”我说。

“非常快。”

凯特丽娜又听了一会儿。“那个女的告诉塔蒂娜要照顾好自己，说为了孩子，她应该吃点好的;要是再觉得不舒服，就给她打电话。”

我转向雷切尔。“听上去比她来的时候高兴多了。”

雷切尔点点头。我们假定是丹尼斯·瓦尼什的那个女人走了出来。她走路时高高地昂着头，屁股一扭一扭的，一副趾高气扬的样子。绷得紧紧地白色衬衫揪起一道道纹路——我无意为之，但还是注意到了——几乎是透明的。她钻进汽车，开车走了。

我启动了科迈罗——发动机轰鸣着，像个老烟鬼在干咳——跟在后面，保持着安全距离。我并不怎么担心被她甩掉，因为已经知道她的住址了。

"我还是不明白，"我对雷切尔说，"他们买卖婴儿怎么能得逞呢？"

"他们找到绝望的女人，许诺给她们钱，为她们的孩子提供稳定而舒适的家，从而引诱她们来到这儿。"

"不过要想收养孩子，"我说，"得办一整套手续才行。那是很麻烦的，我知道国外有些孩子——身体有缺陷的孩子——人们想方设法要把他们带过来。你都想不到那些手续，是不可能的。"

"我也不知道答案，马克。"

丹尼斯·瓦尼什拐上新泽西收费公路向北开去，那是回里奇伍德的路。我故意落后了七八米。凌志车的右车灯闪了起来，在文森·伦巴第停车休息站驶离了公路。丹尼斯·瓦尼什停下车，径直走了进去。我把车开到匝道处，看着雷切尔，她正咬着嘴唇。

"她可能去卫生间了。"我说。

"给塔蒂娜检查完身体，她洗过手了。那时候她怎么没去？"

"也许是饿了？"

“她那样子,吃汉堡能吃过你吗,马克?”

“那我们怎么办?”

雷切尔没有犹豫,一把抓住车门把手。“让我在门口下车。”

丹尼斯·瓦尼什确定塔蒂娜在撒谎。

这个女孩说自己大出血。丹尼斯检查了床单,床单没换过,但上面却一点血迹也没有。卫生间的瓷砖干干净净的,马桶坐垫上也很干净,哪儿也没有一点血迹。

当然,仅仅这些并不意味着什么,可能是这个女孩儿已经收拾了。但还有别的。妇科检查显示没有疼痛的迹象,什么事也没有,甚至一点红色的迹象也没有。她的阴毛上也没有血的迹象。丹尼斯给她检查完身体后,检查了淋浴间,里面都干透了。这个女孩打电话还不到一个小时,她说血出得厉害。

这不合乎情理。

最重要的是,这个女孩儿举止异常。那些女孩儿总是怕得要命,这自不必说。丹尼斯 9 岁时就离开了南斯拉夫,那时是铁托当政,形势相对稳定。她知道南斯拉夫是个什么样的地方。美国在这个和她一样来自南斯拉夫的女孩儿眼里,肯定就像火星一般陌生。但她的恐惧有点不同寻常。通常那些女孩儿会盯着丹尼斯,好像她是生身父母或救世主一样,带着惊恐和希冀来景仰她。但这个女孩儿避开了她的目光,非常不安。另外还有件事。塔蒂娜是佩维尔带过来的,佩维尔一直把那些女孩看得紧紧地,现在却没在那里。丹尼斯本想问问这事,不过还是决定等她把戏演完再说。如果没有出什么事,这个女孩儿肯定会提到佩维尔的。

但她没有。

没错，肯定出了问题。

丹尼斯不想引起怀疑，检查完身体后就匆匆离开了。透过墨镜，她检查着可能的监视车辆。一辆也没有。她寻找着明显的没有标志的警车，还是没有。当然，她不是专家。她和史蒂文·巴卡德合伙干了十来个年头，从来没出过差错。也许正因为此，她才放松了警惕。

丹尼斯一回到车里，就抓起了手机。她想打电话给巴卡德，但不行。如果自己已经被他们盯上了，就会被追查到的。丹尼斯盘算着在最近的加油站用公用电话，不过这也可能正中他们的下怀。看到休息站的标志，她想起了那地方有很多投币式公用电话，可以在那里打。如果她行动敏捷，他们就不会看到她，也不会知道她用的是哪部电话。

不过这样就安全吗？

她迅速地想着各种可能。假设确实被人盯上了，直接开车去巴卡德的办公室显然是个错误的举动。可以等回家再给他打电话，但电话也可能被窃听了。这样——用一大堆投币式公用电话打——似乎最保险。

丹尼斯抓过一张纸巾，以防自己的指纹留在话筒上。她还小心翼翼地避免擦到话筒，那上面的指纹可能不下数十个，干吗要让那些人费些力气呢？

史蒂文·巴卡德拿起了电话。“喂？”

听到明显很紧张的声音，她的心猛地一沉。“佩维尔在哪儿？”她问。

“丹尼斯?”

“是。”

“你干吗问这个?”

“我刚看过他那个女孩,有些不对劲。”

“噢,天哪,”他悲叹道,“出了什么事?”

“那个女孩儿拨了紧急号码,说她在大出血,我觉得她在撒谎。”

一阵沉默。

“史蒂文?”

“回家。别和别人说。”

“好,”丹尼斯看到那辆白色科迈罗停了下来,皱了皱眉。以前没见过吗?

“你家里有前科吗?”巴卡德问。

“没有,当然没有。”

“你确定吗?”

“确定。”

“好,不错。”

一个女人从科迈罗里钻了出来。尽管离得很远,丹尼斯还是能看到这个女人耳朵上的绷带。

“回家。”巴卡德说。

在这个女人转身之前,丹尼斯挂上电话,溜进了卫生间。

史蒂文·巴卡德小时候很喜欢一部老电视剧《蝙蝠侠》。他记得每一集都以近乎同样的方式开始。有人犯了罪,人们很快到戈登局长和奥哈拉警长那报案。这两位滑稽的执法官员会板起面孔，讨论案情，最后却发现只有一个办法。然后戈登局长拿起红色的蝙蝠形状电话，蝙蝠侠接起电话，答应一定会化险为夷，之后转身对罗宾说："去蝙蝠洞！"

他怔怔地看着电话，心里涌起一股毛骨悚然的感觉。事实恰好相反，没有他能打电话的英雄，他就是那个蝙蝠侠。不过归根结底，生存才是根本。和平时期，漂亮话和正当理由还是不错的；战争年代，生死关头，事情就简单多了：不是你死就是我活。他拿起电话，拨下了那个号码。

莉迪亚甜甜地回答："你好，史蒂文。"

"我还需要你。"

"坏事吗？"

"非常坏。"

"我们马上来。"她说。

三十九

“我到那里时，”雷切尔说，“她已经进了卫生间。但我感觉她先打了个电话。”

“为什么？”

“卫生间里好多人排队。她排在我前面，中间只隔着两个人。她应该排得更靠前些。”

“能查出她给谁打电话吗？”

“不行，短时间内不行。那里的电话都被使用过，就算是我使用联邦调查局的所有手段，也得花上一段时间。”

“那我们就继续跟踪下去。”

“对，”她转过去看看身后，“车里有地图吗？”

凯特丽娜笑了笑：“好多呢。维恩喜欢地图。要世界的，国家的，还是州的？”

“州的。”

凯特丽娜把手伸进我座椅的后袋，抽出一张地图递给雷切尔。雷切尔摘下笔帽，做起标记来。

“你在干什么？”我问。

“我也不确定。”

手机响了,我接听起来。

“你们这帮家伙还好吧?”

“嗯,维恩,我们很好。”

“我让我姐替我照看孩子了。我正开着小卡车向东走。你们在哪儿呢?”

我告诉他我们正在去里奇伍德的路上。他知道那个小镇。

“我赶过去估计还得二十来分钟,”他说,“我在威尔西广场的里奇伍德咖啡馆和你们会合。”

“我们可能去那个接生婆家。”我说。

“我等着。”

“好的。”

“哎,马克,”维恩说,“别感情用事什么的,不过要是有人想吃枪子的话……”

“我会告诉你的。”

凌志车在林伍德大道拐了个弯,把我们落得更远了。雷切尔低着头,一会儿用手写笔点击掌上定位仪,一会儿在地图上做着标记。到了郊区,丹尼斯·瓦尼什向左拐上了瓦尔塞莱公路。

“她肯定是要回家,”雷切尔说,“随她去吧。我们得好好考虑一下。”

我不知道她要干什么。“你说好好考虑是什么意思?我们得接近她。”

“还不是时候,我在忙活别的事呢。”

“什么事?”

“再等几分钟。”

我减速拐进范迪恩，这里紧挨着溪谷医院。我回头看了看凯特丽娜，她朝我笑了笑。雷切尔还在那儿忙活着。我看了看仪表盘上的时钟，该去与维恩碰头了。我取道斯特普尔北路上了里奇伍德大道。有家达克西亚那杂货店，那前面的停车场开着，我一眼就看见了停在街对面的维恩的小卡车：镁合金轮毂，保险杠上贴着两张贴纸，一张写着“查尔顿·赫斯顿[①]竞选总统”，另一张写着：“我像个痔疮患者吗？那就别舔我屁股。”

里奇伍德城中心，既有光怪陆离的19世纪末20世纪初的美术明信片，又有当代奢侈的美食城。大多数老式商店早已不见了踪影，那家私人书店却还是生意兴隆。有一家精致的高级床品店，卖的都是60年代的东西，还有几家时装店、美容院和珠宝首饰店。当然了，几家连锁店——有盖普、威廉姆斯·索诺玛[②]，自然少不了星巴克——占了一大块地盘。不过最重要的是，城中心已经成了名副其实的大杂烩，餐馆林立，各种口味和价位应有尽有。随便说出哪个国家，都能在这儿找到该国的餐馆。随便朝哪个方向——即使是心生怜悯——扔块石头，都能砸中三家餐馆。

雷切尔带着地图和掌上定位仪。我们一边走，她一边忙活着。维恩已经在咖啡店里了，与柜台后面那个身材魁梧的家伙聊得正起劲。他戴着扬基帽，穿着T恤衫，上面写着：“驼鹿头：棒极了的啤酒，驼鹿的新体验。”

---

① 查尔顿·赫斯顿，是美国影坛一位素以扮演英雄人物见长的影星，主演过影片《戏中之王》和《宾虚传》等。进入晚年后，赫斯顿开始对右翼政治问题产生浓厚兴趣，甚至大过对表演的兴趣。

② 威廉姆斯·索诺玛(Williams - Sonoma)是一家家居用品零售商。

我们围着桌子坐了下来。

“情况怎样?”维恩问。

我让凯特丽娜告诉他,而我则盯着雷切尔。每次我要开口,她都会举起一个指头阻止我。我跟维恩说,我们不需要他们帮忙了,他应该带凯特丽娜回家去和孩子们在一起。维恩很是不情愿。

不知不觉已是上午十点,我竟没有一丝困意。睡眠不足——即使不是肾上腺素的缘故,也会如此——没什么关系,我在住院实习期和从业期间经历过无数个被电话叫醒的夜晚。

“嘭。”雷切尔又说了声。

“怎么了?”

雷切尔还是盯着掌上定位仪,伸出一只手。“用一下你手机。”

“干什么?”

“给我就是了,行吗?”

我把手机递给她。她拨了号码,挪到了咖啡厅一角。凯特丽娜说了声“不好意思”去卫生间了。维恩用胳膊肘碰了碰我,指着雷切尔。

“你俩在谈恋爱?”

“说不好。”我说。

“除非你是头蠢驴。”

我只能耸了耸肩。

“要么爱她,要么不爱,”维恩说,“别的吗?蠢驴才会那么说。”

“你就是这么处理今早听到的那些话的?”

他想了想："凯特的话和她以前的所作所为倒也没什么大不了的。关键是，我跟她睡了8个年头了，这才是关键。"

"我对雷切尔可没那么了解。"

"嗯，倒也是，你看看她。"我看了看雷切尔，一种虚幻的、轻飘飘的感觉传遍了我全身。"她被打成那个样子，还挨了枪子，我的天啊。"他停了下来。我虽然没看他，也能确定他把大辫子向后一甩，一副厌恶的样子，"你就这么算了，你知道你是什么东西吗？"

"蠢驴。"

"地地道道的蠢驴，还不是业余的呢。"

雷切尔关上手机，匆匆回来了。也许是因为维恩刚才的话，不过我敢保证，我看到了她眼里的激情。她身上穿着那套衣服，头发乱蓬蓬的，脸上挂着征服世界的自信微笑，这让我欣喜若狂。这种感觉转瞬即逝，也就是一小会儿，不过也许足够了。

"嘭？"我问。

"还是加农炮呢，7月4日[①]的炮火。"她又用手写笔点了起来。"就差一件事了。还有，看着地图。"

我把地图摊开，维恩从我的肩膀上方看过来，身上散发出一股机油的味道。地图上标满了各种各样的标记——小星星、叉号，但最粗的线条是一个迂回的路线，我一眼就看出来了。

"这是绑匪们昨天夜里走过的路线，"我说，"我们一直跟在

① 7月4日是美国独立日，以纪念1776年7月4日大陆会议在费城正式通过《独立宣言》。

后面。”

“对。”

“这些星星之类的东西是怎么回事?”

“嗯,首先,看着他们实际走过的路线。向北跨过塔朋齐大桥,接着向西,然后向南,再又向西,接着返回东边和北边。”

“他们在用诡计。”我说。

“对,我们前面说过的没错。他们在你家里为我们设了个圈套。不过你再想想,我们推断是执法部门的人警告他们Q型记录器的事,对吧?”

“那又怎么样?”

“你住院前没人知道这事。这就是说至少有一段路程,他们并不知道我在跟踪他们。”

我没明白她的意思,不过还是说:“是的。”

“你是网上付的手机费吗?”她问。

雷切尔话锋一转,我好一会儿才转过神来。“是的。”我说。

“那么你就能得到一张话费单,对吧?你点击那个链接,登录后,就能看到所有的通话记录。可能还有一个反向链接——所以你点击那个电话号码,就能看到是给谁打的电话。”

我点点头。的确如此。

“嗯,我弄到了丹尼斯·瓦尼什的最新话费单。”她举起一只手。“别管是怎么弄到的,反正易如反掌。哈罗德可能是通过黑客方式弄到的,如果时间多点,能有熟人或贿赂的话就更容易了。不过现在有了网上交费,比以往容易多了。”

“哈罗德通过网络把她的话费单发给了你?”

“是呀。不过瓦尼什女士可是打了不少电话,所以才费了我这么长时间。我们刚才一直在划分，先查清姓名，然后弄清住址。”

“有特殊的姓名？”

“没有，是个地址。我想看看她有没有给绑匪经过的路线上的什么人打电话。”

现在我明白了她的意图。“我猜答案是肯定的。”

“岂止肯定。还记得他们在大都市综合办公楼停下过吗？”

“当然。”

“上个月，丹尼斯·瓦尼什给史蒂文·巴卡德律师事务所打过六次电话。”

雷切尔指着地图上标记的那颗星星。“在大都市。”

“律师？”

“哈罗德会进一步查查看，不过我还是用了 Google 搜索，出现了很多史蒂文·巴卡德的名字。”

“哪方面的？”

雷切尔又笑了。“他的专长就是收养孩子。”

维恩说：“慈祥的圣母啊。”

我向后靠去，想好好琢磨一下这些事。警示灯一闪一闪的，但我不确定那意味着什么。凯特丽娜回到桌边，维恩告诉了她我们的发现。我知道，我们越来越接近目标了，却感到有些茫然。我的手机——或者应该说，是齐亚的手机——响了，我低头看了看来电显示，是伦尼。我想起了齐亚的话，心里盘算着不接为好。不过当然啦，伦尼知道电话上可能安了窃听器，他还曾警告过齐亚呢。

我摁下了应答键。

“让我先说,”我还没来得及打招呼,他就开口了,“要是被窃听了,这次谈话就算是律师和当事人之间的通话,是受到保护的。马克,别告诉我你现在在哪儿,任何会迫使我撒谎的话都不要说,明白吗?”

“是的。”

“你这趟有什么收获吗?”他问。

“没弄到我们想要的收获,至少现在还没弄到,不过快了。”

“我能帮上忙吗?”

“估计不能。”接着我又说,“等等。”我想起了伦尼曾处理过我妹妹的被捕案,他曾是她的主要法律顾问。“斯泰西和你说过收养孩子的事吗?”

“我没明白你的话。”

“她有没有想过送孩子给别人收养,或者以什么方式向你提起过收养的事?”

“没有,这和绑架有关吗?”

“可能吧。”

“我不记得有这样的事。你看,他们可能在监听我们,那我就告诉你为什么打这个电话吧。他们在你家里发现了一具尸体——是个男人,脑袋中了两枪。”伦尼知道我已经知道这事了,我估计他这话是说给那些窃听者的。“他们还没确定身份,不过在克里斯汀的后院里找到了凶器。”

我并不吃惊。雷切尔早就估计到他们把枪放到了什么地方。

“问题是,马克,凶器就是你以前的那把手枪,那把自从你家里发生枪击案后就不见了踪影的手枪。他们已经进行了弹道测试。你和莫妮卡是被两把不同的38手枪打中的，记得吗？”

“记得。”

“那好，那把枪——‘你的’枪——就是那天早晨用过的其中一把。”

我闭上眼。雷切尔的口型在问“怎么啦？”

“我先挂了，”伦尼说，“如果需要，我再从收养方面查查斯泰西，看看能有什么发现。”

“谢谢。”

“注意安全。”

他挂断了电话。我转向雷切尔，告诉她发现了那把枪和弹道测试的事。她靠向座椅，咬着下嘴唇。我们当年约会时，我就熟悉这个习惯性动作了。“那就意味着，”她说，“那个佩维尔和其他人肯定与第一次袭击脱不了干系。”

“你还在怀疑？”

“几小时前，我们认为这完全是场骗局，还记得吗？我们认为这帮家伙可能了解了不少情况，伪装成塔拉在他们手里，好从你岳父手里骗取一笔赎金。但是现在，我们知道情况并非如此。这帮人那天早晨就在现场，最初的绑架也有他们的份。”

合情合理，但总觉得有些不对头。“我们接下来去哪儿？”我问。

“按理说应该去拜访史蒂文·巴卡德律师，”雷切尔说，“不过问题是，我们并不清楚他是老板，还是只是个伙计。从掌握的情况来看，要么幕后操纵的是丹尼斯·瓦尼什，他只是她的手下；要么他俩都是别人的手下。如果我们就这么匆匆赶过去，巴卡德只会拒不开口的。他是个律师,精明得很,不会搭理我们的。”

“那你的建议呢?”

“我也不确定,”她说,“要不该给联邦调查局打个电话,也许能突然查抄他的办公室。”

我摇摇头,“那要等很长时间。”

“我们能让他们快点动手。”

“就算他们相信我们——这只是个大胆的推测——又能有多快呢?”

“我不知道,马克。”

我不喜欢这种做法。“万一丹尼斯·瓦尼什回去起了疑心呢。万一塔蒂娜害怕,又给她打电话了呢。万一真的有人走漏了风声呢。现在不确定因素太多了,雷切尔。”

“那你觉得我们怎么办?”

“双管齐下,”我不假思索脱口而出。在这个难题面前,我突生一计,“你去对付丹尼斯·瓦尼什,我去对付史蒂文·巴卡德,我们同时出击,同时拿下他们。”

“马克,他是律师,不会向我们开口的。”

我看着她,她看在眼里。维恩直了直身子,嘴里低声冒出了一句“呜耶”。

“你去恐吓他?”雷切尔问。

“我们谈论的是我孩子的性命。”

“而且,你谈论的是把法律玩弄于股掌之间的问题,”接着她补充道,“第二次。”

“那又怎样?”

“你持枪威胁了一个十几岁的女孩儿。”

“我只是想吓唬吓唬她，仅此而已，绝对不会真的伤害她的。”

“法律——”

“法律没有帮助我的女儿，”我尽量压抑着没有吼出来。通过眼角的余光，我看到自己发火时，维恩频频点着头。“他们都把时间浪费在你身上了。”

她身子一挺。“我？”

“伦尼在家里告诉我的。他们认为是你干的，没我的份。你着了魔非要把我弄回到你身边，诸如此类的话。”

“什么？”

我从桌边站起身。“嗨，我去会会这个叫巴卡德的家伙。我不打算伤害任何人，但他要是知道我女儿的事，我就得查清楚是怎么回事。”

雷切尔举起拳头。“好哇。”

我问维恩能不能继续借用他的科迈罗，他说他会全力支持我的。我以为雷切尔还会争论，但她没有。也许她知道我已经铁了心了，也许她知道我是正确的，或者也许——只是很有可能——知道昔日的同事竟把注意力集中在她身上，并把她视为唯一的重大嫌疑犯，她震惊不已。

“我和你一块儿去。”雷切尔说。

“不。”我的声音斩钉截铁，不留一丝余地。我也不知道到了那个地方会做出什么事，不过什么事我都能干得出来。“我前面说的行得通。”我能听到取而代之的是自己熟悉的外科医生口吻。“等我到了巴卡德办公室，就给你打电话。我们同时出现在他和丹尼斯·瓦尼什面前。”

我没等她回复,就径直回到科迈罗,奔向了大都市综合办公室。

四十

莉迪亚查看了一下四周。现在有点暴露,她并不喜欢这样,不过也没办法。她戴着高高耸起的金色假发——跟史蒂文·巴卡德所说的丹尼斯·瓦尼什的假发大同小异,敲了敲那个小套间的房门。

门旁边的窗帘动了动。莉迪亚笑了笑。"塔蒂娜?"

没人回答。

巴卡德提醒过她,塔蒂娜基本不会讲英文。莉迪亚琢磨着该怎么办。时间不等人,每件事都得摆平,每个人都得灭口。连巴卡德那种讨厌鲜血的人都这么说了,你自然就会明白后果。莉迪亚和赫什兵分两路,她到了这里,事后他们再会合。

"好了,塔蒂娜。"她透过门缝说,"我是来这儿帮你的。"

没有一丝动静。

"我是佩维尔的朋友,"她又试了试,"你认识佩维尔吧?"

窗帘拉开了。一个年轻女子的脸一闪而过,那张脸瘦削,充满了孩子气。莉迪亚朝她点点头,女子还是没有开门。莉迪亚扫了一下四周,没人看她,但她还是觉得这样过于暴露,得赶快收场才行。

“等等。”莉迪亚说。她一边看着窗帘，一边把手伸进兜里，掏出一张纸和一支笔，写着什么。她确定如果有人还在窗口的话，能清楚地看到她在干什么。她把笔帽套在笔上，走到窗前，举起那张纸，凑到窗玻璃上，好让塔蒂娜能看见。

这就像把受惊的猫从沙发底下引出来一样。塔蒂娜慢慢朝窗户这边挪动着。为了不惊吓她，莉迪亚没动。塔蒂娜俯身向前离得更近了。过来，猫咪，猫咪。莉迪亚现在能看到女孩儿的脸了。她眯着眼，正努力想看清楚纸上写着什么。

塔蒂娜靠得很近时，莉迪亚把枪管抵在了玻璃上，瞄准了年轻女孩儿的眉间。最后一刻，塔蒂娜想转身逃走，但为时已晚。子弹干净利落地穿过玻璃，钻进了塔蒂娜的右眼，鲜血喷涌而出。莉迪亚习惯性地把枪口调低些，又开了一枪，正中倒下的塔蒂娜的额头。不过第二颗子弹纯属多余，第一颗射进右眼的子弹已经进了脑子，年轻女孩儿当即毙命。

莉迪亚匆匆离开了。她偷偷向身后扫了一眼，一个人也没有。她来到就近的购物中心，扔掉了假发和白色外套，并在离此一公里左右的停车场找到了自己的汽车。

我到了大都市，给雷切尔打了个电话。她把车停在了丹尼斯·瓦尼什家门前的大街上。我们都已准备就绪。

我不知道自己希望发生什么事。估计我会冲进巴卡德的办公室，把枪抵在他脸上，逼他开口。但没想到的是，这是一个标准的、高级的办公室格局——也就是说，史蒂文·巴卡德有一个设备齐全的接待区。有两个人正在等着——从外表看是对夫妇:丈夫把脸埋在一本压膜的《体育画报》里;妻子则面带愁容,对我挤出一丝笑容,好像对我笑笑也会伤害她一样。

我意识到自己看起来一定非常狼狈。我身上还穿着医院的病号服,没刮胡子;因为睡眠不足,眼睛肯定通红。想象一下自己的头发,可能也像刚从床上爬起来一样乱七八糟地竖着。

接待员位于滑动玻璃窗里面,我一直把这种玻璃窗与牙科手术联系在一起。那个女人——一个小小的名牌上写着"艾格尼丝·韦斯"——正朝我甜甜地微笑着。

"我能为您做点什么?"

"我来见巴卡德先生。"

"您有预约吗?"她的声调还是甜甜的,但话里也带着讽刺的鼻音。她明显知道答案。

"我有急事。"我说。

"我知道了。您是我们的客户吗?先生是……"

"医生,"我厉声回复,"告诉他,马克·塞德曼医生要马上见他,就说我有急事。"

那对年轻夫妇正看着我们。接待员甜甜的声音开始支支吾吾。"巴卡德先生今天的日程排得很满。"她打开预约本,"我看看什么时候有时间,好吗?"

"艾格尼丝,看着我。"

她按我说的做了。

我露出严肃的表情,摆出一副"你不合作马上就没命"的架势。"告诉他,塞德曼医生在这里,就说我有急事。告诉他,如果现在不见我,我就要报警。"

那对年轻夫妇对视了一下。

艾格尼丝在椅子里挪动了一下,好坐得更舒服些。“如果您坐下来——”

“告诉他。”

“先生,如果您再不退出去,我就叫保安了。”

我向后退去,但也可以随时跨上前去。艾格尼丝没有拿起电话。我挪到对她构不成威胁的距离,她拉上了小窗户。那对夫妇看着我,丈夫说:“她在替他打掩护呢。”

妻子说:“杰克!”

杰克没理她。“巴卡德半小时前就匆匆出门了,那个接待员老是说他马上回来。”

我发现了一面照片墙,凑近看了看。所有照片都是一个人和一帮政客、准名人及昔日运动员的合影,估计那个人就是史蒂文·巴卡德。我盯着这个男人的脸——肥头大耳,双下巴,满面红光。

我对这个叫杰克的男人道了声谢谢,朝门口走去。巴卡德的办公室就在一楼,因此我决定在入口等着他。这样,艾格尼丝就不会有机会提醒他,我就可以间接给他来个突然袭击。五分钟过去了,几个西装革履的人进进出出。他们个个被日复一日的打印机色粉和镇纸折磨得苦不堪言,被汽车行李箱大小的公文包拖累得虚弱不堪。我在走廊里走来走去。

又有一对夫妇进来了。看着他们怯生生的脚步和游离的眼神,我马上就知道他们也是来找巴卡德的。我看着他们,想着他们来这儿之前的历程,仿佛看到他们结了婚,手拉着手,忘情地亲吻,在清晨做爱;仿佛看到他们事业蒸蒸日上;仿佛看到他们初次试孕失败后痛苦不堪却继续努力着,看到他们在家里怀孕测试结果为阴性，耸耸肩想着等到下月再说的无奈，以及一次次失败后与日俱增的忧虑。一年过去了，还是没有动静。朋友们生儿育女了，对他们说这说那的；父母们不知道何时才能抱上孙子孙女。我仿佛看到他们去看医生——“某个专家”——对女方没完没了地提问，对男方通过手淫获取精液的屈辱，个人隐私问题，血样和尿样化验。又过了几年，他们的朋友渐渐疏远了。现在做爱就是为了传宗接代，每次做爱都要经过精心测算，还不时伴随着缕缕忧伤。他不再牵她的手。只要不在经期，他们在夜里总是要做爱的。我仿佛看到各种药片，绝经期促性腺激素，试管受精令人难以置信的费用；仿佛看到他们放弃工作待在家里，天天翻着日历，而家庭测试结果却总是阴性时那种伤心欲绝。

现在他们到了这里。

不，我也不清楚事情是不是真的如此。但不管怎样，估计八九不离十。我不知道，他们还差多少才能结束这种痛苦。又要付出多少呢？

“噢天哪！噢天哪！”

我迅速转向尖叫的方向。一个男人冲了进来。

“快打911！”

我朝他跑了过去。“出了什么事？”

又一声尖叫。我跑到外面。又是一声尖叫，更加凄厉。我转向右面。两个女人正从地下停车场里跑出来。我全速沿着匝道奔下去，钻过了拿停车票的那道门。有人正在大喊救命，求人去打911电话。

就在正前方，我看到一个保安正对着一个步话机之类的东西大声喊着。他也飞奔起来，我尾随其后。我们转过墙角，那个保安停住了。他旁边有个女人，正用两手捂着脸尖叫着。我跑到他们旁边，低头看去。

尸体挤在两辆汽车中间，眼睛睁得大大的，还是肥头大耳、双下巴、红光满面，鲜血从头上的伤口处流淌下来。我的世界又摇摇欲坠。

史蒂文·巴卡德，也许是我的最后一根稻草，死了。

四十一

雷切尔按下了门铃。丹尼斯·瓦尼什给门铃配了首抑扬顿挫、矫揉造作的乐曲。太阳正冉冉升起,天空蔚蓝清澈。街上有两个女人手里拿着淡紫色的小哑铃,正在负重散步。她们朝雷切尔点点头,一步也没停,雷切尔也点头回敬。

对讲机响了起来。“喂?”

“是丹尼斯·瓦尼什吗?”

“请问您是谁?”

“我叫雷切尔·米尔斯,以前在联邦调查局工作过。”

“你是说,以前?”

“是的。”

“你想干什么?”

“我们得谈谈,瓦尼什女士。”

“谈什么?”

雷切尔叹了口气:“您能不能先开开门?”

“除非我知道谈什么。”

“你刚去工会城探望过的那个年轻女孩。关于她的事,先谈谈她。”

“很抱歉,我不谈我的病人。”

“我说过了,先谈谈她。”

“联邦调查局前任特工怎么会对这事感兴趣呢?”

“莫非你想让我叫现任特工?”

“你怎么着我都不在乎,米尔斯女士。我对你没什么可说的。如果联邦调查局有什么问题,可以打电话给我的律师。”

“我知道,”雷切尔说,“你的律师是史蒂文·巴卡德吧?”

一阵短暂的沉默。雷切尔回头看了一眼那辆汽车。

“瓦尼什女士?”

“我没必要跟你谈。”

“没错,是这样。那我就挨家挨户找你的街坊邻居谈谈。”

“谈什么呢?”

“我就问他们知不知道这栋房子贩卖婴儿的事。”

门忽然打开了。褐色皮肤、一头白发的丹尼斯·瓦尼什探出脑袋,“我要告你诽谤。”

“污蔑。”雷切尔说。

“什么?”

“污蔑。诽谤是书面语,污蔑是口头语。你是说污蔑。不管哪种,你都得证明我说的不是真的。我们都心知肚明。”

“你没有任何证据证明我违法。”

“我肯定有。”

“我不过是给自称病了的女人看病,仅此而已。”

雷切尔指着草坪那边。凯特丽娜钻出汽车。“那以前的这个病人呢?”

丹尼斯·瓦尼什举起一只手捂住了嘴。

“她会作证,你花钱买下了她的婴儿。”

“不,她不会的。她会被逮捕的。”

“噢,没错,那当然了。联邦调查局倒是会欺负一个可怜的塞尔维亚女人,却不去捣毁一个婴儿贩卖团伙。这可有看头了。”

趁着丹尼斯·瓦尼什停下来,雷切尔推开了门。“我进来你会介意吗?”

“你搞错了。”她平静地说。

“冷静点,”雷切尔进了门,“你可以纠正我的所有过失。”

丹尼斯·瓦尼什似乎一时间手足无措。她又看了一眼凯特丽娜,慢慢地关上房门。雷切尔已经径直朝书房走去。书房是纯白色调的,全都是白色:白色的分体沙发紧靠着白色的挂毯,骑在马上的裸体女人的白色瓷雕,白色的咖啡桌,白色的茶几和两把白色的无靠背的人体工学椅。丹尼斯跟着走了进来,白色衣服融入到背景中,就像是伪装,脑袋和胳膊似乎飘浮在空中。

“你想干什么?”

“我在找一个孩子。”

丹尼斯的目光转向门口。“她的吗?”

她是在说凯特丽娜。

“不是。”

“这倒没什么。我对孩子的下落一无所知。”

“你是接生员,对吧?”

她光滑结实的双臂交叉着,放在胸前:“我不会回答你的任何问题。”

“你看，丹尼斯，这事我知道的八九不离十了，只是需要你补充一点。”雷切尔坐在乙烯基沙发上，丹尼斯·瓦尼什没有动弹。“你们在国外有人，可能还不止一个国家，这个我不知道。但我知道塞尔维亚，那我们就从那里开始吧。你们有人在那里招募姑娘。那些姑娘过来时就已经怀孕了，但她们在过海关时不提这事。你负责接生婴儿。可能在这儿，也可能另有地方，那我就不知道了。”

“你不知道的事还多着呢。”

雷切尔笑了笑：“我知道的也多着呢。”

丹尼斯把双手放到大腿上，一举一动很不自然，就像对着镜子练过一样。

“无论怎么说，那些女人生下了孩子，你给她们钱，然后把婴儿交给史蒂文·巴卡德。巴卡德为那些甘愿违法的绝望夫妇提供服务，使他们能够收养孩子。”

“故事编得不错。”

“你是说我在无中生有？”

丹尼斯咧嘴笑了：“完全是无中生有。”

“你很酷，好吧，”雷切尔掏出手机，“那我就给联邦调查局的人打个电话，把凯特丽娜介绍给他们。他们会赶到工会城，盘问塔蒂娜的。他们会从清查你的电话记录、财务状况入手……”

丹尼斯摆摆手：“行了，行了，想干什么你就直说吧。我是说，你说过你现在不是联邦调查局特工了，那你想从我这儿得到什么？”

“我想知道是怎么操作的。”

“你也想干这一行?”

“不是。”

丹尼斯迫不及待:“你前面说过你在找一个孩子。”

“是的。”

“那你是在给人办事?”

雷切尔摇摇头:“你看,丹尼斯,你现在没什么选择。你要么告诉我真相,要么去蹲大牢。”

“那我真把我知道的告诉你呢?”

“那我就放你一马。”雷切尔说。这显然是个谎言,但撒这个谎很容易。这女人贩卖婴儿,雷切尔是不会放过她的。

丹尼斯坐了下来,脸上的褐色逐渐褪去,转眼之间似乎苍老了,嘴角和眼周的皱纹也加深了。“跟你想的是两码事。”她开口说道。

雷切尔等着。

“我们没有伤害任何人,其实我们在帮助别人。”

丹尼斯·瓦尼什拿起她的坤包——当然是白色的——抽出一支烟,递给雷切尔一支,雷切尔摇头拒绝了。

“你了解贫穷国家的孤儿院吗?”

“只在 PBS[①] 纪录片中见过。”

丹尼斯点燃香烟,深吸了口气:“那些地方太恐怖了。一个护理员大概得看 40 个孩子。护理员都没接受过教育,工作都是政治优待。有些孩子饱受虐待,很多孩子生来就有赖药性。医

---

① PBS,全称 Public Broadcasting Service,美国公共电视网,是美国的一个公共电视机构。

疗条件……”

“我看过照片，”雷切尔说，“很差。”

“是的。”

“还有呢？”

“我们发现了一个挽救部分孩子的办法。”

雷切尔向后靠去，两腿交叉。她明白接下来的话：“你们花钱让孕妇来这里，并卖掉她们的孩子？”

“这就太夸张了。”她说。

雷切尔耸了耸肩：“那你们是怎么弄的？”

“你设身处地地想想。要是你是个贫穷的女人——我是说很穷——可能是个妓女，或者以某种方式涉足这一行业，肮脏不堪，一无所有，有个男人把你肚子搞大了，你怎么办？要是宗教信仰允许，你还可以流产，要不你就得把孩子送到悲惨凄凉的孤儿院里。”

“或者，”雷切尔补充说，“如果她们幸运的话，最后到了你这里？”

“是的。我们会为她们提供良好的医疗条件，给她们经济补偿。最重要的是，我们会保证把她们的孩子安置在父母收入稳定、对孩子关怀备至的爱心家庭里。”

“收入稳定，”雷切尔重复道，“就是说有钱人？”

“这项服务很昂贵，”她供认不讳。“不过现在我问你点儿事。就拿外面那位朋友说吧。你说她叫凯特丽娜？”

雷切尔没作声。

“要不是我们把她带到这儿来，她现在的生活会是什么样子？她孩子的生活会是什么样子？”

“我不知道，我不知道你们对她的孩子做了什么。”

丹尼斯笑了：“很好，这是个有争议的问题，但你明白我的意思。你觉得那个孩子是和一个肮脏穷酸的妓女待在兵荒马乱的鬼地方能过上好日子，还是在美国一个关怀备至的家庭里能过上好日子呢？”

“我明白了，”雷切尔尽量放松自己，“这么说，你们就是这世上最出色的社工了。难不成你们的所作所为是慈善工作？”

丹尼斯咯咯地笑了起来：“你看看周围。我喜欢昂贵的东西，住在高级住宅区，有个孩子在上大学。我喜欢去欧洲度假，在汉普顿斯还有栋房子。我这么干，完全是因为那难以置信的利润。不过那又怎么了？谁在乎我的动机呢？我的动机可改变不了那些孤儿院的条件。”

“我还是不明白，”雷切尔说，“那些女人会把孩子卖给你？”

“她们把孩子送给我，”她纠正说，“作为回报，我们提供经济补偿。”

“是呀，是呀，随你怎么说。你们得到孩子，她们得到钱，但之后怎么办？对这些孩子，有些书面工作还得做，否则政府会插手的。政府决不会让巴卡德这样处理收养的。”

“没错。”

“那这事你们怎么操作？”

她笑了笑：“你打算逮捕我，是不是？”

“我不知道下一步会怎么做。”

她还是笑着：“你会记得我配合过你，对吧？”

“对。”

丹尼斯·瓦尼什双手合拢，闭上双眼，好像是在祈祷。“我们雇佣美国的母亲。”

雷切尔做了个奇怪的表情。“不好意思？”

“举个例子吧。假设塔蒂娜要生孩子了，我们可能会雇你，雷切尔，来冒充母亲。你到市政厅去申报人口动态记录，就说自己怀孕了，准备在家里分娩，这样就不会有什么医院记录。他们会给你一些表格填，却不会检查你是不是真的怀孕了。再说他们怎么查？不可能对你进行妇科检查的。”

雷切尔向后靠去，“天哪。”

“你想想，这事非常简单。塔蒂娜没有任何即将分娩的记录，而你有。我接生下婴儿，作为你分娩的现场证人签个字，你就是母亲了。巴卡德让你填写收养的书面材料……”她耸了耸肩。

“那领养孩子的父母们永远都不知道真相？”

“不，不过他们似乎也不太计较。他们太想要孩子了，根本就不想知道。”

雷切尔突然间感到虚脱了。

“在你检举我们之前，”丹尼斯继续说，“还得斟酌一下别的事。我们干这行快十个年头了，那就意味着有些孩子在别的家庭快乐地度过这么长时间了。好几十个呢。你要是那么干，所有领养都会被视为无效的。那些生母可能会跑到这里来要回自己的孩子，或者索要报酬，很多人会痛苦不堪的。”

雷切尔摇摇头，眼下不是考虑这么多事的时候。这次她又跑题了，得把注意力集中在焦点上。她转过身，挺直腰板，死死地盯着丹尼斯。

“那塔拉·塞德曼是怎么卷进去的？”

“谁?”

“塔拉·塞德曼。”

这次反倒是丹尼斯露出了困惑的神情。“等等,就是那个在卡塞尔顿被绑架的小女孩?”

手机响了,雷切尔看了看来电显示,是马克打来的。她正要按下应答键,一个男人进入了视野。她的呼吸顿时停止了。丹尼斯感觉到了什么,转过身,打眼一看,也向后跳去。

是公园里的那个男人。

他的手硕大无比,使得正对准雷切尔的手枪看着就像个儿童玩具。他朝她的方向挥舞着手指:“把手机给我。”

雷切尔把手机递给他,尽量避免与他接触。男人用枪管顶住她的脑袋:“现在把你的枪给我。”

雷切尔把手伸进自己的手提包。男人告诉雷切尔用两个手指把它举到看得见的地方,雷切尔遵从了。手机第四次响起来了。

男人摁下了应答键,说:“塞德曼医生?”

连雷切尔都听到了应答。“你是谁?”

“我们现在都在丹尼斯·瓦尼什家里。要是你一个人不带武器过来,我就把你女儿的事都告诉你。”

“雷切尔在哪儿?”

“她就在这儿。给你30分钟,你该知道的我会告诉你的。你这个人吧,这种场合总爱耍花招,不过这次就别耍了,否则你的朋友米尔斯女士就会先送掉性命。你明白吗?”

“明白。”

这个男人挂断手机,俯视着雷切尔。他的眼睛是棕色的,瞳孔金灿灿的，看上去像雌鹿的眼睛一样温驯。之后这个大块头男人又把目光转向丹尼斯·瓦尼什，看到了畏畏缩缩的丹尼斯，他的嘴角浮上了一丝笑容。

雷切尔知道他要干什么。

她大喊："不要！"大块头男人把枪对准丹尼斯·瓦尼什的胸部，开了三枪，枪枪击中要害。丹尼斯的身体瘫了下来，顺着沙发滑了下去，倒在了地板上。雷切尔刚要站起身，枪口就对准了她。

"别动。"

雷切尔遵从了。丹尼斯·瓦尼什必死无疑了。她双眼圆睁，鲜血奔涌而出，在白色的海洋里，红得触目惊心。

四十二

现在我该怎么办？

我打电话给雷切尔是想告诉她史蒂文·巴卡德被枪杀了，这个男人却把她挟持为人质了。唉，那我下一步该如何是好？我想好好想一想，仔细分析一下情况，但是来不及了。电话里的这个男人说得没错，以前我一直在“耍花招”。第一次赎金交易，我让警方和联邦调查局参与了；第二次，我找了个联邦调查局的前特工来助阵。好长一段时间，我都因自作主张导致第一次赎金交易失败而自责不已。再也不会这样了。前两次我都在打赌，但现在我觉得这场游戏的结果从一开始就确定了。他们从来就没打算把女儿还给我。18 个月前没有，昨天晚上也没有。

现在也没有。

也许我一直寻找的那个答案，我从一开始就已知道。维恩了解我的想法，曾警告我，“不要自欺欺人”。也许我以前一直在自欺欺人。即使此刻，在揭开贩卖婴儿骗局的当口，我还是抱有新的希望。也许我的女儿还活着吧。也许她已经陷入了这场收养骗局。很可怕吗？是的。不过显而易见的是，另一种可能性——塔拉已经死了——岂不是糟糕透顶。

我再也不知道该相信什么了。

我看了看表，20 分钟过去了，还是不知道何去何从。事有先后，先事先为。我拨通了伦尼办公室的私人电话。

“一个叫史蒂文·巴卡德的男人刚在东卢瑟福遭谋杀。”我说。

“是巴卡德律师吗？”

“你认识他？”

“几年前我和他一起办过一件案子，”伦尼紧接着说，“噢，妈的。”

“怎么了？”

“你以前问过斯泰西和收养的事，我没发现二者有什么联系。但你一说巴卡德的名字……斯泰西向我问起过他，差不多三四年前吧。”

“问他干什么？”

“我记不起来了，关于当母亲的事吧。”

“这是什么意思？”

“不知道。我当时真没在意，只是告诉她签字前让我看看。”接着伦尼问，“你怎么知道他被谋杀了？”

“我刚看到他的尸体。”

“嘘，别再说了，这条线可能不安全。”

“我需要你的帮助，帮我报警，找到巴卡德的档案。他在搞收养骗局，可能与塔拉的绑架案有关。”

“怎么会呢？”

"我没时间解释了。"

"嗯,好的,我会给蒂克纳和里根打电话的。里根一直在马不停蹄地找你,这你是知道的。"

"我猜也是。"

我不等他多问就关上了手机。其实我也不确定到底希望他们发现什么。我无法使自己相信有关塔拉命运的答案会躺在律师办公室的档案柜里。不过这也说不准。如果我这出了什么问题——出问题的概率肯定会很高——希望能有人继续追踪下去。

现在我在里奇伍德。我可不觉得电话里的那个男人说的是实话。他们干的可不是提供行业信息的行当。我和雷切尔再清楚不过了,他们到这里是为了斩草除根:把我引到这里,好把我俩统统杀死。

那我该怎么办?

时间所剩无几了。如果我拖延下去——如果超过了半个钟头——电话里的那个男人会不耐烦的,那可就坏事了。我又想到了报警,但我想起了他的"耍花招"警告,还担心会走漏风声。我有一把枪,知道怎么用。我枪法很好,但那是在牧场上。据我推测,向人开枪可是另一码事。不过可能也没什么区别。我对杀死这些人不再恐惧了,也不确定自己是否恐惧过了。

离丹尼斯·瓦尼什家还有一个街区。我停下车,拿着枪,沿街道走去。

他叫她莉迪亚,她叫他赫什。

那个女人五分钟前就到了。她娇小玲珑,洋娃娃般的大眼睛满是兴奋。她站在丹尼斯·瓦尼什的尸体前,凝视着还在流淌的鲜血。雷切尔安静地坐着,双手被胶带绑到了背后。那个叫莉迪亚的女人转向雷切尔。

“给这娘们点颜色瞧瞧。”

雷切尔盯着她。莉迪亚笑了笑。

“你不认为那很有意思吗?”

“内心里,”雷切尔说:“内心里我正在哈哈大笑。”

“你今天去看过一个叫塔蒂娜的年轻姑娘,是吗?”

雷切尔没吭声。那个叫赫什的大块头男人拉下了百叶窗。

“她死了。我只是觉得你想知道。”莉迪亚坐到雷切尔旁边。“你还记得《家庭欢笑》那部电视剧吗?”

雷切尔不知道该怎么办。毫无疑问,这个莉迪亚精神不正常。她试探着说:“记得。”

“你是影迷吗?”

“那部电视剧幼稚愚蠢,废话连篇。”

莉迪亚脑袋向后一甩,哈哈大笑起来。“我扮演特里克茜。”

她朝雷切尔笑了笑。雷切尔说:“你肯定很自豪。”

“噢,是的,是的。”莉迪亚停下来,歪着脑袋,凑近了雷切尔的脸。“当然了,你知道你很快就要死了。”

雷切尔眼睛眨也没眨。“那就告诉我你们对塔拉·塞德曼干了些什么,怎么样?”

“哎呀,拜托。”莉迪亚站了起来。“我是个演员,记得吗?我上过电视。那难不成这是电视剧的一部分,我们得公布于众,好让观众能够跟得上、听得懂,好让你的男主角偷袭我们不成?

抱歉了,甜心。”她转向赫什。“塞住她的嘴,大笨熊。”

赫什用胶带绕脑袋把雷切尔的嘴巴围了起来,向后朝窗户挪去。莉迪亚弯下腰,凑近雷切尔的耳朵。雷切尔能感到这个女人的呼吸。

“这就是我要告诉你的,”她低声说,“因为很有意思。”莉迪亚又凑近了些。“我对塔拉·塞德曼出了什么事一无所知。”

好吧,我不打算开车到门口再敲门。

那就面对现实吧。他们一心要杀死我们,我唯一的办法就是出其不意、攻其不备。我不知道那栋房子的布局,估计能找到一扇侧窗,想办法溜进去。我带着枪,有把握毫不犹豫地开枪。我多想有个更好的计划,但即使有更多时间,估计我也想不出什么妙计来。

齐亚曾提到过我作为外科医生的自负。我承认自己很恐惧,却对自己能干成这事非常自信。我是个聪明人,知道如何谨慎行事。我要找个好机会,如果没有机会,我就提出交换——用我来换雷切尔。我才不会因为他们提到塔拉就上当呢。是的,我愿意相信她还活着,愿意相信他们知道她的下落,但我再也不会为了一个白日梦去拿雷切尔的生命冒险了。我的生命呢?当然没问题。但雷切尔的不行。

离丹尼斯·瓦尼什家越来越近了。我想方设法地躲在树后,避免引人注意。但在郊区的高级住宅区里,显然是行不通的。这里可没人像我这样鬼鬼祟祟地走路。我想象着街坊邻居在百叶窗后盯着我,手指放在911 自动拨号键上。管不了那么多了。不管怎样,在警察赶到之前,该发生的总会发生。

我的手机响了，吓了我一跳。现在离那儿还有三栋房子远。我暗自咒骂着，"冷静医生，自信医生！"我竟然忘了把手机调到振动。我意识到自己只是在自欺欺人而已，我与这里格格不入。不妨设想一下，万一手机在我正靠着那栋房子时响起来，又会怎样？

我跳到灌木丛后面，用手腕摁下了应答键。

"你偷偷接近对方的功夫还不到家，"维恩低声说，"我是说，你干这事简直是糟糕透顶了。"

"你在哪儿？"

"看看二楼窗户，靠后面。"

我探出头，看了看丹尼斯·瓦尼什的房子。维恩在窗口处，正朝我挥手。

"后门没上锁，"维恩低声说，"我就进来了。"

"你那边情况怎么样？"

"残酷的屠杀。我听他们说把汽车旅馆里的那个姑娘干掉了。他们开枪干死了那个叫丹尼斯的娘们。她死了，躺在地上呢，离雷切尔不到一米。"

我闭上双眼。

"这是个圈套，马克。"

"嗯，我猜出来了。"

"他们有两个人——一个男的，一个女的。你赶紧回到车里去，开车停到大街上，离得远远的，他们就打不中你了。待在那儿，别再靠近了，只要把他们的注意力吸引过去就行——明白我的意思吗？"

"明白。"

“我尽量留个活口,不过我可没有十足的把握。”

他挂断了电话。我匆匆溜回汽车,按他的话做了,能听到心脏怦怦地撞击着胸膛。但现在有希望了:维恩在那里,带着武器进了屋。我把车停在丹尼斯·瓦尼什家门前,百叶窗和窗帘拉了下来。我深吸了一口气,打开车门,站起身。

静寂无声。

我想听到枪声,但最先传来的却是玻璃的破碎声。我看到雷切尔掉出了窗口。

“他刚停车。”赫什说。

雷切尔的手还被捆在身后,嘴上缠着胶带。她明白会发生什么事:马克来到门口,他们会让他进来,再开枪打死他俩,演绎邦尼和克莱德的另一个版本。

塔蒂娜已经死了,丹尼斯·瓦尼什已经死了。只有这种结局了,赫什和莉迪亚是不会给他们留活路的。雷切尔盼着马克能意识到这一点并报警,盼着他不要出现在这里。不过当然了,马克是不会做出这种选择的,所以他来到了这里。他可能会鲁莽行事,也可能被希望蒙蔽了,一头钻进这个圈套里。

无论是哪一种,雷切尔都得阻止他。

她唯一的选择就是出其不意。即便如此,即便事情能按预期进行,她觉得最好的结局也就是能把马克救出来。其他的注定都是失败的。

该行动了。

虽说脚没被费力绑起来,但手被捆在身后,嘴巴用胶带缠着,她还能有什么危害呢?朝他们冲过去无异于自杀。她要让自己成为容易被击中的目标。

她指望的就是这个。

雷切尔站了起来。莉迪亚转过身，把枪对准她。“坐下。”

雷切尔没有坐下，现在莉迪亚左右为难。如果她开枪，马克就会听到枪声，就会知道出事了。现场陷入了僵局，但没有持续多长时间。雷切尔突然想到一个主意——一个相当拙劣的主意，突然跑了起来。莉迪亚要么不得不开枪，要么去追她，要么……

窗户。

莉迪亚看出了雷切尔要干什么，但已经无法阻挡她了。雷切尔低下脑袋，像攻城槌一样一头冲向了落地窗。莉迪亚举枪射击。雷切尔早已做好了准备，她知道这样做会受伤。玻璃被轻而易举地撞碎了，雷切尔破窗而出，但她并不知道离地面的距离，双手被捆在身后，也无法减轻下落的冲力。

她侧着身子，让肩膀来承受冲击力。只听见砰的一声，腿上传过了一阵钻心的疼痛，一块碎玻璃插在了大腿上。毫无疑问，响声会警告马克，他能保住性命。但翻滚下去后，雷切尔马上就意识到了恐惧——巨大的、深深的恐惧。好的，马克看到她掉出了窗口，已经得到了警告。

不过现在，马克却将危险抛诸脑后，朝她飞奔而去。

维恩蹲在楼梯上。

他正准备采取行动，雷切尔却突然站了起来。难道她疯了吗？不会的。他意识到了雷切尔毕竟根本就不知道他藏在楼上。她真是个勇敢的女人，不能坐以待毙，眼睁睁地看着马克钻进圈套。她天生就不是那种人。

“坐下。”

是个娘们儿的声音。那个叫莉迪亚的疯婆子,正挪动着枪瞄准。维恩惊慌失措。他还没有占据有利位置,还不能确保打中她。但莉迪亚没有扣动扳机。维恩看着雷切尔一路飞奔跳出窗口,惊得目瞪口呆。

真是分散注意力。

维恩开始行动了。他无数次听说过,在恶性暴力时,时间会如何保持静止,短短几秒钟都会被延长,这样人们就能将一切看得清清楚楚。事实上,那简直是胡扯。等你事后回味时,等你舒舒服服、安安全全地在脑海里回顾时,在你的想象中事情才会慢慢进行。但在紧要关头,当他和三个哥们当年与萨达姆的“精锐”部队交火时,其实时间倏乎即逝。现在就是那种情形。

维恩突然跳到角落里。“把枪放下!”

那个大块头男人把枪瞄准了窗口,雷切尔刚从那里掉出去。来不及发出警告了。维恩开了两枪,赫什应声倒地,莉迪亚尖叫了起来。维恩猫腰就地一滚,藏在了沙发后面。莉迪亚又尖叫了起来。

“赫什!”

维恩探头向外望去,以为莉迪亚正持枪瞄准他。但情况并非如此,莉迪亚扔掉了武器,一边哭喊着,一边跪了下来,轻轻地搂住了赫什的脑袋。

“不!不要死。求求你,赫什,求求你别留下我一个人!”

维恩把她的枪踢到一边,拿自己的枪对准莉迪亚。

此刻她的声音很小,温柔如慈母。“求求你,赫什,千万不能死。噢,天呀,求求你别留下我一个人。”

赫什说:“我永远都不会的。”

莉迪亚看着维恩,露出了乞求的眼神。用不着打911了,警笛声已经传了过来。赫什一把抓住莉迪亚的手。“你知道该干什么?”他说。

“不。”她声音微弱。

“莉迪亚,我们本来就是这么打算的。”

“你不会死的。”

赫什闭上眼,呼吸变得困难起来。

“大家都会把你看成魔鬼的。”她说。

“我只在乎你的想法。答应我,莉迪亚。”

“你不会有事的。”

“答应我。”

莉迪亚摇摇头,泪如雨下。“我不能那样做。”

“你能。”赫什挤出最后一丝笑容。“你是个了不起的演员,记得吗?”

“我爱你。”她说。

但赫什还是合上了双眼。莉迪亚抽泣不止,不停地求他不要留下自己。警笛声越来越近了。维恩向后退了几步。警察赶到了,进了屋,把她围了起来。莉迪亚突然抬头离开赫什的胸膛。

“谢天谢地,”她对他们说,接着泪水又哗哗地流了下来。“我的噩梦终于结束了。”

雷切尔被火速送往医院。我想陪她过去,但警方另有想法。

我跟齐亚讲了，请她代我去照看雷切尔。

警方审讯了我们好几个钟头，先是分别审讯了维恩、凯特丽娜和我，再一起审讯了我们。我想他们还是相信我们的。伦尼也在那里。里根和蒂克纳露面了，不过是过了一段时间才到的。他们接到伦尼的电话，一直在查阅巴卡德的档案。

里根先开口。“好长的一天吧，是吧，马克？”

我坐在他对面。“你看我有心情聊天吗，大侦探？”

“那个女人化名莉迪亚·戴维斯，真名叫拉里萨·戴恩。”

我做了个鬼脸。“这名字听着怎么这么耳熟？”

“是个儿童演员。”

“特里克茜，”我想起来了，“《家庭欢笑》里的。”

“对，就是她，或者起码她是那么说的。不过，她声称是这个家伙——我们只知道他叫赫什——把她关了起来，凌辱她。她说是赫什强迫她干的。你的朋友维恩认为她这是一派胡言，不过现在这已无关紧要了。她声称她对你女儿的事一无所知。”

“那怎么可能？”

“她说他们只是在替人办事。那个巴卡德早有密谋，所以找到赫什，以一个他们没有绑架过的孩子为筹码索取赎金。赫什很乐意，既能挣到一大笔钱——况且孩子也确实不在他们手里，又不用担什么风险。”

“她说他们跟我家里的枪杀案没有任何关系吗？”

“没错。”

我看着伦尼，他也看出了问题。“但是我的枪在他们那里，他们用这把枪杀了凯特丽娜的哥哥。”

“嗯，我们知道了。她声称是巴卡德把枪给了赫什。为了栽赃陷害你们，赫什开枪打死了佩维尔，然后把枪丢掉，让你和雷切尔当替罪羊。”

“他们是怎么搞到塔拉的头发来索要赎金呢？他们是怎么搞到塔拉的衣服的呢？”

“根据戴恩女士交待，是巴卡德提供给他们的。”

我摇摇头。“难道是巴卡德绑架了塔拉？”

“她说不知道。”

“那我妹妹呢？她怎么会牵涉进来？”

“她还是声称是巴卡德的缘故，说他叫他们把斯泰西当替罪羊。赫什把钱给了斯泰西，让她去银行兑换，之后杀了她。”

我打量了一番蒂克纳，又看看里根。“这不合情理。”

“我们还在调查此事。”

伦尼说：“我有个问题。他们为什么一年半后又卷土重来了呢？”

“戴恩女士声称不敢肯定，但她怀疑纯属贪婪。她说巴卡德打来电话，问赫什想不想再挣100万，他说想。我们查了巴卡德的档案，他显然经济上有了麻烦，觉得她说得没错。巴卡德只是想再敲一次竹杠。”

我搓搓脸，肋骨在隐隐作痛。“你们找到巴卡德的收养记录吗？”

里根扫了一眼蒂克纳。“还没有。”

“那怎么可能？”

“你看，我们才处理这事。我们会找到的，会核对每一个经他手的收养记录，特别是18个月前收养女孩的。要是巴卡德让人把塔拉收养了,我们会查出来的。”

我又摇了摇头。

“怎么回事,马克?”

“这不合情理。那家伙的收养骗局搞得有头有脸的,为什么要向我和莫妮卡开枪,冒险去绑架和谋杀呢?”

“我们也不知道,”里根说,“我想,还远不止这些,这一点我们能达成一致。但实际上目前最可能的情景就是你妹妹和一个同伙向你和莫妮卡开枪,并带走了婴儿,之后交给了巴卡德。”

我闭上双眼,在大脑里重播了一遍这种情景。斯泰西真的会那么做吗?她会闯进我家向我开枪吗?我还是无法说服自己。这时我想起了一件事。

我怎么没听到窗户破碎的声音?

在我遭到枪击之前,我怎么什么声音也没听到?窗户破碎声,门铃声,或是开门声。为什么这些声音我都没听到?按里根的说法,这是由于我思维中断。不过现在,我明白不是那么回事。

“格兰诺拉麦片条。”我说。

“你说什么?”

我转向他。“你推测是我忘了件事,对吧?斯泰西和她的同伙要么是打碎窗户,要么是按响门铃,这个我不知道。不管是哪种情况,我都应该听到才对。但我没听到。我只记得当时我在吃格兰诺拉麦片条,接着就倒下了。”

“对。”

“不过你看,我非常有把握,我手里拿着格兰诺拉麦片条。你们发现我时,它掉在了地上。我吃了多少?”

“大概一两口吧。”蒂克纳说。

“那你的遗忘症推测就是错的。我当时就站在水槽边吃格兰诺拉麦片条。我记得一清二楚。你发现我时,那就是我在做的事……如果是我妹妹,她为什么脱光莫妮卡的衣服,我的天啊……”我停了下来。

伦尼说:“马克?”

你爱她吗?

我怔住了,两眼发呆。

你知道谁向你开的枪,是吧,马克?

黛娜·列文斯基。我想起了她几次探访那栋自己在里面长大成人的房子,蹊跷得很。我想起了那两把枪——其中一把是我的。我想起了藏在地下室里的光盘,就在黛娜告诉我的那个地方。我想起了在医院前面拍的那些照片,想起了埃德加说的关于莫妮卡去看精神病医生的事。

这时,一个可怕的念头——一个可能我确实在强忍着的可怕念头——浮现了出来。

四十三

我假装身体不舒服，找个借口去了卫生间，拨了埃德加的号码。我岳父自己接的电话，“喂？”

“你说莫妮卡以前在看精神病医生？”

“马克？是你吗？”埃德加清清嗓子，“我刚从警方得到消息。那帮混蛋害我一直以为你才是幕后——”

“我现在没时间谈这些，我还在想法寻找塔拉。”

“你需要什么？”埃德加问。

“你知不知道她的精神病医生叫什么名字？”

“不知道。”

我想了想。“卡森在吗？”

“在。”

“让他来接电话。”

一阵短暂的沉默。我跺着脚等着。卡森叔叔圆润洪亮的声音从电话那边传了过来。“马克？”

“你知道那些照片，是吧？”

他没有回答。

“我核对过我们的账户。钱不是我们出的,是你付的钱给私家侦探。”

“这和枪杀或绑架没关系。”卡森说。

“我认为有关系。莫妮卡告诉过你她的精神病医生的名字,是吗?他叫什么名字?”

他还是没有回答。

“我正想法查明塔拉出了什么事。”

“莫妮卡只见过他两次,”卡森说,“他怎么能帮你?”

“他不能,但他的名字能。”

“为什么?”

“告诉我就是了,是还是不是。他叫斯坦利·拉迪奥吗?”

我能听到他的呼吸声。

“卡森?”

“我早和他谈过了,他什么也不知道——”

我挂断了电话。卡森没什么可说的了。

但黛娜·列文斯基会。

我问里根和蒂克纳自己有没有被捕,他们说没有。我问维恩我能不能再借他那辆科迈罗用用。

“没问题呀,”维恩说。他又斜着眼睛看着我,补充了一句,“需要我帮忙吗?”

我摇摇头。“现在你和凯特丽娜跟这事没关系了,别再管了。”

“需要我的话,我还待在这儿。”

“不需要了,回家吧,维恩。”

出人意料的是他紧紧地抱住了我。凯特丽娜吻了我的脸。

我放开他，看着他们开着小卡车离开了。我开车直奔市区。林肯隧道交通拥挤，用了一个多小时才过了收费站。趁着这段时间我打了几个电话，知道黛娜·列文斯基和一个朋友合住在格林尼治村的一套公寓里。

20分钟后，我敲响了她的门。

埃莉诺·拉塞尔吃完午饭回来，看到椅子上放着一个普通的马尼拉纸信封，是寄给她的老板伦尼·马库斯的，上面标着“私人机密”字样。

埃莉诺已经和伦尼共事了八个年头，非常爱他。埃莉诺没有自己的家庭——她和丈夫索尔没能有一儿半女，索尔三年前就去世了——从某种意义上讲，她成了马库斯祖母的替身。埃莉诺甚至把伦尼的妻子谢丽尔和四个孩子的照片摆在了自己的办公桌上。

她打量着这个信封，眉头紧皱。它怎么会在这儿呢？她朝伦尼的办公室瞥了一眼。伦尼刚从凶杀现场回来，看上去正心烦意乱。这个案子涉及他最好的朋友马克·塞德曼医生，现在又成了头版头条。这种时候，埃莉诺一般是不会打扰伦尼的。不过这个寄信人地址……哎，还是让他自己看看吧。

伦尼正在打电话，看她进来后，用手捂住话筒。“我正忙着呢。”他说。

“这个是给你的。”

埃莉诺把信封递给他，伦尼几乎看也没看。接着埃莉诺发现，他看到了寄信人地址，把信封翻了过去，然后又翻了过来。

落款很简单，“斯泰西·塞德曼的朋友。”

伦尼放下电话,撕开了信封。

估计黛娜·列文斯基见到我时并不吃惊。

她一声没吭地把我让进门。墙上挂满了她的画,其中很多角度很奇特。整个房间给人一种萨尔瓦多·达利的超现实主义感觉,让人头晕目眩。我们坐在厨房里。黛娜问我要不要来点茶,我说不用了。她把手放在饭桌上,我看见她的指甲都被从根啃了下来。住在我那栋房子里时它们就是这样的吗?此刻,她看着有点不同,有点更凄楚了,头发更直了,两眼低垂着,俨然又成了我小学时认识的那个可怜的女孩儿。

"你找到照片了?"她问。

"是的。"

黛娜闭上眼。"我真不应该让你找到它们。"

"为什么?"

"我以前对你撒过谎。"

我点点头。

"我没结婚,不享受性爱,在保持亲密关系方面也有困难。"她耸耸肩。"就连讲真话对我来说都是问题。"

黛娜勉强笑了笑,我也勉强对她笑了笑。

"治疗过程中,我们被教导说要直面恐惧。要做到这一点,只有听真话,而不管它造成多大的伤害。不过你看,我甚至连什么是真话都不敢确定,因此我尽力把你引了过去。"

"那天晚上我看到你之前,你回过那栋房子,是吧?"

她点点头。

"你就是那样遇上莫妮卡的?"

“是的。”

我接着说:“你俩成了朋友?”

“我们有些共同的地方。”

“什么地方?”

黛娜抬头看着我,我看到了她的痛苦。

“凌辱?”我说。

她点点头。

“埃德加对她进行过性侵害?”

“不,不是埃德加,是她母亲。也不是性方面的,更多的是肉体和精神上的。那个女人病得不轻,这个你知道,是吧?”

“我猜是吧。”我说。

“莫妮卡需要帮助。”

“所以你把她引见给了你的主治医生?”

“我试过。我是说,我为她安排了与拉迪奥医生见面,不过没成功。”

“怎么会呢?”

“莫妮卡这种女人不相信治疗,她认为自己的问题最好自己解决。”

我点点头,这个我知道。“在那栋房子里,”我说,“你问过我是否爱莫妮卡。”

“是的。”

“为什么?”

“她觉得你并不爱她。”黛娜把手指伸进嘴里,寻思着找块指甲啃,却一块也没找到。“当然,她觉得自己不值得人爱,我也觉得自己不值得人爱。不过我们还是有一点不一样的。”

“哪一点?”

“莫妮卡觉得有一个人能永远爱她。”

我知道答案。“塔拉。”

“是的。她给你设了个套,马克,你可能意识到了。这不是意外,她想怀个孩子。”

真是可叹可悲,我却没有吃惊。我又一次像做外科手术一样,试图把事情的各个部分拼凑起来。“所以,莫妮卡觉得我不再爱她了,害怕我提出离婚,整天担惊受怕的,晚上哭哭啼啼的。”我把话打住了。这番话是说给黛娜听的,也是说给我自己听的。我不想顺着这个思路说下去,却又实在控制不住自己。“她精神脆弱,思想紧张,后来又听到了雷切尔的电话留言。”

“是你前女友?”

“是的。”

“你还把她照片放在了书桌抽屉里,这事莫妮卡也知道。你对她念念不忘。”

我闭上双眼,想起了莫妮卡车里的那张斯蒂利 · 丹的 CD。校园音乐,我和雷切尔一起听过的音乐。我说:“所以,她就雇了私家侦探来查我有没有私情,照了那些照片。”

黛娜点点头。

“那么她现在有证据了。我准备离开她找别的女人。我会说她反复无常,是个不合格的母亲。而我是受人尊敬的医生,雷切尔在执法部门又有关系。我们最终将赢得塔拉的监护权,而莫妮卡最在意的只有塔拉。”

黛娜从餐桌边站起身,在水槽里洗干净一个玻璃杯,倒满了水。我又想起了那天清晨发生的事。为什么我没有听到窗户破碎的声音？为什么我没有听到门铃响？为什么我没有听到有人闯进来？

很简单，因为没人闯进来。

我泪水盈眶。“那她干了什么事，黛娜？”

“你知道，马克。”

我紧闭双眼。

“我不觉得她真能下得了手，”黛娜说，“估计只是过激行为。你知道吗？莫妮卡失望至极。她问我知不知道怎么搞到枪时，我还以为她要自杀呢。我没想到……”

“她会向我开枪？”

气氛突然凝重起来。我疲惫不堪，连哭的力气都没有了，但有些事情还得搞清楚。“你是说她让你帮她搞到一把枪？”

黛娜揉了揉眼睛，点点头。

“你帮她了吗？”

“没有，我不知道怎么弄到枪。她说你家里有把枪，但她觉得能查出来，不想要。所以她就求助于她所认识的唯一一个与下流社会有交往的人。”

我终于明白了。“我妹妹。”

“是的。”

“斯泰西给她搞到枪了吗？”

“没有，我觉得没有。”

“你这样说有什么根据吗？”

“你们两口子被枪杀的那天清晨，斯泰西跑到我这儿来。是这样的，我和莫妮卡想一起去找斯泰西，所以莫妮卡向她提起过我。她来问我莫妮卡要枪干什么，我没有告诉她，因为，唉，我确实也不那么确定。斯泰西跑了出去，我惊慌失措。我想问问拉迪奥医生怎么办,但我的下一次治疗是当天下午,我估摸着能等到那个时候。”

“之后呢?”

“我还是不知道出了什么事,马克。这是真话。但我知道是莫妮卡向你开的枪。”

“怎么知道的?”

“我很害怕,就给你家打了个电话,是莫妮卡接的。她哭哭啼啼地告诉我你死了。她不停地重复,‘我干什么啦,我干什么啦?’然后突然挂断了电话。我又打了过去,但没有人接。我真不知道该怎么办。接着电视就播了这件事,说你女儿失踪了……我还是没明白到底怎么回事。我还以为很快就能找到她呢,却一直也没找到。我也没听到任何有关那些照片的风声。我希望——我也说不清——我希望让你找到那些照片,帮你弄清真相。不是为了你们两口子,而是为了你的女儿。”

“你为什么拖了这么久?”

她闭上双眼片刻,估计是在祷告。“我犯病了。你被枪击后两个星期,我就因为精神崩溃住院了。实际上,我病得很重,把这事给忘了。没准儿是我想忘掉这事吧,我也不知道。”

我的手机响了,是伦尼打来的。我接了。

“你在哪儿?”他问。

“和黛娜·列文斯基在一起。”

“去纽瓦克机场,航站楼C座。现在。”

“出了什么事?”

“我想,”伦尼接着放慢语速,喘了口气,“我想我可能知道在哪儿能找到塔拉。”

四十四

我赶到航站楼C座时，伦尼已经站在大陆航空公司的登机口旁了。现在是下午6时，机场里挤满了疲惫不堪的人。他把在办公室发现的那张匿名纸条递给我。上面写着：

亚伯和洛琳·坦斯摩尔

马什路26路

汉利希尔斯，密苏里州

就这些。只有姓名和地址，别的什么也没有。

“圣路易斯郊区，”伦尼解释说，“我已经查过了。”

我只是出神地盯着姓名和地址。

“马克？”

我抬头看着他。

“坦斯摩尔夫妇18个月前领养了一个女儿，领养时孩子六个月大。”

在他身后，一位大陆航空公司的服务人员说：“下一个请。”

一个女人把我挤到一边过去了。她可能说了“不好意思”，不过我也不确定。

“我订了飞往圣路易斯的下一个航班，一小时后起飞。”

我们走到登机口，我把与黛娜·列文斯基见面的事告诉了他。我们肩并肩坐着，面向前方。我们经常如此。我说完后，他说：“你现在有结论了。”

“有了。”

我们看着一架飞机起飞，坐在对面的一对老夫妻正在分享一听罐头。“我这个人愤世嫉俗，这我是知道的。我可是对吸毒者不抱任何幻想的。要是说抱了什么幻想，也是高估了他们的堕落。估计眼下，我就是那样。”

“你怎么得出那样的判断？”

“斯泰西是不会向我开枪的，也永远不会伤害她侄女。虽说她吸毒，毕竟还是爱我的。”

“我觉得，”伦尼说，“你说得对。”

“回头想想。我过于沉浸在自己的世界里，从未看出……”我摇摇头，现在不是说这事的时候。“莫妮卡处于绝望状态，”我说，“她搞不到枪，也没准儿是觉得用不着搞。”

“她用你的。”伦尼说。

“对。”

“还有呢？”

“斯泰西肯定是猜到了会出什么事。她跑到我家，看到了莫妮卡的所作所为。我不知道确切的过程。也许莫妮卡也要向她开枪——那就能解释楼梯处的枪眼了，或者也许是斯泰西还击了。她爱我,我躺在那里,她可能以为我死了。所以呢,我虽说搞不清楚,但不管怎样斯泰西是带着枪来的,她向莫妮卡开了枪。”

登机口的服务人员宣布马上就要登机了,但有特殊要求和持有金卡通行证的成员现在就可以登机。

“你在电话里说斯泰西认识巴卡德?”

伦尼点点头,“是呀,她提起过他。”

“我还是不能确定这事的确切过程,不过可以想象一下。我死了,莫妮卡死了,斯泰西可能焦虑不安。塔拉在哭,斯泰西不能撇下她不管,所以就把塔拉带走了。后来她被弄得狼狈不堪,意识到自己一个人养不了孩子,就把孩子托付给了巴卡德,让他给孩子找个好人家。或者呢,如果我持世人皆自私的观点,可能她是为了钱把塔拉送人了,这个就不知道了。”

伦尼不停地点着头。

“打那儿开始,嗯,就顺我们掌握的情况说吧。巴卡德决定把这事假装成绑架案,从中捞笔外快,就雇了那两个疯子。比方说,巴卡德是能搞到发样的,他欺骗了斯泰西,设了个圈套让她来当替罪羊。”

我看到伦尼神色有变。

“怎么了?”

“没事。”他说。

他们喊我们排队登机。

伦尼站起身。“我们登机吧。”

飞机晚点了。我们当地时间午夜后才抵达圣路易斯。太晚了,什么也干不了。伦尼在机场万豪酒店订了房,我在酒店内通宵营业的时装店里买了些衣服。进了房间,我冲了很长时间的热水澡。之后我们躺在床上,盯着天花板发呆。

早晨,我给医院打了电话,问了问雷切尔的情况。她还在睡觉,齐亚在她病房里,说雷切尔情况不错,要我放心好了。我和伦尼去吃酒店的自助早餐,但基本没吃下什么。租来的汽车已经整装待发,伦尼从服务员那里打听好了去汉利希尔斯的路线。

一路上没有给我留下什么印象。除了远方的苍穹,没什么显眼的东西。现在的美国,到处都是千篇一律。这事批评起来容易——我经常这样——但也许需要注意的是,我们都喜欢已知的东西。我们口口声声说欢迎改变,但到最后,特别是现在,真正吸引我们的还是熟悉的事物。

抵达小镇边界时,我感到两腿在隐隐作痛。“我们来这儿干什么,伦尼?”

他没有回答。

“难道我就敲敲门,然后说:‘对不起,我觉得那是我的女儿?’”

“我们可以报警,”他说,“让他们处理这事。”

我不知道那样做的结果。我们现在离得这么近了。我告诉他继续向前开,向右拐上了马什路。此时的我心绪不宁,颤抖不已。伦尼想投来鼓励的目光,但他自己也是面色苍白。小镇比我想象的还要朴实无华。我一直以为巴卡德的客户都是家财万贯,显而易见这对夫妇情况并非如此。

“亚伯·坦斯摩尔是小学老师,”伦尼像往常一样摸透了我的心思,“教六年级。洛琳·坦斯摩尔在幼儿园工作,一周工作三天。他们都是39岁,结婚17年了。”

我看到正前方有栋房子,樱桃木标志上写着“坦斯摩尔宅26号”。房子很小,一层,估计就是他们所说的“平房”。这个街区的其他房子看起来死气沉沉的,但这栋房子却是个例外。墙上的油漆闪闪发光,如同人们的微笑;到处都是五颜六色的花和灌木丛,错落有致,修剪齐整;还能看到一个欢迎牌,一道低矮的尖桩篱笆把前院围了起来,一辆旅行车停放在车道上,是几年前的老款沃尔沃,还有一辆三轮车和一辆色彩鲜亮的塑料大轮子童车。

外面有个女人。

伦尼在一块空地前停下车,我几乎没有察觉。那个女人头发用红色的大手帕系到脑后,正跪在花坛里,拿着个小挖铲挖地。每挖几下,就用袖子擦一下额头。

“你说她在幼儿园上班?”

“一周三天,女儿和她一起去。”

“他们管女儿叫什么?”

“娜塔莎。”

我点点头,也说不清为什么会点头。我们坐在车里等着。这个叫洛琳的女人干得很起劲,能看得出来很享受。她身上有股安详的气息。我打开车窗,听到她在自娱自乐地吹着口哨。就这样,不知过了多长时间,一个邻居从我们身边走过,洛琳起身和她打招呼。那个邻居朝着花园指指点点的,洛琳笑吟吟地回应着。她并不漂亮,但笑容却魅力四射。那个邻居走了,洛琳挥手再见,又回到了花园。

房门开了。

我看到了亚伯,很高很瘦,但很结实,稍有些秃顶,胡子修得很干净。洛琳站起身,望着他,轻轻挥了挥手。

这时,塔拉跑了出来。

我们周围的空气凝滞了,我感到五脏六腑都停止了运转。旁边的伦尼身体僵直,喃呢着,"噢,天哪。"

在过去的18个月里,我从来没有真正奢望过这个时刻。与此相反,我所做的都是在说服自己——不,哄骗自己——相信塔拉兴许还活着,一切平安。但潜意识里我知道这只是自欺欺人而已。这个念头忽闪忽闪的,萦绕在我的梦中。它轻声告诉我一个显而易见的事实:我这辈子再也不会见到我女儿了。

但这就是我的女儿,她还活着。

小塔拉的变化出乎我意料。噢,当然她已经长大了,能站起来了,就像我所见到的,甚至能跑了。不过她的脸……不会有错的。我没有被希望蒙蔽了双眼,这就是塔拉,我的小丫头。

塔拉笑得很灿烂,不顾一切地朝洛琳跑过去。洛琳弯下腰,面露喜色,这是只有母亲才会有的那种美妙神情,一把将我的孩子搂入怀中。现在我能听到塔拉悦耳美妙的笑声。笑声刺痛了我的心,我潸然泪下。伦尼把一只手搭在我胳膊上,我听到了他抽鼻子的声音。我看到她丈夫——那个亚伯,朝她俩走过去,也在笑着。

我就这样看着他们在那小巧精致的庭院里,一直看了好几个小时。我看到洛琳不厌其烦地指点着花,解释着每种花的名字;看到亚伯让她在自己后背上骑大马;看到洛琳教她如何用手掸去身上的灰尘。另一对夫妇来串门,他们那个小姑娘和塔拉年龄相仿。两位父亲把姑娘们放到后院里金属做的秋千座上荡秋千,咯咯的笑声不断传来。最后他们都进屋了,亚伯和洛琳是最后进去的,手挽着手。

伦尼转身对着我,我把脑袋缩了回来。我多么希望今天是我人生旅程的终点啊,但事情还远远没有结束。

过了一会儿,我说:“我们走吧。”

四十五

我们回到机场万豪酒店，我让伦尼打道回府，他说他要留下来。我告诉他我自己能处理这事儿——我想自己处理，他勉强同意了。

我给雷切尔打了个电话，把发生的事告诉了她。她恢复得很好。“给哈罗德·费舍尔打个电话，”我说，“让他仔细查一下亚伯和洛琳·坦斯摩尔的背景，我想知道这里面有没有问题。”

“好的，”她温柔地说，“我希望能过去。”

“我也是。”

我坐在床上，垂着头，双手托着下巴。说不清楚是什么感觉，估计没哭吧。事情到此结束，该知道的我都知道了。雷切尔两小时后打来电话，说的情况并未出乎我的意料。亚伯和洛琳都是良民。亚伯是他家的第一个大学生，还有两个妹妹，都住在当地，各有三个孩子。他在圣路易斯的华盛顿大学读大一时认识了洛琳。

夜幕降临。我站在镜子前打量着自己。我的妻子想杀我。没错，她是个反复无常的人，我现在总算知道了。妈的，我可能当时就知道，只是没在意而已。要是孩子的脸碎裂了，我会把它修复如初，在手术室里创造奇迹。但当自己妻离子散家破人亡时，我却只有眼睁睁看着的份。

此刻我在思考，父亲意味着什么。我爱我的女儿，这我知道。但当我今天看到亚伯时，当我看到伦尼当橄榄球教练时，我疑惑了。我怀疑自己不称职，怀疑自己没尽到责任，怀疑自己配不上这个称谓。

抑或我早已知道了答案？

我是多么渴望把我的小丫头弄回身边，又是多么渴望这事不是发生在我身上，或者压根就不要有这样的渴望啊。

塔拉看上去是那么开心。

已是午夜。我又在镜子前端详着自己。如果就这么算了——让她待在亚伯和洛琳身边——是否正确？我真能勇敢、坚强到一走了之的地步？我怔怔地盯着镜子，挑战着自我。我能做到吗？

我躺了下来，估计是睡着了。敲门声把我惊醒，我扫了一眼床边的电子钟，清晨5点19分。

“我在睡觉。”我说。

“塞德曼医生吗？”

是个男人的声音。

“塞德曼医生，我是亚伯·坦斯摩尔。”

我开了门。近看亚伯长得很帅，有点像詹姆斯·泰勒，穿着条牛仔裤和棕褐色T恤。我看着他的眼睛，那蓝色的眼睛里夹杂着血丝。我知道自己也是如此。我们就这样彼此凝视了好长时间。我想开口，却说不出话来。我退了几步，把他让进了屋。

“你的律师顺路去了我家。他，”亚伯停住了，努力抑制着自己的感情，“他把整件事都告诉我们了。我和洛琳一夜没睡，商量来讨论去，哭了一阵又一阵。不过我想，我们从一开始就知道只有一个决定。”亚伯·坦斯摩尔努力控制着自己，但最终还是没能控制住。他闭上双眼，“我们只能把你的女儿还给你。”

我不知道该说什么。我摇摇头。“怎么对她最好，我们就怎么做。”

“我现在就是这么做的，塞德曼医生。”

“请叫我马克。”我知道这是蠢话，但我还没准备好。“如果你担心的是冗长乏味的官司，伦尼应该不会——”

“不，不是因为这个。”

我们又那么站了一会儿。我指了指屋里的椅子，他摇摇头，看着我。“整整一夜，我都在想象你的痛苦，但我觉得无法想象。我想总是有些事情不经历就无法体会，也许这就是其中的一个。你一定很痛苦，但我和洛琳不是因为你的痛苦才作出这个决定的，也不是因为我们自责。事后想想，也许我们本该想想到底是怎么回事。我们去过巴卡德先生那里，各种费用加起来要十多万美元。我并不富有，付不起那笔钱。但没过几周，巴卡德先生就打电话给我们，说手头有个婴儿需要马上找个地方。他说不是新生儿，是刚被母亲遗弃的。我们知道这事不太对劲儿，但他说了，我们要是想要这孩子，就别刨根问底的。”他把目光移开。我盯着他的脸。“我仔细想想，可能我们清楚得很，只是不愿面对罢了。不过那也不是我们作出这个决定的原因。”

我抑制着自己的感情。“那是什么原因？”

他的目光慢慢地转向我。“不能因为理由正当而办错事。”

我肯定一脸疑惑。“如果我和洛琳不这样做,我们就没资格来抚养她。我们希望娜塔莎幸福,想让她做个好人。”

“你们可能是实现这些的最佳人选。”

他摇摇头。“不是那么回事。我们无法为孩子提供所能提供的最好条件,你我都不能下这样的定论。你不知道作出这个决定对我们来说有多难,或许你知道吧。”

我转过身,看着镜子里的自己。仅仅一秒钟,也许一秒还不到,不过已经足够了。我明白了自己的为人,明白了自己想成为什么样的人。我转身对他说:“我希望我们一起来抚养她。”

他愣住了,我也愣住了。“我好像不太明白你的话。”他说。

“我也不明白,但接下来我们就那么做。”

“怎么做?”

“不知道。”

亚伯摇摇头。“这行不通的,你是知道的。”

“不,亚伯,我不知道。我来这儿是为了领我女儿回家——但我发现她可能已经在自己家里了。难道我把她从家里夺走就对吗?我想让你俩陪着她一生。我没说这是件容易的事。但要是孩子由单身父母、继父母和寄养家庭抚养,结果是可想而知,会有离婚、分居和无法预料的事发生的。我们都爱这个小丫头,我们会办好这件事的。”

我看到这个男人消瘦的脸庞又有了希望,好几秒种没有说出话来。之后他说:“洛琳在大厅,我能和她谈谈吗?”

“当然可以。”

他们没用多长时间,就来敲门了。我打开门,洛琳张开双臂搂住了我。我回抱着她,抱着这个与我素不相识的女人。她的头发散发着草莓的气息。亚伯跟在她身后，进了屋。塔拉正睡在他怀里。洛琳松开了我，挪到一边。亚伯一步步走过来，小心翼翼地把我的女儿递给我。我抱着她，心潮澎湃。塔拉开始挪动身子，烦躁不安起来。我还是抱着她，不厌其烦地轻轻摇晃着，"嘘嘘"地哄她入睡。

很快，她就在我怀里安静了下来，又进入了梦乡。

四十六

我看着日历时，又开始觉得不对劲了。

人脑真是令人称奇，它是电和化学物质的奇妙组合，实际上是纯科学。比起对浩瀚无垠的宇宙的了解，我们对大脑、小脑、下丘脑、延脑和其余部分是如何相互作用的了解就相形见拙了。正如一切难以捉摸的化合物，我们从来都无法确定它对某一刺激会有什么样的反应。

有几个问题一直令我犹疑。走漏消息就是个问题。我和雷切尔曾以为，向巴卡德一伙走漏消息的不是联邦调查局的人就是警局的人。但我的推论是斯泰西开枪打死了莫妮卡，这二者之间怎么也不符合。事实上莫妮卡被人发现时一丝不挂，虽然我现在明白了个中原因，但问题是斯泰西是不会做出那样的事的。

可是当我看着日历，意识到今天是星期三时，关键的刺激因素就出现了。

枪击和最初的绑架就发生在星期三。当然，在过去的18个月里有很多个星期三。那个星期的那一天不过是个平淡无奇的日子。但是这一次,在知道了那么多情况,在我的大脑吸收了所有新信息后,有些东西就吻合了。所有那些细小的问题和疑点,所有那些独特的癖好,还有所有那些我认为理所当然、从未真正审视的时刻都在一点点改变。我所看到的比我最初想象的还要糟糕。

现在,我回到了卡塞尔顿——我家里,事情开始的地方。我给蒂克纳打了个电话,想确认一下。

我说:“我和我妻子是被38式手枪击中的,对吧?”

“对。”

“你能肯定是两把不同的枪吗?”

“当然。”

“其中一把是我的史密斯·威森?”

“这你都知道,马克。”

“你手头还有所有的弹道报告吗?”

“大部分。”

我舔着嘴唇,准备就绪。我多么渴望自己判断失误啊。“谁被我那把枪打中的,是我还是莫妮卡?”

他倒跟我绕起了弯子。“你怎么现在问我这个问题?”

“好奇。”

“嗯,好吧,稍候。”听到他哗啦哗啦翻文件的声音,我感到喉咙发紧,差点把电话挂断。“你妻子。”

我听到外面的停车声,放下了电话。伦尼转动着门把手,开了门。他没敲门,毕竟伦尼从不敲门,没错吧?

我坐在沙发上,屋里万籁俱寂。他一手拿着一杯斯诺比饮料,笑容满面。我不知道曾多少次见过这种笑容。我记得那些笑容更不自然，却充满鼓励。我记得那次我们去戈特家的后院滑雪，撞到了树上，他血流满面，却还这样笑着。我又想起了三年级时大块头托尼·梅鲁诺找碴儿跟我打架，伦尼一下子跳上他后背，托尼·梅鲁诺打碎了伦尼的眼镜，但伦尼还是这样笑着。估计伦尼压根没把它当回事。

我是那么了解他，抑或我压根就不了解他。

伦尼看到我的脸色，笑容逐渐消失了。

“伦尼，那天早晨我们本打算去打壁球，还记得吧？”

他把饮料放到了茶几上。

“你从不敲门，一直都是直接开门，就像今天一样。那么发生了什么事，伦尼？你开车来接我，你开了门。”

他开始摇起头来，但此刻我心里明白得很。

“那两把枪，伦尼，是它们泄露了天机。”

“我不明白你在说些什么。”但他的声音没有一点儿底气。

“我们推测斯泰西没给莫妮卡搞到枪——莫妮卡用的是我的枪。但你看，她没有用我的。我刚查了弹道测试结果。很有意思，莫妮卡是被我那把枪打死的，而我是被另一把枪打中的，这些事你从没跟我说过。”

“那又怎么了？”伦尼马上又恢复了律师本色。“那说明不了任何问题。或许斯泰西最后给她搞到了一把枪。”

“没错。”我说。

“那就对了，是吧，这才讲得通。”

“你说说怎么能讲得通。”

他踱着步子。“可能是斯泰西帮莫妮卡搞到了一把枪，莫妮卡用它向你开枪。几分钟后斯泰西赶到这里，莫妮卡也想向她开枪。”伦尼向楼梯走过去，好像在演示。“斯泰西朝楼上跑，莫妮卡开枪了——这个弹洞就是这么来的。”他指着楼梯边抹过填泥料的地方。“斯泰西抓起你的枪，跑出卧室，来到楼下，开枪打死了莫妮卡。”

我看着他。“这就是当时的情形吗，伦尼？”

“不知道，我是说有可能。”

我等着机会，他却把脸转过了去。“有个问题。”我说。

“什么问题？”

“斯泰西不知道我把枪藏在哪里，也不知道保险箱的密码。”我向前挪了一步。“但是你知道，伦尼。我把所有的法律文件都放在了那里，把一切都托付给了你。现在我想知道真相，莫妮卡向我开枪，你进来了，看到我躺在地板上，你以为我死了吗？”

伦尼闭上双眼。

“给我说清楚，伦尼。”

他缓缓地摇着头。“你认为你爱自己的女儿，”他说，“其实你根本就没弄明白。你的感受会与日俱增，孩子越大，感觉就越强烈。那天晚上我下班回家，玛丽安娜哭哭啼啼的，因为学校里有些女孩取笑她。我上床睡觉时心情沉重，感悟到一些事。我的孩子伤心，我也会伤心。你明白我的意思吗？”

“告诉我发生了什么事。”我说。

“你说的差不多都对。那天早晨我来到你家，开了门，莫妮卡正在打电话，手里还拿着那把枪。我朝你跑过去，简直难以置信，我试了试你的脉搏，但……”他摇摇头。“莫妮卡开始向我尖叫，说无论如何也不能让别人抢走她的孩子，把枪对准我。我是说,天哪,我以为只有死路一条了,就连滚带爬地朝楼上跑去。我记得你楼上有把枪。她朝我开枪了。”他又指着,“就是那个弹孔。”

他停下来,喘了几口气。我耐心等待着。

“我一把抓起你的枪。”

“莫妮卡跟着你上楼了?”

他的声音变得柔和了。“没有。”他眨了眨眼睛。“也许我应该设法打个电话,或者偷偷溜出去。我不知道。这事我已经回想了成百上千次。我努力想象着当时应该怎么办。你是我最好的朋友,就躺在那里,死了。那只疯狗大喊着要带你的女儿——我的教女远走高飞。她向我开了一枪,我不知道接下去她会干出什么事。”

他把目光转向一边。

“伦尼?”

“我不知道发生了什么事,马克,我真的不知道。我悄悄地溜到楼下,她还拿着枪……”他的声音越来越小。

“所以你朝她开枪了。”

他点点头。“我没想杀她,至少,我不觉得自己杀了她。但突然之间,你们都躺在了地上,死了。我本打算报警,但当时我也不确定事情会怎样。我向莫妮卡开枪的角度很怪,他们会说她是背对着我的。”

“你以为他们会逮捕你?”

“当然啦,那些警察恨死我了。我是个卓有成就的辩护律师,你觉得会有什么后果?”

我没有回答。“是你打碎了窗户?”

“从外面，”他说，“好制造有人闯入的假象。”

“是你脱掉了莫妮卡的衣服？”

“是的。”

“同样的原因？”

“我知道衣服上会残留一些火药，他们就能意识到她开过枪。我想方设法让这件事看上去像流窜匪徒干的，所以脱掉了她的衣服，用婴儿湿巾把她的手擦干净了。”

还有件事也让我百思不得其解：莫妮卡被扒光了衣服。可能是斯泰西为了迷惑警方干的，但我想象不出她能想到这一点。伦尼是个辩护律师——我终于明白了。

现在要触及问题的核心了，我们都心知肚明。我抱着胳膊。“说说塔拉的事。”

“她是我的教女，保护她是我份内的事。”

“我不明白。”

伦尼摊开双手。“我多少次求你写下遗嘱？”

我很困惑。“那能搭得上边吗？”

“你好好想想。在整个过程中，每次你一遇到麻烦，就会想到外科训练，是吧？”

“我想是的。”

“我是个律师，马克，我也是这么做的。你们都死了，塔拉在另一个房间里哇哇大哭。而我呢，伦尼律师，马上就意识到了会发生什么事。”

“什么事？”

“你没留遗嘱，没有指定监护人。你还不明白吗？那就意味着埃德加将得到你的女儿。”

我看着他的脸。我以前竟没想到这一点。

“你母亲可能会抗议，但比起埃德加的经济状况，她一点希望也没有。她得照顾你父亲，六年前还被指控酒后驾车。埃德加会得到监护权的。”

我终于明白了。“你容忍不了那种事。”

“我是塔拉的教父，保护她是我份内的事。”

“而且你恨埃德加。”

他摇摇头。“他对我父亲的所作所为会给我留下阴影吗？嗯，可能潜意识里有那么一点。但你是知道的，埃德加·波特曼是个恶魔，你看他把莫妮卡变成了什么样子。我不能让他像对待自己女儿那样毁了你的女儿。”

“所以你就把她带走了。”

他点点头。

“你把她交给了巴卡德。”

“他以前是我的一个当事人。我对他干的事不是了如指掌，但多少也知道一些，知道他会守口如瓶的。我跟他说我想要他手头上最好的人家，不提钱，不提权，只要人好就行。”

“所以他把孩子给了坦斯摩尔家。”

“是的。你得理解，我以为你死了，大家都是这么以为的。后来你好像要成为植物人。等你没事时，一切都来不及了。我不能告诉别人，那样我肯定会进监狱的。你知道我家会变成什么样吗？”

“哎呀，我可想象不出来。”我说。

“那不公平，马克。”

“我现在用不着讲什么公平。”

“嗨,我可没要求公平。”此刻他已经喊了起来。“我陷入了可怕的处境。为了你女儿,我尽了最大的努力,你可别指望我牺牲自己的家庭。”

“那就牺牲我的吗?”

“事实是这样吗?是的,当然是。为了保护我的孩子,我会舍弃一切的,一切。难道你不会吗?”

现在轮到我无话可说了。我以前就说过:为了我的女儿,我会立刻献出自己的生命。说句实话,迫不得已时我也会牺牲别人。

“你信也罢,不信也罢,我试着冷静地考虑过这事,”伦尼说,“做过利弊分析。如果我和盘托出,就会毁掉我的妻子和四个孩子,而你会把女儿从一个充满关爱的家庭夺回来。如果我保持沉默……”他耸了耸肩。“没错,你会痛苦。我不想这样,看到你那个样子我也很伤心。要是换成你,你会怎么做?”

我不想考虑这个。“你漏掉了一件事。”我说。

他闭上双眼,嘴里咕哝些莫名其妙的话。

“斯泰西出了什么事?”

“你说得没错,她本来是不会受到伤害的。她卖给莫妮卡一把枪,意识到原因后,赶紧跑过去阻止她。”

“不过到的时候已经来不及了?”

“是的。”

“她看到你了?”

他点点头。“你看,我把一切都告诉她了。她想帮忙,马克,她想做正确的事,不过最终还是本性难移。”

“她勒索你?”

“她要钱,我就给了她。这倒无关紧要,关键是她当时在场。我去找巴卡德时，把发生的事都告诉了他。你得理解，我以为你会死的。你转危为安时，我知道你女儿失踪了，你不查个水落石出是不会善罢甘休的。我把这事跟巴卡德说了，他想出了个假绑架的主意，这样我们都能得到一大笔钱。”

“你干这事是为了钱？”

伦尼向后一靠，好像挨了我一巴掌似的。“当然不是。我把我的那份存进了信托基金，好供塔拉上大学。但假绑架案的主意引起了我的兴趣。他们会精心策划，制造塔拉死了的假象，这事就算结束了。我们还会从埃德加那里搞到钱，并把其中一部分留给塔拉，这似乎是个双赢的主意。”

“但……”

“但他们听说了斯泰西的事，觉得不能指望一个吸毒者守口如瓶。剩下的你已经知道了。他们用钱做诱饵，确定斯泰西被迷昏之后，没告诉我就把她杀了。”

我回想起斯泰西在小木屋里的最后时刻。她知道自己行将死去吗？还是她迷迷糊糊地睡去，以为自己只是又打了一针？

“是你走漏了风声，是不是？”

他没有回答。

“是你告诉他们警察插手此事了？”

“你还不明白吗？这根本没什么两样。他们从来就没打算把塔拉还给你。她已经在坦斯摩尔家了。赎金交易后，我以为这事就算完了。我们都准备就此罢手的。”

“那又发生了什么事？”

“巴卡德决定再敲诈一笔赎金。”

“你也参与了？”我问。

“没有，他把我排除在外了。”

“你是什么时候知道这事的？”

“你在医院里告诉我的时候。我怒火中烧，就给他打了个电话。他要我别紧张，说无论如何也不会查到我们的。”

“但我们查到了。”

他点点头。

“另外，你还知道我马上就要找到巴卡德头上了。我打电话告诉过你。”

“是的。”

“等会儿。”又一股寒意爬上我脖颈。“最后，巴卡德想斩草除根了，就给那两个疯子打了电话。那个叫莉迪亚的娘儿们出手杀了塔蒂娜，赫什被派过去料理丹尼斯·瓦尼什。不过，”，我仔细想了想，“不过我看到史蒂文·巴卡德时，他刚被人开枪弄死，身上还在淌血。这事不可能是那两个人干的。”

我抬起头。“是你杀了他，伦尼。”

他的声音带着愤怒。“你以为我想吗？”

“那为什么？”

“为什么，你这是什么意思？我是巴卡德免进监狱的一张牌。事情变得不妙时，他说过会把罪责推到我身上。他会说是我向你和莫妮卡开的枪，把塔拉送给了他。我说过，警察对我恨之入骨。我让那么多坏蛋免受惩罚，马上就会被抓起来的。”

“你会进监狱？”

伦尼就要哭了。

“你的孩子们就会受苦了？”

他点点头。

"所以你就这么冷血杀人?"

"那我还能怎么着？别那么看我,你心里跟明镜似的。这就是你的困境,我已经帮你解脱了。因为我关心你,我想帮你的孩子。"他停下来,闭上双眼,又补充道,"我知道如果我杀了巴卡德,也许我还能把你救了。"

"我?"

"再做一次利弊分析,马克。"

"你在说什么呢?"

"事情到此为止。巴卡德一死,就成了替罪羊,我就清白了。"伦尼走过来,站在我面前。我本以为他要来拥抱我,他却只是站在了那里。

"我想让你过上清净的日子,马克,但我现在知道,你要是找不到女儿,永远都不会清净的。既然巴卡德死了,我的家庭安然无恙,可以让你知道真相了。"

"所以你就写了那张匿名纸条,放在了埃莉诺办公桌上。"

"是的。"

我点点头,亚伯的话脱口而出。"不能因为理由正当而办错事。"

"你要是我,会怎么做?"

"不知道。"我说。

"我是为了你才这么做的。"

他道出了实话,最悲哀的莫过于此。我看着他。

"你曾经是我最好的朋友,伦尼。我爱你,爱你的妻子,也爱你的孩子们。"

"你准备怎么办?"

“如果我说我会公之于众,你也会杀了我吗?”

“永远不会。”他说。

我是那么爱他,他也那么爱我,但我仍然不敢肯定自己相信他。

后　记

一年过去了。

前两个月,我每周都要飞往圣路易斯,与亚伯和洛琳合计该怎么办。起初事情进展缓慢。前几次去的时候,亚伯和洛琳和我们一起待在屋里。后来,我和塔拉开始单独去些地方——公园、动物园和购物中心的旋转木马——但她经常回头张望。我能理解,女儿得花一段时间才能适应我。

十个月前,父亲在睡梦中去世了。葬礼之后,我在马什路买了栋房子,离亚伯和洛琳家隔着两户人家,并在此定居了下来。亚伯和洛琳真是了不起。你看:我们叫“我们的”女儿塔莎。想想看,这个名字是娜塔莎的简称,发音接近塔拉,我这个整容外科医生很是喜欢。我总是等着他们出点岔子,但却没有。真是怪事,不过对此我也没多问。

我母亲也在这儿买了套公寓,搬了过来。父亲都走了,她也没什么理由再待在卡塞尔顿了。经历了这些悲剧——父亲糟糕的身体、斯泰西、莫妮卡、袭击和绑架——我们都需要有所改变。令我高兴的是,她离我们近了。妈妈还交了个新男友,一个叫赛的家伙，她挺开心的。我也喜欢他，当然不单是因为他有公羊队的长期票，更主要的是，他们常常开怀大笑。我都要忘了母亲是多么难得一笑了。

我经常跟维恩聊天。春天，他和凯特丽娜带着小维恩和佩里乘坐旅行房车出来游玩，我们一起度过了愉快的一周。维恩带我去钓鱼，这还是我头一回钓鱼呢，挺喜欢的。下一次他想去打猎，我告诉他没门儿，不过维恩还是很会劝人的。

我和埃德加·波特曼不怎么联络。塔莎生日时，他寄来了礼物，还打过两次电话。我希望他能出来看看他外孙女，但显然我俩对彼此都有太多的负罪感。这个我前面说过。莫妮卡的反复无常可能只是某种化学物质在起作用。我知道，许多精神问题的病根在于身体，在于荷尔蒙失衡，而不在于生活经历。很多时候，我们无能为力。不过不管病根是什么，我俩都让莫妮卡失望沮丧了。

起初，我的离去对齐亚打击很大，后来她将此视为机会，又找了个从业医生，据说医术精湛。我在圣路易斯开了家“一个世界”分店，目前生意还不错。

莉迪亚——或者说拉里萨·戴恩，如果你喜欢这个的话——将免受惩罚。她轻易地摆脱了谋杀罪，还把“我备受凌辱”的文章做得踏踏实实。随着那个叫特里克茜的小精灵的神秘回归，她又成了名人。莉迪亚做客奥普拉脱口秀节目，哭诉着这些年来在赫什手里受到的折磨。他们在大屏幕上打着赫什的照片，观众们都倒抽一口冷气。赫什是个丑八怪，莉迪亚却是个美人儿，因此大家对她的话深信不疑。还有谣言说，她将出演一部以她为原型的电视剧。

至于这起婴儿贩卖案，联邦调查局决定“执法”，这就意味着这帮坏蛋将被送交司法机关，但史蒂文·巴卡德和丹尼斯·瓦尼什这两个坏蛋都死了。名义上当局还在搜集证据，其实没人真正关注孩子的下落。我想这再好不过了。

雷切尔的伤彻底痊愈了，最终由我亲自为她的耳朵做了修复。媒体着重报道了她的勇敢无畏。因为粉碎婴儿贩卖组织，她又得到了信任，联邦调查局重新雇用了她。经过申请，她得到了在圣路易斯的一个职位。我们住到了一起，我爱她，我对她的爱超乎你的想象。不过你要是期待一个绝对完美的结局，这我可就不敢保证了。

至少目前，我和雷切尔还在一起。我无法想象没有她的日子。一想到失去她，我就浑身不舒服。然而，我并不确信这就足够了。这里还有很多包袱，好多事都没有头绪。我理解她深夜打电话和徘徊在医院外的行为——但我也知道正是这些行为最终导致了死亡和毁灭。当然，我没有责怪雷切尔。但还有件事，莫妮卡的死给我们的关系提供了第二次机会，这种感觉很奇怪。维恩来看我们时，我把这些说给他听，他说我是头蠢驴，我想也许他说得没错。

门铃响了。有人拽我的腿，没错，是塔莎，她完全适应了有我的生活。孩子吗，毕竟比大人适应得快。房间的另一边，雷切尔正坐在沙发上，双腿盘在身下。我看看她，又看看塔莎，既欣喜又恐惧，这种感觉很奇妙。它们——欣喜与恐惧——是形影不离的伙伴，很少分开，独自冒险。

“等会儿，小家伙，”我对她说，“我们去开门，好不好？”

“好。”

是 UPS 快递员来送邮包。我把邮包拿进屋，看到寄信人地址时，那种熟悉的痛苦又涌了上来。从邮包上的小标签能知道邮包是新泽西卡塞尔顿的伦尼和谢丽尔·马库斯寄来的。

塔莎抬头看着我。“是我的礼物吗？”

我没对警察提起伦尼。不管怎样，也没什么真凭实据——只有他对我的坦白，在法庭上是不能成立的。不过这并不是我决定不提此事的原因。

我估计谢丽尔早就知道真相，从一开始就知道了。我突然想起那天夜里我和雷切尔到她家时，她站在楼梯上时的那张脸和厉声怒喝的情景。回头琢磨一下，那是出于愤怒还是恐惧呢，我估计是后者。

事实上伦尼做得对，他确实是为我好。要是他从那栋房子一走了之，又会怎样？我不知道，情况可能更糟糕。伦尼问我如果处于他的位置，会不会也那样做。如果回到那个时候，我也许不会，因为我可能没那么好。我能确定维恩会的。伦尼当时是想保护我的女儿，又不牺牲自己的家庭，只是他把事情弄糟了。

但是这个男人，我还是想念他，想念他在我生命中曾经占据的重要位置。有很多次，我拿过电话，要拨打他的号码，却从没打成过。我知道，我不会再跟伦尼说话了，永远也不会了。这对我的伤害太大了。

但我也想念橄榄球比赛时小康纳好奇的神色，想念凯文玩橄榄球的情景，想念玛丽安娜上午游泳训练后头发散发的氯气味，想念谢丽尔生完孩子后变得那样美丽动人。

我低头看着女儿，她很安全——和我在一起，正抬头望着我。邮包其实是她的教父送给她的礼物。我想起了第一次邂逅亚伯的情景，想起了在机场万豪酒店度过的奇怪一天。他告诉我不能因为理由正当而办错事。我是反复想了这句话许久，才决定该对伦尼采取什么态度的。

最后呢，唉，还是将其归结为“关系太近就不要打电话了”。

有时我也糊涂。是因为正当的理由做错事呢，还是因为错误的理由做对事？抑或都是那么回事？莫妮卡需要感受到爱，欺骗了我，并怀上了孩子。那就是开始。但她要是没那么做，此刻我就不会低头凝视这个我所知道的最神奇的作品了。到底是正当的理由，还是错误的理由，谁又能说得清楚呢？

塔莎歪着脑袋，向我抽抽鼻子。“爸爸？”

“没什么，甜心。”我温柔地说。

塔莎在我面前做了个大大的、夸张的、小孩特有的耸肩动作。雷切尔抬头看着我，我看到了她脸上的关注之情。我拿起邮包，放在了壁橱的高处，随后关上门，抱起了我的女儿。

黑版贸审字 08 - 2012 - 039 号

图书在版编目(CIP)数据

别无选择/(美)科本(Coben,H.)著;侯雁慧译.
—哈尔滨:哈尔滨出版社,2014.1
(哈兰·科本畅销小说系列)
ISBN 978-7-5484-1628-9

Ⅰ.①别… Ⅱ.①科… ②侯… Ⅲ.①推理小说 - 美国 - 现代 Ⅳ.①I712.45

中国版本图书馆 CIP 数据核字(2013)第 266208 号

书　　名:别无选择

作　　者:[美]哈兰·科本　著
译　　者:侯雁慧　译
责任编辑:路　嵩　张贺然
责任审校:李　战
封面设计:琥珀视觉
版式设计:恒润设计

出版发行:哈尔滨出版社(Harbin Publishing House)
社　　址:哈尔滨市松北区科技一街 349 号 3 号楼　　邮编:150028
经　　销:全国新华书店
印　　刷:哈尔滨市石桥印务有限公司
网　　址:www.hrbcbs.com　　www.mifengniao.com
E - mail :hrbcbs@yeah.net
编辑版权热线:(0451)87900272　87900273
邮购热线:4006900345　(0451)87900345 或登录蜜蜂鸟网站购买
销售热线:(0451)87900201　87900202　87900203

开　　本:880mm × 1230mm　1/32　印张:13.75　字数:295 千字
版　　次:2014 年 1 月第 1 版
印　　次:2014 年 1 月第 1 次印刷
书　　号:ISBN 978-7-5484-1628-9
定　　价:35.00 元

凡购本社图书发现印装错误,请与本社印制部联系调换。
服务热线:(0451)87900278
本社法律顾问:黑龙江佳鹏律师事务所